寸草心

青涩年华
静美高原
平凡人物
甘青纪行
乡野草木

CUNCAOXIN

张建国 | 著

华龄出版社
HUALING PRESS

责任编辑：董　巍
责任印刷：李未圻

图书在版编目（CIP）数据

寸草心 / 张建国著 . -- 北京：华龄出版社，2019.12

ISBN 978-7-5169-1606-3

Ⅰ . ①寸⋯ Ⅱ . ①张⋯ Ⅲ . ①中国文学—当代文学—作品综合集 Ⅳ . ① I217.2

中国版本图书馆 CIP 数据核字（2019）第 297644 号

书名：寸草心
作者：张建国　著

出 版 人：胡福君
出版发行：华龄出版社
地　　址：北京市东城区安定门外大街甲 57 号　**邮编：**100011
电　　话：010—58122241　**传真：**010—84049572
网　　址：http://www.hualingpress.com

印 刷：三河市华东印刷有限公司
版 次：2020 年 6 月第 1 版　2020 年 6 月第 1 次印刷
开 本：710 × 1000　1/16　**印张：**18.5
字 数：310 千字
定 价：68.00 元

序

建国是一位长期生活和工作在康巴藏区的汉族干部，曾经在海拔4200多米的石渠草原生活和工作了14个年头。在那里，他收获了事业、爱情和家庭。我与他相识是在2000年的夏天，由于志趣相投，我们成了很好的朋友，友谊一直延续到今天。我们相互关照，彼此关心，为对方的每一次进步而高兴。平时就知道他在工作之余，喜好写作，并有作品在各级各类报刊发表，也有一些重要的调研报告得到国家和四川省的重视。2018年5月初，我收到他的名为《寸草心》的厚厚的书稿，当天我就把书稿认真拜读了一遍。随着他的文字回到他曾经的青春岁月，火热而激情燃烧的工作时光，心情起伏，感慨良久。本书所收录的文章，多为他工作之余写就，且多在石渠期间写成，主要以石渠14年间的生活为内容。其中既有对儿时美好时光和故乡及亲人的回忆和思念，也有对石渠高原工作期间坚韧、向上的人生态度的总结，对石渠高原的深深情谊。其间，还有许多对当地的人、环境和文化的调研和思考，显示其经世致用、造福一方的价值。还有一部分，则是他在出差途中，从康巴的视角，对比甘青地区，思考其历史、社会、文化价值和启示。

长期以来，甘孜州因区位等因素被世人遗忘，甚而有些误解和偏见。而位于其西北端的石渠县，更是被冠以诸多刻板印象，如偏远、严寒、高海拔等，让多数人驻足不前。加之其地方性疾病，更让外人心生寒意和恐惧，遑论在那儿生活14年之久。过去对石渠介绍，多不深入且缺乏当地人的视角和情感。那些没有长期在石渠生活经历和真切的情感体验的人，他们对石渠的生态、区位、历史、宗教、民俗缺乏真知，难免存在误解和讹传。这不但对普通民众是一种误导，对于石渠的历史文化的认识、社会经济发展路径的选择，也可能会产生负面影响。本书的重要价值，在于为我们认识、了解石渠等高寒牧区提供了重要资料。读罢本书，掩卷沉思，我认为本书有如下三个特点：

一、远赴石渠　燃烧青春

作者毕业于甘孜州的人才摇篮——康定民族师范学校（已撤并），在校期间表现优异，毕业后本来是可以留在条件较好的康东地区工作，因为照顾体弱多病的同学，加上一位师长“希望你用聪明才智为民族教育事业做出贡献”的赠言，毅然替换同学，告别白发老母，踏上了北上石渠路，而且还主动要求分配到最艰苦边远的石渠乡下，这一去就是整整14年。此举即使在石渠生活条件有极大改善的今天，对于生活在甘孜州其他地方的人来讲，主动选择到石渠乡下工作，都可称得上惊世骇俗，甚至有人会认为是傻里傻气。作者在石渠高原工作期间，一方面劳其筋骨、广泛阅读，另一方面努力工作、教书育人。后来，作者还在石渠县委宣传部、政法委、组织部、县委办、县政协等单位都分别待过一段时间。作者在酷寒之地谦虚谨慎、大度乐观、努力奋斗、不停向前，燃烧着自己的青春。工作之余，作者追忆故乡的一草一木，思念亲人及亲情。同时，对石渠高原的一切，都充满了新奇和求知欲，并对石渠的历史文化、生态环境等都产生了浓厚兴趣，这些都化为一篇篇充满感情和激情的文字。作者用了大量篇幅，从不同角度去回忆自己的14年青春岁月、成长经历和工作轨迹，以及对石渠生态、社会文化的思考。这些文章，既是作者个人经历的笔记，也是对时代潮流中的石渠社会变迁的真实记录。这些质朴的文字，为我们认识石渠的过去、思考现在和未来，提供了难得的、丰富的一手资料，既可以供普通民众阅读，也可以供专家学者案头收藏。

二、行走高原　造福百姓

作者长期扎根基层，分别在教育、宣传、群众工作等政府部门多岗位工作过，经历丰富。结合工作，作者对高原藏区生态环境、教育、医疗、民生等问题都有较深入的了解和关注。文章对扎溪卡草原的生态环境恶化、草原沙化等问题进行了认真的剖析，并就石渠的植树与种草关系进行了深入、富有哲理的分析。作者撰写的近2万字的调研报告《石渠县等海拔4200米以上地区干部职工生存状况令人堪忧》《石渠县等牧区包虫病现状和对策思考》得到时任国家总理温家宝，时任全国政协副主席、省委书记杜青林和省长蒋巨峰，时任卫生部部长陈竺、党组书记高强等的高度关注。虽然这些报告没有直接收录，但相关的思考和记载，在文集中均有反映，如藏族干部洛登、汉族干部杨忠孟等长期在石渠工作后，身体健康状况有很大损伤。同时，对于石渠应纳入三江源自然保护区的思考和建议，均体现了作者对石渠的热爱。作者即使离开石渠，到康定工作，仍因各种原因，经常回到石渠，并与石渠的“亲戚”

有密切的往来。在《风雪中的那双眼睛》中，还记载了2000年到石渠长沙贡玛看到赤身的男孩和2006年在成都华西妇女儿童医院前，自发筹资帮助4个月大的汉族女婴的故事，都让人动容。这类文章在《乡野草木》一章中，有集中体现。其中，既有对老领导毕世祥同志不幸离世的深深追思，也有对普通群众的真切关爱，还有对甘孜藏区发展和进步的由衷赞美……

三、游历远方　洞见生活

除了甘孜藏区生活、工作的文章外，还有一些地方记录（作者因出差原因，游历了一些地方）。其中，2010年7月到青海、甘肃的经历，化作4万多文字，详细记录了此次行走于青海、甘肃的所见、所闻、所思。这组文章以时间为序，分别对玉树地震，石渠与三江源保护区的关系，治多、曲莱玛、可可西里、昆仑山口、格尔木、德令哈、敦煌、嘉峪关、张掖、武威、兰州、西宁、青海湖以及日月山等地的历史、生态、文化发展现状、民族关系等进行了记录。文章中既写现状，也追述历史；既有实地观感，也有文献补充。如《将军与一座城市的故事》《水沙之恋折射的生态观》《敦煌的微笑》《“砖的智慧”与“关的雄风”》等，文章既表达了对西北地区各民族的悠久历史和创造的灿烂文化的由衷赞美，也对甘青民族走廊上各民族的交往、交融的历史做了生动的细节呈示。同时，文章还通过对各地的历史社会文化发展过程及特点的梳理，进而反观、反思生养他的康巴高原。

……

民国以降，康巴地区因其重要的地位而受到多方关注，各色人等纷纷到康巴地区游历，写下许多游记、图志。其中一类为路过康巴地区或到康巴地区短期公务的政府官员，他们边走边记，所写的游记，今已成为重要的文史资料，流传于世。作为我党的基层干部，建国生长于康区、工作于康区，坚持学习、勤于思考、深入调研、长于写作，十分难能可贵。《寸草心》的结集出版，既是他多年努力的小结，也是他今后继续前行的起点，一定会引起各方的重视和关注。“盖文章，经国之大业，不朽之盛事。”我为建国的大作出版而额手称庆，也祝他今后百尺竿头，更进一步！

郭建勋

2018年夏于西南民大

序二

方寸之心润原意

认识笔者有16年了。初识是在石渠工作期间，笔者当时在县委办公室工作，给我的印象是这个从农村来的小伙子工作积极、认真、负责，敢讲真话、会讲真话、有真话讲，且善于干实事。接触久了，缘于对石渠同样的感受和爱，我们成了朋友。后来，我调到康定工作，时不时还有联系。不久，建国也调到康定。应该说，我见证着笔者的成长。其从一名乡村教师，一步一个脚印，先后在十几个工作岗位工作过。看了其文集中收集的稿子发现，这些都是他在工作之余随笔所记，山水、人物皆有，既是工作思考，又是人生感悟，是其成长过程中的心路缩影。使个人成长的酸甜苦辣故事经历，在笔端变得如此美丽，这是一本兼具时代感与文学感的用心之作。

正所谓“文以载道”。作为一位军人，我更看重的是文集中映射出的一个人的真、善、美。随笔定名为《寸草心》，我想这除了印证了“谁言寸草心，报得三春晖”中对母亲深沉的爱之外，还有对生养其的这方山水和父老乡亲们的真情实意。笔者的文字强项在公文，特别是在调研报告上，曾经为了石渠等高寒牧区的民生、发展，以及民族地区的稳定等，为“顶层设计”提供了“基层呼声”。在现在这个时代，为了事业和工作不计个人得失，并且愿意、敢于和善于开展工作的人已经很少了，笔者算得上是一位。在其散文《风雪中的那双眼睛》中，可以看出其对社会、对基层、对民生，特别是基层弱势群体的关爱关切。

文集中不乏有刚参加工作时对未来的憧憬和向往，热情助人的点点滴滴，例如，散文《淌过石渠的青春岁月》，文中用平铺直叙的手法，描写了其在石渠的概要经历、心路历程，充满了对美好未来的展望和感恩之情。《藏家坨坨肉情思》里用就学时的故事，结合后来工作的感受，勾勒出了汉藏一家亲、各民族和谐相处的美好画面。《童年趣事》对逝去的金色年华的怀念，让人一读仿佛回到了乡村童年。《朋友，有空请来信》中对亲友们的牵挂和眷念之情自然流淌，使人无论身处何地，不论顺逆，均有强大的精神支撑。《风雪阿日扎行》中勾勒出了高寒牧区工作人员顶风冒雪，深入基层开展工作，看似平淡，却充满艰险的一面。

笔者能主动替换体弱多病的同学到高寒之地工作，那需要多大的勇气，多善良的心地！特别是在石渠一待就是14年之久，并且主动要求到最边远的牧区乡村，这不是傻，也不是出于其他什么目的，而仅仅是为了民族地区的教育事业。在《淌过石渠的青春岁月》《星空的记忆》《无畏逆境》等文稿中，可以看出笔者的心地是多么善良，想法是多么单纯，事业是多么执着。

文集中有许多平凡人物，但就是这些平凡人物构成了一幅幅人间真情所在的大美画卷。这些人物在《老倪，别来无恙》《母亲》《感受超人》《阿婆锅盔》《暮色中，父亲的坟茔静默无语》《用心一路走好》《月光似水润心田》《月色下，那双温暖我一生的手》《扎溪卡草原的"油楂子"》等文稿中一一浮现，既有母亲为子女劳累终身，满头青丝被岁月染得斑驳的无私慈爱；又有父亲在国难当头，毅然以稚嫩之肩扛起抗击外寇的责任；还有数十年如一日，诲人不倦的汉族老教师无私奉献在农牧区乡村小学的身影。既有默默奉献在风雪高原，为家乡终老一生的民族干部；又有视群众为亲人，将自己的所学所长奉献给高原大地，因公殉职的优秀领导干部；还有在苦累中，毫无怨言，默默承担和支撑的家人们……

笔者是勤学好思之人，文集中不乏许多学习心得、工作思考和人生感悟等。如《梦圆水木清华》《阅读的味道》《在路上》《从"大香格里拉"想到"三江源自然保护区"》《有容乃大奔海去》《舍得之间》《用"两不一高"要求自己》《雨水喜忧》《重温"谁知盘中餐"》等，文章中有笔者孜孜不倦、求学若渴的缩影，有对工作、生活和学习追求不已的辛勤付出，还有对人生的一些感悟。

读万卷书，不如行天下路。笔者足迹所及之地主要以甘孜州为主，全州18个县全去过，325个乡镇有八成去过。同时，在学习、工作之际还到过青海、甘肃等地，所以才有了《甘青纪行》《走马阿坝》等游记。通过《治多到曲麻莱》《盛夏的可可西里》《将军与一座城市的故事》《水沙之恋折射的生态观》《敦煌的微笑》《"砖的智慧"与"关的雄风"》《暮色初染四月八》等游记，你可以想象得到笔者既是一位热爱祖国大好河山之人，也是一位喜欢边走边思考之人，更是一位勤奋奔走、笔耕不辍之人。所到之处，均或多或少给予了记录和描写。

笔者更是一位时代的讴歌者。茶余饭后，笔者牺牲了休息时间，撰写出了大量的新闻稿件，如《石渠人吃菜不再难》《聚焦石渠雪豹 揭开神秘面纱》《奔走在雪域高原的群众路线践行者》《一只蜘蛛的“考验”》等。这些新闻稿件从不同角度，真实、及时反映了特定时空里的一些人和事，不仅在当时起到了积极的作用，现在看来，这些稿件也具有很高的新闻价值和档案价值，但鉴于篇幅未予收录。

文如其人。笔者的文稿中，有对甘孜藏区和青藏高原的热爱和深情，执政为民的些小事件，如《温馨电话的启示》《寻常物中见真性 平常事里显本色》。既涉及我们身旁的平凡人物，也有我们所处的高寒牧区和大美甘孜的山水、草木，如《仙鹤眷恋勒通地》等文稿。还有对当地生产生活、风俗习惯的反思和忧虑等，如《杞人忧草》《“沙尘暴”距石渠还有多远？》《初会色须寺》。文集中很多反映的是其对甘孜州，特别是对石渠等高寒牧区的真挚热爱，如《激湍飞扬的和谐之音》《魂牵梦萦扎溪卡》等。

文到深处情难抑！笔者对祖国大好河山的热爱，对高原人民的真挚情怀，对领导同事的深情厚谊，对事业和未来的无限憧憬……均让人感受到满满的正能量。阅读这些看似平淡无奇的文章，可见其忠诚、干净、有担当的为民情怀和赤子之心。

读未见书如得良友，读已见书如逢故人。时代需要真文章，社会需要正能量。今天，笔者最真实、最抒情、最动人，也最出乎意料的一本《寸草心》呈现在世人面前，难能可贵，值得一读。就此搁笔，为笔者闲暇的收获而高兴。同时，深深祝福笔者保持现在这种状态，写出更多让人感动的好文章来。

夺呷泽郎
2018年夏于康定南郊

序三

交叠的画卷，行走的诗心

建国发来《寸草心》书稿文档，嘱我作序。该书分甘青纪行、静美高原、平凡人物、青涩年华、乡野草木五个章节，行文所涉，多系常年生活、工作于康巴高原及周边的所见所闻所思，有抒怀、有感悟，有反思、有感恩，既是生命成长的集纳，也是行走历程的记录，拜读之下，顿生感慨，一段段行云般的文字，让我闻到了弥漫于扎溪卡原野的草香，听到了轧过折多山积雪的车轮的声音，看到了一个率性游历山野、真情拥抱高原的青春的身影。

我与建国，是多年好友，并且，已故的全国优秀共产党员毕世祥，还是我们共同的师长、领导和大哥。建国之文，有许多是跟随世祥大哥工作、下乡、出差时所得，故而读来有别样的亲切。康定师范毕业，建国曾在海拔4200米的石渠县工作13年，经受过低处难寻的人生历练，也收获了高处独有的生命体验，一颗诗心就此启程，《寸草心》一书，开始积淀和撰写。之后，他多次变换岗位，并离开石渠，到州府康定工作。由于工作性质，在康定工作的这么些年，他的脚步，依然奔波于自治州的乡村田野，延续着那份为文为人的初衷，把一颗寸草心，磨砺得愈发纯粹坚韧。本书中五个章节的一篇长文和六十余篇短文，便以各种形式和维度，生动真实地记录了这一段心路历程。

在本书中，我从三个方面，读出了建国与康巴厚土的不解之缘。其一，安身。因为父亲是进藏先驱，雪域高原的苦难与壮烈，让他从骨子里有了康巴性情的传承。生于斯，长于斯，工作于斯，安家于斯，一切都是水到渠成，一切都充满了坦然与欣喜。正如本书中《石渠情思》一文所写：“青春渐逝，记忆犹新，激情仍存。历经磨难，艰难困苦的石渠教会了我许多，也让我收获了许多。引以为傲的是在‘生命禁区’石渠待过十三年多，并将这片土地视作自己的故土，燃烧了青春，播种了希望。”其二，用心。对甘孜大地和甘孜人，建国有一种朴素深沉的几近于亲情的感情。见诸于工作，是一份近乎倔强的较真；见诸于生活，是一份真诚与豁达；见诸于笔端，是一份触及灵魂的关怀与忧思。本书《平凡人物》一章，用活泼灵动略带戏谑的笔触，刻画出一个个鲜活的高原人物，于琐碎中道出高原永恒的魅力，于平凡中书写生命终究的不凡，在赞美和反思中，处处可以感知到作者的在场，时时可以感知到真心真情的在场。其三，立命。通篇读来，建国俨然把“甘孜人”的身份，融进了字里行间，家园情怀，跃然纸上。作为一名汉族同志，从旁观、猎奇的角度完成对康巴的书写，也未尝不可，但建国选择的却是生命自身的角度，种子的迸裂、枝杈的分岔，都带着泥香、沾着雨露。这种扎根于足下，为地方发展而思、而谋、而呼号的书写，相较于风花雪月的写作，更令人感动，也更具使命感。本书中的《甘青纪行》一文，思古怀今，从人及己，写出了突破地理界限的康巴人对突破文化界限的大历史的解读与思考，笔触轻巧，却让人掩卷深思，颇有余秋雨《文化苦旅》之风。

身、心、命的合一，成就了康巴人张建国，也成就了《寸草心》一书。书中不同的体裁，较多的篇目，细细品来，作者关于岁月、关于康巴、关于生命的感悟，首先给你的，就是一沓交叠的画卷，一颗行走的诗心……

洼西彭错

2018年夏下康定

目 录

CONTENTS

01

青涩年华

童年趣事

别家久了，自然于某一时刻就会思念家中亲人；离故乡远了，不时而生的定是那剪不断理还乱的怀念之情。

现下故乡的山也许黄了吧？乡亲们也该闲暇了吧？远隔千山万水，怀念故乡，最难以忘怀、相互之间津津乐道的也多是故乡那些平淡的吃食。什么瓜瓜、洋芋、二季豆、火烧子馍馍、水粑子、酒梨……

说来也令人笑，虽然离家不久，也正值青春年少，但童年里常伴左右的，平淡无奇的这些吃食，如今反而那样令人怀念。特别是身处异地他乡，这种感觉就更令人魂牵梦萦、挥之不去、思之即来。

童年时，每逢苞谷刚长满牙子，我们这伙“青沟子”[①]娃娃就趁洗澡之际钻进苞谷林中，逐行逐窝，选那又长又大的青玉米棒，掰上两棒，连蹿带蹦到大河边，捡点干水柴，把柴堆在沙地上点燃，等到明火基本燃过，把偷来的玉米棒撕掉苞衣，埋在火炭里。不一会就闻到一股香气，几下扒开炭火，那香气就更加惹人垂涎欲滴了，先前还嫩的玉米包包这时已全成金黄色。顾不得烫手，人手一只在手中拍了拍，吹吹沙土，马上朝那饱满、嫩老适宜的中段狠咬一大口。嚼上两口，那香味直沁人心脾，三下五除二,一会儿工夫就下肚了一只，再来一只……

吃饱后，一个个挺着那小肚子躺在滚烫的沙滩上晒太阳，那情趣恐连神仙也比不上的。

最好的还是“打拼货”。三五个要得要好的小伙伴早早约好，于某天风和日丽之际到某个野地去自己做饭吃。

到了那天，你或带小锅、大米，他或带油、盐、酱，她则带点肉或香肠。而菜呢？莫愁，到了蔬菜地里，看看四野无人，选那嫩绿的白菜、红圆的番

---

① 指小孩屁股沟青的。

茄、青的海椒、紫衣的茄子每种摘点儿，就有好几样时鲜菜蔬了。

再找个有水、背风的地方，找几块石头支个灶，就近寻点枯枝干草，点着火淘米下锅，不一会就烧得饭香阵阵。

饭煮好后，就炒菜。番茄炒海椒，又酸又辣；茄子煮了凉拌，鲜香可口；腊肉烧花菜，色香味俱全；末了，再烧个白菜汤。

许多时候，饭还是半生半熟的。而菜呢，则或咸或淡。手拿现场制作的“茅草筷”一阵狼吞虎咽，真是粒米滴汤不留，来个锅底朝天。打扫干净野炊现场，临别又开始预约下次啥时再来。

岁月如梭，童年早去，不再回头。可那沙地烧苞谷，野地“打拼货”的味道却愈来愈令人回味不已。可以说，长大离家后，始终未再吃过那么美味的东西。久居高原后，更是让人回味无穷。

（1995年8月于虾扎）

朋友，有空请来信

通信工具日益进步的信息时代，人们或许早已习惯拨个号码和亲友互通平安。亲切的问候、熟悉的嗓音、变幻的人事……顷刻，便传到或远或近的人儿耳中 。

面对日新月异的大千世界，更多的时候，自己是用心灵那股神奇的线路来感受亲友的关注和问候。时而，也会以烛为伴，铺开信笺，或浓或淡地涂上几笔相思，遥寄给远方的亲友。

住在荒凉的牧场小学，已渐安孤寂单调的生活。除了上课以外，最兴奋的莫过于远方的来信。

“龙儿，家里一切尚好，妈的身体也好，请勿挂念。你走时买的小猪已长大到二百多斤……”

高原住几日，家书情更溢。每当收到母亲的来信，读着读着，自己的眼眶便湿润起来，心中酸楚波涛汹涌，翻滚不停总想奔涌而出。家始终是每一位游子向往和温馨四溢的所在，母亲更是游子们魂牵梦萦的。多少次梦里醒来，还在回味着母亲为我炒的酸菜、蒸的“锅圈子”……

无论走在天涯海角，剪不断理更乱的是那股浓浓的乡情。不管游子荣耀富贵或穷困潦倒，白发老母亲那双关切的眼睛总在远方注视着。毕竟，对每一位人来讲，即使你再白发苍苍、老步蹒跺，可在母亲的眼中，儿仍是那个永远调皮的小孩儿。

“阿龙，你好！告诉你一个好消息，我要告别单身生活了，你呢？……”

友人们来信，或直爽地诉说自己的近况，或间接地倾诉自己的困惑。不管是平淡还是浓郁，透过这薄薄和稀疏的字行，你都能感受到彼此真诚而深挚的情谊，以及对方那颗滚烫而真诚的心。

多少次梦中醒来，帐篷外的犬吠声总让人觉得空荡荡的，无所依靠。点亮烛火，就着昏黄摇曳的烛光，随意翻出一封信，默默地品味、咀嚼。顷刻间，空虚和孤寂便让那一句句浓浓温情四溢的话语驱除得干干净净，自己也带着对亲友们的思恋不知不觉便又进入了梦乡。

梦中，仿佛又回到春光明媚的故乡，依偎在母亲身边；梦中，真挚友人仿佛就在身旁，一块儿欢叙……

作为一位执教于偏僻牧区的游子，我不会拥有现代人时下流行的大哥大，甚至连那淘汰的手摇电话机也没有，可我拥有一支笔、几张纸和一颗真诚的心。

亲友们，真的，希望有空多来信。

（1996年8月12日夜于虾扎）

星空的记忆

“这就是北斗七星，像不像一把勺子？”身处一群衣着破旧、浑身散发着因久未洗澡而有异味的牧区学生中，面对着睁大好奇的眼睛在浩瀚星空中探索的孩子们，我十分快乐地和大家分享着。

每当面对那一双双好奇童真的眼睛，我说出这句话时，都会不由自主地想起当年那位曾对我们说过这句话的教师。

还记得，那是师范校一年级。我们要学很多课程，其中地理课是必修的。这么一来，我们就认识了李碧波老师。还清晰记得那次见面，是地理课，一位女教师随着上课铃声进了教室，并未开口讲话，径直拿起粉笔在黑板上“沙沙”写下了三个娟秀漂亮的粉笔字“李碧波”。

“本人姓李名碧波”，多帅的自我介绍！齐耳的短发，合身的一套黑西服、白衬衫，更为她增添了几分英气。

从此，我们便在这位英气四溢的女教师的引领下，兴致勃勃地游览不停。上至宇宙空间，下到地球内部，还有我们生活的人类社会，都留下了我们探索的脚步。我们还足不出户就观赏和熟悉了许多中外名山大川，了解到许多以前不曾知道的民风地俗。通过学习，我们知道和明白了不同的国家和地区的地理环境或地理要素之间存在着明显的差异性或相似性，以及人类活动与地理环境的相互关系等。知道了地理与人们的生活密切相关，人们可以在生活中观察到许多有趣的地理现象，在生活中学到许多有用的地理知识；反过来，人们还可以运用所学的地理学理论指导实践活动。

游完地球以后，又是她带领我们这群好奇的中师生们登上太空，神游于宇宙之间。

“这便是北斗七星，像不像一把勺子？”

手拿着指示电筒的李老师，在漆黑的天体模型仪罩下，给我们一边指示，一边讲解。

“金牛座，看这是金牛座的头、颈、身体，我们看一下，像不像一头大牛？”

“哇！”“像，好像！”静寂的暗室中浮起一阵由衷的赞叹声。

“这便是‘鹊桥相会’分隔两岸的牛郎星织女星。”

……

美丽的传说应和着那一颗颗或明或暗的星子升起。娓娓的解说和准确规范的指示，吸引住那一双双好奇的目光。

如今，站在高原寒冷漆黑的夜里，对环绕着我的那一群充满了好奇心和探索欲的孩子，我用当年李老师的口吻，向我的学生们诉说着一个个美丽而神奇的传说。

仿佛，又回到那星空下，站在李老师的身旁，仰望那朗朗星空，倾听着那一个个动人的星座故事。

（1997年7月于虾扎星空下）

眼神

“胖子，帮我‘耙’个塘子嘛！？”阿成拿起酒瓶，啜了一口酒说。

“扑扑扑……”

午后的太阳毒辣辣的，阿龙感到身上汗淌了出来。

“‘眯’五块。”胖子对面的甘孜老板丢进五元钱。

“跟‘眯’五块。”一年轻人也抽张五元钞甩进塘子里。

胖子小心拿起自己的那三张牌，左手握牌，右手拇指往下慢慢捻。红桃九下面露出一张红桃八；略顿了下，又一捻，一张梅花六露出来。胖子嘟着嘴骂了声：“妈的，咋不来红桃？”气乎乎的胖脸上鼻子皱成一团，显得更小。

年轻人打着本地藏话问：“就这样敲了吗？”

“好吧！”甘孜老板回答。

“啥子？”“有A了，哦！卡子。”甘孜老板穿了下牌说。

“我也有卡子，Q卡。”

“死！A卡。”甘孜老板丢下一对A，就去抓钱。那年轻人愤愤地把牌“啪”的一声摔在塘子里。

“甘孜老板，挂个空头，发一扑嘛！”阿成苦苦地求着。

“不发。”甘孜老板“嚓嚓嚓”洗好牌。

阿成又举起半空的白酒瓶狠狠灌下一口。布满红丝的双眼，恶狠狠地盯着甘孜老板。阿龙从旁边看了一眼，赶紧垂下头去。

更热了，阿龙挪下被阳光晒得发烫的左脸颊，再一次不无厌烦地说：“走吧！阿成。”

阿成眼睛盯着塘子，没有开口。

“走，阿成！”

“慌啥子！看一下嘛！”阿成目不转睛地回了一句。

这回胖子赢啦！他揽过钱，随意把牌插了几下，就递给年轻人刀牌。

“胖子，帮‘耙’个底嘛？”阿成又一次央求，胖子哭丧着脸。阿成一下冒火了。

“妈的，有啥子嘛？这副牌还是我去买的呢！就算一扑塘子也够了嘛！胖子，给老子发一扑。”

胖子迟疑地看着甘孜老板。甘孜老板没说啥。

胖子也就气咻咻地说。“发嘛！发嘛！我给你发一扑。”

牌发完后，甘孜老板看着塘子说：“塘子不够。”

塘子里零落落有三张皱巴巴的五元钞。

胖子迷惑地看着甘孜老板。

好可怕，阿龙感到阿成的双眼里火苗一闪一闪的。“胖子，你发的牌，丢个塘子。”

胖子无奈地抽了张缺了一角的五元钞摔在塘子里。

阿成抓起属于自己的那三张牌，左手捂住牌，右手狠狠地抽了下，方块九下面出来张方块七。再穿张方块出来，就是清一色，最好是方块八，那可是清数字。阿成心里暗暗祷告着。

出来了，是红尖，再露出来了，是三角尖，阿成毫不犹豫地说：“打十块，欠着。”然后把牌放在草地上。

下首的甘孜老板，眯着眼瞄了阿成一眼。拿起自己的牌细细地穿着。

“跟十块”，一张十元钞飘进塘子里。

不等甘孜老板的十元钱落地，那年轻人又“啪”地把牌拌在塘子里，杂色二、三、五最小。

随后胖子也把牌趴掉了。

“比了，卡子，九卡。”

“‘趴’，清一色。”阿成把牌“叭”的一声掼在地上，一把抓起那几张钞。

日头，西斜了点。快三点了吧！阿龙想着，还得写封家信呢！盯了一眼神采飞扬的阿成，阿龙默默地站起身，抚着辣辣烫的脸颊骂了声“可恶的阳光”，起身走了。

太阳越发毒了。

（1997年8月6日夜草于虾扎）

冬夜思

高原的冬夜如一幅巨大的黑幕，格外沉寂。没有电，却拥有一盏灯，和着光满斗室的温馨。

手握一卷《唐诗三百首》，就一杯清茶，围坐火炉旁，慢慢品味李白的豪放飘逸、杜甫的苍莽博大和高适的慷慨激昂……不也是一种乐趣吗？

火苗的闪烁暗合杯中茶水的浮沉浓淡，细细品味书卷和这安静的心情。静谧夜色里，先哲们一个个破卷而出，或高歌悲吟，或把酒欢舞……

斗室之间，刹那间充溢着“会须一饮三百杯”的碰杯声和酒香；“安得广厦千万间，大庇天下寒士俱欢颜”的向往；“相看白刃血纷纷，死节从来岂顾勋”的悲壮；“角声满天秋色里，塞上燕脂凝夜紫 ”的战地惨烈；“四面边声连角起。千嶂里，长烟落日孤城闭”的英雄气概；“青海长云暗雪山，孤城遥望玉门关”的纵横捭阖，“大漠风尘日色昏，红旗半卷出辕门”的劲勇无敌……

恍惚间，也成为高歌狂醉、捍守孤城的一员战将，时而擂鼓挥旗、决胜于千里之外，时而又匹马孤身、提枪跃战千军万马之中……

青海湖上长云弥漫，北面横亘着绵延千里的隐隐的雪山，越过雪山是矗立在河西走廊荒漠中的一座孤城，往西是和孤城遥遥相对的军事要塞——玉门关。东西数千里广阔地域，“孤城”中的将士肩负戍边的任务，将士们无惧生活的孤寂、艰苦，在悲壮、开阔而又迷蒙暗淡的天地里坚守……

在河西走廊和青海东部古战场，飞沙走石、遮天蔽日，戍边驻守的将士们不是辕门紧闭，被动防守，而是主动出征。为了减少风的强大阻力，加快行军速度，将士们半卷着红旗，卷尘挟风，向前挺进，如一柄利剑，直指敌营……

在万木摇落的深秋，在号角声的鼓舞下，戍边将士士气高昂，奋力战斗，与敌人从白昼一直厮杀到黄昏。号角声、呐喊声、兵刃磕击声、马蹄声夹杂着大旗的猎猎声，还有那一腔腔喷天而出的热血。褐色的塞土上洒下殷红的血迹，夜雾中紫红的颜色显得更加浓重。边塞寒风掠过鏖战后的疆场，留下的只是那血流成河的惨烈与战马啸啸的悲嘶……

雪起了，那呼啸而至的银色精灵铺天盖地而至，转眼给大地涂上一层厚白，以掩盖那一摊摊殷红述说的悲壮。

金戈铁马声消失了，代替它的是一轮血一般的殷红夕照和大漠中悠扬的驼铃声。

哦，是朝廷使者手捧诏书来平息这惨目惊心、悲烈激越的鏖战……

孤身的将军脱下了沉重的盔甲，瘦骨嶙峋的战马卸下沉甸甸的鞍子，白发的老卒扔掉不知舔血几多依然秋水般明净的钢刀……

雪又起了，鹅毛般的精灵飘然而至，给久渴的大漠带来一丝润意。

一阵悠扬的胡琴、羌笛悠然自孤城溢出……

恍然，斗室中除却一书一灯一杯一炉暖我之外，就是熊熊火炉上水壶里翻滚不停的清茶，以及那嘶鸣不已的水汽声。

一灯如豆，光洒满室。抿口苦涩的边茶，放下《唐诗三百首》，起身拉开寒门，映入眼帘的分明是一片银白，晶莹的精灵不期而至。

又落雪了，这高原的夜。

（1998年11月20日夜草）

藏家坨坨肉情思

初上高原藏家，是和一位名叫贡嘎的新都桥校友到他家去玩。

那是“五一”节前夕，学校放了三天假，早就想领略高原藏家风采的我一口答应了贡嘎的邀约。

趁着风和日丽，我俩和另两位新都桥校友搭了辆货车就出发，由于是空车，上折多山也跑得很快。

越朝上走，感觉那天就越清爽。五月的折多山麓草木青翠，鲜艳的格桑花和五色的野花时不时一晃而过。从高处望去，蜿蜒的山路犹如一条罩着白纱的黑带，那时窄时宽的山涧，急急地往康定城奔去，一如我们放飞的心情一样急湍。

快到山顶，大车驾驶员要加水，得以跳下车去品尝下那冰冽清甜的山泉，掬一捧饮下，果然冰沁。

到山顶了，一片七色的嘛呢旗从车篷布缝隙中一晃而过，贡嘎和那两位校友高声地吼了声“哦拉索”，就急诵起经文来。一过山顶，车也奔得更快了。忽然，我眼前一亮，是海子！那绿莹莹的湖水倒映着纯净的蓝天白云和雪山草甸，我的身心恍如置于其间，给洗涤得纤尘不染，宛如一块透明的水晶，禁不住也大声呐喊了一声“哦拉索”。

贡嘎家在东俄洛村，离新都桥镇上还有5里路，我俩和那两位校友分手后就迈步往高处的村子走去。沿途，时不时悠闲而过甩着尾的小黑猪令我不胜惊奇。看到我们，这些小黑猪可一点都不害怕，还慢条斯理地一边踱着步，一边用小嘴筒在地里寻食，并发出愉悦的“哼哼”声。经贡嘎解释我才知道这里养猪全是放牧，猪肉也格外鲜嫩。

踏过南北路交叉口时，贡嘎指着左手边的柏油路说那是到南路去的，右手边的路是往北路而去的。之前我只知道，石渠、甘孜、德格、色达、道孚、新龙等几个县是北路的，南路的有雅江、理塘、乡城、稻城、巴塘和得荣等。我们循着往右边的路走，翻过一个小坡，顺坡而下，贡嘎指着坡下不远处一座石砌的三层碉房说那就是他家。过座小桥就进了贡嘎家院子，有两个孩子正在玩耍，见到贡嘎就都大声嚷起来，他们是贡嘎的侄儿。贡嘎母亲听到嚷声，从楼上窗户里探头出来看，见有客人来赶紧下楼，把我们迎进藏房。我第一次进藏房，只见底楼立了很多粗大的木柱子，四围摆放了许多杂物，还有一头小犏牛在角落里悠闲地咀嚼着干草。贡嘎打趣地说，底楼是给这头挤奶子的牛住的。我们都住在楼上。

跟随贡嘎母亲上了二楼客房，客房较为宽敞，中间支着三根彩绘的柱子，靠窗安了一张藏床，前面摆放着3张一长溜的藏桌，藏桌和藏床经过雕刻和彩绘，十分精美。屋里弥漫着一股淡淡的木头和茶的味道。

我们还未坐定，茶已倒上，接着贡嘎母亲就端了一盆糌粑、一盆煮熟的猪肋肉和一盛香辣酱的小碟子。当她得知我来自烹坝时，脸上更加喜悦了。原来贡嘎的一位姐姐就嫁到了烹坝山上。她不停地通过贡嘎向我询问关于烹坝的近况，并不停地给我倒茶和撕猪肋肉。

天晚了，贡嘎点着了一盏燃汽油，灯“嘶嘶”作响，白炽灯很亮，并且很暖和，悬挂在天花板上。贡嘎和母亲谈了起来，我东看西看了会儿彩绘的柱子、彩窗和藏桌，不禁有点坐不住了。贡嘎母亲看出我想出去玩，就用藏话叫贡嘎领我到外边去逛下。我和贡嘎沿着那白杨树林溜了好一会儿才回到家中。

第二日，在贡嘎的引领下，去他亲戚和朋友处玩，几乎每家都要端上煮熟的猪肋肉来热情款待我们，我纳闷于这是什么吃法，可又不好意思问。

短暂的三天一晃就过去了，临走时，贡嘎母亲给我装了满满一大书包本地产的又白又圆又酸的“酸奶子”，手撕了蘸白糖吃，十分爽口和开胃，我一次就可吃一大块。

后来再进高原，长期工作在扎溪卡草原后，我终于明白那煮熟的猪肉叫“坨坨肉”，只不过之前只听说彝族人爱这么做，而藏族人的“坨坨肉”一般都是用牦牛肉煮出来的。新都桥用猪肉煮“坨坨肉”，估计是本地养的猪多的缘故吧？不过，无论是牦牛肉的“坨坨肉”，还是猪肉的“坨坨肉”，味道都同样鲜美，特别是那次在贡嘎家吃的“坨坨肉”，更是让人回味无穷。

（1998年12月6日）

雪雨阿日扎行

车过蒙沙大桥，沿雅砻江而下不久，便进入了石渠县扎麦片区（又称东区）。沿雅砻江顺流而下，路面越来越坎坷不平。三菱越野车在坑坑洼洼的泥路上蹦个不停，雨也渐渐大了。泥泞、湿滑的土路上，司机丹达小心翼翼地操作着越野车艰难地跋涉着。

顺雅砻江岸行驶了十来里，江流拐弯向右而去，我们往左边继续前行，不远就开始上坡。山路陡了起来，飘在挡风玻璃上的不再是雨滴，而是雪片。鹅毛般的雪片铺天盖地席卷而来，司机更睁大眼睛，紧握方向盘，紧盯着前方车辆留下的车痕，缓缓地行驶着。

先前的翠绿草地不见了，换来的是银装素裹的莽莽雪原，间或有一两顶黑牛毛帐篷，在雪地里分外显眼。

路迹早已被雪掩盖住了。往上，右边是一深邃宽大的草沟，汽车犹如一叶漂浮的小舟，在狭窄得只容一辆车过的路上晃来晃去。在飘荡的车内，丹达凭着经验和直觉盯着车的前方，手中的方向盘不停地来回晃荡着。每当车尾一摆，我们的心便提到了嗓子眼。

渐渐的，可以看见山顶的经幡了。在最后一个陡坡时，车开始打滑。三菱越野车由于车龄太老了，在连倒了几次车后才冲上山顶。过了山顶，丹达下车检查轮胎，我们也趁机下车舒口气。

雪片飘舞翻滚着落到我们头上、脸颊和身上，有的还调皮地溜进我们的脖子里，冰凉冰凉的，瞬间就消失了，人却为之一振。还有的雪花，亲着我们因车内外温差形成的红晕的脸，有股特别的感觉，无法用言语来形容。

更多的雪花落到我们身上和四周地上，极目望去，天一片灰白，大地也一片灰白，踏在深没腿肚的积雪上，几疑已升到天上，随手便可拉几片云缕来做云裳。其实，此时我们都成了披着雪花云裳的人儿了。

下山的风险更大，不过我们还是有惊无险地行到山腰。愈往下，雪色便越淡，渐渐只见雪色三五点依偎在初露头角的小草旁边，洼地里则聚得多点，犹如一窝窝银盆。安详的牦牛成群结队地散布在沟谷里，远远飘着袅袅炊烟的黑牛毛帐篷一闪而过，风雪中狂吠的藏獒和温驯的牦牛犊以及身着深色藏装的牧羊女，这一切在风雪中显得格外温暖和诗意，多么恬静而绝妙的一幅高原牧场写意啊！

下到山脚，车又伴随着路旁的溪水欢快起来。车时而在泥水流淌的路上行驶，时而又冲扑进激浊的山溪，时而飘滑在绿意盎然的草滩上……一路飞驰，映入眼帘的都是不同的景致。

大约下山半个小时后，车向左淌过一小河，终于驶进了阿日扎。

阿日扎是纯牧区，但房屋却相当集中，给人的感觉是，这依山傍河的小村定是农区的一个寨子。

车驶进乡政府院了，在乡干部们热情的问候中道明此行目的——对建卡户扶贫对象进行采访。寒暄后，主人一定要做饭吃了后才让我们采访，看看时间，不过上午十一点，也就同意了。

饭后，在朦胧雨雾中，我和县电视台的普呷组成的县扶贫宣传组，在该乡帮扶单位县企业局几位同志和乡干部们的陪同下开始了采访。

未来前，就听说阿日扎乡经济较繁盛，小规模贸易在扎麦片区相当发达，甚至超过了区工委所在地温波乡。果然耳闻不如眼见，阿日扎乡短短的街道两旁，就有二十多户小卖部。

邓却家小卖部是土坯屋。1998年雪灾中，邓却家90多头牲畜死了个精光。全家7口人的生活一下陷入赤贫的困难境地，扶贫小组的同志获悉后及时雪中送炭，帮邓却家筹措资金，出谋划策走小规模贸易的路子，经过近两年的悉心经营，小卖部生意日渐兴隆，月收入500元以上，基本解决了全家温饱问题。

呷江是一位以精湛的唐卡、嘛呢画石而远近闻名的民间艺人。他通过自学成才，其精美的作品为虔诚的藏传佛教徒们所喜爱。当我们看到那一块普通的石板在他手中，不论大或小，经过一番游龙走凤的雕刻后，再经彩绘工艺，便不再是一块普通的石头了，而是充满色彩、线条、图案和故事的一件极具灵性的艺术品。谁能相信，这精美绝伦的作品竟出自这位在牧区貌似普通的民间艺人之手？据说，会这种手艺的民间艺人已不多了。

走在雨后的阿日扎草甸上，一切都是静谧的。你能领略一种雨后鸟语草原的情趣，也能嗅到草原新绿的清新气息，甚至可以感受到全身的毛孔都在透露和伸张着的舒爽。

附近有当地人引以为傲的寺庙———阿日扎寺，但由于此行我们时间紧、任务重，未能前去观访。

临近下午3点，我们告别了阿日扎乡的孤寡老人敬老院，越野车又驶上更加泥泞、湿滑的来时路。在郑钧“回到拉萨，回到布达拉”的嘶喝声中，越野车离阿日扎乡越来越远。我想，何时才得空再到阿日扎？

（2000年5月28日夜于石渠）

风雪中的那双眼睛

一晃七年过去了，走在远隔草原千里之外的城市大街上，晶莹的雪花将我又带回了当年的草原，风雪中的那双小男孩的眼睛又不由自主地从心底浮了出来。

那是2000年的10月，当时我和两位同事因工作需要，到巴颜喀拉山南麓的长沙贡玛乡远牧点下乡，当我们沿着苍茫、荒凉的草原向巴颜喀拉山行进的时候，极目之处，10月的草原空荡荡的，只剩下枯黄的牧草、白色的冰雪和黑色的“三化草地”①。湛蓝、幽寒的天空深邃而安静，整个草原静得可以听见自己的心跳和秃鹫划破空际的声音。三五成群的牦牛和羊群在冰雪掩盖的荒原中静默地觅食，连草折断的声音也能听得见。向前、向上，吉普车在草原的胸膛上小得像一只虱子似的在爬行。偶尔能看见几顶黑牛毛帐篷散落在草原上，那袅袅的炊烟和着牛粪里草根的特有香味让人特别亲切。走着走着，远远看见一个小得像粒黄豆的黄点，司机是一位颇有基层经验的本地同志，他笑着对我们说：“前面是一幢土坯房子，咱们可以到那里要点茶。”说罢，他猛踏了一脚油门。在快速行驶了一个多钟头后，我们终于抵达了先前所看到的土坯房子。

10月的扎溪卡草原飞雪漫舞，下车之后，漫天的雪仿佛更大了，那座土坯房子门洞开着，我们和着风雪兴冲冲地冲进屋……当我跨进屋后，只见家徒四壁的土坯屋内空荡荡的，只有一座用泥巴做的火炉和一把熏得漆黑的破茶壶，靠墙堆着些杂物。靠屋中间的一根柱子旁有一个两岁多的小男孩赤身裸体地坐在屋正中的一张羊皮垫子上，呼啸的寒风席卷着雪花肆虐地直往小男孩身上扑。望着小男孩那冻得发紫的、裸露的、柔嫩的身子，我的鼻子不禁一酸，酸楚的泪水夺眶而出。我赶紧把身上的衣服脱下给小男孩披上，待我们将炉子里的牛粪塞得满满的和烧得旺旺的后，小男孩的家人才赶回来。那以后，小男孩那双天真无邪的眼睛便深深地烙在我的脑海和心底。作为一位农民的儿子，

① “三化草地”是草原退化、沙化、盐碱化的简称。

我深切地知道，我们的父母是多么地深爱着他们的儿女们，即使是自己不舍得吃，不舍得穿，也会将自己的子女照顾得好好的。而这位小男孩的家人也是一样的，但贫困的处境让小男孩连遮身蔽体的衣物也没有。每每想到这些，我都会想到我的父母，想到天下所有正在贫困、苦难中挣扎的人们。每当我遇到困难的时候，我都会不由自主地想起那双小男孩的眼睛，那双眼睛也激励着我在人生的道路上时常怀着一颗感恩的心去工作、生活，去面对那些微不足道的困难。

也正是小男孩的那双眼睛，使我在2003年县里组织的全县演讲比赛中荣获了一等奖。至今我还清楚地记得，我以当时遇见风雪中小男孩的经历为开头，一下就震撼住了大家，缘于此，我的演讲也获得了大家的首肯。

无独有偶的事情又发生在我的身边。那是2006年年底，当我的儿子刚诞生不到一周的时候，那天我去给妻子送鸡汤，在华西妇儿医院门口，我看见一家三口人席地而坐，青年男子和妇人在伤心地哭泣，一打听才知道这家夫妇是简阳市龙马镇的人，那妇女怀抱的是他们年仅四个多月患有先天性心脏病的女婴，正是因为家里太穷，无法承受四万多元的心脏手术费，所以只好痛楚无奈地哭泣……旁边有许多围观的人，其中不乏许多热心人，我询问了一些情况后，觉得这样沿街乞讨难以凑足手术费，和两位热心的女孩子商量后，就连续拨通了《成都商报》《华西都市报》《成都晚报》以及四川电视台《新闻现场》栏目等媒体的电话。同时，我在那两位热心姑娘走后还坚守了五个小时，现场募捐到了近5000元现金，并委托两位热心青年搀扶着妇女和女婴去住院。最后在《成都晚报》两位记者从龙泉驿和双流新闻现场赶来之际，我将情况交代清楚后才离去。

事隔多年，每当飘雪时，我就会想起当年的小男孩，尤其是近几天发生的数十年不遇的大风雪天气，让中国沿海、中部以及南部大部分地区的交通几乎都陷入瘫痪状态，十个省、自治区、直辖市3287万人受灾…… 而作为雪的故乡，扎溪卡草原想必也更是大雪覆盖。

2008年1月25日，时任国务院总理温家宝亲自到京石高速公路河北涿州服务区和北京西站实地考察，指示要做好春运工作，这让我们深切地感受到党中央、国务院以及各级党委、政府和我们基层群众是心连心的，算来小男孩也应该有十来岁了，想必也在上小学了，而那位患有先天性心脏病的小女孩也一定在社会的关注下健康成长，过得很好吧！

（2008年2月于炉关）

淌过石渠的青春岁月

写下这个题名，往事如扎溪卡草原四季弥漫的飞雪，在我的心底飞旋、升腾、翻滚、浮沉，那一顶顶温馨的帐篷、一张张亲切的脸庞、一座座熟悉的山峦、一条条或蜿蜒舒坦或湍急飞泻的河流、一个个或风雪交加或晴空万里的日子……同许许多多将青春挥洒在石渠和高原的人一样，我的青春记忆过山车般地闪现，犹如烙铁一样灼烧得我通体炙热。

那一年，在康定师范圆满完成了国家教委检查后，我们也犹如康定城那成熟的杨絮，将纷飞到全州教育战线。缘于一位师长给我的“希望你用聪明才智为民族教育事业做出贡献”赠言，加之为照顾体弱多病的同学，我毅然替换同学，告别白发老母，踏上了北上石渠路，这一去就是13年多。

那年我第一次翻过折多山，进入到平均海拔4200米以上的石渠县。一路北上，天高地阔，高原坦荡无垠，蓝天澄净空灵，车始终向天际进发，天地咫尺可见，可始终到不了终点。那时我们凭《派遣单》（毕业分配凭证）报道，时任教育副局长达呷问我为啥《派遣单》改过，我将替换情况说了，他很惊愕。我又当场申请到东区很偏远的一个乡任教，他说：“小伙子，那个地方没有几个人，很艰难。”我接着说：“那不行就让我到起坞乡吧！”他说起坞乡海拔高过县城，又特别冷。我坚持只要是乡下就行，最终如愿以偿分到乡下，乡名怪怪的——叫“虾扎”。

虾扎的日子，十分快乐。白天教书、家访，晚上读书、备课，早上跑步锻炼后又读书、练字，中午小憩。刚到乡下时，人多喜打麻将，我一点儿兴趣也没有。乡下没电，每到周末，我就着赌友们的烛光，陪坐看书到午夜，赌局不散自己不歇。那时，我订了许多刊物，内容有文学、艺术、书法、健美和思想类等十多种，我现在记得的就有《毛泽东思想研究》《健与美》《演讲与口才》《散文》《星星诗刊》《硬笔书法》等。看书是我从小的爱好，也是我在石渠打发寂寞、抗击艰难、以苦为乐的法宝。

虾扎的太阳早早升起，很晚落下。我坚持6点左右起床，发了钢炉，往炉子里塞几铲牛粪，用高压锅压上稀饭，就去跑步。回来，牛粪燃光，稀饭也香气四溢。哪怕大雪狂风，自己都着短裤背心跑到阿色沟下面。有时我还带着愿意早起的学生，一边喊着“锻炼身体，保卫祖国”，一边跑步。看到我们跑步的乡亲们都觉得很新奇，就像我初次看见牦牛一样。

我当年有个梦想希望将来能够修一座水电站，解决虾扎用电的问题。现今看来，虾扎周围是不可能修水电站的。因为虾扎地势平缓，没有落差；除了夏季，其他季节水源基本都被冻住了，无法使用水力发电。另外还有个梦想，假如我是乡长，我就让乡附近的群众开垦点土地来种菜。“多靠干菜过，豆瓣下饭常。”那时，每年春节返岗，母亲总要“临行狠狠装，意恐迟迟归”，给我装上满满两大口袋的腊肉、干菜等食物，外加上一些菜种子，有一年甚至连油菜都装上了。短暂的夏季，我在友人税务所院坝里种了各色菜蔬，油菜薹发得尤好，有大拇指粗，油嫩可口。莴笋和萝卜有小饮料瓶粗，只是白菜开花得早。那时的我还不知道，高寒牧区的植被一旦被破坏，最难恢复，在院坝里种点小菜还无关紧要，如果过度了则会破坏生态。随着知识的丰富，我暗自庆幸，不然真成了一罪人。

教书自然是我的最爱之一，我是3个班的语文教师，一周课基本在20节左右，每个班的学生不多，但我都很卖力，用不很标准的普通话来讲课。有一位同事的家属是一个经常走南闯北的司机，连他都佩服我讲课抑扬顿挫。记得同校的倪子荣老师（其是享受政府津贴的特级教师，全县仅2名）到起坞乡小学搞交接，我替他代课一周，讲课讲到嗓子都受伤了，吐出的痰里都有血丝，当时不以为意，竟落下了慢性咽炎的病根。

虾扎4年一晃就过，其间快乐首数周末友人同去打鱼，用一小破烂网，随意撒下，顺水溜一段，收网，鱼活蹦乱跳地上岸了。每次打鱼也就下那么一两网，一斤以下鱼儿放回水里，也不多取，够吃即可。还有就是每周一次邮车经过，都有我的书信，当然自己发出的就更多了。至今自己还保留着厚厚的一摞信件，有母亲的叮咛、老师的鼓励、同学的闲聊、亲友的关心等，不一而足，其中康定师范学校张素华老师爱人蒋忠荣所长的推荐信和报社白玛老师的信对我影响最大。当日我替换同学到石渠县，领了《派遣单》搭“招手停”下城返家，恰好在车上遇见教我们藏语的张素华老师，她问及我自愿替换到石渠县，很替我惋惜，生怕我到了艰难困苦的石渠县就一蹶不振，并用心良苦地让她爱人给当时石渠县的一位县领导写了推荐信，我至今犹记得信的内容大意，介绍了我是学校里很优秀的学生干部和团干部，家境贫寒等，并请求改行、留县上。其实，张素华老师每周只有一节课，只教简单的日常藏语，我自己不甚喜欢，也没用心听讲，没想到老师却如此关心我。当年我年少无知，加上豪情冲天、壮志满怀，一心想为教育奉献终身，还暗自好笑张素华老师的好意，自然没去找人改行和留县上。多年后，有了一些社会阅历，才始知张素华老师对学生的关切之情和良苦用心。

最快乐的是逢“五四”等节日，自己都要组织活动，大家都很积极参与。我到友人处、小卖部和相关单位凑集活动经费，不需太多，百把几十元就够了。提前张贴海报，发布捐款名单感谢信和活动内容、时间等。活动那日，白天举办小型运动会，个人赛有短跑、长跑、丢球、跳远、跳绳等，团队赛有拔河、篮球赛等，重在参与，资以毛巾、香皂等小奖品。划赛道没有石灰，我就用水壶提水在土路上沿线浇水即可，很是管用，赛事完了，临近中午水才蒸发完毕，我很为此创意得意。晚上举办文娱晚会，歌喉好的唱首歌，善舞的来段舞，爱说的来段相声，中间来点有奖知识小提问活跃气氛，一个小知识配以一个打火机或者一炷小藏香做奖品。乡下文娱生活十分枯燥，大家均十分积极，不管干部群众、大人小孩、男女老幼，皆可参加，踊跃之情今日难忘，可谓皆大欢喜、其乐融融。

后在石渠县中学待了3年，主要带一个初中班的语文课兼班主任，这是我将师范所学发挥得最淋漓尽致的时间。我是8月底到中学的，已经开学半月，之前的班主任叫仁真老师，是本地人，将这个班交给我时如释重负，连连庆幸。我自然信心十足，接手后确实很吃力，对调皮的学生我是辩证对待，只要不犯大的原则和纪律错误，活跃点我倒十分喜欢。那个班的主要问题是学生基础不牢，教学效果无法达到，为此，我想尽办法抓教育。小到利用新课补基础知识；每个学生建立档案，详细分析其现状、一周变化和问题，以供对症下药；午间开展活动，讲故事、学唱歌等，将班规校纪和做人等寓教于乐之中。同时，积极家访争取家长们的支持。记忆犹新的是当年的副县长洛登的儿子很调皮，连校长都无可奈何。我就让洛登来学校接受谈话“站旗杆”。中午时分，洛登副县长来了，并问我：“老师，我站在什么地方？”我说：“就站在国旗杆下！”洛登副县长老老实实地站在旗杆下很久。至今我都十分感激这位领导对我这个年轻老师的支持和帮助，后来这位老领导成了我最好的朋友之一。调离石渠县后的5年里，每年我因工作需要都要上石渠几趟，待上1~2个月。每次我都要抽空到他家看望、摆谈一下，可惜这位受人尊敬的领导去年因长期带病坚持高海拔工作不幸病逝，“斯人已逝，良风犹存”，想起当年情景我就不由泪眼朦胧。

学生慢慢接受和喜欢我，我自己也将所学，包括老师对自己的关爱，全部倾注在教学里。我始终认为一位教师就是一个河床，学生就是一滴滴晶莹剔透的水珠，两者相融，汇聚成涓涓细流，慢慢渐成大江大河，流淌、滋润一方水土。当日我鼓励学生既要抓好当下学习，更要树立长远目标，立志做一个有益于国家和社会的人。多年过去了，学生陆续参加工作，有从事教学工作的，有从事其他职业的，还有一位在西北民大攻读博士。算来自己学生虽少，贫富皆有、强弱都具（学习底子）、藏汉兼备，但都做到了一视同仁、尽心竭力、无愧于心，也是对我们康定师范“身正为师、学高为范”校训的身体力行吧！

再后因工作更迭，自己在县委宣传部、政法委、组织部、县委办、县政协等单位都分别待过一段时间。算来我在石渠13年，教书用去一半时间，其他工作一半时间，其间历时7年多自考获得了四川大学法律专科和新闻本科。当年为了自考，自己每天坚持5点多起床点着蜡烛，半盖半坐在床上看书，直至天破晓，上半身尤其是双臂基本冻僵了。加上中午、下午和晚上，自己每天要看6个多小时的书。自考也算了了自己的大学梦。

很喜欢一位前辈写的一篇关于石渠的文章的标题——河山极处城更高。我以此为上联，作了下联：生命禁区人最好，横批：唯我石渠。今日想来，当年就是凭着同学们对我说的“坚强的精神和强健的体魄”，在石渠度过了人生最宝贵的青春年华。特别是在办公室工作期间，早到晚归，基本都是凌晨时分才回家，身着厚厚的衣服走在石渠街头，那种犹如赤身裸体在冷水里浸泡的感觉现在犹存。“5+2”“白加黑”，为了工作，自己两次拖延已经准备妥当的婚礼，后来也没有举办，内心很是亏欠爱人。忘我的工作让自己脸部被紫外线灼伤，体力透支导致身体部分器官受损……苦乐相伴，青春飞逝，石渠在我的人生已烙下深深的印痕。忘不了乡下中秋节，学生格勒曲批送来自己舍不得吃的月饼；忘不了，长须贡马远牧点下乡，那位3岁多赤身裸体，只穿了一双棉靴，孤身坐在破羊皮垫子上的小男孩天真无邪的双眼；忘不了，真达乡普玛村参加虫草资源纠纷调解，那星罗棋布的采挖大军帐篷；忘不了，首次到瓦须乡一路的艰险；忘不了，调离石渠后，因工作关系，每年数次赴石渠参与维稳等工作，驻守2个月左右的情景；忘不了，启动牧民定居后，参与石渠建设的场景；忘不了，玉树地震后，第一时间随同时任副州长毕世祥12个小时，人车不歇，从康定奔赴石渠的风驰电掣；忘不了，参与玉树地震抗震救灾，在玉树结古镇震后废墟里开展工作的一幕幕……

石渠23个乡镇（场）均留下了我的足迹，牛场上的炊烟缭绕、奶茶飘香，农寨里的青稞拔节、糌粑呈祥，无不让我魂牵梦萦。现在虽远隔千山万水，但石渠的山山水水、一草一木在我的心里是那么的清晰，尤其是刚调出来的头两年，经常梦回石渠，也许这就是青春难以忘怀的原因吧？

我时常想，人不管走多远，可始终走不出缘定的圈子。对我来说，石渠就是我命定的一笔，不论浓淡。细数，人生短暂，穷其终生不过六七个十三年。单论青春岁月，不过两个十三年。自己亲身参与了石渠的建设，亲眼见证了石渠的变迁。可喜的是，当年自己在石渠时的许多梦想都随着国力强盛、社会进步、经济繁荣，逐一得到解决。千百年逐水草而居的牧民群众住上了宽敞明亮、充满现代气息的定居房；乡村沿用千年的酥油灯被“新甘石”电网输送的电力点亮的电灯取代；四季时蔬、鲜果伴着物流方便出现在寻常石渠百姓家里……

细想当年在石渠，不管任何岗位，自己都快乐地奔跑着。因为我知道，石渠很艰苦，对人是一种磨砺，但这种磨砺很可怕，要么你战胜艰难困苦，要么艰难困苦战胜你。正如我在石渠总结当地生产生活的一段话：白雪黑牦，牛毛帐篷；牛粪火暗，寒色割面；糌粑为主，肉食为辅；边茶呷之，其乐融融！宛若流淌在这片土地上的金沙江和雅砻江，或激扬飞越，或绵延舒缓，拥抱着扎溪卡这片神奇而广袤的高原，不管四季变幻、枯荣淡浓，唯有面对现实，直面困苦，以苦为乐，才能真正有所收获。为此，我不敢有丝毫懈怠，努力地践行着在书本、学校和社会中的道理，谦虚谨慎，大度乐观，努力奋斗，不停向前。我撰写了近2万字的调研报告《石渠县等海拔4200米以上干部职工生存状况令人堪忧》《石渠县等牧区包虫病现状和对策思考》，得到时任国务院总理温家宝，时任全国政协副主席、省委书记杜青林和省长蒋巨峰，以及时任卫生部部长陈竺、高强等的高度关注，也算不枉我在石渠磨砺了13年多。

青春渐逝，记忆犹新，激情仍存。历经磨难，艰难困苦的石渠教会了我许多，让我收获了许多。我引以为傲的是在“生命禁区”石渠待过13年多，并将这片土地视作自己的故土，燃烧了青春，播种了希望。我引以为贵的是自己始终保持着母亲所教导的执着、快乐和感恩，这将激励着我奋勇向前，不管何时何地。

（2013年夏于情歌城）

在路上

——与《甘孜日报》的不解之缘

今年，恰逢《甘孜日报》六十华诞。前段时间，报社约请我写篇与《甘孜日报》的稿子，这个约请一下勾起了我心中深藏许久的那份记忆。

结缘《甘孜日报》，那还是17年前。当时，我少不更事，替换一病弱的同学到苦寒石渠，分到了距县城70多公里的牧区乡小学任教。在那所极像矗立在黄土高坡上的小学的4年里，阅读和写作始终与自己相伴，昂扬着年轻的心奔走在人生的路上。寂寞、单纯、艰苦的日子里，《甘孜日报》成了我获取外界信息、汲取知识和精神力量的重要载体之一，可以说是我的良师益友。因为偏远，《甘孜日报》到手后，往往都是昨日黄花，但仍然爱不释手，将小开张的《甘孜日报》一口气通读一遍后，还翻来覆去地选读和细读一些稿子。畅读之余，逐渐萌生了投稿的念头，并尝试写了反映当地群众生产生活的稿子寄去。未曾想到个把月后，居然收到了回信，手握着印有甘孜日报社落款的牛皮信封，激动之情至今犹新。拆封后，落款白玛的一位编辑在信中对我的稿子进行了认真负责的点评，并对投稿方向给予了建议指导，还鼓励我多写稿子。信中的谆谆教诲和真情善意让我在苦寒孤寂的日子里增添了几许春日般的温暖，并伴随着我一路走了过来。这封信，伴随着我工作的变迁，辗转反侧，不仅始终没有丢弃，还深深地收藏在我的心底。

我清晰地记得我在《甘孜日报》上刊登的第一篇稿子，是一篇描写石渠雪的散文。那时，我已在县中学任教。稿子虽短，但凝聚着我的许多感受，让我受益终生。稿子主要描写了石渠的雪等自然状况，以及生活在这片苦寒之地的人与恶劣的自然环境相生共存的感受。

那篇稿子的刊发，再次鼓舞了自己对文以载道的景仰、追随和身体力行。随着自己刊发文稿的增多，我亦被当时素不相识的县委宣传部长杨雄点名，借调从事扶贫攻坚宣传工作。告别自己挚爱和执教多年的牧区教师岗位，我与

《甘孜日报》的关系更加密切了。忘不了第一次被聘为特约通讯员、特约记者的激动。我采写的《谱写在群众心中的歌》《英雄母亲：志玛翁姆》在《甘孜日报》上刊发，并获2001年度全国少数民族新闻二等奖、2001年度四川新闻奖通讯类三等奖，让我更加坚定了自己的业余爱好。还记得，2002年春节自己返回石渠时，顺道去领取获奖证书，那也是我第一次到甘孜日报社。田杰、白玛等对我悉心指导，并赠送了好几本报社的采访日记本。一路行走，一路写作，自己又结识了李庆林、张兵、常晓兰、马建华、杨杰等许多师友。他们都从写作上对我进行了耐心细致的指导，那份真诚温暖让人感动不已。同时，我还通过《甘孜日报》结识了许多笔友，如徐君、叶强平等。

伴随着《甘孜日报》扩版为日报，我也在获得法律专科自考后，又历时3年多获得了新闻学本科学历。当时四川省刚开设新闻学本科自考科目，我就选择了漫漫自考新闻学本科的路。当时报考这个专业的人很少，参加论文答辩的新闻学本科自考生全省共3人，一位是四川大学新闻专科毕业在《重庆日报》工作的，急等着获得本科文凭好签约工作；一位是江油的老师；另一位就是我。自己报考新闻学也有《甘孜日报》的一点影响，我的论文就是以《〈甘孜日报〉如何发挥藏区党报作用》为题的，还获得了88分的高分。

岁月更迭，时光如梭。晃眼，收到白玛老师的回信已经17年多了。这一路走来，自己先后在《光明日报》《四川日报》《四川党建》《四川法制报》《西南商报》《甘孜日报》《雪域先锋》等报刊上发表文章500多篇。同时，2005年、2007年先后撰写的调研报告《石渠县等海拔4200米以上干部职工生存状况令人堪忧》和《牧区包虫病现状和对策思考》，得到了时任国务院总理温家宝和省领导的高度关注，多篇调研得到省州相关领导批示，为国家、四川省加大对甘孜藏区的关注和帮助提供了重要决策依据。

文如其人，为文即做人。正所谓言为心声，写文章同理。长期以来，《甘孜日报》扎根甘孜大地、站位康巴高原、放眼大江南北……以藏文版、汉文版纸质媒体和电子报等为载体，真正深入到15.3万平方公里甘孜大地每一个角落，深入到112万甘孜群众心底。近年来，《甘孜日报》以提高舆论引导力为核心，以推动全州经济跨越式发展和社会长治久安为主线，导向正确，贴紧中心，服务大局，努力实践“三贴近”，宣传亮点突出，版面架构合理，稿件图文并茂，可读性强，充分发挥了党报阵地作用、喉舌功能，获得广泛好评。特别是《经济民生周刊》《康巴周末》对新闻主版的补充和支撑作用日益凸显，丰富了栏目和内容，为经济、民生和文学、社会等方面的报道提供了载体。

现在，自己还担任《甘孜日报》的评报员，同时也通过州政协委员的身份积极呼吁过加大对一报（《甘孜日报》）、一台（《甘孜电视台》）、一网站（《康巴传媒网》）的关注和投入，并取得较好成效。

点点滴滴，只言片语难以言表；桩桩件件，字里行间难以尽全。《甘孜日报》60华诞之际，为之高兴的不仅是其一直以来传递真善美的累累硕果；也不仅是其自身为土壤，播种、培育一批批人才的辉煌业绩；更多的是《甘孜日报》与这个时代，与康巴大地，与甘孜儿女共呼吸同命运的那份执着和坚定。其实，不管任何人、事、物，都脱离不了在路上这个铁律。我庆幸和欣慰的是自己也顺应和融入了这一点，同这个时代，同我们的祖国，不断地奔走在路上。

在路上，我们为生活在这个时代和我们的中国庆幸和骄傲；在路上，有《甘孜日报》为伴，自己将一如既往向《甘孜日报》看齐，永不停却奔走的步伐，不背弃对社会的责任和担当。

（2014年8月夜于康定）

无畏逆境

“置之死地而后生。”当日自己在师范毕业时，就是抱着这一信念与体弱多病的同学调换到了石渠县，这一待就是14年。

想起当年自己的做法，许多老师和同学，包括家人都是很难理解，甚至有人在背后说我“脑袋里缺根弦，傻”。今日，拜读了《面对逆境》的开篇，终于为自己当日到石渠县的想法找到了一个相同的支撑。

当时，自己在康定师范学校也算是品学兼优的好学生，老师和同学们都十分看好。自己誓将为民族教育事业奉献毕生，加之自己在师范学校一帆风顺，生了磨砺自己的念头，想到牧区乡村教书育人为乐。后来，同班一位同学被无奈顶替另一位同学到石渠县，倒给了自己磨砺，并助人为乐的机会。

至今都清晰记得，当日到学校取派遣单，临时现场决定顶替那位体弱多病的同学到石渠县。发放派遣单的校党办主任斯郎卓嘎老师反复劝我要考虑清楚，自己现场可以说是义无反顾地就改变了自己的命运。现今想起当时场景，都还被当时自己的决断所感动。

上石渠之际，抱着自身身体素质好、毅力坚强和精神强健的优势，明知石渠县的艰难困苦，以“置之死地而后生”来勉励自己。在石渠县的14年里，自己不敢有丝毫懈怠，面对逆境，甚至是自己给自己设置了许多逆境来磨砺、锤炼自己。面对艰难困苦时，我经常豪情满怀地以“先天下之忧而忧，后天下之乐而乐”来警醒和激励自己。一晃，告别康定师范学校已经19年了。

在被称为“生命禁区”的石渠县的日子里，自己基本做到了以恶劣的自然环境来磨砺自己的意志，以艰难困苦的工作条件来锤炼自己的品性，以清苦辛劳的生活环境来检验自己是否耐得住寂寞……

忘不了，当年自己坚持锻炼身体，冒着寒风暴雪低温，身着短裤背心，在虾扎乡跑步锻炼身体的情景；忘不了，长期以来，自己点着蜡烛，在乡下彻夜长读的乐趣；忘不了，一直以来自己认真对待工作、生活的执着……

长期以来，始终坚信“天生我材必有用”，在任何一个岗位都能够干出成绩，实现自己的人生价值。当然，石渠县毕竟是平均海拔4200米以上的高寒牧区，当年由于条件所限，缺乏必需的生活物质，尤其是新鲜的果蔬，也疏忽了在高寒牧区保护自己身体的常识，导致身体落下了许多病根。例如，脸部和颈部被高原强烈的紫外线严重灼伤，十多年来，始终难以愈合，稍不留神就反弹。心脏等器官由于高寒地区影响，和绝大多数在石渠县等高寒牧区待上10年以上的人一样，都有一定的毛病。为此，自己于2005年年底，在经过2年多采访不同年龄、性别、族别、出生地、职业等上百位在岗、退休干部职工和广泛收集资料基础上，撰写了近2万字的《石渠县等海拔4200米以上干部职工生存状况令人堪忧》的调研报告，平信分寄时任国务院总理温家宝、时任省委书记张学忠、州委书记刘道平、州长尧斯丹等领导。此调研得到国家、省的高度关注，将甘孜州作为重点调研区，2006年上半年中组部、人事部等部委赴甘孜州调研，解决了许多实际困难。

2007年10月18日，在距我从康定平信邮寄不到7天时，时任国务院总理温家宝在我撰写的《石渠县等牧区包虫病现状和对策思考》上批示：“请陈竺、高强并青林、巨峰同志阅。要重视和支持高寒牧区包虫病的防治工作。”时任省委书记杜青林和省长蒋巨峰也分别作出批示。后不久，国家、四川省相继加大了对高寒牧区包虫病防治工作的力度。

回首在石渠县的14年，自己付出了许多，也收获了许多，失去了许多，更得到了许多，也许这就是“舍得相当”的哲理奥妙所在吧！

庆幸的是，自己生活在一个十分好的时代，当年自己在虾扎乡教书时，深感牧区群众无电之痛苦，暗自发誓将来有能力了要解决这一难题，结果随着时代进步、国力增强和经济社会发展繁荣，这一难题已经得到妥善解决。尤其是近年来实施的“新甘石电网工程”更是惠及了万千北路农牧区的基层群众。

所谓强者，就是面对逆境，泰然处之，甚至战胜逆境。我始终都坚信生活的好坏是由自己的心态决定的。逆境不是坏事，相反，它是磨炼、考验。事实上，挫折、磨难可以带来无可取代的宝贵经验；一个人是否有重大挫折的经验，甚至关系到他工作和成长上的表现。古人云：“有诸内，形于外。”态度是行为的表现，态度的积极性，不单在于思想方面，而是反映在行动之中。

“艰难困苦，玉汝其成。”正如文章中说的，“古往今来，将才良相大都经历过艰苦环境的磨炼。越是艰苦的环境，越能磨炼出干部的品质，考验干部的毅力”。长期以来，无论是在师范学校，还是工作以来，自己都秉承这一信条。

感谢组织，感谢时代，感谢关心和帮助自己的人，让自己先后在教育、宣传、政法、组织、党办、信访、政研、政协、目标、经济、文秘、三农和群工等多个领域，从事过10多个岗位。在每一个岗位上，自己都认真对待，以坚定的信心、执着的追求、好学的习惯、热情的服务和激情的工作，做好当前事、谋好长远计，统筹工学忙、兼顾点线面，用实际行动践行“把承受挫折、克服困难当作是对自己人生的挑战和考验，在克服困难、解决问题中提升能力和水平，在履行职责中实现自身的价值，在对事业的执著追求中享受工作带来的愉悦和乐趣”。

岁月飞逝，相较过去，自己更丰富了阅历，增添了见识，收获了沉稳；日新月异，展望未来，自己尤激情不减、豪情依旧、信心倍增。

以自己在海拔1200余米的诞生和生长地来比较，石渠县的海拔有4200多米，两相比较多了3000多米。如以电梯公寓每层3米计，自己在诞生地所在以上1000多层楼的地方都安然、乐于待了14年，还有什么不敢去面对的呢？

无畏逆境，逆境无畏。

（2013年4月17日18时于康定拜读《面对逆境》有感）

暮色初染四月八

晚饭后，送罢儿子綦娃到其幼儿园同学家玩，回家看完《新闻联播》，即换了远足的胶鞋出门散步。

出了小区大门，华灯星星点点。在淅淅沥沥的细雨里，我撑开伞独自沿着瓦斯河，从东关一路而上。暮色里，三三两两的游人，或是晚步归家，或是冲着“四月八”跑马山转山会来的游客，操着康定话或普通话，擦肩而过的感觉是那么恬淡和释然。伴以雨中那鲜翠欲滴的垂柳，宛如条条发梢拂过伞顶布的“嘶嘶”声，让人心尖油然而生一种酥麻的感觉。经过初夏绵绵的雨季，尤其是今日一天的普降甘霖，瓦斯河的水流越发湍急，涛声和着车流声、人声，将这千年炉关的“四月初八”烘托得愈加深邃和久远。

到得瓦斯河源头，也是古城瓦斯碉处，此处据说是昔日民正土司首席管家包家锅庄所在。据传包家原姓焦，明朝洪武年间，包家祖先不惜以身杀头，保主有功，获朝廷赐金头一颗同遗体埋，并因焦家“保”主忠诚，赐姓“保”，后“保”音传为“包”，包家锅庄便以此流传下来。源自木格措，顺雅拉沟而下的雅拉河，和源自折多山冰雪之巅的折多河，也在此处合二为一。想必瓦斯河名就来源于瓦斯碉？在历史的沧桑变迁里，昔日瓦斯碉风貌已荡然无存，取而代之的是高高耸立的工商大厦。雄踞于一侧的郭达山云雾掩映，山崖在雨水的冲刷和浸润下，各色佛像和六字箴言更加艳丽溢彩，返青的草色和灌丛点缀的黛色的山崖充满了生命润意和勃勃生机。

跨过下桥，沿着河畔淡淡的灯晕，溯折多河而上。途经中桥，恰逢傍晚时分那日日不息地跳锅庄的人散了，成群结队地涌了下来，或许是淅淅沥沥的雨意加快了这些人儿的脚步，还未来得及细看是否有熟悉的，那匆忙的步伐和着拥挤的人流已从身旁　闪而过。

踏上广场前的彩虹桥，清真寺和回民小学隔壁那片夹杂着老木屋、陈旧平房的破旧建筑群已拆迁完毕。平整出的空地已用红砖砌起了高高的围墙，墙内有许多机械作业。绿色穹形尖顶月牙的清真寺，以及缀满了春节彩灯的回民小学静默矗立在细雨中，紧邻上边的是天主教真原堂。哥特式建筑风格的塔尖穿过暮色，若隐若现，此处到将军桥为核心地段，亦是旧日老康定最为著名的老陕街所在。教堂下的摊点大多关了，原想去一药店测下体重但未能成行，便由着步子往将军桥去。

“康定老街·溜溜城”大肆渲染的彩灯很是抢眼，恰好中午上班前路过此地，为了端详那街口台阶上塑的牦牛和新题的诗，加之不知今日“四月八”是否举办活动，便跨过去瞧个仔细。原来是郭昌平先生的诗作：“足踏大地角顶天，涉冰卧雪只等闲。纵是贡嘎剑千柄，抖擞扶摇上霄汉”，很有雪域牛的精神。顺踱进去，小逛了下，如同往日一样，正面的大木联匾上刻着罗大志先生的联语：立马高原望藏彝走廊情歌故里三山鼎峙二水夹流数百年风雨沧桑茶马市；题襟雪域赞武侯遗韵公主留芳志士筹边将军易帜越千载人文荟萃锅庄城，此联是去年“溜溜城”楹联征集佳品之一，我的撰联“曲行天上，情在人间”也有幸入围，可谓入选联之最短。一友人撰的长联最长，共计142字，上联：登山观胜景，看三山相峙，贡嘎蜀山王，打箭炉遗事犹闻，炉关通衢久，藏彝走廊见证处，昔商旅满关茶船遍河，大千妙笔流连，更喜古迹星罗，聚情歌灿烂文化，俨然海外仙山排云出；下联：乘兴逛新城，闻两水交汇，茶马古道远，水井子温泉安在，川藏要冲著，锅庄文化发祥地，今游客云集物流通原，镕基亲口赞誉，尤见弦月澄净，揽康巴繁荣物象，宛似蓬莱圣地乘风来。无论是大志先生和友人，抑或其他许多文人，撰写的佳联均从不同视角描写了康定悠久的历史和独特的地理人文。举办方是溜溜城开发商，还出了上联：溜溜山下一溜溜名曰溜溜城谱写一曲溜溜调，广求下联，很有点余音未绝的味道，不禁令人叹服开发商将商业和文化结合的营销高招。转经的人不多，戏台子上好像是歌友们准备排练，许多人已摊开乐谱，摆弄开乐器，后来的一位背乐器老者在台上众人的招呼下，匆匆登台。

中午已去，便不再过街，径直过将军桥，往南门而上。走着走着，离公主桥还有200多米，瞬忽雨情加大，夹杂快意，急促倾泻，淋漓尽致地敲打得大地啪啪回响。路边的人们大多惊慌失措地避雨，好在我撑的伞大，倒也不惧，便放慢了脚步，一者欣赏这肆畅的雨景，二者减小步幅以免被雨水湿了后脚裤。“四月八”有九龙吐水浴佛祖的传说，今日从早到晚，康定城都笼罩在这吉祥的甘霖中，许就是“九龙浴佛”吧？近处的柳叶，远处的灌丛，包括山尖、河畔的各色树丛和花草，也益发洁净得青翠夺目。中午闲逛时，顺带想了首诗：“甘霖降瑞四月八，祥云笼罩康定城。情歌一曲世人倾，转山万遍意未尽。”恰逢一友人上午参加转山会，近日喜逢高兴之事，信手编了副对联赠其：四月八九龙吐水浴佛佛法轮转久；转山会万人焚香祈福福气心存恒。发给其后，觉得应将“福气”改为“福田”更佳。

上得公主桥，雨小了许多，老桥早已不再使用，便有人在桥头安了台球桌，前几日打台球的那几位修理工不见踪影，唯有老桥、流水、雨水和台球桌相伴。自己非炉城人，但在康定也算居住数年，也略知“康定十咏”中有“四桥雪浪”美景，曾拜读20世纪40年代老康定黄大愚先生撰写的《满庭芳·十咏》，其中关于“四桥雪浪”的描写很是让人神往，雨中再踏公主桥，闻折多涛，观桥下雪浪，特录其时见闻和文字以对印。“康定城内一河横贯，夹岸为街，架四桥以通往来。 桥影摇虹，浪花撩雪，两岸临水人家，潮生潮落，山涧贯城斜。午梦溪声一枕，松涛好，只隔窗纱。残阳里，抛珠溅玉，匹练衬朱霞。”河指折多，四桥定是折多河上的四桥，公主桥、将军桥肯定是当年四桥之一。现今从公主桥到东关，已有八座桥跨河而联，涛声依旧，美景醉人，追古抚今，遐思无限。

据说公主桥是当年文成公主进藏所过之桥，我很喜欢这种民间传说。记得当年在石渠工作期间，县城到洛须路上的照阿拉姆崖刻佛像，相传为文成公主进藏用马鞭刻下的。正科乡境内就有土丘，据传是文成公主贴身侍女途经病故葬身而来。其实不论是四川，还是青海、甘肃等藏区，都有许多此传说。虽然仅是传说，却见证着藏汉民族千百年来的历史渊源和深厚情谊。康定是一座有着海纳百川气度的古城，虽小，却容纳了汉族、蒙古族、回族、藏族、苗族、彝族、满族、土家族、羌族等诸多民族，还包括漂洋过海而来的外国友人。从宗教来看，更是一个充满了包容的城市，有藏传佛教、汉传佛教、伊斯兰教、道教、天主教、基督教等，各教派和寺庙间和谐相处，共荣互生，堪为康定人文厚重之最佳佐证。

过公主桥，沿白土坎而去，山边一水泥便道很是洁净，道宽可过小型车辆。道左旁是山，康定十咏之一“双寺云林”所指的南关两古刹，一名南无寺、一名金刚寺。

拐上便道百十米，有焚香之气息，再行十多步，避开围墙遮挡，果有祭祀遗下香烛等。好在所处空旷，加上是雨季，不然终是不妥，易遭致火患。

坡缓而上，停步观望。喧闹一日的跑马山只留下满山郁郁葱葱的林木，缭绕山间，不时变幻的雾霭，外带山顶和山腰处各有一彩灯勾勒出的殿宇轮廓。想必一是吉祥禅院，另一可能是情宫吧？想找人征询，道上只见雨影，但闻涛声，无法获证。

算来自己登临跑马山屈指可数，“四月八”上跑马山，仅在康定师范学校临毕业时，要好同学邀约而去。既往记忆中的“四月八”比现在热闹多了，物交会上来自天南地北的各色客商，加上转山的、购物的、闲逛的、观光的，各色人等将康定城塞得密密实实，煞是热闹。如今，随着社会进步、物质丰富和生活水平提高，昔日的热闹场景已一去不返，两相比较，终是好事。

此际，暮色苍茫，云雾飘逸，一龙形长带云雾自东关跑马山和郭达山之间，蜿蜒屈伸而上往北边雅拉沟方向而去，许是那浴佛的九龙之一从跑马山回其居所木格措（野人海）吧？跑马山顶，另一长带形云雾许是一龙不舍离去吧？郭达山上更是云绕雾缭，“郭达停云”一直是康定景致之一，据本地人和久居之人说还可以停云占卜雨意。

此时，山下康定城已万家灯火。雾影、雨意、暮色、灯火，烘托得小城是那么祥和而安静，这也是“四月八”人们转山祈福的心意。

想着、踱着，不觉已到了旧时“三圣祠”所在，顺梯而下，很快便到了安觉寺前。据说，安觉寺名来自于民国26年（1937年）国民政府考试院长戴季陶来康，火后重建该寺题赠。

依然顺河回，涛声依旧，杨柳习习，郭达耸立，在夜色里越发温暖的橘色路灯灯晕，将山崖上先前艳丽的佛像和六字箴言映照得那么祥和、安乐，柳色也随着灯光形成不同的层次色差来，引得许多游人驻足观赏和拍摄留影。

踱着、踱着，不觉已到家门口，才想起妻子让去接儿子。这暮色初染的康定“四月八”竟如此迷人。

（2014年5月于炉关）

有容乃大望海去

同四川大学有缘！之前历时8年自考的法律专科、新闻学本科都是四川大学发的文凭。原本法律专科应是西南政法大学，可在考最后两门功课时，重庆市变成直辖市，自己的学籍也就转到四川大学。本科论文答辩时，到过四川大学一次，这算是第二次了。此次短训时间10天，远比答辩时的半天多，作为甘孜州首期优秀年轻干部和人才递进培养计划的102名学员之一，很是兴奋能近距离与四川大学亲密接触，有“再进川大、感受川大、对话川大”之感。

短训是在望江校区干训基地，环境幽雅、花木繁茂、碧草如茵、景色宜人，是读书治学的理想园地。

基地副主任王谦教授的开班典礼讲话很有意思。他说，文凭是铜牌、能力是银牌、资源是金牌、创新能力是王牌，希望大家通过学习收获更多的铜牌、银牌、金牌和王牌。

新南门酒店到四川大学老校区有一段路程，每天早中晚都有大巴车接送。为了体验上大学的感觉，早晚我基本选择徒步，中午不回酒店，就在校园徜徉。

早晨过了新南路到磨子桥，入四川大学北大门，校园内宁静的氛围让人流连忘返，各类鸟叫声划破了川大的静谧。许多鸟悠闲停落在草地上，时而欢快跳跃，时而低头啄食，时而抬望点头，颇像老友相会热烈而深沉地表达友情。一只麻雀在我路过时，几乎触手可及，擦肩而过的瞬间，感觉就像久违的老友那么自然。

川大的环境好在和谐的自然环境与厚重的人文环境相互交融。中午，沿着校园路径漫无目地闲逛。转到干训基地后，看见许多人围成一团在观察什么，结果是摄影爱好者们在拍摄鸟儿。天气好时人很多，待到秋天银杏黄时，前来摄影的更多，许多是来拍婚纱照。其实鸟的叫声不仅在你漫步校园时，就是在教室里，时不时也可听见鸟声，给你清新，倍觉精神。川大的鸟儿，也像四面八方来川大读书的人一样，来来往往，川流不息。一所大学能够将校园的美景与大家分享，可见大学的开放程度。

行到川大校史馆，忍不住走了进去。底楼的川大院士墙十分抢眼，吴玉章、陈寅恪等的图像皆在。二楼是以“功名富贵”为名的四个厅，还有足音厅、流风厅、吟虹厅三个大厅。三楼为“十万卷楼”，有以道德文章为名的四个小厅，还有明远厅、致公厅两个大厅。厅里琳琅满目地摆满了川大的历史、人文等物件。让人对川大的人才济济有初步了解，但感觉“十万卷楼”多了个“十”字，有画蛇添足之嫌。

图书室十分安静，要刷卡才能进入，随意给一位川大的学生说了下，说只能刷一次，替我打开了自动门。我寻找了下藏区的书籍，很少。鉴于时间浏览了会儿，又往二楼去。二楼是月刊等，进门又要卡，我给管理人员解释了下自己是短训的，问可否进去看下，他同意了。感觉川大的图书馆不是想象中的那么大，但十分安静。

在川大待了两天，也了解到许多川大的校情。川大由原四川大学、原成都科技大学、原华西医科大学三所全国重点大学经过两次合并而成，起始于1896年四川总督鹿传霖奉光绪特旨创办的四川中西学堂，是西南地区最早的近代高等学校。百余年来，学校先后汇聚了历史学家顾颉刚、文学家李劼人、美学家朱光潜、物理学家吴大猷、植物学家方文培、卫生学家陈志潜、数学家柯召等大师。历史上，吴玉章、张澜曾执掌校务，文坛巨匠郭沫若和巴金、一代英烈江竹筠（江姐）等曾在川大求学。中国科学院和中国工程院院士中，有50余位是川大校友；2001年评选的近代50位“四川文化名人”中，有36人是川大校友。

四川大学学科门类齐全，大师云集，名师荟萃，在长期的办学历程中，形成了深厚的人文底蕴、扎实的办学基础和以校训“海纳百川，有容乃大”、校风“严谨、勤奋、求是、创新”为核心的川大精神。

“海纳百川，有容乃大”不仅蕴含着多种精神之内涵，并且恰巧暗嵌“川大”二字。首先体现了学校发展历史和现实的统一。它反映了原四川大学、成都科技大学、华西医科大学“三强合并”前深厚历史渊源，也反映了新川大“三强合并”的现实。其次，体现了继承和创新的统一。

在川大不得不说红檐青砖的老建筑。这些老建筑承载着川大百年的文化传统，见证着川大百年的砥砺奋进，昭示着川大今天的豪迈气度。

川大徽志是一对凤凰、三条水脉、“川U”之形，人立其中，整体有机融构成钟的图像，同时又酷似一座蓄势向上、顶天立地的学术殿堂，既隐含川大海纳百川两次强强合并、三水融一的发展历史及革新精神，又寓意由三所重点高校合并一体的新川大，百年涅槃、不断升华。为此，我还专门去看了钟亭。

问及在钟亭旁的两位川大同学，一位来自湖北武汉，一位来自重庆彭水，也不了解钟亭的寓意。邀我坐下，问及是大三的学高分子材料加工工程（塑料加工），在大学里感觉很累，目的性很强，现在准备一边考研，一边找工作，将来还准备出国。她们说以前纠结是找工作还是考研，想到身为女性，且本专业不好就业，只好考研，精神上压力大。我给她们谈及信仰的问题，她们不是很理解。大家天南地北地扯了哲学、教育、社会等许多问题，这两位同学说我求知欲特强，并很感叹现在居然真的有这样的官员。临别，她们还说现在就是应该多一点有社会责任感的官员。

培训中，我们切实感受到川大的历史底蕴和办学特色。川大借助干训基地平台，采取“走出去”和“请进来”的思路，有选择性和针对性地邀请省委统战部、省委维稳办、四川省委党校、四川行政学院、省社科院、浙江大学、西南民大、电子科大、管理咨询公司、媒体、成都市基层社区的领导、专家、学者和培训师20多位，充分考虑了甘孜州经济、社会、生态、人文的特殊性，紧扣甘孜藏区经济社会发展和甘孜藏区年轻干部成长，从不同领域、角度、需求进行全面、深入、细致的培训。

培训基地针对甘孜藏区经济社会发展需求和藏区年轻干部特点，采取多元教学模式，综合运用讲授式、研究式、案例式、模拟式、体验式等教学方法，提升了培训的灵活性、实效性和扩展性。课程设置内容丰富、紧扣当前、有所侧重，涵盖了领导干部哲学思维方式、理论专题与创新思维与管理、压力管理与情绪纾解、公务礼仪、创新思维与创新管理、公共管理、媒体沟通与网络舆情应对、社区治理机制创新、国家治理体系与治理能力现代化、应急管理与公共突发事件处置、管理沟通与公共关系、旅游市场营销、管理沟通与语言艺术、物联网技术与管理创新、外部挑战与展望等。既涉及高层最新动态，又切入当前基层发展稳定民生。既有经济金融宏观理论，又有微观案例分析，既有产业发展研究，又有新型城镇化的探索。既有区域特质，又有基层实际，例如国学与修养、藏族文化与和谐社会、藏区经济社会可持续发展、四川藏区旅游资源开发与文化产业发展、民族地区招商引资策略、民族问题与藏区安全。

省委统战部副部长项晓峰作的题为《藏区形势和新时期党的治藏方略》的讲座很吸引人，并且十分切合甘孜实际，课后我与项部长进行了交流，他还与我互换了电话号码。

浙江大学公共管理学院院长、教授郁建兴作《从社会管控到社会治理——当代中国国家与社会关系的新进展》讲座。他很重视市场的决定性作用，倡议运用法治思维、权力清单来做好社会治理。他指出，好的社会治理取决于政府与公民、社会组织等社会力量的协同作用。

“微成都”原主编任勇作《应对新挑战 抢占话语权——微政务时代的微交流》，同任勇交流时，我还未开通微信，下一步得开通。他讲的“六度分割理论”（全球每个人通过6个人相互之间都可以联系上）让人耳目一新。

拓展训练使我们在生动活泼、趣味盎然的团队协作过程中进行了拓展思维训练，既收到了创新思维的良好效果，又达到了团队合作之功效，起到了凝聚思想智慧、活跃学员思维、开拓学员视野、激发内在动力潜能、弘扬团队精神的效果。

其间，培训基地还安排我们前往成都市温江区瑞泉馨城社区、武侯区黉门街社区、三圣花乡等地进行了实地考察和观摩学习。龙泉驿区政务中心十分气派，有1万多平方米，功能设施十分现代化。我问及运行以来的经验和改进的地方，但工作项基本没有说什么。我又问及政务中心是否围绕各窗口受众情况进行分析，回答是没有。一个提供社情民意、领导决策依据的好渠道没有被重视和利用起来，我感到十分可惜。

到的第二天，干训基地给大家办了图书阅览证。我中午就去查阅了藏区与边疆有关的书籍，感兴趣的有2本，结果古籍馆要下午2时才开，只得作罢。看着图书室里静静躺在书架上的各具特色的书籍，犹如年龄各异、胖瘦不均、别具特质的人一样，让人犹如在浩瀚的人海中遇见了老友一般。特别是那些古籍、老书，那斑驳的外貌让人想起睿智老人，让人可以清心、明理、增智、知礼。百年川大中许多感人的人物也许都亲抚过这些书籍，想想在不同的时空可以与古人对话，就十分让人遐思。书籍的记忆停留在时空里，却传递了知识的力量。身处川大图书室，让我想起远在千里之外的德格印经院，同样有浩如烟海的感觉。

第四日中午，到图书馆古籍馆一看，里面的书籍很多，真正可以说是浩如烟海。这件事，让我再次明白一件事情，不论什么事情，在没有彻底搞清楚前，都不要轻易下定论。前天、昨天中午自己也到了图书馆，可古籍馆没有开，所以心里还认为川大的书少。我们办的是阅览证，不能借书，古籍馆是借书的，原不准进去的，好在我沟通了下，图使馆工作人员同意我进去。在川大食堂晚餐后，到博物馆去参观，结果关门了，只好作罢。沿府南河徒步返回，途中既锻炼了身体，又观赏了景致。沿途丝竹街上全是酒吧，安顺廊桥也在途中，横跨府南河，前日乘车路过恰逢中午，以为关了，想今日看个仔细，到了廊桥，结果还在营业。黄昏时分，廊桥上有灯开着，沿途风景很好，估计晚上灯火上了，光影和河流交相辉映定当更加美丽。回到翼果酒店，已是晚7时30分，沿途雾霾很严重，近两日都是重度污染。

短训中，加深了对班上同学的了解。毕业于北大的博士颜磊在规划方面很有见解，来自县上的泽仁洛吾、苏林等对基层情况十分熟悉，团委系统的陈琳娜等十分活跃。班上的央西和拥忠分别来自巴塘和理塘，基本是形影不离，笑称她们是“央行忠影”……

短训收获很大，开阔了视野、拓展了胸襟、增长了见识、坚定了信心，提升了综合素质和履职能力。短训结束前分班讨论，我被推选出来发言，自己围绕“社会建设与民生改善”从“一说二低三高”作了简要发言。一说：幸福之说。将人生中的点点滴滴像珍珠般串联起来，形成珠链就是幸福。比如，川大之行与大家的结缘。二低：一是借用川大校训“海纳百川、有容乃大”。大海因为低，所以能纳百川。大海是个大的容器，大才能提供更多。胸怀也是同理。二是“短板效应”。拓展训练让我想起“一个也不能少”，“短板”决定最后效果。三高是高度、高效、高质。顶层设计需要与基层民意对接。三百六十行行行出状元，哪怕是做豆腐。最后以“学问思辨行”与大家分享。

锦江黉门，弦歌铿锵；望江亭上，凭栏远望。江水滚滚奔大海而去，一如这四川大学的校训一样，人生也应当如此“海纳百川、有容乃大”。

（2014年春天于蓉城）

阅读的味道

“八小时以外”干什么？对于现今和大家来讲有着许多丰富多彩的答案。人生的“交际圈、朋友圈、娱乐圈”是一个人自我审视的重点，如何过好“八小时以外”是每个公职人员都必须面对的现实问题。冷眼旁观，世间人事纷纭，许多人生可以说是成也“八小时以外”，毁也“ 八小时以外”。正反两面的人事让人警醒：反面典型的忏悔报告，再现了放松“八小时以外”管理而滑向深渊的轨迹；先进典型的事迹报告，演示着业余时间攀登知识高峰的成才之路。

活生生的事实让我们警醒和感叹：管住自己的脑，不该想的坚决不想；管住自己的手，不该拿的坚决不拿；管住自己的嘴，不该吃的坚决不吃；管住自己的腿，不该去的地方坚决不去。

对于自己来讲，我的“八小时以外”的业余生活是怎样度过的呢？像大多数干部职工一样，我的“八小时以外”是很简单的，业余时间是这样度过的。比如说散步，饭后漫无目的地转下，看看小城和周边世界的变化，偶遇友人东拉西扯，聊聊人生，谈谈生活，其乐融融；比如说闲暇写写随笔，随兴所至，既可以记录下生活中的点点滴滴，也可打发时光；再比如说阅读，静静地坐着，一边喝下茶，一边翻下自己喜欢的书，是多么惬意；更有时间联系下老同学、老朋友，问候关心，相互进行心理抚慰和精神支撑。

下午忙完工作，回到家里，偶尔也做一点家务，更多的是看书或电视。爱人将晚餐端上桌差不多晚7时了，边吃饭，边收看《新闻联播》。饭后简单收拾下，已晚8时过了，天气好的话，出门逛下，有助消化和活动下筋骨，既可以放松，又能够锻炼身体。半小时后回到家里，热播的电视剧开始了，例如，《父母爱情》等感兴趣的片子就看下，不感兴趣的话，就看书。

晚间看书有很多的乐趣，夜深人静之时，沏杯茶，手握一卷，借着淡淡的灯光，放却一天的忙碌，慢慢地品味书中文章的味道，那感觉让人手不释卷。

特别是下雨和下大雪的夜晚，围着暖炉，慢慢细读。试想一下，外面寒风呼啸，裹挟白雪或大雨纷飞，一家人平安、香甜入梦，独自围坐火炉旁，一边取暖，一边看书，还顺便品茗，不亦乐乎？

读着、读着，自己恍如一孩童，而书却是一位智慧的长者，将人生的许多真谛对我婉婉道来。读书更是一种对话，通过阅读，可以同作者以及文中人物进行语言的接触，思想的交锋，结果自己也会产生富有哲理的思考，摩擦出智慧的火花，从而产生阅读的快感。这让我想起一群农民聊天烤山芋，产生了传世精句，被誉为传世经典的清朝王永彬的《围炉夜话》，这本书文采美，且接地气，和生活学习息息相关，被人们接受，从而流传长久，从清朝咸丰年间开始就流传朝野，和曾国藩的家书一样，识字的人几乎人手一本，或者说每家一本。它和明朝的《菜根谭》《小窗幽记》被誉为“处世三大奇书”。《围炉夜话》的作者王永彬，湖北荆州枝江人，活了七十八岁，他一生的功名，也没有走出荆州这个地方。他没有考上过举人，更不用说进士，很晚的时候才获得贡生名额，这跟蒲松龄72岁获得贡生很类似。但就是这么一个读书人，哪怕冬天的晚上，和一群农民在炉火边烤火煨地瓜的时候，他也在思考着总得为这个社会做点什么。于是“心有所得，辄述诸口，命儿辈缮写存之，题曰《围炉夜话》”。王永彬称“但其中皆随得随录，语无伦次且意浅辞芜”，真的如此吗？《围炉夜话》有高深的见识，宽阔的胸怀，以及一语中的的智慧。例如，“古之言忧者，必曰天下，廊庙忧，可知当大任者，其心良苦”。在这短短的话里，我们似乎看到了宋朝范仲淹忧国忧民的身影。

我早上一般7点过后起床，因为爱人平常家务做得很多，并且孩子小，接送上学和照顾基本都是她在忙乎。以前由于工作原因，出差特多，家里基本没有照顾到，现在相对稳定，所以我就承担了早上8点前将孩子送到学校里的任务。中午下班，如我先到家，就简单地淘米、压饭，然后等爱人接了孩子回来炒菜。孩子做完午间作业后吃过午餐，就下午1时20分左右了，该送孩子上学后上班了。

世事缠身，难以回家探望老人，每晚电话问候，聊下身体状况，关心下吃的东西和是否出去活动了……看完连续剧，就晚10时许了，洗漱下，临近晚11时许睡觉，偶尔也在床上看下书。

周末两天晚上相对空闲点，可以稍微起得迟点。中午和下午孩子都要去参加兴趣课，我就带本书陪孩子去，他学习珠心算，我看书。空闲时间带孩子出去爬山，或到街上、广场上玩耍。有时我也会利用周末时间写点东西。

自己对书从小就十分喜欢，坚持看书成了自己最大的嗜好。闲暇之余，读几本好书，不仅可以修心养性、陶冶情操，还可以开阔视野学到知识，何乐而不为呢？从最初的小儿图画、连环画到百科全书、天文地理、唐诗宋词，都让我爱不释手。小学三年级时自己就将《三国演义》《水浒传》《西游记》《红楼梦》等古典文学名著看了，甚至有许多字都不认识，囫囵吞枣也津津有味。后来，书读得多了，也从中悟出了很多做人的道理，更深刻认识到阅读的重要性。阅读成了自己终生的爱好，乐此不疲，不管是求学，还是工作后，特别是在石渠偏远乡下时光，读书成了我打发寂寞、抗击艰难、以苦为乐的一个法门。拿到工资后，我最大的花销是买书。那时，我订了许多刊物，有文学、艺术、书法和思想类等十多种书刊，我现在记得的就有《阅读与写作》《健与美》《演讲与口才》《少男少女》《散文》《硬笔书法》和《毛泽东思想研究》等10多种。我第一个月的工资只有280元，订书就花去不少。工作后的8年里，自己在海拔4200多米苦寒无比的石渠县挑灯夜读，通过自学获得了法律专科、新闻学本科。清晰记得，老版的《刑法》有1000多页，自己经过通读、细读、精读，到后面甚至达到了周末一天就可以通读一遍的效果。朋友、同学聚会，自己都随身带着书，稍有空暇就翻几页。

于我来看，一边阅读，一边感受书中乐趣是人生一大享受，何况还能对生活方式、人生方式进行再认识和思考。读书带给自己许多乐趣，丰富了自己的生活、世界和人生。

读万卷书，行天下路。读书可帮助我们丰富经验并创造经验。天下事不计其数，人这一辈子，无论怎样辛劳、勤勉，都不可能件件亲身实践。人一辈子实际上只能在极小的范围内体验生活，经验人生。为此，人类发明了文字，用文字写书，呈现出不同时期的不同经验。读书渐久，经验渐丰，读书可使人的心灵宛如夏雨入池，日渐丰盈。读书可以养性。人之初，性浮躁。书可助你一臂之力，挽你出这糟局。当今，人焦灼不安，从心底深处渴求宁静和绿荫，此时唯有靠读书来解决了。读书能帮助我们发现前方，并引领我们走向前方。读书培养的是一种眼力。读着读着就有了过去、现在和风景无边的前方。

正所谓“开卷有益”。阅读是人生的一种方式。人只要存在着，阅读就是一种必须的方式。因为人不仅是追求物质，更是世界上唯一的追求精神并从精神上获得愉悦的动物，这是需要通过阅读这种方式来不断修炼的。

“冷眼观世噪，静心听花落。”很喜欢俊明师长在闲暇阅读之际，信手拈来的这句话语。许多人都十分不理解自己的这种生活习惯，觉得都跟不上时代了，可自己倒习惯了，简单的业余生活何尝不是一种属于自己的美好呢！其实简单也是一种幸福。正如做人不能太功利，业余生活也一样。阅读是一件润物细无声的事情，让人在阳光雨露中自然成长，讲功利如同拔苗助长。“八小时以外”也是同理，不能太过于功利，成天沉迷在人情应酬中，多在家吃饭，陪陪家人，多看点书，于己于人、于家和社会都是很好的。《围炉夜话》的作者王永彬谆谆教诲儿女子辈，以及周围的乡民，要有独立的人格，不要投机取巧，不要弄巧成拙。例如，“误用聪明，何若一生守拙；滥交朋友，不如终日读书”，这一番话，凝聚着其高超的处世智慧。他虽然见的世面不算很广，然而，通过熟读史书，通过仔细观察，他看到了很多因为卖弄聪明而导致一败涂地的人生，甚至人生悲剧，因此他发出由衷的呼唤，做一个诚实人，而且做一个诚实的读书人，远胜过要弄心机，乱交朋友。对于这点自己也是有十分的体悟，交友要慎，读书要读好。

听了《时间都去哪儿了》这首歌，更加感到要好好体会生活，好好把握好“八小时以外”，好好阅读书中的味道。我坚信，任何时候，任何地方，只要不将书丢掉，一切就都不会丢掉。正如有人说，书做成台阶，可以直入云霄。

内江月色映大千

晚餐后出西餐厅，右拐过大堂，跨酒店大门，外边已是灯光绮丽。对面是大千园，张大千纪念馆、张大千美术馆都在里面，2年前参加递进培训到内江考察过，加上已是晚上了，估计闭馆了，便几步迈出酒店庭院，右转往沱江边而去。

大约十来分钟，过街就到了江边，夜色掩映下，沱江犹如一条黛黑色的长龙，静卧在路下，将内江老城和新城自然隔开。两岸高楼林立，各色彩灯霓虹映照，波光粼粼，游人往来，音乐声和车声、人流声此起彼伏，好一幅甜城夜色图。

沿着顺江台阶，下得江畔的步行栈道，顿觉身心一爽。江水湿气混着各种水草、花草的气息让人为之陶醉，徒步沿着栈道漫无目的地往前行去，一路上时不时有夜间散步和健身的人擦肩而过。走着走着，想询问下路往江对面的老城逛下，恰逢来了位老大妈，健步如飞在徒步，问及如何过去，她说可以跟着她往前边走，再由前边的跨江大桥过去。

一路行着，一路闲聊。老大妈都72岁了，原本是发电厂的职工，退休有25年了，日常爱锻炼。她见我开会之余散步，并了解到我每天要走万步，连说年纪轻轻的爱锻炼很不错。当得知我来自康定，老大妈很向往地说，那是个好地方，景色很美。我就给她介绍起甘孜州的自然人文景观，有“一首歌（《康定情歌》）、两大景观（风光旖旎、神奇壮观的自然景观融“险、峻、奇、伟”于一炉，集“高、雄、雅、秀”于一体；灿烂多彩、底蕴深厚的人文景观中的悠久历史源远流长、民族风情独特浓郁、民族文化灿烂辉煌、民间文艺风韵独具）、三条河（金沙江、雅砻江、大渡河奔腾逶迤纵贯全境）、四季风景（春观花、夏避暑、秋赏叶、冬玩雪）、一处5A景区（海螺沟）、四处4A景区（亚丁、木格措、甲居藏寨、泸定桥），有“蓝色星球上最后的净土——稻城亚丁”“海拔最低的高山冰川——海螺沟冰川”、德格印经院等多张名片，“三江源流”“康定情歌”“格萨尔王”“茶马古道”和“香格里拉”等代表康巴文化核心内容的景观在15.3万平方公里异彩纷呈，这些得天独厚、各具特色的旅游资源，构成了川西高原自然生态和康巴文化旅游的最终目的地。

听了我如数家珍的介绍后，老大妈更加向往，连说有机会一定要到甘孜州去看看。

说着说着，不知不觉就到了跨江大桥，道别热情的老人，爬上岸边大路，迈上跨江大桥，站在桥上，眺望两岸，感觉又不一样。两岸的高楼大厦在各色彩灯的装饰下，加上各色店铺招牌的点缀，形成了色彩斑斓的甜城夜色彩图，很是迷人。迈着不疾不徐的步伐，很快就过了江。江对面的路面是第三层了，又搭乘桥头边的电梯下江边的第一层路面，恰好是开发的仿古街，有一仿古牌坊，上面还有一副楹联，细看了下，不是很明白横联意思，问及牌坊下闲坐休息的一位大排档的打工老大爷，他说这是新开发的公司修建的。夜色初上，江边宵夜者还少，步行也舒适很多。步行不久，就看见一画壁，逐一细看，原来是介绍内江历史人物的画壁，甜城由来、历史人物、建制区划等，十分丰富，驻足细观，内江的由来久远，资阳人是其发源。内江于东汉置县，曾名汉安、中江。沱江北段叫牛鞞水，为北江；南段为枝江，称南江，此为中江。隋初，为避太祖杨忠之讳，改为内江。内江历史悠久，人才辈出。张大千自然少不了，还有孔子的老师苌弘、南宋状元赵逵、清代四川唯一的状元骆成骧、著名书法家余燮阳、明朝礼部尚书文渊阁大学士赵贞吉、画虎大师张善子、喻培伦和范长江等。

“黄花岗七十二烈士”之一的喻培伦是同盟会员，善于制造炸弹，被誉为“炸弹大王”，曾受同盟会委托负责制造炸弹，因此致一手残疾。广州起义中胸挎两筐炸弹冲锋在前，最终力竭被捕，随后遇害，被孙中山追赠为大将军。

作为内江人的范长江，是中国新闻界的杰出代表，被誉为“中国新闻巨子、新闻先驱和奠基人”，用他的名字设立的新闻奖是我国中青年优秀新闻工作者的最高奖，他曾经“为中华民族之独立与自由而呼号”。当年，范长江历尽艰险，历时10个月，走遍了当时中国最为封闭和贫穷的西北角，成为第一位如实报道红军长征，第一位报道“西安事变”真相，和第一位进入延安采访的国统区记者，并由此从一个热血青年，转变为一个坚定的革命者。他把手中的笔化作利剑，划破了旧中国的黑暗，他的《中国的西北角》和《塞上行》成为新闻史上的不朽之作，影响广泛，直到现在仍被视为经典。

观完画壁，又下到江畔步行栈道，行了一段，远望前边有许多游船，加快步伐，到了停船处，原来是北渡口，原本打算继续往前徒步，但渡口售票的工作人员说前边的路封闭了过不去，建议搭乘渡船过江。

“船来了。”正说着，渡船已经靠岸了，我便跟着几位之前等船的登上渡船。

船缓缓调头往对岸驶去，我钻出船舱，登上船头，寻了一胶凳坐下，与此前在岸边、桥上所看的两岸的景色又有不同。身处江面船上，渡船在动，两岸的景色也在变化。两岸的老城、新城根本分辨不出，均淹没在灯光和人声中，江面反而变得更加清爽，仿佛置身于世外，刹那间，大千世界同自己既是那么近，又是那么遥远。朗月当空，犹如一轮经历了历史风花雪雨浸润了的、已经裹上包浆的银盘，泛着淡淡的橘色。仰望这轮亘古以来阴晴圆缺不断轮回循环的月儿，心底油然浮出一句“月色曾经映大千”的感慨来。想必，这轮明月也伴随着张大千在内江度过了童年、少年、青年。朗月悬空，可惜在现代文明的霓虹迷离斑驳中，早已没有了“江清月近人”的景象，滟滟随波千万里的已不仅是那轮明月，而是色彩各异的霓虹灯光倒映江中，伴随着渡船前行激荡起的水晕，在江面上飘忽不定，变形，乃至破碎。猛然想起《春江花月夜》中“江天一色无纤尘，皎皎空中孤月轮”来，假若张若虚身处此景，恐怕会一改此句了。先前在城里观赏内江，感觉四围就是高楼、车流、人流和流光溢彩的霓虹。站在桥上，观赏的角度有了变化，视野开阔许多，对内江新城、老城两岸有了一个基本的轮廓。现在，人在江心，身处低位，内江两岸的夜色和着月色、江景，愈加让人陶醉。赫然有李白“月色醉远客，山花开欲燃”之感。当时，李白泛舟江上访在长安结识的友人南陵县令韦冰，恰遇其寻颜尚书，笑有此赠。只不过放在现下，后一句应改成“夜灯灿欲燃”更为妥贴。

灯火辉映江中，只有身下这艘渡船，江畔渡口处尚有几艘游船，独坐船头，明月相伴，想象昔日大千先生也从此江中往来渡过，不由无限神往。正所谓“今人不见古时月，今月曾照古时人”，李白和张大千身处不同时代，远隔千年，但其同为四川人，而大千先生许多作品都是以李白为素材的。据说李嘉诚亲自挑选办公室墙上悬挂的三幅真迹字画，第一幅就是张大千画作，名为“李白诗意”，山林氤氲以绿彩泼墨而成，水气弥漫、浑然天成，天光则以白粉挥洒，更显亮丽清朗。题字来自李白诗作《山中问答》：问予何事栖碧山，笑而不答心自闲，桃花流水杳然去，别有天地非人间。这幅画在李嘉诚办公桌正前方墙面，抬头可见，代表心境很宽。第二幅位于橱柜前方，是八大山人的画作。第三幅是书法，挂在李嘉诚右手侧墙上，离他最近，诗句为清代儒将左宗棠所作，字为名家所写：发上等愿，结中等缘，享下等福；择高处立，寻平处住，向宽处行。据说这三幅字画透露着李嘉诚的内心世界。

相较于浩瀚时空来讲，我们每个人的人生短暂，犹如刚才处于不同境地观赏江景一样，在不同的时空呈现出的景色不一，感受也不同，而心态也一样不同。寻思那三幅字画，很是向往左宗棠说的“发上等愿，结中等缘，享下等福；择高处立，寻平处住，向宽处行”。

明月相伴，渡船喧欢，独在异乡，不由得想起家中的亲人来，尤其是憨态可掬的刚过半岁的小儿。要是能够携妻儿老小一块优哉游哉，荡舟于朗月下的江上，那是多恬美惬意的事啊！

“到岸了”，伴着船家的一声呼唤，渡船慢慢熄了火，喧嚣的马达声渐渐弱了下来。踏着船头，跳上岸边的水泥台阶，见岸边墙上赫然刻着“西林古渡”四个字。

上岸，寻了下“西林古渡”的简介，可惜未曾见到。岸边有游人经过，恰逢一古稀老人，相向求询，始知此处渡口的确是古渡口，对面也有古渡口。清晰记得，前年参加递进培训到内江考察学习，匆忙之间，也是晚上，沱江恰好在清理河道，准备蓄水，据说也是为了赛龙舟准备的。当时，河床已经见底，坦露出江底，只是偶尔有几处积水之地，有当地人在捉鱼。据老人讲，现在蓄水位比以前水位高多了。看得出，这也是内江着力打造的生态景观之一。

回首遥望对岸，岸边停靠的几艘游船彩灯洋溢，“西林号”等船号清晰可见。之前，我过江所乘渡船，在江心问及船号，船家回答说渡船没有船号，那些有船号的是游船。

皓月当空，清辉徐徐，一如既往洒向沱江、内江，洒向这大千世界。江水坦荡，光影迷离，将月色、霓虹一并收蓄，也收蓄了我的淡淡思绪。夜色下的内江新城、老城人声喧哗，歌舞蔓延，唯有江水静默无语，全然不去理会那喧嚣的尘世，缓缓淌向远方，一如我的思绪，静默而深远。

油然而生诗：

夜行甜城万步健，隔江轮渡西林美。
江水依旧渡古今，月色曾经映大千。

（2016年11月16日夜于甜城）

温馨电话的启示

从办公室回到家，一边看新闻联播，一边吃晚餐，全家人都关注着芦山县今早7.0级地震抗震救灾的情况。突然，我的手机响了。拿起一看，是我石渠县尼呷镇的“亲戚”扎西卓玛。我一边想是不是有什么事情，一边赶快接了电话。

“喂！是我们的‘亲戚’建国吗？”一听，就是扎西卓玛丈夫多降村的声音，我忙答应是。多降村接着说：“听说康定地震了，扎西卓玛让打个电话，问下你们那里的情况怎么样了？”听到此，我的心里很是感动。自从结对认亲以来，由于工作关系，自己更多的是通过电话与扎西卓玛家和另外的亲戚联系、问候和沟通，并通过单位和同事多次捎去对他们的问候。早上，发生地震后，自己虽然了解到我州北路和南路基本没有多大震感，尤其是石渠的朋友们打来电话问候谈及石渠没有什么影响，自己也就没有想起向他们问候。想不到，在地震的当天，远在千里之外的他们却在看了新闻后，立即给我这个“亲戚”打来电话问候。

电话里，多降村很是关心，问家里都好吗？我也告知他，地震震中在雅安市芦山县，是7.0级，我们州所在的康定和泸定由于地缘靠近雅安，震感十分强烈，并有一定的灾情。当得知我们都好时，他很高兴。

听着电话，我就感觉是自己的大哥在关心自己一样，心里很是温暖。“听说还有余震，你们要注意安全哦！”多好的亲人啊！在他们的心里，我就是他们的兄弟。

谈完灾情，我问他最近跑火三轮生意咋样？多降村日常十分勤劳，在县城跑火三轮。他说不是很好。我安慰他，现在大家都准备上山挖虫草了，肯定是这个原因。因为自己在石渠县工作过14年，十分清楚现在即将进入当地群众经济收入中最关键的虫草采挖季节。他说就是，再等十来天就准备上山了。我又问他，挖虫草的准备工作怎样了？他说在准备。他说，今年普娃曲达初中要毕业了，不放虫草假，他和扎西卓玛、二女儿四郎措姆、三儿子尼麦共4个人准备上山挖虫草。每年扎西卓玛家能挖到价值2万多元的虫草，所以十分重视。我打趣地说："是啊！普娃曲达的学习重要，虽然短暂看误了一年挖虫草的机会，长远来看，知识才是永远挖不完的'虫草'。"他也很赞同我的看法。我叮嘱他们上山要注意身体，并祝愿他们今年能多挖虫草。

大家就这么聊了许久。挂了电话，温暖的话语还在耳边萦绕，心里感觉是那么的温馨，我与扎西卓玛家结缘还不到一年，但大家之间的情谊是那么的真切。我经常像教育自己的侄儿一样要求他们的孩子要好好读书，并反复叮嘱扎西卓玛丈夫在开火三轮时要注意安全，要遵守交通规则，尤其是要慢点等。他们也是经常问候我工作和家人生活情况。

温馨的电话让我想起身为农民的母亲经常教育我的一句话，做人要将心换心。

是啊！你对别人怎样，别人也会对你怎样。

康定夜步遐思

一友人从乡城到成都出差，途经康定。同另一在康友人相约，三人在格萨尔酒店西餐厅相聚。

从办公室出来，已是万家灯火、华灯放彩，看了下手机，已21时30分，给妻再次打了电话，便朝聚会之地走去。

许久没有和友人聚会了，大家的话题很广，但也很空泛，大家聊近况，谈当下，说苦乐……也许这就是人生吧！

从格萨尔酒店西餐厅出来，已是午夜时分，陪同友人走到大同小吃处，我就从原租住房屋的下桥巷子钻到人民银行前。夜灯将街道渲染得多彩多姿，虽然是春分之夜，料峭的高原寒意还是很浓，不过在橘黄色的夜灯里，竟减去了不少寒意。

沿着下桥穿过工商大厦前的通道，跨上桥，亚拉河和折多河汇合之处的夜色尤为美丽。彩灯辉映着汉白玉栏杆的桥、日渐湍急的河流，左手边的郭达山峰在夜色掩映中显得更加高大、险峻，平常虔诚的信徒在山崖上凿刻的佛像在灯光和夜色里显得更加神秘和祥和。我突发奇想，菩萨们在高崖上俯瞰康定城和人世间时，是否也有昼夜之分，如没有，那就确实让人叹服了！不过按照慧灯长明、法眼常开之意，菩萨们是十分辛苦的。正所谓，普度众生，如果菩萨有灵，想必应该是如此的。但同我等共产党人“全心全意为人民服务”的宗旨相较，还是逊色不少。又一想，作为一位无神论者，是不应该有此奇想的。

过了桥，沿着汇合之后的瓦斯河缓缓往家去。此河名与瓦斯碉有关，据说现在我们办公的工商大厦所在原本就是瓦斯碉旧址。可惜我不是一个老康定，虽然自己也十分喜爱风土民情，可在康定居住不过短短5年，缘于日常太忙，只是大致知晓康定城周围的山的方位。在康定的时间久了，也深深地被这座城市，应该说是高原小镇的浓郁人文所吸引，一座城市有着相应的地理、人文传说是多么的具有味道。都江堰和青城山有“问道青城山，拜水都江堰”之美誉。对康定来讲，我个人粗浅觉得还是应该归之为其情歌文化吧！几年前，自己写过一篇文章，主要就是介绍康定城的风土人情的，篇名叫作《激湍飞扬的和谐之歌》，文中对康定城的地理人文有一定的介绍，归根到底还是介绍这座城市的包容性，对不同宗教信仰、不同民族、不同国度的人群和谐相处的一个观察。现今看来，还是有一定的意义。如果说刚才在夜色中，初次逛康定，对郭达山来讲是“壁立千仞，无欲则刚”，那么对康定城这座世界驰名的情歌故里来讲，其最大的魅力所在就应当是“海纳百川，有容乃大”了。对于康定城来讲，我既是主人，又是宾客，归根到底是主人。康定城虽然不是生我养我的故土，但在此小居有几年之久。康定已从某种意义上讲算是我继籍贯地湖北江陵、出生地四川泸定、成长地石渠之后的又一有缘之地。

夜色中，岸旁杨柳在高原淡淡的春意里，迫不及待地绽放着对希望的心声。鲜嫩的枝叶努力挣脱一冬的冰雪霜冻，在春分的大好时节向外张望。那一溜溜弯弯的柳枝，缀满了一片片鹅黄、鲜嫩的柳芽叶，是那么的可爱，令人无限遐思。和着这柳色，康定的夜色也变得尤为温馨。抬眼间，在温馨的夜色和暖心的路灯下，那一棵棵柳树仿佛都变成了一位位婀娜的少女，以夜色为幕，以大地为台，在春风里尽情地曼舞轻扬。不信你看，那满树的柳枝在夜色里就是少女精心编制的发辫，成千上万条自然而惬意地垂落。

“曲行天上，情在人间”，走着走着，我脑海里突然蹦出去年参加展示康定之美楹联中的一首作品来。康定的确是个美丽而有魅力的地方，虽然小，但可以容纳四方宾朋；虽然冷，但亦有暖人的情谊……

走着走着，不知不觉已到家门口。掏出钥匙，开了门，妻儿已经入睡了，卧室的灯还暖暖地亮着，是妻子等我而没关的。

（2013年3月20日晚初稿于康定）

遥想江陵

父亲去了，一去就是30多年。留下母亲和嗷嗷待哺的我们兄弟姊妹几个。父亲去时，我还在牙牙学语，小弟尚在襁褓之中。可以想见，父亲病逝之际，是多么遗憾和留念，这世间是如此的美好，看着他的孩子们能够健康成长竟成为一位正值英年的父亲的最大遗愿。

千里江陵一日还。经常在想，如果有魂灵的话，父亲的魂灵定会沿大渡河而下，直入长江，飞流直下，过三峡，返回他生前日夜思念的故乡——江陵，那是个被称为“鱼米之乡”的江边小城。那里是生养他，也是让他无限眷念和心碎的地方。当年，在日寇入侵时，父亲只有10来岁左右，随我的爷爷逃难出来。途中，我的爷爷病饿交加倒下。父亲毅然加入抗日大军，开始了他的军人生涯。

回顾父亲的一生，历经抗日战争、解放战争，随军进入甘孜，又从部队到地方工作，经历了中华人民共和国成立，20世纪60、70年代，改革开放之初却英年早逝。可惜，在我牙牙学语之际，父亲就已不在了，无缘从父亲的口中得知其一生的故事。

缘于父亲，一直以来对江陵都十分向往。但因父亲早逝的缘故，自己和兄弟姊妹竟然都没有去过江陵。对于江陵，可以说是十分熟悉，又十分陌生。熟悉的是，在“千里江陵一日还”的梦境里和书里画中对江陵情有独钟，心里和梦中无数次地拜访过这座千年古城。这座古城，因“地临江”“近州无高山，所有皆陵阜”而得名，位于湖北中南部、江汉平原腹地、长江荆江段左岸，濒临万里长江黄金水道，顺江而下直抵武汉、上海，溯江而上可达三峡、重庆。那是个鱼米之乡，自古以来也是兵家必争之地。

同时，还缘于一位友人赠阅的熊召政先生的4卷本小说《张居正》。通过这本书，尤其是通过被誉为“张江陵”的明朝首辅张居正这位人物使自己加深了对江陵的印象。正是在明王朝陷入深重危机、财政入不敷出、流民四处闹事、政治腐败不堪的情况下，作为改革家的张居正发挥其不世出之奇才，创造性地进行了伟大的政治运动。在任期间，张居正竭力推行改革，大胆起用人才、清量土地、改革税制、整顿讲学，开创了万历新气象，明朝迎来了新的生机。张居正无愧于杰出的政治家的称号，堪称国家之栋梁，民族之骄傲。书中介绍的张居正“用循吏，弃清流”的用人之道尤其让人深思。

开创万历新政的张居正在皇太后、皇帝和政治盟友冯保的支持下，达到了人臣所能得到的极至。但繁华过后总是孤寂。张居正的十年新政，其重点在改变文官机构的作风，这一文官制度受各种环境之累，做事缺乏条理。张居正力图振作，要求过于严厉，以致抗拒横生。在他有生之日，他犹可利用权势压制他的批评者，可是一旦身故，他的心血事业也随之付诸流水。张居正任首辅十年，所积累的权势和人脉看似深厚不可动摇，却没有想到在其去世不久就被小皇帝迅速清算，多年的心血也随之而去。

现在，世人认为张居正最大的失误有几点：一是没有在健在时培养接班人。二是事事躬亲，没有很好地下放权力，最后积劳成疾。三是与小皇帝的关系处理得并不好，对小皇帝的教育并没有起到效果。四是失去了广大官员和士林的支持。据《明史》记载，到了最后世人对张居正“日恶之”。从后来查抄张府看，张居正虽不算大贪，但也绝非洁身自好，一个一向反对贪腐之人，竟背地里如此作为，难怪万历要动摇对老师的好印象了。在其任首辅期间，其父亲在荆州收取了地方官员奉送的数千亩的良田，恐怕张居正未必全然不知情。

除了张居正，江陵还有许多名人。江陵历史悠久、文化灿烂，各种人文景观和历史文物交相辉映，可谓是人杰地灵。自楚庄王元年（公元前689年）至秦昭襄王二十九年（公元前278年秦将白起拔郢始置江陵县），20代楚王在江陵建都，延续411年，成就了作为春秋五霸战国七雄之一的宏图大业。其后至宋太祖乾德元年（公元963年）荆南（南平）国亡，先后又有14代帝王在此建都。西晋羊祜取鹤教舞，清朝太守铸牛镇江，在此留下了珍贵的遗迹，创造了脍炙人口的民俗文化；铁牛矶、抗战纪念园底蕴深厚，龙渊湖、内荆河风景迷人，松鹤堂、仙鹤楼历史悠久；沙岗镇红军街至今仍保存着第二次国内革命战争时期的鄂西特别委员会旧址、鄂西苏维埃联县政府旧址等十多处文物；贺龙、周逸群等革命前辈曾在此留下战斗足迹，从这里走出了贺彪、谭友林两位共和国的开国将军。江陵既是一片物产富饶的土地，水土肥沃，是典型的鱼米之乡，同时，江陵更是一片人才辈出之地。

“落叶归根”是中国人的最好归宿，但父亲却没能够如愿。成人之后，我选择了只身前往远隔千里的高寒牧区，远在雪域高原，恶劣的自然环境让自己对鱼米之乡江陵更多了几分向往。伴随着时光流逝，世事磨砺，对父亲的了解也多了些许，渐渐理解和明白了父亲在世时，始终想带着我们一家人回到他故乡的念头。毕竟，江陵才是父亲和我们的故乡。

每每想起父亲艰难坎坷的一生，我便止不住眼角酸楚。英年早逝的父亲所给予我们的不仅是血脉相承，还有那对我们的爱，如滚滚长江水一样绵绵不息，一路奔流，回归千里之外的江陵，并奔向大海。

02

静美高原

初会色须寺

到扎溪卡草原（石渠县）已五年，但一年一度盛大的“耍坝子”都没正式参加过，更别说盛况空前的色须寺法会了。作为来自大渡河畔的人，我对高寒牧区的一切都有着强烈的好奇心。客居高原，闲暇之余也想到处探访，尤喜这种具有浓郁神秘地方色彩的藏事活动，况且听本地友人介绍，色须寺里供有藏区仅次于西藏扎什伦布寺的第二大铜塑镀金佛——强巴佛，而且是康巴地区唯一一座有资格授予相当于佛学博士学位“格西”资格的黄教寺庙。同时，寺内珍藏有各种镀金佛像数万件，且各种经书不计其数，仅《甘珠尔》就有50余套。寺庙建筑极富民族、宗教特色……鉴于此，更引起了自己去一探究竟的好奇心。

同所有的藏区一样，石渠是一个宗教文化很浓的地方，尤其是牧区，藏民信仰藏传佛教的程度最深。全县有黄教、白教、红教、花教四大教派的大小寺庙共46座，其中，色须寺规模最大，最为知名。听本地朋友介绍，这个星期天是色须寺五年大法会最后一年法会的开幕式，不由萌发到西区去瞧瞧的念头。

周日原本打算早起，可由于头天晚上书看得久，久久不能入眠辗转反侧。一觉醒来，竟已“日上三竿”，快十点钟了。匆忙漱口、洗脸、关门，便上街找车。走在县城原本空寂、了无几人的街头，不由惊诧这突如其来的人流。时不时，满载本地藏族同胞的“东风”大卡车从身边飞驰而过。在县城十字路口等了半个小时，西去的车倒挺多，可没有一辆停下，全坐得满满的。过了会儿，一位客居此地的朋友也来搭车，随同他的还有几位本地的友人。同他们闲聊了会儿，打消了与他们同路的念头，因为前几天才读了一篇文章，抑或受主人公启发和引领：你要发现自己的“真”，你得给自己一个单独的机会，你要发现一个地方的灵性，你也得有单独玩的机会，偌跟这几位嬉笑打闹、拖儿带崽的一路，我还能探寻和感受到雪域佛教的神秘吗？

寻个机会，和三位准备上班的朋友到杨记饭馆里胡乱烫了碗肥肠粉，再到丁字路口时那几位红男绿女了无踪影，想必走了吧！

由丁字路口踱到西街尾，这时好容易来了一辆“东风”大卡车，车停下后，周围有几位藏装汉子上前询问之后，便往车上丢牛皮口袋和钢炉等。见状，我也攀着栏板爬上车厢。车驰到丁字路口停下，又涌上许多穿藏装的男女老少。载着满实拥挤人儿的车出城东门竟未调头向西，而是反方向飞速驰去，我忙慌神询问，经一懂汉语的藏族汉子解释才知道要去加油。

车加完油，返回向西，我的心才安定，到丁字路口又涌上来几位身着绛红色袈裟的喇嘛，原本黑压压、密实实的车厢里插上这几位喇嘛，愈发人贴人，摩肩接踵，让人无法动弹，好在车不再停下，一路向西。

西行了一段时间，车速逐渐慢下来，司机不停换挡努力向一个又一个缓而绵长的坡上挣扎。时不时，有小车鸣着尖厉的喇叭，超车而去，扬起一路灰尘，逐渐消失在坡顶拐弯处。

卡车极有耐性，“昂昂”吼着，一颠一簸费力而缓慢地沿坡而上很远，这就是到西区必经的一座山。远远便看见前面山包上立着一块水泥牌子和几处随风舞动的经幡，要到山顶啦！

“哦啦索”“哦啦索”……在一阵阵吆喝声里，车终于艰难地爬上山垭口。一过垭口，车速明显加快，还是颠簸不停，虽然尘土飞扬，但心情伴着随风退去的风尘，以及飘飞的“龙达”（祈福的风马），蝴蝶般翩翩起舞，想着到达的第一感觉会是怎样的？

过了山顶，车疾奔起来，不时响起一阵刺耳的刹车声和颠簸声。我被一位藏族老阿妈和一个小伙子夹在中间，望着他们痛苦的表情，我舍却那块狭小的立锥之地，抓住篷杆，抽身站在车厢栏边上，以缓解拥挤不堪带来的痛苦。

站上栏边，视野更为开阔了，扫视全车后，发现除我一人外，其余全是被高原阳光晒得一脸黢黑的藏族同胞，一藏族小孩也以惊奇的目光仰视着我，我冲他笑了笑，他极腼腆地笑了下就一头钻进一黑衣藏袍中年妇女的怀中，估计是小孩的母亲。一位年轻的汉子和一位漂亮的姑娘打笑着，话语中充满了欢快。几位年老的妇女手捻佛珠，默诵佛经，其中一位白发老阿婆还转着金色的小经筒……

车过一座小桥时，那懂汉话的青年汉子对我说，以前这里还是冰滩，车到了这里打滑很难行，今年搭了桥，平整了路面，好走多了。

望着白云缭绕的灿烂蓝天和一望无垠的草原，多么希望能看见打马走过草原，前去参加佛事的人，或是磕长头的佛教徒。尘土飞扬中，沿途隐约看见有人骑着马，但很是模糊，估计是奔色须寺法会而去的。

又过了一座桥，那汉子指着远处山脚下许多白蘑菇状相间的帐篷，以及金光闪烁的建筑所在地，说那便是色须，不过还得走一会儿。

车又奔驰了好一会儿，右拐上一条岔道。近了，那雨后蘑菇般密密滋生的是一顶顶雪白的帐篷，依山傍河盛开在草地上，煞是醒目，金光闪烁的分明是金箔镶就的彩门，以及寺庙的金顶。沿途稀稀疏疏的矮土墙房子越来越多，车子终于驰进了色须。

走在色须，恍若梦里。人川流不息，却又全都陌生，置身于街头和络绎不绝的人群里，一切喧嚣同自己都没有太大关系。一则只是看热闹，二则孤寂一人，心中十分孤寂清茫。西区小学校长是我师范学校同室好友，许久未见，决定先独自游逛后，再找他叙叙旧。

低矮的街墙上贴着些标语，因为眼睛不好，还以为是欢迎语。走近才知是税务宣传，一手漂亮的行书毛笔字或浓或淡地叙说一个古老而永新的话题——“民以食为天”！

未出街口，便耸立着一道松柏树围扎的翠绿的彩门，上绘有不少佛教人物，松柏苍翠欲滴，几疑是生长于斯地的。其实石渠牧区是不能生长树的，因为海拔太高了。

连过两道彩门之后，一座水泥桥跨过一条宽缓的小河，清澈见底的河床里有许多鱼儿在自由自在地漫游，时不时有人喂食。过了桥头，碰见一熟人招呼，他已沿山围着色须寺转了一大圈准备返回了，与他打招呼的还有两位年轻女子，身着窈窕动人的墨绿色西式藏装。看来两位女子也是到了一会儿，还未去转经，邀约我同行，我还是婉言谢绝，两位女子急急忙忙地投身于前面的人流中去。

随着人流来到一道彩门前，抬望建在山腰处的色须寺，只见一大股人流沿顺时针方向，顺着山路正在转经。我是静止的，感觉那人流不是自己在动，而是脚下有股力量驱动。看着看着，感觉脚下也晃动起来，抬眼看那横拉于三个山头的几根彩色经幡，在阳光照射下，彩色经幡在湛蓝的天空里犹如一道道彩虹倒挂在山巅，装扮着这高原。随着微风拂过，经幡晃动，投影落在我的脚下，加上观看转经人流产生的幻觉，感觉脚下也在动。

缓缓移动的人流裹着我不由自主地向前，一直移动到山脚下，又被卷上山间的小径。置身于人流中，前后左右全是虔诚缓行在沿山而辟可三四人并行的山径上的信徒，并且绝大多数都是藏族同胞，偶尔也有汉族，看衣着多是来自沿海。据说色须寺的活佛在沿海有许多信徒，许多当地人还骄傲地讲甚至连刘德华都是其弟子。

溯坡而上内侧的坡洞里，不时有衣着褴褛的老人和小孩在乞讨，绝大部分信徒只虔诚地诵经，专注地缓行，偶有施舍圆角零钞。

渐至庙宇前，我竟赶上了先前的那两位绿衣女，她们询问我那位朋友的行踪。我心中不由暗笑，我怎知呢？伫立于庙宇门前，我仔细端详。寺庙共有三层，藏式平房结构，典型的“平顶、错层、退台”格局。据县志记载：色须寺又称色须贡马，位于县城西北方，距县城45公里，始建于清乾隆二十五年（公元1760年），距今已有230多年的历史。藏语“色须”意思是“戴黄帽子的部落后裔”，据说色须寺为7户从蒙古流浪来的人家中一名叫所巴下色登的人修建的。

庙门处也有松柏结成的绿树，令我惊诧的是，竟有几只麻雀浑然不理睬这缓缓推动的芸芸众生，竟然在松柏枝里“叽叽喳喳”扑腾着翅膀玩耍……

待我移目到门口时，那两位绿衣女早已了无踪影。庙门左侧有一红衣僧人席地而坐，在售卖之前得来的哈达。按照当地风俗，我递给僧人一元钱，他拿了两根白色哈达给我，并对我做了个请的手势。随着人流，我手持着哈达穿过庙门，跨上石阶迈过两门，进入正殿。将哈达献挂上殿前如山的哈达堆上，殿中巍然端坐的强巴佛正慈眉善目地俯视着脚下的芸芸众生，面对这尊据说高度仅次于拉萨大昭寺强巴佛的第二大强巴佛，你会觉得自身是多么渺小。

大殿的左侧，一中年僧人正手持一壶向顶礼膜拜完佛像的信徒们布施圣水。信徒们虔诚、恭敬地以手当杯，捧盛圣水，凑到嘴边喝一部分，然后将剩余的圣水抹在自己的额顶上。据说，这么可以祛病强身。

顺时针方向沿大殿从左往右行到强巴佛脚下，仰视金身的强巴佛威严正坐，手做拈花状，双眼端倪匍匐在脚下的善男信女，始终是那么慈悲、平和、祥静。

出大殿左侧有木梯，梯陡，手拽扶手而上，中楼为一凹形吊廊，凹处正对强巴佛身胸处，三围壁上尽挂各色唐卡。不时有身着藏装的信徒五体投地后以额顶去触佛像下端，这就是“磕长头”了？我想，也许先前以圣水摩拭额头既为了醍醐灌顶，更为在洁净额头后以触佛像来洗尽凡尘俗嚣吧？不由想起“岂知灌顶有醍醐，能使清凉头不热”这句诗来。

上得三楼，楼上人少，只一位中年僧人，另外便是两位信徒与我。三楼形同二楼，正对着强巴佛伟岸端庄硕大的头部，我走到正中端视佛眼。这是否是不敬呢？想到这里，恰好那僧人小声诵读一句什么，亦未听清，仿佛有责备我之意。我连忙踱到右侧，看了会儿唐卡，然后又踱回到佛像前，以笑视佛，好像佛眼也微含笑意。踱到那中年僧人面前，他也冲我微微一笑，我脑海里电光火石般掠过“佛笑”这一字眼。其实，我知道这都是自己的心理作用罢了！

既然到了三楼，那必须登上楼顶的平台，我顺手拉开一矮小边门，艳丽的阳光和着万千信徒踏起的尘土扑面而来。阳光灿烂的晴空一览无遗展现在眼前。站在楼台上，俯视山脚小河边的帐篷更感觉分明是雨后“齐唰唰”长起的白菌，而白塔在灿烂的阳光里熠熠生辉，犹如银铸就般，山脚的人头恍如蚁群……

下得楼，出正殿和庙院，依然汇入那蠕蠕而动的人流，向右上行，一边行一边打量周围，一位头发雪白的老阿婆右手拄竹杖，左手牵一青年汉子手，蹒跚而行，满脸笑容让阳光也逊色不已。想必这位老阿妈平常行动不是很方便，但在这滚滚人流中，她丝毫没有痛苦之感，而是满脸欢喜，一心虔诚……我想，这就是雪域藏传佛教神秘之处吧？

人流继续涌动着向前，路边一乞讨小孩令我久久驻足。一蓬头乱发身着紫色藏袍，左手食指含在口中平视面前，右手持一碗却不曾注视一眼碗内，也未张口乞求的小男孩，让人心疼不已的。你的父母呢？你在想着什么呢？带着对小男孩的疼惜和担忧，我弯腰在碗里放了几元钱，很快便被人流挟着走远，拐过山头，回首再见不到那位小孩，竟似丢失了什么一样，心情一下沉重起来。

转过第二个山头，顺山沟下行至玛尼石堆前，只见三五身着藏装的石匠盘腿席地而坐，右手挥锤，左手把凿，凿子宛若游龙不停游动，手锤不停敲击，凿尖所到之处石粉纷飞，经文和图案渐显。石匠们身后摆放着已雕刻和绘画上色彩的玛尼石板，让人久久不能舍却。

……

顺着山路，跟着人流回到山脚，原路返回，已临午后。沿途帐篷搭建的临时商家兜售着食物和小商品，买了碗凉面，站在街头将就填了下肚子。友人不在学校，未再去逛玩，也未像信徒们一样待上几天。寻了一大卡车，爬上车厢返回。

车出色须，回首望去，山上人流涌动，山下帐篷、车辆、商铺罗列，万千脚步踏起的尘土集聚在色须上空，遮天蔽日，让人惊愕。卡车一路飞驰，没有了来时的兴奋和好奇，脑海里时不时浮现出那位小男孩童真的脸庞和清澈明亮的双眼，心里时不时刺痛。

别了，色须。

（1998年冬夜于石渠）

石渠情思

江河思源

在千山之巅，万水之源的青藏大高原东南缘，有方隆起的高地，以其平均4200平方米的海拔横空出世，展现在人们的眼帘前，这就是被誉为“江河源头”的石渠县。她的坦荡无垠、俯瞰众生，她的圣洁自然、清新如斯，深深地吸引了世人的眼球。

石渠，藏语称扎溪卡（意即雅砻江源头），雅砻江、金沙江纵贯全境，正是有了江河生命的源头，生活才这样滋润。如果说发源于西北部巴颜喀拉山的雅砻江是一条哈达在县境内绵延、蜿蜒，流域面积达到了全县总面积25191平方公里的91%，构成牧人生产生活的巨大舞台。那么奔腾不息的金沙江就是激越澎湃的天河，一泻千里、纵奔不息。金沙江作为石渠的第二大河，同时也是川藏分野的界河。金沙江源自青海玉树通天河，流入石渠境内始称金沙江。还有黄河的重要支流查曲河，以及众多的知名的河流，以及不知名的高原湖泊（海子）。这些生命之源在石渠高寒牧区纵横绵延，润绿了千里大草原，让牛羊遍野、风吹草低的游牧文化始终飘溢着醉人的乳香；而激越奔腾的金沙江水不仅孕育了甘醇的青稞文化，更孕育出了激越飞扬的真达锅庄，让金色家园在金沙江源头绵延传承。牦牛文化、青稞文化正如雅砻江、金沙江一样在历史的长河中永不停步，勇往直前。

沧浪之水清兮，可以濯吾缨，沧浪之水浊兮，可以濯吾足。水是万物之源，更是洗涤灵魂的至妙洁净之物。雅砻江、金沙江和查曲河等江河源水润绿了石渠这方净土。而绵延千里的巴颜喀拉山和沙鲁里山，则挺拔了世代居住在这方山水的石渠人的伟岸、刚毅和勇猛。

正所谓，一方山水养育一方人，石渠的山水抚育了以豁达、乐观、纯净而令世人向往的石渠人文景观。神秘的原始部落、神奇的高寒牧区和高山峡谷景观、淳朴的民俗文化、丰饶的出产使石渠不但有“江河源头”的美誉，同时还冠有“太阳部落”的华冠。

走进扎溪卡、走近石渠，举手投足之间，都会让您多一份纯净、一份自然、一份空灵、一份旷达。随意掬一捧淌在高原胸膛上的清冽甘甜之水，那超脱尘世喧嚣、烦恼的自然精灵会令你的浮躁、惶惑归于至静、至纯、至真。饮下来自雪山之巅的甘霖，身心更是空灵得透明，仿佛融入圣洁的江河水中，变为一粒微不足道的水珠，折射着人生美丽的光芒。

走进江河源，不仅走进了高原，走进了天堂，更走进了心灵深处。

草原念情

人说不到石渠，不知草原之大。印象里蒙古草原一马平川的平坦，特别是戈壁滩“大漠孤烟直，长河落日圆”的广袤空间美令人无限遐想神往；天山草原，牧马南北，森林、湖泊、草原相间的耳目一新更让人流连忘返。但在我来看，扎溪卡草原的美兼具蒙古草原、天山草原的自然之美，更为吸引人的是其独具魅力的深邃内涵。

闲卧草原，举目而视，坦荡无垠的扎溪卡大草原总有“野旷云低草”之妙。纵马狂奔，到云草接壤处，勒马凭高一望，连绵的绿草在脚下又延伸到不知名的遥远之处。“一眼望到山，半天不到边”成为在石渠奔走的常态。

星星点点洒落大草原上的帐篷牧家，或白或黑、或大或小，炊烟袅袅、乳香飘溢、山歌悠扬……不失为另一种风光，这既让人流连忘返，又让人应接不暇的美景，在扎溪卡随处看见。

“哼支山歌，云儿都坠落草间。挥动牧鞭，牛羊如云涌过草滩。打马淌过四季，帐篷炊烟飘香。”说到扎溪卡草原，总能让人热血涌动。因为这里曾是格萨尔征战的疆场，亘古的风越过时空的界限，从北到南，又从西到东，风中马啸声、金戈声依稀仍在，让人不由自主又回到雄风万年的远古时代。现今，静默在风雪中的马匹不再披挂上阵，失去了冲锋陷阵的机会，或许也是一种遗憾，但牧人血管中流淌的野性仍一代代地延续。正如《康巴汉子》这首歌中所唱，血管里响着马蹄的声音。

草原是牛羊的乐园，草原是牧人放牧的地方、追风的天堂。以康巴牧人自居的扎溪卡瓦（雅砻江源头的牧人）更是钟情于这方魂牵梦萦的金色家园。如果说海洋孕育了生物，那么定是草原孕育了牧人。牛场娃，是世人对牧人野性美的褒扬，更是牧人们自豪的称谓。生于草原、长于草原、逝于草原，这是牛场娃一生的真实写照，草原是牛场娃们演绎人生的大舞台。

大象无形。扎溪卡大草原无愧大的美名，作为全省最大的草原，大气磅礴不事雕琢，有大美不言的厚重。天透明得如一个空灵的巨大蓝色水晶，云彩晶莹剔透，如丝如缕随风飘过山顶；舒缓、绵延的雅砻江宛如少女的长发，淌过点缀着金黄、深紫、粉红、洁白等七色野花的绿草无垠的草原；悠扬的牧歌，如云的牛羊淌过金色的原野……梦幻扎溪卡，如诗如画的意境随处自然地展现。置身其间，眼、耳、口、鼻、心，包括每一根毛发所感受到的各种各样沁人心脾的草香、花香、乳香混合其间，让人不由自主醉倒在这梦幻草原的怀抱。

圣洁的阳光总令人心情灿烂地飞翔，梦幻的草原总会让人脚步无限眷念。不说扎溪卡草原四季变幻，也不说扎溪卡草原朝辉夕阳，气象变化万千，但只6至9月，扎溪卡草的美便使人向往。这是令扎溪卡草原沸腾的季节，扎溪卡瓦在这花的海洋、草的世界里打马狂奔、载歌载舞，燃烧激情、自由挥洒。蓝天、白云、野花、绿草地，绽放如花朵般的帐篷；歌舞、马队、酥油茶、青稞酒，加上一张张阳光般灿烂的笑脸……构成了扎溪卡草原最欢乐的海洋，让人心旷神怡，流连忘返。

花草恋原

国画多花草虫鱼，一草一虫皆可入画成精妙。走进石渠，领略最多的当属那不知名的花草和自由的野生动物。

草的原野、花的海洋、动物的天堂，令人身在石渠，便犹如置身于一个世上最大的动植物园。在扎溪卡，用心聆听，你可以听到花草们相知相恋、互约黄昏的窃窃私语；能看到黑颈鹤、白唇鹿交颈倾诉、厮守一生的美好场景；更可见到江中甲鱼、花鱼成群上百宛若空游无所依、往来翕忽，与世人同乐的自然之美。

草总能勾起人们无限遐想，“野火烧不尽，春风吹又生”“春风又绿江南岸”“草色入帘青”，凡此种种，皆与草之妙处有关。扎溪卡的草潜意识告诉我们的不仅是如茵绿地毯的赏心悦目，更多的是对生命、生活执着的追求。试想一下，广袤无垠的大草原触目所及，有的只是“野旷天低草”，没有一棵树在扎溪卡大草原上英雄般立起，甚至连生命力最旺盛的松树也不能。凭此，你就不得不从欣赏的角度转为敬佩的目光来看扎溪卡的草了。因为草的这种坚强，才诞生出了闻名于世的“游牧文化”。在石渠，牧人们依靠牦牛、绵羊而从事生产、维持生活，而牛羊依靠草原上生命力旺盛的草生存生长，吃进草，奉献出醇甜的奶、温暖的绒毛、鲜嫩的肉食品。

在这横空出世的大草原上，你不能不敬佩这些低矮、顽强和生命力旺盛的草。草吸收了大自然最珍贵、又最不值钱的阳光、空气、水分便成就了其辉煌的事业。花总是和草相伴相生，如果花是美丽的妹妹，草便是强健的兄长。扎溪卡不知名的野花不胜枚举，淋浴着草原的阳光、雨露，听着牧歌，声声里，疯狂成长。仿佛灿烂星光，斑斓灿烂、漫山遍野汇集成色彩异呈的草原。伴着清风，传送着诱人的体香，从早到晚释放着美丽的容颜，酝酿着草原的浪漫爱情。

雅砻江流域多湖泊和沼泽，这些湿地也成为黑颈鹤、斑头燕等水鸟的栖息地。石渠野生动物是大自然对这方净土最大的厚赐。黑颈鹤舞立水间，白唇鹿奔跃山林，金雕翱翔蓝天，花甲鱼嬉戏清冽……据统计，在石渠境内仅国家级重点保护动物就有黑颈鹤、白唇鹿、雪豹、金雕、玉带海雕、藏野驴、野牦牛、北山羊、胡兀鹫等9种，二级重点保护动物有藏酋猴、藏原羚、马熊、林麝、岩羊等34种，主要分布在雅砻江和金沙江流域海拔4200—4800米范围内。以真达锅庄闻名于世的真达乡同时也是白唇鹿的故乡，在这里经常可以看到成群的白唇鹿在林间觅食，或在江边饮水。特别是成百上千的白唇鹿迁徙的场景更是让人震撼。

天堂大美

河山极处原更高。缘于离太阳最近的渊源，石渠享有“太阳部落”的美誉。它离天是如此之近，伸手疑可扯片白云，投足怕踢破天穹。绚丽、迷人的自然风貌，厚重、久远的人文景观使石渠这方净土不是天堂，胜似天堂。县境内，各种自然人文景观数不胜数。

通天河由“三江源自然保护区”蜿蜒数十里，流入石渠县境内，始称金沙江，咆哮飞泻，交汇之处，因大自然神秘作用，两山环抱，使江水在此回旋，不断冲击两岸形成景色壮观的大沙滩，这就是金沙江第一滩。

神奇之石——利山巨石位于长须贡马乡境内，这里你能看到一道神奇的景观：光秃秃的巨石，大似一栋楼房，小像一间小屋；奇形怪状，似动物，似人像，仔细一看，有的独立成峰，更多的却是一些大小不等的石头像搭积木一样垒叠而成，其间类似于风动石、飞来石的景观比比皆是。

色须寺位于县城西北方，距县城45公里，始建于清乾隆二十五年（1760年），距今已有230多年的历史。藏语“色须”的意思是“戴黄帽子的部落后裔”，据说色须寺为7户从蒙古流浪来的人家中一位名叫所巴下色登的人修建的。

寺里供有藏区仅次于西藏扎什伦布寺的第二大铜塑镀金佛——强巴佛，而且该寺是康巴地区一座有资格授予相当于佛学博士学位“格西”资格的黄教寺庙。寺内珍藏有各种镀金佛像数万件，且各种经书不计其数，仅《甘珠尔》就有50余套。寺庙建筑极富民族、宗教特色。

神秘古迹——照阿拉姆石刻是石渠县洛须镇境内的名胜古迹，在丹达村和俄巴拉村之间。照阿拉姆系藏语译音，意即仙女。相传是在唐贞观十五年（公元641年）文成公主进藏时，路过此地，在石壁上刻的三个菩萨像，中间大，两边小。中间的叫泽巴麦，意即长命，是专司人间长命的菩萨。右边的叫啪巴先乃热，是念嘛呢的菩萨。左边的叫香郎多吉，是防止灾害保佑平安的菩萨，两边刻有藏汉古经文，但不解其意。至今已一千三百余年，但石像线条依然清楚，文字醒目，当地群众都要到此地祈祷。

巴格嘛呢距石渠县城50公里左右，远看仿佛是草原上筑起的一道长堤，近看是一座绵延起伏的古城墙。墙身最高处有3米左右，厚2—3米，长约1.6公里，堪称目前藏区最长的嘛呢墙。墙体全用嘛呢石片垒砌而成，每隔一段距离就有几座佛塔相连。有意思的是墙的两面还留有大大小小的许多“窗口”，“窗口”里摆放着一个或几个石刻彩绘的佛像。如此浩繁宏伟的工程，都是人们一锤一凿刻出来、一块块垒上去的。关于巴格嘛呢墙的历史，“善墙”与“恶墙”的故事给世人警醒。

松格嘛呢城是一座四四方方的石头城，高约10米，长百米见方，正面有一道城门可以进出，里面是一圈圈的嘛呢墙，中间有狭窄的通道。由于石头垒得太高，地面已不堪重负下沉。老乡说它地面上有多高，陷入地下就有深。让人觉得不可思议的是，石头城没有任何框架支撑，也没有使用黏合剂，完全是一块块随意堆砌而成，历经千年屹然不动，不能不说是一个奇迹。据传，当时为了替战死疆场的士兵超度灵魂，格萨尔的将士们在此堆了一个嘛呢堆，后来老百姓为缅怀格萨尔的功绩，纷纷来此朝拜，嘛呢堆越堆越大，越堆越长，变成了嘛呢城。

石渠民间流行众多的山歌、弦子、歌庄、劳动号子、民间弹唱等，其内容涉及群众生产、生活方面，曲调多样，有的如涓涓细流，微风拂面；有的似高山大川，气势恢宏；有的悠然风趣，令人可掬；有的情真意切，打动心扉……充满着浓郁的草原气息，富有浪漫主义色彩，成为群众生产、生活中必不可少的民间艺术形式。“会说话就会唱歌，会走路就会跳舞”是石渠人的真实写照，民间歌舞已深深植根于这片广袤草原。

草原是石渠人的生活舞台，逐水草而居的游牧便成为多数石渠人的生活方式。石渠的游牧部落有18个，其中最有代表性的是查加部落。这样，石渠也成了游牧部落聚居区、草的原野、动物的天堂、牧人乐园……你可以想象一下，茫茫雪山间，飘带般流淌的雅砻江，广袤的扎溪卡草原，纯净如水晶的蓝天，星星点点撒落草原的帐篷，无数的牛羊，自由自在的黑颈鹤……

踏进石渠，走进草原，你还有什么不舍得丢弃的。

（2004年夏夜于扎溪卡）

杞人忧草

从无树的扎溪卡，想到那令牧人魂牵梦萦、追寻终生的草原……

——题记

车过海子山，一路向北，驶向世界最高城——石渠。车过之处，极目四望，万里大草原，竟然没有见到一棵树的踪迹，在这片离天最近的大草原上，最高的植物就是不足一米的灌木。并且就是这种被当地人称为“油楂子”的高寒草甸灌木也是少得可怜，百里之内难得见到几丛，即便有，也是三五根孤零零地矗立在高原的胸膛上，孤单地诉说着高原的寒冷、苍茫和寂寞。

还记得初上扎溪卡的时候，那是1994年的7月14日，事隔十多年，我清楚地记得，当北上的客车从凌晨5点出发，到早上10点过，车翻过高达5300多米的海子山，进入扎溪卡草原，同车的藏族同胞惯例地吆喝着，一路向北，沿途海拔全在4000米以上，那年夏天，雨季特别来得迟，缺乏雨水滋润的扎溪卡除了海拔高，触目所及，七月的草原除了满地的牧草和野花，就没有其他的植物了。在这里，最高的植物是草，最多的植物也是草，最具生命力的植物更是草。这让我想起了“野火烧不尽，春风吹又生”中的原上草，其实，论生命力，诗人所见的草还比不上扎溪卡的牧草。下车的那一刻，想着今后就将孤零零地如同这草一般在扎溪卡生存，心里就有股酸楚的味道冒出来。此后的日子，伴随着牧草的枯荣，十来年一晃就过去了，最难熬的冬季，屋外风雪交加，特别怀念草原的夏天，思念那茫茫的、一望无垠的草。寂寞加上严重缺氧，整天里，我和朋友们都觉得晕乎乎的。特别难受的时候，我总爱把夏天里收割后挂在床头的青草拿来嗅嗅，好像缺氧的感觉就好多了。年年如此，每年夏天我都会选牧草特青绿、特茂盛的日子，采割一束牧草悬挂在床头，每当晚上睡不着时，看看它，便想起夏天里，自己躺在草原怀抱里，四围全是野草的幻境，草香让自己一会儿就睡着了。

在石渠的日子长了，也就和这片冻土结下了不解之缘。这里的人是那么的质朴，如同这生生不息的野草，看似平凡，却撑起了草原的未来。就连和我爱人的结识、结缘，也同对树的渴望有着联系。那是2005年春天，我到海拔只有3200米的金沙江畔去替朋友寻找松树苗，巧的是树苗没寻成，却在金沙江峡谷的云海里见到了被当地大德高僧称为“哈达虹”的白虹，奇的是在白茫茫的云海中出现这种白虹，它头接正科（乡名），尾系麻呷（乡名），长达几十公里。随后的日子，我就结识了我的爱人白玛措，她就是金沙江畔长大的藏族女孩子，我们相识相爱，都和寻树有关，直到我们结婚，我始终觉得是缘分所使。

在地球上生活的大多数人每天都会见到树，也常常会驻足观赏这个给人们视觉、心理上无限美感的生物。如果你的视野里没有树的踪迹，甚至连最耐寒冷、贫瘠和适应性非常强的松树也不见踪影，你会作何感想？资料表明，松树对陆生环境适应性极强。它们可以忍受 –60℃的低温或50℃的高温，能在裸露的矿质土壤、砂土、火山灰、钙质土、石灰岩土及由灰化土到红壤的各类土壤中生长，耐干旱、贫瘠，喜阳光，被誉为著名的先锋树种。生存环境非常广，北自北极圈，南至北非、中美、中南半岛至苏门答腊赤道以南地区，在我国各地均有分布。这让我想起了学生时代学的一篇关于松树的文章片段：只要有一粒种子，它就不择地势，不畏严寒酷热，随处茁壮地生长起来了。它既不需要谁来施肥，也不需要谁来灌溉。狂风吹不倒它，洪水淹不没它，严寒冻不死它，干旱旱不坏它。它只是一味地无忧无虑地生长。松树的生命力可谓强矣！松树要求于人的可谓少矣！可在石渠万里大草原上，就连松树也没有了踪影。之前，在扎溪卡草原，有许多人都曾经尝试过栽树，但都以失败告终。我最敬重的一位老大哥杨忠孟在长达20多年的石渠生涯里，总是年复一年不停地栽树，每到冰雪初融，草色渐绿的5月，他就又把头年搭好的暖棚重新修缮一新，小心翼翼地把千里之外带来的松树苗栽在暖棚里，但结局和许多在石渠的前辈们一样，不管他万般呵护，总是以失败告终。最顽强的树也逃不过扎溪卡草原一个冬天肆虐的风雪和严寒。年复一年，他就这般坚持到退休，也没有成功。杨哥走后，我就没有看见谁在石渠县城栽树了，只听说在海拔只有3300多米的东区，有一位在当地长沙干玛乡安家的内地汉族周姓大爷也在栽树种草，草长得好，并且树还活了，但这终究已不是海拔4000米以上的事了。

据石渠县志资料显示，石渠县年均气温 –1.6°C，极端最低温为 –45°C。如此高寒天气，也难怪就只有生命力最强的草能够短暂地生长。通天河流入石渠县境内始称金沙江，而石渠又是雅砻江和黄河重要支流查曲河的发源地与主要流经地。并且，石渠县城离“三江源自然保护区纪念碑”不到100公里，为江河源头重要主体。由此，石渠的生态环保地位十分显要。

草地生态环境恶化是导致长江、黄河上中游水土流失及洪水灾害的因素之一。天然草地为长江、黄河上中游面积最大的土地类型。长江中上游的天然草地，长期超载过牧，鼠虫害严重，致使草地退化，草地植被萎缩、稀疏。长江上游的川西北草地面积大，为四川省的主要草地畜牧区。20世纪80年代以来，草地沙化、退化面积已占天然草地面积的40%。川西北有些鼠害严重的草地，鼠洞连片，地表裸露。由于破坏植被，加上上中游地区的毁草、毁林，造成了长江、黄河水土流失日益严重。长江源头包括通天河、扎曲和大渡河源头，流域面积广，基本上属于天然高寒草地分布区，土层薄，风沙大、降水量小，水土流失厉害。

“人靠畜，畜靠草。”这是牧区流传千年的名言，现今困扰牧区经济社会发展的“人畜矛盾”已引起党中央、国务院高度重视，并结合实际推行“退牧还草”工程。在石渠这样平均海拔4500米以上的高寒牧区，种树只是人们美好的愿望。其实，在这些地区栽树不如种草，并且要把种草当作栽树来抓，这样能缓解生态恶化的现状。

据相关研究发现：草地对防止水土流失、抗洪的作用超过森林。草本植物是增加和发展陆地上绿色覆盖的先锋植物，是保持水土、防风固沙的“卫士”。许多研究成果表明：草地对防止水土流失，减少地表径流具有显著作用。还要特别指出，草地防止水土流失的能力明显高于灌丛和林地。种植多年生草地成功率高于植树造林。适合各种气候、土壤、地形条件的草种比可供选择的适种树种多得多，草种采集与供应亦比适种的树苗好解决。退耕地种草只要稍做地面处理，一般撒上草种即可成功。而植树造林，移栽、护理均较草地要求高，成功率低于种植多年生草地。对一些贫瘠、陡坡、土壤砾石含量高、蓄水力低的山地，多年生牧草可作为植树造林的先锋植物。

水土流失的治理，应按不同生态区、不同流域，有重点地综合治理，而不能仅限于植树造林。像石渠这样地处长江黄河源头、长江上游林线以上的高寒草地分布区不宜种树，应以保护、改良现有草地植被为主，结合“三配套”“退牧还草”工程进行草地封育，加强草地鼠虫害防治，堵禁草地滥挖、滥搂、滥樵，遏制草地退化、沙化，提高天然草地植被覆盖度，提高这一区域的植被覆盖率。

曾看到这样一段话，“佛说：如果今生爱一个人而又无缘和他在一起，那就为他栽种一棵树。那么来生就真的化作一棵树，长在他每天必经的地方，为他生根发芽”。石渠种树而不得，那么就种一片草，下辈子化作一棵石渠的草。

希望没有树的扎溪卡草原，能够绿草万里，牛羊遍野。

（2007年夏夜于康定）

激扬飞湍的和谐之音

康定风光独好，其灵山秀水不仅孕育了千古绝唱《康定情歌》，还孕育了独特的自然和人文景观。歌扬天下是康定成名的真实写照，据说全世界60亿人口中，就有五分之一的人会唱《康定情歌》这首歌。康定可谓“山因跑马转山景秀高原，城藉情歌传唱名扬寰宇”。不同的人到康定都有相同而不同的感受，相同的感受是康定是个大美的地方。不同的是：在旅游者的心里，这里是人间天堂；在科学家的眼里，这里是大自然的博物馆；在社会学家的笔下，这里是人类学的宝库；在康巴儿女的心里，这里是最美丽、最可爱的家园……

水泽山城

三山环抱，二水中流；悠悠民歌，翩翩舞伴，富有民族风格的各式建筑错落有致地散布于河两岸……这就是极富高原民族风情特色的康定。“打折渚”的具体含义是对康定地形十分贴切的概括性描述。对于康定的山水地形，历史上曾作过一些形象的描述。可以说，“三山环抱，二水中流”就是对藏语地名“打折渚”的最好注脚。折多河从折多山奔流而来，雅拉河自雅拉沟急湍而下，两条河淌过康定城，汇流于郭达山前的瓦斯碉处，河名始称瓦斯河，一路欢歌东入大渡河，两条河加上二道桥温泉、“水井子”等圣洁之水的泽惠、呵护，康定的风便有了更清新的质气，康定的城便有了更神奇的灵气，而康定的人便有了更加万种的风情。

“山水相依、山水相伴”是康定的真实写照。山因水伟岸，水因山秀美。康定城坐落群山层叠中，跑马山、郭达山、子耳坡三山环顾，地形最宜观山望日。到了康定，心里定有“登山便欲誓情去，临河应知盟涛在 ”的向往和“听歌登山跑马踏破白云留蹄痕，踏舞伴月折多穿过康定扬涛声”的流连。

“水井子”自然景观宛如一颗硕大的珍珠镶嵌在康定城内，泉水源于五色海，涌出跑马山脚下。泉水清澈见底，酷热之时，手触其泉冰凉爽人；寒冬时节，其泉不结冰，热气腾腾，手浸水中无寒冷之感。自古以来，水井子之水就被誉为神水仙液，泽润着康定，滋润着康定人。

康定多桥，古有“八桥城”之说。两条长街以将军桥、上桥、中桥、下桥四座小桥连接。时至今日，折多河上年代久远的当数城南的公主桥。此桥传闻颇多，其中路人皆知的传闻是因文成公主与松赞干布联姻而建。但事实上文成公主进藏是取道青藏路，而人们对康定公主桥的传闻却深信不疑，可见藏汉人民是十分珍惜并延续着这一友谊的，如今这一友谊还在不断延续和加深。

小桥如少女的腰带连起隔河相望的街道，白天，人群、车流川流不息，河水欢跃奔腾，山间绿树和风摇曳，让人留恋。晚上，街上万家灯火，桥头彩虹闪烁，河中粼粼水波，夜风清新舒适，更多了几分醉人气息。真有“卧听折多河水急湍飞扬消长年年不休，仰观跑马山色重彩渲染枯荣岁岁更迭”的美感和“行云流水情歌悠然萦耳，弦月清风古镇酣畅入梦”的恬淡。水、桥、河与山宛如康定城的血脉、神经和骨骼，透过水、桥、河与山这些康定城的血脉、神经和骨骼，还有谁能不感受到康定山水的神奇呢?

边茶兴市

康定是甘孜藏族自治州的首府，在历史上曾是繁荣一时的商业贸易中心。700年以来，藏商把从西藏带来的麝香、虫草、黄金、马匹带到康定，与内地商人带来的茶叶、丝绸进行交易。正是这种民族间贸易的兴盛，造就了各民族在康定的大融合。“各业皆因茶而兴。”《近代康区档案资料选编》中记载，当时每年从四川、云南、甘孜和松潘等地销售到康藏的货物高达3000万之巨。以茶马贸易为依托的康定，许多其他行业因为茶马应运而生。为适应交易，在炉城形成了为汉藏贸易穿针引线，既是交易场所、作坊，又是客货栈房的特殊行业——锅庄业。徜徉于康定老街旧巷，心里会由衷升起“情歌一曲名康定环宇唱茶马史话千古传，老街几条意互市千古诵众家锅庄尤安在”的感慨来。

锅庄业的兴起，推动了汉藏贸易的发展，同时也带动了其他诸如“缝茶业”、皮革业和搬运业的兴起，商道催生了多元文化。“炉城内街道林立，傍折多河水有两条街道，即河西、河东，长各一二里。东南岸有蜂窝街、大石包街、马市街等；西北岸有营盘街、诸葛街、老陕街等。”

现如今，在党和政府的领导下，康定城乃至整个甘孜州的变化更是发生了天翻地覆的巨变，这一切是有目共睹的。翻阅康定历史，感受当前和美，你会有“炉关风云跌宕昔改土归流掩卷必深思，折多浪涛起伏今日新月异开篇总惠民”的感受来。

文灿中外

康定还以藏汉文化交流为主体的多元文化现象吸引人眼球。茶马古道催生了康定的繁荣，而来康定的各地、各族人带来了不同的文化，并且和谐相融在一起。康定的美丽、富足和意蕴，特别是其厚重的文化，时刻都在向世人散发出一种强烈的诱惑。著名社会学家费孝通先生在《关于我国民族的识别问题》一文中，把康定作为我国民族走廊的一个中心地带来认识。按照费孝通先生的精辟论断，康定远古文化的遗存应当说就是“民族走廊”文化遗存。独特的康定锅庄文化、歌舞文化、语言文化、建筑文化、服饰文化、民风民俗等，这些都是由于多民族文化之间相互交流、碰撞、融合并不断发展、变化的结果。康定的多元文化并存的现象十分突出，历史上，宗教文化就存在藏传佛教、汉传佛教、道教、伊斯兰教、天主教等并存的局面。再如锅庄文化和老陕街等的出现，也是多元文化交融并存的结果。在《康定情歌》这首歌曲中，我们既可以感受到藏族文化的韵味，又能体察到汉族文化的影子。可以说，这首歌就是多元文化交融升华的典型代表……厚重的文化积淀，不仅在历史上为康定增辉添彩，也必将对其未来的发展产生巨大的推动作用。

美在和谐

康定是一个民族、宗教文化包容性很强的城市。千年的历史长河里，汉、藏、回、彝、羌等多民族相互尊重、相依相存；藏传佛教、天主教、基督教、伊斯兰教三种宗教在康定和谐相处，并存于康定的大街小巷。传统的宗教文化，构成了丰富的人文景观 。从19世纪60年代起，小城内就形成了佛教、基督教、伊斯兰教并存的格局，100多年的传教岁月中，始终和睦相处，成为美谈。距离清真寺不到100米的地方就是康定的天主教堂。距离康定天主教堂约150多米的地方，是当地最大的藏传佛教寺庙——安觉寺，已有380多年的历史。在康定，不论你是来自何地，也不管你身份贵贱，你都能深切地感受到康定人的热情、豪爽，体会到各民族优秀的文化底蕴。和谐是一种看得见、摸得着的美，这种美是大美，体现在康定人的身上，是阿婆的慈祥、小伙的健美、姑娘的大方……也正是以汉、藏民族为主的各民族大融合、大团结使康定城从远古的茶马古道一路走来，一路欢歌，越走越繁荣、越走越昌盛。

“康定复登临，心驰高原千里而外；情歌共传唱，人在山水一色之中。”康定溜溜的水、康定溜溜的桥、康定溜溜的山、康定溜溜的城、康定溜溜的人……这一切的一切构成了康定溜溜的美好现在和未来。

巴塘散记

细算，到巴塘县已有5次了。记得第一次是送一位县领导到巴塘县赴任，恰逢县上欢迎当时修筑国道318线海竹路（海子山—竹巴龙段）的人员，悠扬的弦子、欢腾的舞蹈……加上一碗碗，不，可说是一盆盆斟满了深情厚谊青稞酒的银碗，还没有饮下，人已经醉了。自此，对巴塘的印象也就更加深刻。

其实巴塘和先前我所工作的石渠县洛须镇是一江相连和一山相承的，因为同石渠一样，沙鲁里山脉、金沙江在巴塘县均为重要的山脉和水系。

今年5月，因工作关系在巴塘县耽误了一周之久，利用下午空闲之际也再次领略了巴塘的风采。

八景之一的“巴山积雪”由于大气层变暖，往日终年白雪皑皑的景观已逐年消退。不过机缘巧合，为了扑灭森林火灾，经过一番人工增雨作业之后，巴塘县境内普降大雨，多年来在5月份很难见到的“巴山积雪”竟重现容姿，对我来讲雪山冰原是司空见惯了，可对内地来的人来讲也不乏是一大景观。在闲逛浏览康宁寺古柏时，我遇见一位准备去上晚自习的康南民族高中的高一学生，问及学校情况，他说自己是高一的学生，仅高一就有7个班，每个班少则50多位同学，多则70多位同学。通过闲聊，我不由对巴塘县现代为什么人才辈出的根源有了落脚点，那是源于对教育的重视，以及巴塘人送子女入学的积极性。

在看了古桑抱石、柳林较射、康宁寺古柏及红军长征遗迹后，很想看看当年外国传教士在巴塘县留下的痕迹。据史料记载，清同治二年，法国天主教神父巴布埃来巴塘，在城郊四里龙建教堂一所、住房两座。自此，天主教传入巴塘。同治四年后，巴塘民众驱逐洋教士，捣毁洋教堂。到民国二十一年只有教徒50人、土地50亩。巴安（民国时巴塘县旧名）和平解放后，教堂作学堂，天主教再无活动。光绪二十年，经清廷准许，美籍牧师贝克来巴塘，于城北甲日隆租地7亩，准备建基督教堂，因故未果。光绪三十年，美籍医生史德文、牧师浩格登来巴塘考察后，回到打箭炉（民国时康定旧名），经美国总会批准后于光绪三十四年来巴塘建教堂一座、巴安华西小学一所、孤儿院一幢及牧师住宅三处。到1956年，巴塘有教徒49人。其后教产收归国有，基督教的活动告终。连问了几个巴塘县本地人皆不知道当年的教堂在何处，有的甚至就不知道有教堂在巴塘。

晚餐后，在三位巴塘县本地年轻人的陪同下，我去看了位于巴塘县城东他们认为的教堂，结果发现是关帝庙。乾隆二十九年建成，同治九年巴塘大地震中震塌，并于同治十三年重建的关帝庙，因参加重建修复的会员籍贯不外川、滇、陕三省，因此又将关帝庙定名为“三省会馆”。其主要建筑以及庙内所塑神像均在20世纪60、70年代时被毁，现只剩下些许残垣断壁和一块“省级文物保护单位”的碑刻诉说着历史的沧桑。

临别巴塘，因陪同国家林业局相关人员考察措普沟保护区，顺便也一睹了措普湖的芳容。

早上，沿巴曲河顺流而上，从措拉进入措普沟自然生态保护区，沿沟而上不远处就是茶洛乡，这里也是当年的义敦县政府所在地，车过当年的县邮电大楼，还依稀可见当年县政府的痕迹。我的脑海里立即浮现出先前看到的一张关于义敦县的旧照片。当年，摄影师孙明经留下许多珍贵的照片，其中有一张是民国期间旧义敦县县长立于县政府前的留影，一座用石头砌起来的低矮平房，破败不堪，随时都有倒塌的危险，不得不用树桩支撑起来，这便是义敦县政府，县长神态平和，丝毫看不出他有任何怨言。当年，孙明经在西康省考察时发现，当地的学校校舍大都宽敞明亮，学生衣着整齐，令人耳目一新，而一些县政府的房子却破烂不堪。好奇的孙明经就问一位县长：“为什么县政府的房子总是不如学校？”县长回答：“刘主席说了，如果县政府的房子比学校好，县长就地正法！”刘文辉的话是有些不中听，但话粗理不糙。当年，刘文辉的执政理念是16字方针：勤俭为政、倾囊兴教、开化民智、建设桑梓。他深知振兴西康要开发民智，因而十分重视教育。刘文辉是个军阀，但他16字的执政方针，却浸润着中国传统文化的精髓，透射着面向未来的宽广视野，展示了那个时代地方实力派兼容并包、继往开来的特质。

上行8公里处，阵阵热气扑面而来，这就是四川省地热资源第一的措普沟热坑地热田。大大小小的泉眼，形态各异，撒落在山坡上、公路旁、森林中、田野里、悬崖下、河水边。整个山谷都弥漫着温泉的气氛，一股股热气从泉眼中升腾而起，那热气忽淡、忽浓、忽明、忽暗，在阳光的照射下，不停地变幻着迷人的色彩，其景色蔚为壮观。据同行的县上同志介绍，热坑泉水水温高，富含矿物质，对皮肤病、风湿病等有特殊的疗效。温泉中，最独特、最壮观的莫过于远近闻名的三口间歇泉。由于时间关系，未能一睹三口间歇泉的风采，不过和衣站在水温稍微适宜的热坑泉水前也领略到了此地温泉的神奇。

沿途可见不少当地老百姓在沐浴，享受天赐瑶池般的热泉谷。相传，格萨尔王经常到此沐浴。其实，这些老百姓也过着令都市人羡慕不已的神仙般的日子。

再往上行，就是七彩草原——章德草坝。豁然开朗的视野里，在雪山的环拥下，五月的章德大草原还未全然泛绿，不过倒可以看见成群悠然的牛羊、顶顶帐篷、袅袅炊烟错落在还泛着苍莽之色的章德大草原上，草原上一望无际，宛如一巨大的盆景。

我们的车开了很久，才横穿完这片草原，看见措普湖了。再行驶了一会，来到一排小木屋和一个小山包前，下车越过这个小山包，刹那间措普湖犹如一盏世外蓝色宝镜展现在我们眼前。雪山、森林、草地加上这晶莹剔透犹如水晶般的湖，那瞬间让人感觉到尘世间所有的繁杂琐事都被涤荡得一干二净。

蓝色措普湖在高原九点过的绚丽阳光下，显得那么的恬静和安详，犹如一位正在沉睡中的美丽少女，我摒住呼吸，生怕惊扰了这位美丽少女的沉睡。放眼望去宁静的湖水颜色呈深蓝色，清澈见底，时不时有鱼跃出水面，伴着鱼儿落入湖中的“哔啵”声，一道道波光便顺着鱼儿落水击打的地方慢慢扩散出去，撩得人心里舒坦不已，直至波光消失，那股说不出的滋味还在心里久久荡漾。

措普湖海拔4230米，有“康巴地区第一圣湖”之称。据同行的县上人员介绍，“措”在藏语中是湖的意思，“普”在藏语中是源头的意思，所以措普湖在藏语中的语意为“万湖之源”。措普河是巴曲河的源头，而巴曲河最后汇入的是金沙江，所以可以说，措普湖也是金沙江的源头之一。环顾四围，措普湖面积约一平方公里左右，整个湖呈不规则的圆形，湖的周围是茂密的高山冷杉林，冷杉林的背后是一座座造型奇特的、巍峨的大雪山，两种影像同时倒影在湖中，在不同角度的阳光照射下，云蒸雾绕，给人们以无尽的遐想，让人分不清哪是山、哪是水。

我几步奔向措普湖，迫不及待地想一亲她的芳泽。来到湖边，同行的几位友人早已掬起一捧捧水晶般的湖水和用手在“唤鱼”了。他们对着湖面“呜呜”地喊了几声，只见成群的鱼很快就聚集起来，向他们蜂拥游来，他们拿出早准备好的食物洒向湖里，这些鱼便毫不客气地开始哄抢。和高原许多湖泊一样，良好的生态环境让措普湖成为多种高山鱼类很好的栖息场所，湖里生长着大量的高原裸鲤和细鳞花鱼。

我把手放在湖里，这些鱼竟然将手指当成食物，直接对着我的手“亲吻”起来，让我的心为之颤动不已，真分不清是人在逗鱼，还是鱼在逗人。这样的情景在高原可以说是比比皆是，而这也是长期生活在湖边的牧民自觉保护环境和爱护野生动物的结果。

在措普湖的转湖道上，还有许多景点和传说。如可以衡量人善恶的石洞、“药泉”“漱口泉”“洗身泉”“求子石”“磨剑石”“向秋树”和措普寺等。但由于时间关系，未能一一观看。不过，我想留一点遗憾和眷恋也是最好的。

县志记载：巴塘，传说是大鹏仙化的地方，又称“鹏城”。临别巴塘的路上，在海子山上可以看见许多呈链珠状的高山湖泊，散落在山沟里，宛如一串七彩的珍珠项链，这也是海子山得名的缘由。

试想在巴塘这样一个“物华天宝，人杰地灵”的地方，也难怪会有许多人慕名前来了。

（2009年夏夜于巴塘）

魂牵梦萦扎溪卡

调到康定工作才两年多，可梦回扎溪卡草原竟很多次。有在雅砻江畔草甸上休憩的场景，有同友人们蹚水捕鱼的情景，有带着学生们攀登雪山的画面，有与爱人漫步金沙江边正通村青稞地的香甜……不一而足，扎溪卡同自己已结下了不解之缘。十三年多的时间，并且是一个人青春绚烂的时光，想想都让人无限留念。

十三年多里，我的足迹走过了石渠县（藏语称“扎溪卡”，意即“雅砻江源头”）24个乡镇（场）的许多村寨。从巴颜喀拉山和沙鲁里山，从雅砻江、查曲河到金沙江，从神秘的查加部落到激越飞扬的真达锅庄……神奇的高寒牧区和高山峡谷景观、淳朴的民俗文化、丰饶的出产让我在石渠这个被誉为“太阳部落”和“江河源头”的天堂徜徉。

石渠县位于青藏高原的东南缘，甘孜州西北边陲，县城虽然远距康定近700公里，离成都更是1000多公里，但与“三江源自然保护区纪念碑”仅90多公里，南邻“格萨尔故里”德格并与西藏江达隔江相望，北连青海称多、玛多、达日，极具发展高原生态游牧旅游的优势。康巴地区最大的草原，藏区最长的巴格嘛尼墙、最高最早的松格嘛尼城，神秘的“利山巨石群”，原始的游牧部落，白唇鹿和黑颈鹤的故乡，举世无二的帐篷城……这些都让人无限神往。

别的不说，单是扎溪卡草原的美就让人美不胜收。扎溪卡大草原有着全省最大的美名，独具大气磅礴不事雕琢的自然美，有一种大美不言的厚重韵味。天蓝、地绿、云彩、水清、花烂漫、牛羊成群……扎溪卡草原的美是让人过目难忘的。

缘分使然。到州目标办工作不过一年，又调整到跟随毕世祥副州长工作，州级领导都有工作联系县，原本毕世祥副州长的联系县是理塘县，可2008年8月份跟随他到理塘县待了一天，开完见面会的第二天便收到文件，将他的联系县调到了石渠县。后随着洛须水利工程的开工，以及牧民定居和帐篷新生活的启动，还有石渠灾后重建的推进，我跟随到石渠的机会就多了许多，每年基本上要上石渠10多趟，每次多则个把月，少则十几天。在到石渠的路上，毕世祥副州长经常调侃说他都是围着我到石渠来开展工作的。特别是到洛须水利工程开工时，他更调侃真是缘分，因为我爱人是洛须本地人。

每次到石渠，我们基本上都是用一天时间赶到。路远、时长、车疾、人乏，毕世祥副州长就让我介绍石渠的风土人情。我就根据路经之地来介绍，比如，从洛须到县城，途径丹达沟时，我们沿沟而上，海拔由3600米很快上升到4000多米，沿途林草相间、溪水淙淙、奇石相布、飞禽走兽、花草相依，呈现出低山森林向高山草坪过渡的特征，独具“一沟有多景，多景各独特”的妙趣，游走于沟内犹如世外桃源之感。一路上我讲解起被誉为“神秘谷”的丹达沟，并指着一条岔沟，介绍其为“情人谷”，里边的风景更为幽雅别致、四季相异。因为工作很忙，无法前往一窥美景。晨曦斜射到丹达沟里，一半笼罩在晨曦里，一半未曾照到，加上飞鸟鸣叫、小溪清越，奔走在画境里的感觉真美。为此，我还即兴在车上赋诗《丹达沟晨感》：“晨曦半入沟，溪水知暖流。鸟鸣涧更幽，路人行不休。”

车行到丹达沟中途，就可以看见“神秘古迹——照阿拉姆石刻”。照阿拉姆系藏语译音，意即仙女。相传是在唐贞观十五年（公元641年）文成公主进藏时，路过此地，在石壁上用马鞭刻的三个菩萨像，中间大，两边小。中间的叫泽巴麦，意即长命，是专司人间长命的菩萨。右边的叫啪巴先乃热，是念嘛呢的菩萨。左边的叫香郎多吉，是防止灾害保佑平安的菩萨，两边刻有藏汉古经文，但不解其意。至今已一千三百余年，但石像线条依然清楚，文字醒目，当地群众都要到此地祈祷。石渠被誉为“中国石刻艺术王国”，据不完全统计，全县共有各类嘛呢堆、嘛呢城、嘛呢墙近三百多处。近年来，通过不断调查、挖掘，相继在洛须镇、长沙干玛乡发现了一大批唐代的摩崖石刻和石刻群，主要分布在金沙江沿岸和雅砻江沿岸，包括洛须的白马神山石刻、烟角村石刻以及长沙干马乡的须巴神山石刻群，共计17铺。这些石刻内容主要包括菩萨像、佛像、飞天、供养人、古藏文题记等。专家对其考察，证实这些发现是目前已发现的西藏、四川、青海、甘肃、云南藏区中最为密集、最为集中的吐蕃时期石刻群。它对唐蕃古道走向或文成公主进藏的路线考证提供了新资料，填补了青藏高原东部唐蕃古道走向重要环节的资料空白，具有十分重要的艺术价值、历史价值和考古价值。

毕世祥副州长分管“三农”工作，加之石渠地处雅砻江、金沙江、查曲（黄河支流）源头，以天然草地生态系统为主要生态屏障，构成了天然湿地环境的广泛发育基础，天然湿地既是重要绿色生物水库的形成地区，更是野生动物的栖息之地。石渠境内湿地面广、域宽，位于雅砻江源头的扎加坝湿地景观便是其中较为典型的高寒湿地，为野生动物的天堂。那次到西区我们跑了许多乡镇，俄多马、色须、格孟、长沙贡玛等乡镇。

扎加坝湿地在长沙贡马乡境内，途中要经过被称为“信仰长城”的全藏区最长的嘛呢石墙——巴格嘛呢。

从石渠县城出发50公里左右就到了巴格嘛呢，途中要经过色须寺，车过了一座晃晃荡荡、刚好能够容下越野车宽度的吊索桥，就进入了长沙贡玛湿地。远远看去，巴格嘛呢仿佛是草原上筑起的一道长堤，近看是一座绵延起伏的古城墙。墙身最高处有3米左右，厚2—3米，长约1.6公里，堪称目前藏区最长的嘛呢墙。墙体全用嘛呢石片垒砌而成，每隔一段距离就有几座佛塔相连。有意思的是墙的两面还留有大大小小的许多“窗口”，“窗口”里摆放着一个或几个石刻彩绘的佛像。如此浩繁宏伟的工程，都是人们一锤一凿刻出来，一块块垒上去的。

车过巴格嘛呢墙，应毕世祥副州长要求，我给他们讲起“善恶之墙”的传说。巴格嘛呢墙的历史，有一段“善墙”与“恶墙”的故事。从巴格活佛一世受莲花生大师托梦，在此地放下第一块嘛呢石算起，距今已有300多年。到第三世巴格活佛时，扎溪卡草原上一个名门望族的千金爱上了一个贫苦青年牧民，他们的相恋遭到了女方家族的强烈反对，为了追求自由爱情，他们决定私奔。骑马渡雅砻江时，姑娘不幸被激流卷走，小伙子准备投江随心爱的姑娘而去，幸遇在此修行的巴格活佛相救，并劝其皈依了佛门。小伙子将姑娘留下的财宝供奉给了活佛，活佛请工匠在原有的嘛呢墙后加长了一段，称作“善之墙”，以劝诫人们抛弃俗念，一心向佛。后来有两个情同手足的好朋友结伴远行，其中一人对同伴起了谋财之心，趁其不备将其推入雅砻江。这一切被巴格活佛看在眼里，活佛上前劝导他弃恶从善，那人终于悔悟，从此跟随活佛苦修，终成正果。据传，活佛又修了一段“恶之墙”，以警后人。此后巴格嘛呢名声远播，四面八方前来朝觐的信徒将嘛呢墙越砌越长……

生活和栖息在扎加坝湿地的动物主要有：天鹅、黑颈鹤、金雕、棕头鸥、斑头雁、野鸭及淡水鱼。我陪毕世祥副州长第一次去时正值夏季，也是扎加坝最绚丽多姿的季节，星罗棋布的高山湖泊，沼泽水潭、成群的飞鸟、兽类，向游人展示着动物天堂赏心悦目的美好。沿途我们除了没有看见天鹅外，其他的珍禽异兽都观看到了，不远处还有雅砻江第一湾。

过了长沙贡玛，就朝着被誉为“雪域绿宝石”的呷依温泉所在地呷依乡而去，车上我给大家讲起呷依温泉的传说。呷依温泉藏语称为查曲卡温泉，又名八若温泉。相传很早以前此地为格萨尔王的行宫之一,八若温泉是格萨尔王和王妃珠姆以及手下30员大将沐浴之所。群山环绕的大坝之中，大小温泉如镶嵌的绿宝石紧紧相连，宛如一串串绿宝石项链撒落在人间，泉眼多达35处，泉水温度一般都在40℃以上，有的泉池最高温可达45℃左右。泉口终年水汽腾氲、景象壮观，更衣沐浴，宛入仙境。且温泉水源充足，温度高，含硫、锂、锶等多种矿物元素，能治疗多种皮肤病和关节炎等，是保健、沐浴、观光的好去处，虽然没有工作任务，我们并未去离乡政府不远处的温泉，而是在乡上和村子里走访、调查，开展工作。

借此机会，我将该乡残疾人较多的现状报告了毕世祥副州长，他十分关注，立即现场进行了查看和探视，并联系州上分管领导，要求疾控和化验部门专门对该乡附近的水源和土壤等做了全方位的化验、检测，以寻找病源。

为了查看石渠县草地“三化”（鼠虫害化、板结退化、荒漠化）最严重的区域，那次我们在县上同志的带领下，从呷依乡沿巴颜喀拉山穿越到青海玉树境内。此行感受最深的有两点，一是巴颜喀拉山许多草场因为鼠虫害多等因素“三化”十分严重，已到了触目惊心的地步。二是一到玉树地界，明显感觉到路况比我们的好得多。那次调研后，州上进一步加大了对石渠县生态环保的投入，并积极向上争取更大的支持。

进入玉树境内，我们便直奔真达锅庄的发祥地——真达乡。到了“三江源自然保护区纪念碑”所在，我们沿通天河而下，在狭窄、崎岖的土路上跟着河水蜿蜒奔驰数十里，就抵达了真达乡。因为通天河流入石渠县境内，才始称金沙江，所以真达乡也成了名副其实的“金沙江第一乡”。

一路上，江水湍急、咆哮飞泻，而金沙江第一滩交汇之处，因大自然鬼斧神工，两山环抱，江水在此回旋，不断冲击两岸形成景色壮观的大沙滩，远望一波一波银色相连，近闻江水涛声，实乃勇者漂流之佳处。被誉为“长江第一漂”的尧茂书就是在金沙江源头牺牲的。尧茂书遇难后，他的故事被媒体广为报道，大批热血青年深受感动，为继承他的遗愿，自愿组成长江漂流探险队。在1986年年底，中国人终于完成了“一寸不落”漂完长江的壮举，成为当时举国欢庆的盛事。但在荣誉背后，共有包括队员和记者在内的10个人，在这次漂流过程中牺牲了。当年几万人参与搜寻尧茂书的遗体，一直没有找到。今天回顾这段历史，在反思当年“长漂”热的同时，让人们知道，那个年代的年轻人可以为一种“精神”奉献生命。尧茂书的漂流经历，是通过他写的漂流日志得知的，这本日志在尧茂书失事后，被人打捞了上来。每次但凡经过此段路程，我都会想起有一位勇敢的中国人，他就是“长江第一漂”尧茂书。

真达乡的乡长是一位能歌善舞的康巴汉子，身材魁梧，长相英俊，几年前在全州被评为“康巴之鹰”，同我十分熟悉，而且恰好毕世祥副州长也认识他。忙完工作，晚饭后，乡长现场给大家跳起了真达锅庄，在他的带动下，乡上的许多干部群众都即兴加入进来，一时间乡政府的院子里成了歌舞的海洋。之前，我在石渠工作过13年多，真达锅庄看过多次，并且还专门做过采访，但每次观赏，都没有乏味的感觉。真达锅庄动作以快为主，男子舒展奔放，明快粗犷：女子则刚中有柔，刚柔结合，整个锅庄由慢至快，就如这激越的金沙江一样，四季、昼夜、早晚均有不同，百看不厌，让人留恋。

石渠真达锅庄有着百年历史，属于大型锅庄，舞者多则上百人。最初是群众农忙后聚在一起庆祝丰收，祝福大家幸福安康、祝愿家庭和美的一种表达方式，现在成了大型活动的必备节目。真达锅庄的服饰头饰相当考究，男子头戴一种独特的帽子，藏语称为甲拉，圆形，高约25厘米，从帽顶开始自然垂下红色须条，若未戴帽，头饰则是将辫子辫好盘于头顶，身着藏袍，藏袍的领、袖、裙边均镶有2—3寸的水獭皮或虎豹皮，脚穿长靴，有铃铛，胸前左右交叉着彩色丝带，束于彩色腰带中，腰带中束有各种彩色花带。女子身着藏袍，头饰梳为小辫子，在头顶上装饰着较大的松耳石，并在头发其他位置装点着小的琥珀；藏袍的裙边必须镶有1尺以上的水獭皮，领和袖上水獭皮可有可无；无围腰，腰间佩刀、链子为装饰。因真达锅庄动作激烈，所以女子装饰不多。真达锅庄为集体舞，由善舞者领舞，称为卓本，领舞者一般位于队列前排或者最后，胸前佩花，以示区别。真达锅庄以其独特被评为国家级非物质文化遗产代表性项目。

晚宿真达，不由想起8年前到真达乡同俄多马乡之间的虫草山开展调解的往事。沿途可见到许多白唇鹿，少则七八头，多则几十、上百头，据说还有人见过上千头白唇鹿迁徙的壮观场景。2000年左右，中国国家地理杂志签约摄影师、世界级风光摄影大师吕玲珑老师在石渠拍摄《太阳部落》画册时，就拍到许多关于白唇鹿的图片，其中不乏上千头迁徙的场景。当时，我借调在宣传部工作，给我印象最深的是一张《神鹿》的图片，硕大、皎洁的圆月里，有三头白唇鹿在月亮前，整个图片是那么神妙，充满了震撼。据我从州林业部门了解，国内白唇鹿主要栖息地有德格县新路海、西藏工布江达白、白玉察青松多等，而以真达的种群和数量最多。同时，在继2005年在新疆首次拍摄到野生雪豹之后，去年真达乡成为了第二个真实拍摄到野生雪豹的区域。当时备受争议的主角“黄雪豹”黄勇就曾在这个乡上担任过副乡长，我同他十分熟悉，还专门撰文帮县上做了正面解释。

从真达乡到奔达乡，再到正科乡、洛须镇、麻呷乡，金沙江一路相伴，江对面就是西藏。一路上，青稞飘香，江水金汤。每到一处我都细细讲解自己当年游历时发生或收集到的故事。比如，正通渠的由来、文成公主婢女坟的传说、正科湿地的美景、白玛神山的故事、邓柯的历史……

一路风尘，一路欢笑，一路风景，在黄昏的余晖打在金沙江上，将江水镀上一抹金色之际，车驰进了洛须镇。

（2009年夏夜于扎溪卡）

月光似水润心田

童年，大哥和好伙伴偷来桃子分给我一半，剩余一半他俩平分，躺在离家不远的粮站大门口斜坡上的羊皮褂上，一边就着月光和夜色，在虫子鸣叫声里慢慢地咀嚼那香桃。香桃的香甜味和着圆月的银辉，夏夜的暖风，躺在羊皮褂上，仿佛躺在母亲怀中一样温暖，让我很快就进入了香甜的梦乡。梦乡里，高大的父亲将我抱在怀中，悬挂在溜索上，滑过大渡河，河水在我们的脚下奔泻、喧腾、咆哮，但我幼小的心里却稳妥妥的，一点也不怕，因为我在父亲的怀抱里。

至今还记得儿童时节偷香桃的情景，那是一棵老桃树，站在家门口前的道班的墙角里，一墙之隔就是乡粮站。墙角是泥石合砌的，原本不高，加上顽皮的孩童们经常从此处翻越，桃树也就成了我们上墙进院的梯子。

想必桃树上了年纪，加上没有什么人给它施肥，浑身皱巴巴的，黝黑的树身仿佛是黑铁塑的一样，开裂的树皮像极了饱经毒日暴晒的老农的脸。初春，这棵桃树艰难地从黝黑的树身吐出几支鲜绿后，过了好几日才绽放出几朵粉红花朵。花朵在孩童们翻越攀爬中又被挂掉或折去，一个春天过后，桃树才孕育出稀稀拉拉的几枚青果子。孩童是顽皮和好奇的，为数不多的青果子可想而知在成长中又少了许多。那一年，在道班工人和老桃树的合力呵护下，整株树终于生长出了十多枚青涩的小桃核。不知是玩伴们上下树无意碰掉，还是故意采摘了互相投掷戏耍，最后硕果仅存只剩下这枚桃子挂在树上，并且道班的张大爷一天要巡视几次，才让它安全告别青涩，步入了雍容年华。

可以想象一下，一枚硕大的香桃独立枝头，少儿拳头大的桃儿表皮泛白，宛如婴儿脸庞一样布满了许多绒毛。随着天气变暖，桃儿逐渐长大，并开始泛出淡淡的红晕，这自然招致了许多顽皮孩子垂涎的目光。我也不例外，还有年长我十来岁的大哥，以及他的跟班罗皮。因为我的年龄小，不易招致张大爷和其他人猜疑，我就成了刺探情报的小哨，隔三差五去侦察，并将桃儿生长的情况一五一十地报告给大哥。

经过一番计划，在一个圆月高挂的夜晚，那枚不亚于西游记中蟠桃般的香桃终于稳稳地落到了大哥的手里。当大哥将那还有些许硬挺的桃儿放到我的小手时，我用双手捧托着桃儿，那沁人心脾的香味让我的怕惧一扫而光。朗朗圆月下，空气都变得如月色般皎洁、爽朗。

十多年后，我满怀着青涩的梦想，对未来充满着憧憬和向往，只身走向高寒牧区，并主动申请到偏僻的乡下任教，乡名怪怪的叫“虾扎”。那几年乡下无电，日子十分枯燥，完成了课时，吃了晚饭后到河边的草坝子上散散步，回到家夕阳还未落山。常常静坐在简陋的居室里，一边看书，一边欣赏着日月同辉的闲暇、朗逸。

坐在20世纪80年代修建的青砖房内，透过窄小的门框条的窗户，窗外是一大片空旷的园地，夏季长满绿色的野草，和着各色野花，特别是黄色的居多，让人不由念想起家乡的山清水秀起来。抬眼，越过对面屋檐和瓦背面，便是高远、深邃的天宇。天气爽朗时，天空广阔无边，要么湛蓝深邃，没有一丝云翳，空灵得让人感觉不到其究竟有多深。间或，有着白云成朵，或呈丝缕状，飘散在你的眼眶里，让人只想伸手拉扯一缕。纯净的天宇同对面年久失修的泥墙形成鲜明的对比，让你的思绪也随着眼光的抬升，不断升上那天际间。此刻，夕阳欲沉，月儿却迫不及待地早早探出了脸儿。没有云的天宇，或圆或弯的月儿在湛蓝无底的天宇上，淡淡地显现出一点痕迹，让你怀疑是否自己看花了眼。最唯美的是，那夕阳念念不舍的余晖将天际染成了或浓或淡的金色，连淡淡的月痕都仿佛才从熊熊的火炉中跳出来，身上还有着不烬的余热，散发着暖人的余温。

湛蓝高远的天宇之下，是一开阔的大院坝，院坝的空地上长满了绿油油的野草，没膝的野草和着零零散散的各色野花，粉的、蓝的、白的、黄的，让独在异乡的人有着淡淡的思乡愁。院坝里有一只高大的黄色的浅毛藏獒在闲散地游玩，这片院坝就是它的家。

天色渐渐暗了下来，院坝上方土丘上的藏家村寨的灯火渐次亮了起来，闪烁了千年的酥油灯，还有蜡烛、煤油灯随着高原的晚风摇曳。一位藏家少女的山歌伴着夜幕，如期登场，掠过土丘，跌落空旷的原野，飘向远山……

此时，月痕褪去了模糊的面罩，露出了皎洁的面容，散发着迷人的馨香，将淡淡的月光洒向大地、高原，洒向村寨、院坝和屋顶，以及生活在这方土地上的一切花草、树木和人物。

静静地坐在屋内，就着昏暗的烛光阅看着《唐诗三百首》，不由得惊叹起古人的所见、所闻、所感。从古到今，月亮都是文人们寄托不同情感的丰富意象。如“海上生明月，天涯共此时”“镜湖水如月”“举杯邀明月”，到“举头望明月”“海上明月共潮生”“受降城外月如霜”“月是故乡明”“明月松间照”“秦时明月汉时关”等有着一系列脍炙人口、流传千古的咏月名句。中国诗人向来以悲悯之心看社会，在怀才不遇、生不逢时的悲叹中找寻寄托，而月亮也是孤独的，月亮的孤独只有诗人才能读懂，诗人也将月亮视为知心人，向月亮倾诉着苦愁。

这其中有借月寄托诗人苦愁的，既有借月表现自己怀才不遇忧愁苦闷的，如李白的《夜泊牛渚怀古》“登高望秋月，空忆谢将军”，诗人在舟上仰望那一轮明月，不由得想起晋朝镇西将军谢尚知遇良才的典故，李白借月慨叹自己空怀经天纬地之才而无用，忧愁无人知遇。还有“渚云低暗度，关月冷相随”（崔涂《孤雁》）也是如此，孤雁本就有怀才不遇的象征，已十分凄凉寂寞，而在“关月”前加“冷”字更将怀才不遇的苦闷之情表露无遗。也有借月表现羁旅愁思苦闷心情的，如“月落乌啼霜满天，江枫渔火对愁眠”（张继——《枫桥夜泊》），通过月亮等意象写出了凄清景象，而这又是诗人怀着凄冷孤寂的情感看到的，表现了羁旅愁思。与此相同的是“野旷天低树，江清月近人”（孟浩然《宿建德江》），还有张祜的《题金陵渡》“潮落夜江斜月里，两三星火是瓜洲”。

还有一类是借月抒发苦闷、愁苦心情的，典型的是李白的《月下独酌》：“举杯邀明月，对影成三人，月既不能饮，影徒随我身，暂伴月将影，行乐须及时。”诗人在彷徨苦闷的心情下写了这首诗，由孤独而邀月，影为伴，时而同饮，时而同舞，孤独的场面被诗人想象为热闹的气氛，来反衬忧愁、苦闷的心情。杜甫的孤独、悲愤也是借月抒怀，“永夜角声悲自语，中天月色好谁看”，号角在长夜里响起，像是在自言自语诉说悲凉，高空明月虽好，可是有谁与诗人一起观赏诗人的孤独，诗人的悲愤，何人理会得？还有借月表现宫女幽怨的，“却下水晶帘，玲珑望秋月”。李白《玉阶怨》写男女望月发呆来表现宫女的苦闷心情。

皓月是连接沟通天下有情人的中介，双方的感情与视线通过一轮明月来慰藉，有情人总是聚少离多，大多正是通过月亮来传达相思之苦。如《关山月》“明月出天山，苍茫云海间”，就是妻子思念戍边丈夫的。《长相思》“日色欲尽花含烟，月明如素愁不眠”，月色如娟，思妇仍难以成眠，是在思念远在天边的丈夫。还有《子夜吴歌》“长安一片月，万户捣衣声，秋风吹不尽，总是玉门情，何日平胡虏，良人罢远征”，写的是征战之人对妻子的想念，并设想了妻子在等他回去团圆。

月亮是乡愁最无言的慰藉。月亮孤悬天际，圆缺阴晴，直接进入到游子的内心，萌动乡愁。犹如此刻，身处异乡他地，在这朗朗月色下，“举头望明月，低头思故乡”自然而然地浮现在心底。“露从今夜白，月是故乡明”，杜甫的《月夜忆舍弟》让人同样无限思念故乡。又是一个月夜，时令已是白露，仰头望月，诗人觉得边塞的月色远没有故乡的月色明亮。再如《李益夜上受降城闻笛》：“回乐峰前沙似雪，受降城外月如霜。不知何处吹芦管，一夜征人尽望乡。”沙白如雪、月色如霜，又有芦管声，怎不教久戍边塞的征人起思乡之情。“今夜鄜州月，闺中只独看”（杜甫《月夜》），则是杜甫设想妻子在望月思念自己。还有韦庄的《章台夜思》“孤灯闻楚声，残月下章台”，写的是诗人羁旅外地思念家乡，因愁而难成眠。

月亮是一个缥缈天河的彼岸，也是理想的化身，实现理想，便可到达成功的彼岸。正如普罗米修斯盗天火照亮人们的心灵一样，月亮在沉沉暗夜给人以希望，光明实现建功立业的大志。如李白《宣州谢脁楼饯别校书叔云》中所说“俱怀逸兴壮思飞，欲上青天揽明月”，李白自恃有谢脁之才，用“欲上青天揽明月”来表达他也想做一番轰轰烈烈的事业。再如祖咏《望蓟门》中所写“三边曙色动危旌，沙场烽火连胡月”，此二句写了边地雄壮的景色，曙色中，高悬的战旗猎猎作响，边地上到处是熊熊的烽火，胡地的月亮格外清冷……这儿是男儿建功立业的地方。诗人见了顿生投笔从戎，欲向朝廷请缨之念，“少小虽为投笔吏，论功还须请长缨”描写的是诗人坚信能建树不朽的功业。

还有描写隐居山林，找寻高洁、雅静的人生的。中国的诗人笃信“学而优则仕”，当仕途受到挫折后，总会寄情于山水之间，以示不同流俗的清高，力图“诗意的栖居”。如王维《山居秋暝》，“明月松间照，清泉石上流”，明月皎洁，泉水清澈，将自然美与心境美融为一体，来表现空明境界与宁静之美，表现诗人的隐逸情怀、静雅的人生志趣。再如《竹里馆》“深林人不知，明月来相照”，清幽的竹林、静谧的境界、品行高洁的月亮，似赞美皎洁的明月是诗人的性情人格。

这么读着、思索着，月光已洒满了屋外。先前七色的花儿在这迷人的月色里，已隐去了自己的容颜。月光挥洒之处，一片银色，甚至连那只高大威猛的黄色藏獒也镀上了银子般，在夜色里散发着神秘的银辉。藏族少女的山歌声也在夜色中隐去，抬眼所及，近处土坡上藏家村寨的灯火更加明亮，远处的草山也静默无语，偶尔有夜牧马匹的啸叫和村寨里藏獒的深吠声，穿过这银色月光织就的迷人夜色，传向远方。在高远的天际，那轮皎洁的月轮更加清晰，稳稳地挂在天上，散发着那神秘而迷人的月辉。

散落在院坝里的月光宛如一湖的水银，慢慢地浸润着院坝里的每一株草和每一朵花。待到满院坝都蓄满了这柔柔的水银后，竟沿着那年久的青砖，自墙角柔柔地攀延而上，爬上了窗台、窗棂，悄无声息地跃进屋内，洒落在书桌上、地板上、藤椅上，自然我的身上也洒满了这银色的光辉。最妙的是，那银色的光辉一洒落在翻开的书本上，竟逐行逐行地阅读起来，仿佛要透过那远古的诗行找到自己的来处。

月色如银，洒满一地、一室、一桌、一人、一书。

（2008年夏夜于虾扎）

走马阿坝

2009年7月中旬，随行到阿坝州参加全省牧民定居现场会，从丹巴县入阿坝州的金川县，经金川、马尔康、红原、若尔盖、松潘，一路走马观花，不过第二次到阿坝州，况且较上次从阿坝州小金县路过，经都江堰到成都，此次的走马也就相对更为深刻了。

初逢金川

晚上赶到丹巴县巴底乡，吃过晚饭基本上九点了。星夜兼程赶到金川县已是晚上十点过了，宿金川。少不了加餐，席间大家都提起了圆根酸菜。据陪同的一位中学教师介绍，和丹巴饮食习惯一样，金川境内居民喜食圆根酸菜，择去圆根黄叶后洗净，煮熟，放上酵母12小时，便可食用。其味鲜美且有清热、解毒、帮助消化等作用。既可凉拌、素炒，又可烧汤，做干菜，更可以做酸菜面块（片），据说还有解醉醒酒功效，所以人家都喜欢食之。

金川县位于阿坝州西南部，居大渡河上游，东邻小金县，西靠壤塘县，南与我州丹巴县接壤，北同马尔康县相连，是阿坝州的后花园。金川山水相连，风光迷人，文化底蕴深厚，素有“中国雪梨之乡”之美誉，是镶嵌在川西民族文化与生态旅游区内以及大九寨国际旅游圈东西环线间的亮丽明珠。

席间，昌平州长细问起一位儿时好友今年金川高考、中考的情况。言谈之间，可以看出金川是挺重视教育的。新朋老友相聚，席间也自然少不了以酒助兴。据介绍，金川从前以自酿咂酒为主要饮品，自采曲花制酒曲，酿时将小麦、青稞或玉米煮熟后，在大锅或木桶内发酵装入坛内密封，放10–15天即可取酒汁（称酒麸子）。然后咂酒，是将整坛酒抬出，放在院坝中央，用火烤后，男性长辈颂敬酒词（称开坛），以年龄人小轮流咂。谈兴浓，酒兴自然就高了，坐到接近晚上12点，昌平州长提出休息，主人还恋恋不舍地劝再坐会。

第二天早起，透过宾馆可见县城后山的民居掩映在绿树红花之中，鸡鸣狗吠相间，加上晨岚缭绕，不正是陶渊明笔下世外桃园的真实再现？总的感觉是此地很有灵气。果不然，早餐时，金川的主人颇为自豪地介绍，在整个阿坝州机关里，金川籍的人占了相当的比例，且外出经商和务工的金川人在州内的比例也是最高的。

出县城3公里多，到昌平州长家里待了会。昌平州长的母亲都85岁了，极为普通的一位中国农村母亲，家人大多是农民。老人家记忆力极强，远远看见司机刚进小院门，就对我们说那是郭师来了吧！其实，郭师进来恰好被几株李数和苹果树掩映住了，连我们都没有看清楚，可老人家却一眼就认了出来。跟老人家一聊，感觉到老人家的思维仍很清晰，语言表达也很流畅，甚至连政治局的常委们都能一一认得出来，叫我们这些年轻人不得不佩服。我甚至想自己到这个年岁时，肯定没有这么好的身体的。细想在这么普通的农民家庭里却成长出了一位优秀的藏族州长真的很不容易，这也是重视教育的结果吧！

从金川驶向马尔康县，沿途大金川河相伴，水流滔滔，爽风扑面，道路两旁都是茂密的梨树，不仅是路上，连两旁的山坡也是漫山的梨树林。一只只宛若青色小酒盅的梨子挂满了枝头，压得枝头都弯了腰。其实，金川最好的季节是在阳春三月和金秋十月，春有梨花，秋有红叶。三月里，千树万树梨花开满了金川河谷，可以想象一下那种感觉，整个河谷就是梨花的海洋，雪白的梨花漫山遍野让人陶醉。而到了秋季，大金川河谷就是红叶的长廊，放眼而去，万山红遍的美景会让你的眼球为之一亮，层层叠叠的色彩定会让你的心灵得到无比震撼，那种感觉，是无法用语言来表述的……

我在金川呆的时间虽然短暂，但每接触的人都能感受到这个地方人民的淳朴、善良和热情、好客。这恰好验证了“山美水美人更美”这句俗话，越是景致美丽的地方，定会孕育和熏陶出美丽的人性魅力。

拜访卓克基官寨

卓克基官寨坐落在出马尔康县城东南约7公里梭磨河与西索河交汇处，也是马尔康至成都、小金两条公路交叉点的高地上，依山傍水，景色秀丽。可见当年土司将官寨修于此地是极具眼光的，在交通不发达的岁月，这里是嘉绒藏区东去汶川入内地的必经之路，北经草地可走甘青两省，南经小金可至雅安、西昌，西经金川、丹巴可到甘孜、西藏，被称为扼控川西北高原山地交通的锁钥。

到了卓克基官寨下，阿坝友人下车介绍说，这就是当年红军长征时毛泽东在此住过和《尘埃落定》的拍摄地。我在藏区工作久了，像这样的建筑也见过不少，但官寨神秘的面纱，一下勾起了我们的兴趣。爬了几十级石阶，就到了官寨。近看外观，这的确是一座非常雄伟，气势非凡，匠心独特的建筑。官寨的外部装饰以天然成色的石块、片石作为基调，墙体用石灰加糯米汁勾缝，厚达1米，采用内直外收的砌法，上窄下宽，整个墙体处于抗压状态，成为建筑的承重主体，加之内部木结构横梁的互相支撑拉合，整个建筑亦下大上小，重心向内，稳定性强。整个建筑由四组碉楼组合而成封闭式的四合院，院内中心部分为天井，单层面积达1500平方米，内部以木板或石墙隔成63间大小房间。整个官寨古朴凝重，与自然环境浑然天成。

据说这座坐北朝南的建筑，是末代土司索观瀛亲自创意设计并于1918年组织修建的。

跨入大院是一个大天井，四围走廊，天井旁的回廊由通顶廊柱、木质楼板及木栏杆组成。通顶廊柱总计21根，分布于天井四周，支撑着层层楼板和屋顶密梁及三角木行架。廊柱为上下两根树木重合构成，上下结合处采用暗子母榫套合，做工精细，如同整木。每根廊柱通长15米，下大上小，一气呵成。楼板则平铺于由墙体挑出且与廊柱穿斗而成的矩形梁上。栏杆则以镂刻雕花的木条构成几何形或吉祥如意的窗格图案，栏上大小窗格均装有五色玻璃。栏杆绕柱，五色玻璃在夕阳的辉映下色彩斑斓，整个内院洋溢着浓郁的本地文化气息。

旅游讲解员一时不在，等了几分钟，缘于赶路，昌平州长就给大家当起了导游，引领我们直奔二楼。楼梯是藏区所见的房屋中较为宽大的，以此可见当年土司的显赫。

二楼主要是红色文化展示厅，有中央红军在官寨内召开中央政治局常委会的恢复原貌，有红军在该县建立的13个乡级苏维埃政权组织的军用沙盘，县境内现存和流落的红军简介、老红军的题词及各种文史图片档案资料，展室中还挂着毛主席的图片。昌平州长介绍说，据说图片下的位置就是当年毛主席曾坐过的。当年红军在该县留下的石刻纸质标语、木板标语及钢盔、手枪、水壶、牛皮船、钱币以及红军发放的文件布告等，共10来个展室。把二楼看了一半，讲解员来了，是一位当地的藏族姑娘，我们又从头开始兴致勃勃的参观。

到“蜀锦楼”时，我据文索意，想当年的土司真会享受，还专门建了间房屋收藏绫罗绸缎。结果导游介绍说，这是当年索观瀛用来收藏大量藏文和汉文典籍用的。据说，索观瀛能讲流利汉语，精明好学。当年，毛泽东等入住官寨后，发现“蜀锦楼”里居然有如此丰富的藏书，一本线装《三国演义》还放置在大理石书桌上，大开眼界。嗜书的毛泽东甚感惊讶，对卓克基土司也有了新的认识。毛泽东不但在官寨内饶有兴趣的重读此书，离开官寨后还将此书带在身边借读。在官寨居住的7天时间里，毛泽东等人谈古论今，指点江山，并对官寨进行详细的考察研究。联系到《三国演义》对郿坞的描述时，毛泽东曾击股而叹：“古有郿坞，今有官寨。土司的这个城堡应该是我们在长征途中见到的最有特色的建筑了。”在当年毛泽东曾经读书的大理石书桌上还摆放着一个笔筒，内置毛笔数支，是当年的场景重置，不过我还是按捺不住对伟人的敬仰。试想当年，毛泽东在长征艰苦卓绝的岁月里仍然不忘读书，这何尝不是中国之幸和民族之幸啊！

导游介绍，1935年中央红军红六团于6月24日翻越梦笔山进入卓克基地区，时任国民党“游击司令”的索观瀛亲率土兵200余人进行阻击。土兵枪法很准，将宣传民族政策的通司打死，红军被迫还击，土兵节节败退。从梦笔山到卓克基有近100里的路程，土兵败退到官寨，凭借其坚固的攻防设施进行顽抗。深夜，红六团为联络后续部队向天空发射数颗五光十色的信号弹。此时正值马尔康雨季，土兵使用的火药枪因受潮而无法使用。土兵以为红军会施“法术”，吓得惊慌弃寨，仓皇而逃，红军就占领了土司官寨。7月3日，毛泽东、周恩来、张闻天等中央红军领导进驻土司官寨。并于当日在“土司议政厅”召开中央政治局常委会议，专门讨论民族地区的有关问题，通过了《告康藏西番民众书》。号召藏族民众起来反对帝国主义和国民党军阀，成立游击队，实现民族自治。

三楼主要展示的是土司文化：包括土司的卧室、议政厅、官司房、客人住房、土司餐厅、大烟房、管家卧室等十四个展室。给我印象最深的是土司议政厅，从厅内的布置可以看见当年的土司在此发号施令的威风，不过这一切都随历史的云烟消失在历史的时空里了。

踏入土司管家的工作室兼卧室，仔细端详了挂在墙壁上的管家的尊容和立在旁边的塑像，看上去的确深沉睿智，沉稳中又带些阴鸷，其身披的袈裟可以看出，这位管家还是一位僧侣。管家在土司的家庭里有至高无尚的地位，基本上他是这个家族经济和政治的核心人物。房间里的起居并不奢华，甚而可以叫朴素，但看上去简单的陈设中却处处显露出大管家的威仪！从房屋里间的谷仓可以显露出这个家庭的丰衣足实和管家的精明强干。

走进土司用膳的房间，给人一种金碧辉煌又有些融融和和的感觉。土司用餐是严格地规定了座次尊卑的，主座自然是土司和正室夫人，他俩的座位居高临下，座前搁一长条几案，下面是一张长桌，桌凳上都铺着五彩织锦般的羊绒，桌子的左右两边的上方必须坐着土司的儿子，接下去是儿媳，儿孙，正对着土司和夫人的才是女儿和姐妹之辈。

土司的卧室，房间很宽和气派，精美自不必说，墙上挂的土司及夫人柯玉霞的合影让人寻味。索官瀛阔脸饱额，一副作深远沉思的模样，可见当年土司是威震一方，神圣不可侵犯的；他的正室夫人细腻的容颜给人一种平静温暖的感觉，可看出她是一个相夫教子，怜恤下人的好主子！在当年土司的照片里，还有一张当年为了政治联姻与土妇的一张合影。正室夫人柯玉霞雍容华贵，而土妇则相貌平平，透过这张合影，可见当年的土司为了经营好其家业，也是颇费心思。

卧房里间是珍藏金银珠宝的所在，虽然是仿制品，仍可以看出当年宝物的晶莹闪烁，数不胜数，以及这个家族的鼎盛辉煌，但同时又会联想到这是由多少奴隶的骨血所凝固而成的繁荣、富贵。

五楼及四楼的部分房间为宗教文化展示厅，主要是按照原貌恢复了土司的家庙、经堂和衣饰房等。

据了解，卓克基官寨已被正式列入全国红色旅游经典景区，马尔康一次性投入500万元用于修缮。为达到修旧如旧，还特别邀请了索观瀛的妹妹索观涛和土司大管家、家寺主持高僧阿旺塔依、土司夫人柯玉霞等为顾问。同时，还重金聘请了青海、甘孜等全国藏区的能工巧匠，专门从事官寨内外的装饰装潢工作。虽然经历了上百年之久，维修后的这座官寨看上去雄风不减，气势如昨。

一楼的屋里不过是些农具，器械，粮食之类。在官寨左面耸立着一座与西楼连通的四角形的碉楼，初建时共9层28米，现仅存6层、余高20米，形态稳健，气势轩昂，不仅是土司及家人在紧危情况储藏珍贵物资及藏身的防御性建筑，同时亦是土司至高无上的权力、地位和财富的象征。

不经意间，一只飞鸟从官寨上方掠过，我脑海里不由自主的浮现起“旧时王谢堂前燕，飞入寻常百姓家”这句诗来。其实，在今天的藏区，在民族政策的照耀下，象当年官寨一样的民居在寻常百姓中已比比皆是。

鹧鸪山下，梭磨河畔，卓克基土司官寨虎踞龙盘。在当年，一座官寨，其实也就是一个独立的小王国，透过这座官寨可看见当年土司权势可称得上是盛极一时，威震八方。不过，这些都随历史的风尘被尘封在了当年那段特定的时空里，唯有官寨留存下来。这叫人不得不信服，建筑是时代的符号，当历史人物谢幕退场的时候，它还在默默地诉说。

由阿坝的草想起的

马尔康吃的午饭，作为阿坝州府，马尔康给人的感觉很美。红原休憩了会，在一个牧家乐里又吃了许多东西。酸奶、坨坨肉、面块，又少不了酒。一路过金川、马尔康和红原，一路上，感觉昌平州长的朋友和下级对昌平州长都很敬重，这也反衬出昌平州长的人格魅力。

沿路在车上观看，感觉红原、若尔盖的草原就是比我们州上的好。一路看去，7月的阿坝草原在湛蓝的蓝天下格外迷人。但我更关注的是其草原上牧草的生长情况，不难看出，无论是红原，还是若尔盖，其草原上的牧草一眼望去，长势十分好，在中途下车休息之际，我近距离目测了一下，其牧草基本上都达到50厘米以上，其没围网围栏的天然牧草长势也比我们石渠、色达等围了网围栏的牧草长势好，而且基本上没有杂毒草和野花。之前看过有关阿坝州草原退化的报道，但至少在我一路看来实际的情况远远优于报道中的情况。让我尤其吃惊的是，一路上我都没有看见草原上有老鼠。而我呆了13年之久的石渠县的扎溪卡草原，普遍存在汽车驰过，坐在车上的人总会或多或少的感觉到草原在动，其实是由于草原上的老鼠太多了，有车和人过，老鼠奔跑躲避，就造成了视觉上的错觉。在我州，像扎溪卡草原一样“风吹黄沙现鼠洞”草原生态恶化的情况可以说是相当严重的。当年“风吹草低现牛羊”的水草丰美、牛肥马壮的美景，也就只有从70年代参加工作的老同志和年老牧民的口头描述中再现了。好在随着退牧还草工程的实施，甘孜州草原的生态环境得到了前所未有的恢复，在理塘县和石渠县启动的川西北防沙治沙工程也取得了明显的成效。不管是阿坝州还是甘孜州的草原，都是我们宝贵的生态资源和牧民群众赖以生存的资源，都需要我们象呵护自己的发肤一样去爱护。正所谓“身体发肤，受之父母”，这些草原也是大自然和先辈们赐予我们的发肤。

昌平州长也说这是青藏高原最好的草原了，究其原因，我认为有几点：一是海拔只有3300–3700米左右。二是土壤层较厚。沿途看见加宽公路挖基脚，挖了1米多深还都是黑油油的土壤，加上有泥炭，自然土质很好了。三是国家的投入多。沿途随处可见国家关于牧业方面的项目标示牌。四是国家和省上许多畜牧和草的科研基地也建在红原等县份。五是估计红原和若尔盖的载畜量不大，加上从事牧业生产的人员较我州要少。从事其他产业的人员分流了很大一部分牧民群众。

还有一个感觉就是阿坝州的路相当好，公路在草原的腹地不断向前延伸，而汽车则在平整的柏油路上风驰电掣。但一路上，还发现施工单位在加宽道路，据我目测，至少还加宽了一个车道。这也恰好应证了“要想富，先修路”这句民谚。阿坝州有今天的富庶，与他们的重视交通也是密不可分的。据相关数据显示，截至2007年末，甘孜州和阿坝州公路通车里程达20658公里，其中阿坝州公路通车里程达7713公里，甘孜州公路通车里程已达12945公里。在阿坝州，我遇见一位曾经担任过交通局长的副县长说，“通县油路”的资金一半多点都给了甘孜州。这句话也折射出历来省上在分配资金时，是否就只是根据两个藏族自治州来粗略的进行平掰呢？这么一来，占全省近三分之一面积、占全国藏族人口总数的五分之一、全省藏区人口55%强的甘孜州是否就存在吃亏之嫌呢？

一路我都睁大了眼睛，可实事求是的说，还没有发现什么塑料口袋等“白色垃圾”，甚至是在草原上连些许的垃圾都未能看见。倒是在路旁看见了一幅较其他宣传标语很有意思的话语：“草儿绿，花儿香，环境优美人健康”。这恰好是值得我们学习的，缘于多年抓旅游的结果，阿坝州上上下下都相当爱护自己周围的环境。结合当前开展的城乡环境综合治理，对于我州也是个难的机会，但就当前我州城乡卫生环境现状，尤为令人忧虑，其实从州上到县上都开展过多次的诸如卫生大整治的行动，可大伙不怕脏不怕累，辛辛苦苦清除几天，焕然一新的卫生环境保持不了十天半个月，又变得脏乱不堪。尤其突出的是许多县城附近都堆积着如山的垃圾，或满树悬挂着五颜六色的塑料口袋，远望便知道县城要到了。经过城乡环境综合大整治，先前“万袋张扬”和“垃圾如山”的旧况得到了很好的改观，许多县城的卫生环境为之一新。但窃以为，如果在两方面上不给予彻底解决，这种好的现象也难以长久保持。一是要在全体城乡的干部群众中树立良好的卫生习惯；二是要建立和完善我们的垃圾处理系统。只有标本兼治才能彻底根除城乡环境脏乱差的情况。

阿坝州在幅员面积、人口总数上都少于甘孜州，但经济总量在1978年后一直高于甘孜州。到2007年，阿坝州经济总量高出我州26.23亿元，人均GDP也高于我州。同时，阿坝州的产业结构优于我州，到2007年，其三次产业比重为18.6：43.2：38.2，优化成“二三一”结构；我州三次产业比重为25.1：34.6：38.5，调整为“三二一”结构，从结构上来看，阿坝州经济发展主要依靠工业经济拉动，而我州工业经济在国民经济中所占比重明显较低。还有是阿坝州工业、旅游业较我州起步早、发展快。经过多年发展，其工业、旅游业经济总量远远超过我州。一是其抓住紧靠成都经济圈的地理优势，加快发展步伐；二是加大经济结构调整力度，努力降低经济运行成本，其经济投入产出率明显高于我州。综上数据，阿坝州的民营经济较我州更优。无论是民营经济总量，还是对经济增长贡献率来说，阿坝州明显高于我州。民营经济增加当地人员就业，促进剩余农业劳动力向非农转移和带动地区经济发展等方面所起的作用优于我州。加上当前阿坝州适逢国家加大拉动内需投入和汶川“5.12”灾后重建两大发展机遇，国家对阿坝州的投入远胜于我州。

三人行必有我师。我不会妄自菲薄，但我更深深的知晓只有善于学习和借鉴，才能学以致远。阿坝州之行收获颇多，概括起来有“三好三多三少”：路好、草好、城镇环境好；项目多，草原上牛羊多，旅游人员多；白色垃圾少，老鼠少，摩托少。归根到底，其重视教育等社会事业和交通等基础设施建设的确让人值得借鉴和学习。

当然，我们更要看到，甘孜州作为康巴的主体，景色壮丽、资源富集、文化厚重、人杰地灵，发展前景广阔。我们的水能资源举足轻重，旅游资源独占鳌头，矿藏资源富集，生态屏障位置重要……山水草木和一人一物无不散发着迷人的魅力，我坚信将来的甘孜州将会在发展上有质的飞跃。

（2009年夏夜于红原）

云绕雾缭印经院

晚餐时，德格友人提议明日周六，可到印经院去。

到德格有20来次，印经院也去过两次。第一次是10多年前，还在石渠工作，为了两县的草场纠纷画上句号而到德格会商。协议圆满签订，宾主皆大欢喜，主人盛情邀请到德格印经院一游，便随同去了。当时印象深刻的有三点：一是印经院的典藏浩如烟海，二是德格土司的“蝎子”印章标识过目难忘，三是楼顶的孔雀塑像异于其他寺庙。为此自己还随笔写了首小诗《德格印经院颂曲》:“是谁穿透千年的厚重，深情地呼唤？映天的晚霞，隐藏在眼前浩如烟海的经版里，美丽的甘珠尔和善良的丹珠尔，散落在风雪弥漫的青藏大高原，拂开神秘面纱，朱砂点额唤醒一个伟大民族。是谁淌过冰雪的高原，默默地行吟？如风的经诵，飘荡在天空行如流云的虔诚里，雄伟的印经院和吉祥的德格，屹立在傲骨铮然的康巴雪山下，推开千年风雪，容纳五彩延续一个美丽文化。德格，印经院无言的经版，讲述着一个美丽童话，让人早已忘记了回家。”

第二次是9年前，随同毕世祥副州长到德格开展完工作后，应县上之邀，再次游览。那次，印经院技艺娴熟的工匠们虔诚印制的情景，以及造纸、制版、印刷等考究工艺让人记忆犹新。特别是以狼毒草根为原料经过秘法制作的藏纸，除了能够防蛀外，还有吸墨性好、分量轻、有韧性、不反光、便于阅读等好处。

周六一早，欣然应邀前往，恰逢昨夜一场小雨，走在四围环山的德格县城，山间云雾缭绕，十分惬意。街上行人安详，大多向印经院而去。在藏区，这座朱砂红的印经院的地位不亚于布达拉宫，相传绕着印经院走1111圈就是一个功德，所以四周常年有涌动的人群，早晚最甚。不管信步而走的，还是磕长头的，面容都宁静从容，所到之处都是庄重。隐约可见印经院也笼罩在祥云里，在那一双双虔诚而轻快的脚步前，风儿停却了脚步，一切是那么静谧、祥和、温馨与和谐。

作为一位旁观者，在藏区工作多年，深切地感受到藏传佛教，特别是藏传佛教寺庙对当地的影响。藏传佛教经文中，既有很多佛学的经书，也有记载藏族发展历史的文献，还有很多关于天文、地理、藏族医学、藏文诗歌方面的典籍。因此经文成了藏族文化重要的组成部分，而印制经文也理所当然成了传承藏族文化的重要载体。德格印经院就是这样一个专门印制经文的地方，自创建以来的280多年里，吸引着众多的虔诚信徒前来朝拜，也吸引着世人的眼球。

沿斜坡往上行，渐至欧普龙沟口，德格典型民居“崩科”的风貌愈加靓丽，宗教气息也越来越浓。随着街道视线一转，一座坐北朝南，红墙平顶、古朴庄严、具有藏区密梁平顶土木结构建筑风格的建筑夺目而来。大门设在南楼正中，据介绍，原大门设在南楼东侧后经改建。夯土墙厚约0.8—1.6米，土墙最矮处为10米，最高处约15米。在墙头高约1.7米处，均用泥土混合干柳枝筑成黑墙帽带，与高耸的红墙交相映衬。在外檐柽柳墙内饰有镏金铜饰“吉祥八宝”，墙冒下檐悬挂一圈（200多个）牛角形装饰片和风铃。南楼屋顶上安装有镏金铜质法轮，法轮两侧安装有一对栩栩如生的镏金孔雀塑像。东、西、北屋面上设金顶1尊、金幢4座、经幡2个。楼顶，金色法轮和神鸟雕塑在祥云的笼罩下一如四围的山静默无语。

德格印经院又称“德格巴宫”，意即印经版的房子，全名叫“西藏文化宝库德格扎西果芒大法宝库印经院”，也称“德格吉祥聚慧印经院”。据《德格世德颂》记载，印经院系德格土司家族第四十二世、第十二代德格土司兼第六世法王却吉·登巴泽仁创建。始建于清雍正七年（1729年），至今已有280多年的历史。当年，在八邦寺大喇嘛司徒·却吉穷乃的鼓励下，52岁的却吉·登巴泽仁决定修建德格印经院，到他61岁去世时，尚未建成。他的儿子彭措登巴、索朗贡布和洛珠加措3人继承父志，继续扩建印经院，经16年才告竣工，后经历世土司扩建，终达后来规模。德格印经院藏文献占整个藏区文化典籍的70%左右，有藏族文化的各类典籍共830多本，有木刻印板近30万块，是现在所藏经板最多的一个印经院。这些经板涵盖了藏民族历史、政治、经济、宗教、医学、科技、文学、艺术等学科内容，素有世界藏文化大百科全书的美誉。更因保存有许多珍本、孤本和范本、稀世珍本，在藏区三大印经院（拉萨印经院、拉卜楞印经院、德格印经院）中位居首位。德格印经院自创建以来，带动了德格佛教的开放，形成了各教派并存与交流的局面，从而使德格成了"藏文化中心"，享有"雪山下文化古城"的美名。考究的传统印刷工艺，使该院经书畅销海内外，既保存和传播了大量的宗教、历史文化典籍及许多大德高僧、专家、学者的论著，又促进和加强了国内外的学术交流。德格印经院成了德格乃至甘孜州的文化名片，不仅是集德格地区藏族文化特色和人民群众智慧于一体的藏族文化宝库，也是中华文化和世界文化遗产中的瑰宝。

院前是一条宽阔的石坝，其余三面皆为石板铺就可并行数人的转经道，亿摩万叩的石板宛如一面面铜镜，泛着久远的沁色。人头攒动的信众，虔诵六字箴言，按顺时针方向，在印经院外形成了一股奔涌不息的神奇人流。据说，连逆时针转经的苯教僧众到此，也是顺时针膜拜，这在藏区也是唯一。有几位信众不停地双手合十、顶礼、趴下、五体投地用身心丈量着虔诚。

印经院整个建筑依山就势，就地取材，现保存的古建筑占地面积1750多平方米，建筑面积4100多平方米。在形式上，建筑采用了外异而内不异、下斜而上不斜的建筑手法，顺其自然，在自然中体现自我个性，造就了一座错落有致、风格独特的院体建筑。

印经院采用"回"字形的平面布局手法，外围一圈用红褐粘土垒筑成土墙，宏大坚实并古朴壮观，中部为东西走向长方形的外天井，井内四面建筑雕梁画栋，轻盈华丽。南面为二楼一底（顶层为敞式廊道）；北楼为二楼一底；东、西面为三楼一底，其中底层为参差层。据一位友人当年请教当地老人，老人称"回"字形是"大口"包"小口"，要到此膜拜的信众既要口念、更要心念。同时，还寓意既要嘴开口，更要心开口，兼蓄包容一切。

印经院所在地势东高西低、南低北高，建筑墙体随地势而成，因修建在山坡上，其建筑底层布置在几个不同层面的建筑台地上。在保持藏式建筑风格和满足建筑使用功能的前提下，将不同层面的几何平面组合成"四合院"式的平面整体。建筑立面以多层楼体进行设置。布局中，按不同地段采取了不同的处理手段，使建筑有疏有密、有高有低、有曲有直、有宽有狭，高低错落，转辗曲折，构成了丰富多变的空间，又给大自然增加了一处璀璨的亮点。

抬望印经院，整栋建筑与大地有机融合，如同骏马背上的精美鞍子，华贵、亮丽、稳固、安全又具有动感。

日头渐上，越来越多的人汇入转经队伍，除了众人庄重的脚步声外，你还能感觉到那人流的神奇磁场力，仿佛要将你卷入进去。尊重习俗，跟随友人绕转三圈。

跨上台阶，迈进大门，门厅内雕梁画栋，色彩鲜艳夺目，甬道两边绘有唐卡画，为地球上山川河流分布图和藏传佛教的六轮回图，里面是班禅大师题的印经院全名。

北楼为主体建筑，底层平面总面阔十七开间，进深五间，为三层楼体。底层东西两面布置为大经堂（佛殿）和小经堂，两经堂分别坐落在高差约3米的两个台地上。台地交接处用夯土筑墙进行了隔断。大经堂面阔九开间，使用面积300多平方米，用木柱32根直通三层底面，净空高8米多，占用二层楼部分空间。小经堂底层面阔八开间，使用面积300多平方米，用木柱28根直通三层底面，净空高近8米，亦占用二层楼部分空间。北楼南墙为夯土筑墙，墙外设有东西走向内长廊，廊道上用柱 12根，因廊道为缓坡地段，为保持建筑的头平而脚不平的原则，廊柱由东向西，短长不一。

北楼的二、三层楼面均按底层柱网延伸布局，其二层内设有两处采光、通风的内天井，内天井屋面上开启两处天窗。东、西两楼均为四层楼体，所不同的是东楼建在挖方的地基上，西楼建在填方的地基上，底层为参差出的，东、西两楼均为面阔四间，进深三间，用柱12根，外为夯土筑墙，内为柱网结构。南楼是印经的正楼，总面阔十三间，进深二间，用柱24根，为三层楼体，其中第三层为敞式廊道。南楼修建在东西走向的坡带地段上，建筑墙基线随坡带形成一条斜线，东西两端建筑高差达3 米。

院落里是一长方形天井，墙角有一长原木被掏成槽状，据介绍是制作纸张用的，将树皮、草料等装在其中，然后沤制、捶打，再添加一种含有毒性的草本植物，可制作印经用的纸张。雕刻经版的木料取材于生长在海拔3000米以上的红桦木，制版前，木料要先经微火烤，脱去水分，再在粪堆中沤制数月，然后取出水煮、烘干、刨平，才能用来制版雕刻。

跟随讲解员，我们参观了院内底层，除大经堂（ 佛殿 ）和小经堂外，尚有十来个房间为物资存放室和经书打磨加工室。大经堂内置各式佛具，供奉佛塔2尊，佛像 13 尊（分别为释迦牟尼、无量光佛、莲花生、四手观音、文殊、金刚、绿度母、米拉日巴、隆青然如、萨迦班智达、宗喀巴、唐东杰波和登巴泽仁）。小经堂内置各式佛具，供奉的佛像分别为“四大天王”“笑头和尚”（弥勒佛）、莲花生“八相”（八种化身）、护身金刚10尊、释迦弟子8尊。这些塑像色彩鲜明、线条流畅、栩栩如生，充分显示出藏传佛教雕塑艺术的审美情趣和高超技艺。经堂里，一位喇嘛一边念经祈福，一边给信众布施圣水。

在德格印经院，你除了会被那精美又富有浓郁民族特色的建筑所吸引外，还有精美的壁画扯人眼球。这些壁画主要分布在大、小经堂的内外墙壁上。此外，在进门廊道左右和顶部，以及藏经库中的个别墙壁上也绘制有壁画。壁画总面积大约为950平方米，其中有95%壁画为古壁画。在众多壁画中，除藏经库有一幅《绿度母》壁画为早期“门”派作品外，其余均为“噶玛噶孜”画派作品。

最让人叹为观止的就是那一排排整齐摆放的木雕经版了，每块经版都有美丽的故事，只是一般人不容易了解到。不仅雕刻精美、数量众多，而且这里还存有一些六七百年前的老经版，以及一些经书的孤版和绝版，比如，现存德格印经院的《般若八千颂》就是一套非常珍贵的经版。据介绍，这套经版的历史比印经院的历史还早，已经有300多年了，是从龚垭寺请来的，上面有藏文、梵文和乌都尔文三种文字，并且还有图案，目前在世界上仅此一套。德格土司官寨在搬到更庆镇所在地前，曾在龚垭待过很长时间。

木刻印版是德格印经院文物的主体部分。截至目前，院藏印版总量已近30多万块，可分为书版和画版两大类。书版根据传统分类可分为六种，即《甘珠尔》《丹珠尔》、文集、丛书、综合、大藏经单行本。据介绍，德格印经院所藏中，有许多珍本、孤本和范本。如有印度早已失传的《印度佛教源流》，也有《汉地佛教源流》和早期医学名著《居悉》（即《四部医典》）等稀世珍本，又如最古老的版本《般若八千颂》是目前全藏区仅存的孤本，此经版作为档案文献已经于2002年3月被获准首次登录《中国档案文献遗产名录》中。

在德格印经院，除了这些全藏文的经版外，还有很多雕刻有图案的经版，这类经版都比较大，雕刻有栩栩如生的佛像，这些佛像面部丰满，线条流畅，有的雕版上还有数十个人物，具有很高的艺术观赏价值，让人对雕刻工匠的工艺叹为观止。除了用纸很讲究以外，印制经文的颜料也很讲究。一些重要的经文，往往是用天然的矿物颜料朱砂来印的。而朱砂要先磨成粉，再浸泡一周搅成汁后才能用于印刷。

印经院二楼、三楼各房间主要分为藏版、裁纸、印刷、装订和管理人员办公室五部分。藏版室占用了大部分房间，每间房排满版架，分门别类存放印版。环绕天井较宽大的走廊是工人印刷操作的场所。其余房间除两间为管理人员办公室，均分别作裁纸、装订、磨墨、熬胶、洗版工作场地。

二楼，有几组工人正熟练得近乎机械般地印刷经文，两人一组，分工协作。一人拿雕版放在有斜度的木凳上，迅速在雕版上涂上油墨，另一人拿起一张裁好的纸覆在涂好墨的印板上，压稳纸后，躬身用滚筒从上到下使劲一滚，然后把印好的经文放到一边，重新拿纸或换一块雕版，以此循环往复，错落有致。经文所用的油墨一般是黑色或红色，印制好后，有两位长者整理并拿到楼上晾晒。印制经文的人每天都这样虔诚地工作着，每印一张经文，弯腰拾纸就是一次膜拜，这是印经院最有仪式感的。据说，每个工人一天要印经文2400张左右，数年如一日专心致志，让人心生敬佩。只要到了德格印经院，就能感受到这里的人们是多么热爱自己民族的文化，也能体会到印经院对于藏区的文化传承是多么的重要。

据一年老刻经人讲，他的父辈就在印经院工作。他们对世界的理解简单直接，除了刻（印）经生活，一切别的都统称为“外面的世界”。每一次工作，他都会头顶经版默诵经文，这是他和佛沟通的方式。

三楼有许多又高又长的木架，木架整齐地码放着雕版。穿行其间，有穿越时空的感觉，仿佛置身于古老而文明的文化宝库。讲解员讲解到“蝎子”印章的传说时，随手抽出一块印版，的确如同前两次所看的一样，印版手柄处有一“蝎子”凹雕，十分清晰。以前，德格土司为了鼓励刻得精美的工匠，就在好的印版上刻了他的印章图样，即一个蝎子的图案。蝎子是莲花生大师愤怒像的一个法器，当时有高僧建议土司家用蝎子像，可保家族万世永昌。现存的经版里，只有几百块的扶手上会有一枚小小的“蝎子”，只有土司最满意的经板才有这个殊荣，是印经院建院的老经版。这些刻得好的经版都有一些共同的特点，那就是采用了独特的德格书法，并且下刀恰到好处。经版刻得太深和太浅都不行，太深，经版就破了；太浅，经版的印刷使用寿命很短。据说当年在刻《甘珠尔》时，德格土司给工匠的按劳取酬方式是撒一把金砂在经过验收的经版上，抚平，陷入文字罅漏的金粉就是刻版报酬。德格印经院的刻版工匠都是经过严格考核筛选出来的，不仅技法娴熟，而且有较好的藏文和绘画基础。为了保证刻深、刻准、刻好，规定每人每天只能刻一寸版面。

这些浩如烟海的印版是藏族文化的长城、史诗和奇迹，仅看看印版的制作就会震撼人心。通常情况下，技艺娴熟的工匠要10天左右，才能完成一幅画版的单面文字雕刻。比如，闻名全藏区的《甘珠尔》是由100名书法家花了3年时间，500名工匠雕刻了5年才完成全书213部的印版刻制工作。如果没有这些印版，或许藏民族的文化史的许多重要内容将无处可寻。德格成为今天康巴标准藏语的发祥地，不能不说与印经院丰厚的文化积淀有关联。由此而论，保存历史的印经院，有重新认识和进一步发掘的必要。介绍到这，随行的本地友人将额头靠在这些雕版上，以示顶礼，据说可增长智慧，在我看来是对雕版瑰宝和工匠精神的顶礼。

四楼属参差错落的耳楼，日照长，通风性好，到处布满绳索，专门张挂晾晒印好的书页，俗称“ 晒书楼”，的确看见有长者一边晾晒经文，一边将晾干的经书装订成册。

由于楼层关系，四楼的光线比二、三楼好很多，存放的印版和二、三楼也有不同，主要是古老和珍贵的画版。

印经院的布局集中体现了当时的智慧，从楼底到四楼，可以看出依功能创造形式是印经院的一大特征。印经院的外天井、内天井、屋顶天窗、屋顶通风孔等功能的设置，较好地解决了印经院楼体建筑的进深大、通风采光差的缺陷。这一重要的设置，使经版库房得到了保存经版和经书应具备的自然干燥条件；使经堂内念经的信徒们得到了自然光线的照明；也使得印刷经书的工人们在充足的光线和良好的通风条件下，得心应手地印刷着每一版经书，印刷着每一版古老的文化。280多年前这一完美的设计，即使在今天的建筑设计中，也是可资借鉴的珍贵资料。

四楼所藏画版大体上可分为唐卡、坛城（曼荼罗）、风马（龙打）三类，德格印经院所收藏的376块旧画版虽然数量不算多，但都很重要且珍贵，具有很高的艺术价值。历史上，德格是藏族传统绘画“门”派和“噶玛噶孜”画派的重要传承地。把藏族传统绘画中的“唐卡”艺术融入刻版之中，是印经院木制印版的一个重大突破和创新。

德格印经院经版从文字定稿到书写、雕刻，要经过许多环节，包括4次反复校对，确认无误后，才对经版进行复杂细致的防腐、防裂等技术处理，也才算制作完毕。每道工序都有严格的质量标准，规定十分严谨，制成的经版字迹清晰准确，经久不变。在经版的手把上，都雕刻有制作者的名字，实行雕版终身责任制，如果雕版中发现有错误，那么就要追究其责任，一般要求赔偿双倍的损失费用，还要在佛前受到良心的谴责。透过这些，不得不叹服我们的老祖宗的智慧，在德格印经院，无论建筑、绘画、雕塑、雕版、印刷等，都浸透着藏民族优秀文化所在，折射着工匠精神和终身责任制的科学性。仅以建筑来论，德格印经院古朴庄严、垂帷华盖、气度不凡，集德格寺庙与当地民居建筑为一体，具有浓厚的德格风味，所显示的藏族传统建筑形式和结构，直接反映了18世纪中叶德格土司所享有的政治和经济地位，既是藏区人民聪明智慧和高超建筑技术水平的结晶，也是藏传佛教在德格兴旺的真实写照。

在动听的讲解、昏暗的光线和厚重的氛围里，终于上到楼顶。楼顶的平台无护栏，前低后高，是典型的“平顶”风格，四檐角黄色龙头下颌的风铃在微风中叮叮作响，送来阵阵清音。

民间传说，欧普龙沟口一直就是一块风水宝地，周围的山水格局自然形成了“八瑞相”。站在平台上，抬头可以看到印经院后依山而建的藏族民居，错落有致，色彩鲜明，很有特色。色曲河穿城而过，给更庆镇平添了许多鲜活和灵气。

在楼顶，可以看出印经院建筑的主要结构形式为“墙柱混合承重体系”。屋顶以藏式平顶为主，主体结构采用了块石基础、夯土筑墙、木构梁架和黏土屋面。印经院的木结构和柱式集中表现了藏传佛教建筑凝重沉稳的风格和民族特点。院内所有的经堂、经版库、经书印刷间以及天井、晒经房等，其木结构都是雕梁画栋、色彩艳丽。印经院木结构为柱梁椽结构（藏式建筑的檩、椽实为一体）。柱上架梁，梁上铺椽，不用檩条过渡。柱子纵横成网，柱子间距2.5—2.9米。柱子形状为多边形，柱头以上用垫木和弓形肘木承托大梁。弓形肘木的作用与替木相近，但结构完全不同，其构件之间用暗销相连，对尺度、比例也有严格的规定。弓形肘木对梁的承载力有极大的提高。梁与梁之间用企口连接。梁与椽子之间则用繁缛而定型化的莲花累帙和层数不等仅有装饰作用的方椽加以过渡。柱、梁、椽的装饰是藏式建筑中最具表现力的地方。木结构和内外墙都是建筑的主体骨干，互为依存，没有主次之分，是共同负荷的承重结构。

在这里不得不说说被当地人称为“白玛墙”的作用，即在接近楼顶1.7米处，用泥土混合干柳枝筑成黑帽带墙，不仅有着与红墙交相映衬的色彩美感，还起到减轻墙重的效果，充当了楼顶“减震器”的妙用，随着雨季来临和楼顶来人增减，以及热胀冷缩，“白玛墙”可以自动些微升降。同时，还可以通风，历经280多年不变潮。缘于自动升降和热胀冷缩，这段墙也被许多人称为“阴阳墙”。

印经院墙体四面均开有窗口，窗口大小和数量由建筑结构和保温采光要求来确定。在南外墙面开窗11扇，北面外墙面开窗 17扇，东面外墙未开窗，西面外墙面开窗2扇。印经院外窗窗口普遍较小，由木质窗框、窗格组成，内上窗版，没有窗扇。

站在印经院楼顶，沐浴着德格晨空艳丽的阳光，你的视线不由自主会从眼前的官寨、信徒、游客，身旁的“崩科”民居村落，投向山脚下的更庆镇、色曲河，并延伸向远山和天宇间。

从第一代土司扎西生根至第十一代土司四郎彭错，史籍无朝廷封赐德格家族土职记载。清雍正七年（1729年），第十二代德格土司兼第六世法王登巴泽仁被清朝授以“得尔格忒安抚司”。雍正十年（1732年），升登巴泽仁为“德尔格忒宣慰司”。在两百多年前，却吉·登巴泽仁所处的时空恰是藏传佛教五大教派争歧很大的时代，他为了巩固政权，创建了德格印经院，对藏传佛教的各个宗派，采取了兼收并蓄的态度，使藏传佛教每个宗派在德格都有立足之地。在文化上一方面吸收先进文化，同时又不丢掉自己民族的文化传承，不排斥德格印经院刻印和收藏任何教派的典籍，使得各教派在德格土司辖区获得加大发展。

据传，印经院房顶那对镏金孔雀塑像，是当年清政府为表彰德格土司创建印经院而特赐的。孔雀在当时是二品文官象征。当年，智慧的德格土司却吉·登巴泽仁凡事皆报中央，修建印经院的事也不例外。信中表明修建印经院既可弘扬佛法，又可免却每年到属地不同教派寺庙去巡视的苦恼，改为寺庙来印经院取经书并报告相关事务，达到平衡和巩固之目的。据传，雍正在收到奏报后，十分震惊，龙颜大悦，想不到边远之地的一个小土司尚且有如此策略，既然要弘扬佛法和文化就赏赐给金孔雀。佛经中说孔雀能食用对其他动物有毒的东西，这不仅不会让它致命反而让其羽毛更加鲜艳美丽，因为它自己能够自我解毒。象征着大乘佛教的菩萨能将贪嗔痴等毒转为道用，从而解脱、觉悟得正果。在我看来，这更是表彰其容纳百川的宽广心胸。

像德格这样一个家族土司统治一个地区700多年之久，在中国少数民族历史上极为少见。德格土司家族在走完700年的罕见路程后，早已随着摧毁封建农奴制度的历史步伐而寿终正寝了。印经院旁的土司官寨也已灰飞烟灭，只有一断壁残垣，而作为传承藏族文化的印经院，依然屹立。德格土司在康区诸土司中，以其“土地广大”“传世最远”“富冠法王”“天德格、地德格”，并以“著书立说，雕版印刷”而著称于当时，影响于后世，对德格历史上的地区经济文化的发展和各民族文化交流曾起过不可磨灭的作用。

据当地信教群众讲，当年的印经院不单纯是“院”，还是出版社、印刷厂的综合体。为管好印经院，当年制定有严格的管理制度，如藏版库防火、防虫、防潮管理制度，印版出入库要发行检查、登记、签名手续，不经土司允许，任何人无权更改版面和处理印版。除土司外，还有大量的信众努力保护这座印经院，使它没有随着岁月剥蚀而成为废墟。传说，在新龙的公布郎加的兵马打到德格时，曾经下令要将德格印经院付之一炬，但被智慧的本地人用民居的木材聚在印经院空地处，以点燃的烟雾骗过了公布郎加，也使德格印经院逃过了一劫。巧合的是民国期间，刘文辉经略当年的西康时，曾经在各县大兴办学，德格也不例外，当时经费拮据，就将学校办在印经院里。网上挂的当年的老照片中，就有一张许多德格子弟盘腿坐在印经院楼台上的合影。

看着土司官寨残留的厚实断壁，不由想到一句话：“最柔软的也是最有生命力的。”印经院的经版和印制品同土司官寨相比，特别是同当年德格土司的金戈铁马相比，是柔软的，但正是这相对下的柔软却具有如此强悍、绵长的生命力，在地处金沙江畔、沙鲁里山下的偏僻之地，创造了让后人都为之惊叹的奇迹。

“文化是一种世代性的积累。”透过印经院可以看见藏文化的发展过程，其作为中华文化的一分子，与国家的兴盛休戚相关。1950年德格和平解放后，更庆寺及印经院受到人民政府保护。1959年甘孜州民主改革完成后，更庆寺仍为保留寺庙之一。20世纪60、70年代，印经院主体建筑和藏经版得到保护，损失很小。特别是20世纪80年代以来，德格印经院一边进行维修，一边着手对残缺印版和新版本印版的刻制工作，一代代文管人员呕心沥血，整理文库、修复印版，国家拨巨款一次次对印经院进行大规模维修。在现代信息社会里，德格印经院存在的意义不在于，也不是以印版的实际内容给社会以知识，而是作为一种文化事业的现象存在着，让人联想到文化在政治、军事、社会生活中是何等的重要。

高原特有的阳光随着越升越高的日头愈加灿烂，那一缕缕阳光透过天宇，洒向高原、江河、大地……方才云绕雾缭的印经院早已通透地矗立在阳光下，敞开胸怀迎纳来自五湖四海的人们。

（2015年夏夜于德格）

仙鹤眷恋理塘地

海子山和剪子弯山的隧道贯通了，从康定到理塘的路程和时间一下缩短了许多。早上9时30分左右出发，下午3时就到了高城镇。车过到理塘的最后一个隧道时，我不由吟唱起“洁白的仙鹤，请把双翅借给我，不到遥远的地方，到理塘转一转就飞回”来，这首优美的歌曲，是由被誉为“雪域诗圣”的六世达赖喇嘛仓央嘉措所作，据说是他转生第七世的再生秘偈。

理塘，藏语称“勒通”，意为平坦如铜镜似的草坝，以境内有广袤无垠的毛垭坝大草原而得名。

理塘自古以来就是茶马互市、商贸云集的地方，也是大香格里拉旅游环线核心区，国道318线、省道217线穿城而过，是连接川、滇、藏、青四省区的一级支撑点和交通枢纽，是康南经济、文化、商贸、旅游服务中心和物资集散地，是全国海拔最高、气候最恶劣、条件最艰苦的县份之一。理塘物华天宝、人杰地灵，有着醇厚质朴的民族风情、人文及自然景观，驰名中外、享有“康南黄教圣地”之誉的长青春科尔寺坐落在县城北；城南扎嘎圣山上自然呈现出“嗡玛呢叭咪吽”的六字箴言；县城附近的毛垭温泉为大型地热温泉，含有多种对人体有益的元素；一年一度、历史悠久、盛况空前的赛马会和独具浓郁民族风情的帐篷城；具有渊源的历史、结合现代技术与民族工艺而建成的康区第一个“白塔公园”；特色鲜明的民族歌舞、锅庄、藏戏、理塘山歌、手工土陶艺制作、妮热、唐卡、酥油花等，以及格聂神山、兔儿山、无量河湿地公园、仁康古街等景区景点让人举不胜举……

随着全域旅游进程的加快，理塘县已进入旅游开发黄金期，且后发优势十分明显。为此，该县提出了“康藏之窗·圣地理塘”的响亮口号。

壮美的自然、丰富的资源、浓郁的人文景观和民族风情、神秘的宗教、浪漫的传说，无一不吸引着四方宾朋的视线和足迹。不论凡俗，一旦你走进“世界高城、雪域圣地、草原明珠”理塘，都会被深深吸引、流连忘返。

在酒店住下后，简单洗漱了下，就立马到镇上开展工作。理塘是南路的必经要道，我不知道已经来过多少次了，并且一半以上的乡镇都去过。以往到理塘没有什么高原反应，但此次身体反应很大，耳鸣、头胀疼，上楼步子快点了就有气喘，测了下血压，快步走了后血压是90/140，基本正常。住宿是县上帮预订的虫草大酒店，条件不错，开张两年了，但房间地热很高，甲醛气味很重，离城中心也有一段路程，不便于工作。住了一晚，协调到县招待所住宿。

县招待所就餐是小炒，我们要了一荤一素一汤，分量很多，给服务员建议分量少点。餐后，还给我们上了份水果拼盘，有猕猴桃、苹果等。在伙食团碰见一位在县上任职的朋友，同他聊了会儿天，他到理塘3天便得了肺水肿，现在长期感冒好不了，半年时间就花了2万多元的药费了，高原反应很大，基本整晚睡不着，每晚都要吸几袋氧。理塘县的班子里，有好几位身体不适应，纪委书记糖尿病和高反严重、宣传部部长高反严重、副书记糖尿病等，海拔高了的确是个问题。

此次在理塘待的时间最长，要蹲点半个多月。不仅要开展脱贫攻坚的工作，还有其他工作。

饭后到街上闲逛了会儿，一者散步，二者也了解下社情民意。由于过藏历新年，加上天气冷，街上许多店铺都关着门。在步行街看了下，基本上是藏装店，并且生意都不好。一位藏族老阿妈热情邀请我喝牦牛骨头酥油茶，我喝了几大杯，也没管肠胃是否适应。

格萨尔王广场建得很壮观，文化墙上抽象的浮雕万马奔腾，格萨尔王张弓驰骋。整个浮雕墙色彩鲜艳，动感十足。广场里边是理塘县规划展览馆，馆上还有健身场所，这在海拔4000米的理塘县高城镇十分难得，我既想去看看理塘县的规划，也想去瞧瞧健身房，就顺势往里边去。底楼的展览馆大门紧闭，只见“康藏之窗、圣洁之地”的字样。健身房在三楼，二楼是县团委、总工会和县妇联。健身房是集茶楼、网吧等功能于一体的，喝茶的人不少，但健身的一个也没有。四楼是文化广电体育局，虽然是周日，还是有人在值班。

沿着街道随意往城边走，走到了一小溪边，沿着小溪往上，沿途有许多新修的民居，近几年来理塘县大动土木，新修了不少高楼大厦，城郊也不例外，并且大多是民间资金。与之形成对比的是，城边的生态环境不容乐观，往稻城方向出城不远，经营了十来年的川西北沙化治理示范基地收效甚微，而离基地不远的地盘，草场沙化厉害。从理塘县城所处的海拔和生态环境来讲，县城是不宜大规模扩建的。但理塘从古以来就有“南理塘”之美誉，是康南中心，加上地理区位、历史渊源、商贸集散等因素，人流、物流和资金流都十分充裕。加上近十来年来，历经了“三个转变”“经营城市”等城镇化建设，可谓日新月异。特别是老百姓和社会各界通过修建房屋，获取了高额回报，积极性高涨，没有充分考虑到环保的承载能力，一味地求大求快，导致城镇规模扩大。殊不知，由此而带来的对生态环境和生存条件的危害将成倍增加急速，而且将来这些后患的治理将会又落到党委、政府的头上。

上行了一段路程，猛然看见一藏房上显赫地写着“五世嘉木样和黄正清将军故居”。以往到理塘不下30来次，但每次都很匆忙，也从史书上看到过关于五世嘉木样和黄正清将军的故事，但都没有参观过其故居。想不到今日居然偶遇，不由自主前往敲门。大铁门中的小门应声而开，一位小男孩问我找谁?听他口音，我问他是不是康定金汤人，他回答说爸爸是石棉的，妈妈是理塘君坝的。我向他讲明来意，想观摩下故居，他说是同妈妈借住在亲戚家，主人并不在。好在很快就同小男孩达成了共识，让我进院。院落很大，左手边有两栋高大的藏房，右手边是卫生间，靠里边右手是一层的传统藏房，为“五世嘉木样和黄正清将军故居展览馆”，可惜小男孩的母亲讲主人一家都到成都过年去了，她们母子只是帮守家的，并没有展览馆的钥匙。同小男孩母亲聊了几句，得知小男孩叫格勒泽仁，抱着遗憾的心情告别了故居。

出门不远，猛然又看见了“勒通古镇”的标牌，指示牌上有“七世达赖故居”“芒康仓”“理塘县民俗展览馆”等字样，看来自己误打误撞闲逛的收获还不小。

沿着指示牌拜访芒康仓，可惜主人不在。踩着石头铺就的古街往里不远，就是民俗展览馆，可惜也是大门紧闭。再往前行，一户藏房开着门，一位小女孩循声跑出来，紧接着一位喇嘛和藏族老大爷出来了。

藏族老大爷自我介绍叫阿崩各呷，是旁边十分古旧的藏居阿崩仓的主人，他热情地用半生半熟的汉语问我是否想看民俗馆，并热情地邀请我到“阿崩仓”，也就是他的家里去看看。阿崩仓和民俗馆，以及芒康仓的一半以前都是一栋房子，老大爷是理塘县上木拉的人，几年前从一名白玉人手里花了20万元买的这栋房子，房子是土木结构的，估计有上百年的历史了。

老人一边掏出钥匙开门，一边摆谈起他的家世来。老人的儿子在37岁时去世了，他就带着3个孙女来到县城，现在大孙女在西南民大读书，两个小的孙女在县城读中学。古屋底层摆放些杂物，楼上有三间小房子和一间厨房兼客厅，客厅里的橱窗里摆放了满满三大格的书籍，我欣喜地问是谁的书，老人说是三个孙女的，看得出来孩子们是认真学习的，这是个好现象。

参观完老人的“阿崩仓”，老人又带我去参观民俗展览馆，他一边开门一边说他是县旅游局聘请的民俗展览馆管理员，负责看管和打扫清洁等，每月有800元的收入。展览馆和芒康仓、阿崩仓是一体的，并且是古屋的中间主体部分，建筑规模比他的“阿崩仓”要大得多。据老人讲，这栋主体部分也同他买的一样，辗转转手了好几位主人了，县旅游局从现在的主人那里租来办的展览馆。

民俗馆院内摆放了藏区常用的生产工具，还有两头牦牛模型，模仿过去传统的“二牛抬杠”耕作情景。我若干年前曾经服务过“三农”工作长达4年，知道现在藏区许多地方早就用上了农机耕作，这是科技带给藏区基层生产的利好。院子里还有传统手工织帐篷的器物。

进入屋内，老人开了灯，展柜里摆放着理塘县群众日常生活所用器物，楼上塑有各个片区的人物风貌，身着不同的服饰。老人逐一介绍，并重点介绍了家乡的衣饰。

二楼靠大门方向设有茶室，以往的茶桌十分矮小，估计是为了携带方便。整个二楼的布局十分合理，在靠楼梯的后方还有厕所。

老人一边讲解，一边说自己以往的经历，原来他还是位老共产党员，以前还当过民兵排长。

出了民俗馆，当我提出准备到七世达赖故居去参观，老人马上说带我去。七世达赖故居就在民俗馆前，几步路就到了。老人前去叩门，有一位小伙子应门，是七世达赖的第十四世孙洛绒降央，老人说明了原委，洛绒降央开门带我去旁边的故居。

洛绒降央话不多，故居底楼绕缠着许多哈达，问及才知道这儿就是七世达赖诞生地。按照习俗，过去妇女生产孩子，都是在牛圈或底楼。底楼的支柱上挂满了各色的哈达，旁边还塑有几尊喇嘛像，后来才知道是“仁康”家族诞生的活佛。

楼上厨房兼客厅的地板油沁沁的，浸润出古屋历史的久远。一只漆黑的转经筒兀立在厨房门口，静静地见证古屋发生的一切，据介绍，转经筒里面装有珍贵的贝叶经。看得出来，转经筒很老旧了。

出了厨房，洛绒降央打开对面右首的房间，介绍他自己就诞生在旁边左手边的房间里。房间正中供奉的佛像，介绍是七世达赖喇嘛21岁时亲手为家乡亲人所塑的“如我一般自身像”。自身像右手边是一神龛，上面还供奉有好几尊佛像，洛绒降央将神龛上的净水一一倒了，并将净水碗挨着反扣到一块，并说平时是阿婆供奉净水。

仁康古屋收藏有许多珍贵文物，其中有乾隆皇帝赐予七世达赖喇嘛的蓝袖双龙瓷瓶，色彩艳丽、龙纹清晰、瓷质柔和，是名贵的明清艺术珍品。另外，古屋还保存着七世达赖喇嘛用过的手鼓（法器）、经书，以及他穿过的袈裟、用过的汉式铜镜等珍贵文物。

仁康古屋的门楣上，悬挂有许多哈达和金刚杵。金刚杵形似葫芦，每一个金刚杵代表着一位活佛的诞生，仁康家先后诞生过包括七世达赖在内的13位大活佛，不愧为显赫的家族。

恰好州政协副主席龚建忠和州法院院长吴良军作为州级领导联系理塘县，之前龚建忠曾任过州畜牧局局长，同我十分熟悉。晚上，同龚建忠副主席摆了很久的龙门阵，午夜12时睡觉，有点兴奋，到凌晨3点过才迷迷糊糊入睡。

早早醒了，绵到8时5分起床，洗漱后到街上去转了一圈，到县幼儿园看了下，条件很不错，有700名多学生、30多位老师。

早餐和午餐陪同龚建忠副主席，在饭桌上大家的话题很多，气氛十分融洽。饭后，州政协提案法制委副主任龙野测血压，我也顺便测了下，血压83/122、心率62、血液黏度0.45，看来住了几天，身体基本调节过来了。

晚餐是在“传说理塘”藏餐，早听说这家藏餐不错，抱着好奇心去了。“传说理塘”就在步行街穿过去的正街上，二楼是“吴铭火锅”，三楼是藏餐。室内装修风格很有理塘气息，装饰了些理塘的生活情景，一位中年藏族妇女过来招呼大家。

大家坐下后，菜品陆续上来，不外乎就是牛肉包子、土豆包子和牛舌、牛肉锅盔等，后边上来一个牛杂火锅，汤沸腾腾的，味道不错。

席间，领导们摆谈了许多过去的事情，看得出来领导们精力旺盛。晚上，在建忠主席处又坐到9点半，才回到寝室，洗漱完毕，看了会儿书，临近晚11时才休息。

第二天早餐后，再次到仁康古街去转了转。此次从另外一个巷子口进去，很快就抵达了古屋。古屋前还有仓央庄园，可惜门紧闭着。仁康古屋的门开着，第二次参观，我就看了下上次漏掉的一些细节。果然在古屋大门门楣上，悬挂有大大小小13个金刚杵，金刚杵形似葫芦，象征着仁康家的荣耀。

进了古屋大门，左手的古屋锁着，因为上次去过，也就没在意。正对大门的寺庙开着门，有三位藏族汉子来膜拜。一位径直穿着鞋往寺庙里迈，被一位喇嘛呵斥住了，要他脱鞋。此时，一位藏族老阿婆进了古屋大门对那三位汉子大声地说："你们要看古屋，来吧！"这位汉子忙系上鞋带，和另外两位藏族汉子往古屋去，我也跟着再次去参观。

询问得知这位阿婆是仁康家的，一位藏族汉子说老阿婆的汉语说得好，阿婆问及三位藏族汉子的家乡，说是九龙的。老阿婆一边掏出钥匙开门，一边说古屋都有500多年了。

进了屋，老阿婆恭敬地用掌心托着右手的壁画，从六世达赖仓央嘉措、七世达赖格桑嘉措诞生，以及《洁白的仙鹤》和理塘寺等给我们娓娓道来，那三位藏族汉子忙着毕恭毕敬地叩头。

讲完壁画后，老人又引领大家到了七世达赖格桑嘉措诞生的房子，自豪地说，仁康家先后共诞生了13位活佛，其中9位大活佛，并一一给我们作了讲解，有七世达赖喇嘛格桑嘉措和两位帕巴拉等。我问是否是现在的帕巴拉，她说是以前的，现在的帕巴拉是古屋下面一家诞生的。

来到七世达赖格桑嘉措诞生的柱子下，她说基石上有格桑嘉措诞生时留下的小孩的脚印和妈妈的手指印。同时，老人还说以前藏族妇女生孩子是在底楼生的，不像现在。老阿婆还指着横梁上的白色痕迹神秘地说，这是科学家们鉴定了的奶子（狮子奶汁）。老人还介绍了镶嵌在土墙里的两个瓶子，说是宝瓶，能够护宅。

回到绘有壁画和安放楼梯处，老人指着摆放在底屋四围的物件说这些都是过去用的东西，一位藏族汉子拿起一件小物件，老人说这是过去擦萝卜丝的，她还特意说："我们这里产萝卜嘛！"

上了楼，老人径直开了厨房，一股异香扑面而来。老人说，她早上刚上了香，回家正准备喝茶，恰好那三位九龙藏族汉子说请，马上又过来了。

紧跟着进了厨房，站在灶台周围，三位藏族汉子好奇地问这是不是过去的灶。灶台后边的墙壁上贴有两张照片，其中一张上有一位戴眼镜的老人抱着一个小孩，照片底部写着"仁康家第十一世传人"，老人说照片上戴眼镜的老人是她的妈妈，小孩是她的孙子。旁边的一张照片上的年轻藏族妇女很像老人，照片底角写着“仁康家第12代传人”，我问是否是她，老人说正是，并介绍说照片上她旁边的藏族男子是她的爱人。老人还说，过去他们家里曾住过一位解放军的营长，她当时还是小孩子，她的汉语就是这位营长教的。

出了厨房，我又询问老人厨房门口的转经筒里是否有贝叶经，老人估计没有听懂，含混应答了下，没有听清楚。老人又开了厨房对面左手的房间，讲解七世达赖喇嘛用过的文物。她用很尊崇的话语说，七世达赖格桑嘉措曾经两次到过京城，并得到了乾隆皇帝的亲自接见。她还托指着几只碗说是乾隆皇帝赐予七世达赖喇嘛的龙碗，并让我们看其中一只绘有唐僧图案的碗。几日前，老人的孙子也作了介绍，说是“唐三彩”。老人还指着几幅唐卡作了介绍，重点介绍了七世达赖格桑嘉措堆绣的自身唐卡像。

出了这间屋，老人先锁上房门，再开厨房对面右手房间。刚打开房门，楼下传来话语声，老人大声地说上楼来，不然她的关节炎犯了，爬上爬下的脚很痛。问及老人的岁数，她回答说71岁了，这在素有“世界高城”的理塘县也是高寿了，并且因为高寒等因素，这里的老人大多都有风湿性关节炎。楼下的人赶紧上来，原来是两位藏族妇女，一边和九龙藏族汉子一样虔诚地顶礼膜拜，一边掏出零钱来供奉到七世达赖喇嘛自身像前。

厨房对面右手房间里，正中是“如我一般自身像”。这尊自身像面容祥和、宁静。据老人说，这尊自身像曾被放置在楼下的经堂，并被赋予灵性，非常神奇，在第十世达赖喇嘛为它开光时，左边额头自上而下出现了一道“嘎”字（凸起的疙瘩，藏族人认为这是神奇而吉祥的征兆）。老人还特意示意大家仔细观看，自身像的额头上有一个藏文的“呷”字。“呷”字是藏文30个字母的开头，这个传说据说可应征七世达赖格桑嘉措当时的地位。她还神奇地说，1970年理塘大地震，经堂坍塌，供奉在经堂的七世达赖喇嘛自身像跳到了楼上，自家的住房没有坍塌。

临下楼，请教老人尊称，名叫阿珍。阿珍老人梳着传统的藏族妇女的发辫，身着普通的藏族妇女装束，如果走在大街上，同普通的藏族老阿婆根本没有什么区别，如果不认识，谁也想不到老人会是七世达赖格桑嘉措的第12代传人。

理塘，一个连仙鹤都眷恋的地方，让人无限神往。

（2016年春于理塘）

金碧辉煌理塘寺

早上送走另一个工作组的友人，恰遇理塘县委一位领导，让我陪同到长青春科尔寺去开展工作，便一同前行。

恰逢藏历正月十五，长青春科尔寺举行酥油花展示，陡然想起昨晚的月亮十分皎洁圆润，沿途络绎不绝有许多群众前往。寺外有一座很大的玛尼堆，几座白塔，兀立在寺庙前。

到了寺庙大门处的寺管会，统战部部长、宗教局局长、藏胞办主任、佛协秘书长和寺庙管理局局长、高城镇党委书记等都在。大家谈了会儿工作，也学到许多宗教知识。理塘县宗教文化底蕴十分深厚，苯教、宁玛派、萨迦派和格鲁派共存共荣，还是众多高僧大德的诞生地。长青春科尔寺，藏语意为弥勒法轮寺，又名理塘寺，位于理塘城北约1公里处的山坡上。原为苯波教寺庙，明万历年间（1580年），三世达赖索南嘉措途经该地时，授皈依为黄教，并为其开光。后来，逐渐扩建成为康南第一大格鲁派（黄教）寺庙，全寺有僧房428栋，常驻僧侣800人左右，是康区僧人数量最多的格鲁派寺院，素有“康南佛教圣地”之称。

相传，索南嘉措经过理塘时，在这里看到一处奇境：背面（北面）山势特高，像一尊财神盘腿而坐，手持珍宝；右面（西面）山岳十分壮观，如一只巨鹏展翅欲飞；左面（东面）山岳非常奇妙，似一头巨象曲身而卧，从北向南伸直长鼻，两腮处的清泉像两条洁白的哈达，从象鼻两侧潺潺流过，左侧是无量寿甘露，右侧为莲花生甘露；对面（南面）山峦起伏，奇峰耸立，主峰山腰自然形成一幅十相自在图文。山麓下汹涌的理塘河宛若青龙盘旋而行，中间宽阔的大草原芳香四起，其间肃立着相传当年文成公主进藏时兴建的菩提白塔，奇观美不胜收。欣喜之下，索南嘉措在貌似巨象长鼻鼻梁的山岳间兴建了长青春科尔寺。长青春科尔寺的这段传奇故事，使该寺名声大振，在藏区素有“上有拉萨三大寺，下有安多塔尔寺，中有理塘长青春科尔寺”的说法。

在理塘这片神奇的土地上诞生了许多高僧大德：第七世达赖喇嘛、第十世达赖喇嘛、蒙古最大的活佛哲布尊丹巴、甘肃拉卜楞寺第五世嘉木活佛、昌都寺第七、八、九世帕巴拉活佛，以及第一、二、三世香根活佛……

10点过，大家一块儿到寺庙内转了下，看见广场上在讲经，群众很多。旁边许多群众排队去看酥油花，秩序很好。

长青春科尔寺背靠青山，建筑依山而上，高低错落有致，层次色彩分明。远远望去，整个庙宇群落雄壮挺拔，气势恢宏。大殿佛舍位于寺庙中央和最高处，体势巍峨，拾级而上，山后无数迎风招展的经幡和白云蓝天与寺庙融为一体，构成了一幅美轮美奂的佛教建筑美景，给人以极目云天、绝尘归神之感。

据寺庙管理局长介绍，寺内珍藏有各种类型的释迦牟尼镀金铜像，佛教经典、三世达赖用过的马鞍、明清时代的壁画……寺藏的两口大铜锅，一次可供6000人就餐，堪称世界第一。千佛殿中，肃立着庄严慈悲的千尊佛像等珍贵文物，藏历正月十五的酥油塑花会，誉为“康区一绝”。

沿途可见，寺里的壁画很美。从门到内壁，从主柱到横梁，都绘有风格独具的壁画，内容为佛教故事。

据介绍，长青春科尔寺过去由一寺、两院（法相院、密宗院）、八大康村、十六大牟村所组成，其中也包括了康藏南部及四川、云南的藏传佛教的部分僧侣。根据清朝和中华民国的历史资料显示，藏区内藏三大寺和外藏三大寺中，科尔寺是外藏三大寺之一（其余两座分别为甘肃省的拉卜楞寺与青海省的塔尔寺），既是康区最大的寺院，也是藏区有资格授予格西学位（佛学博士）的几大寺院之一。

最让我感兴趣的是长青春科尔寺珍藏的丽江——理塘版《大藏经》，可惜未能见到。据说，明万历三十七年（1609年），由云南丽江府土司木增出资延请藏传佛教第六世噶玛巴红帽系活佛曲吉旺秋主持，以蔡巴《甘珠尔》为底本主持编纂、校订、刊印了丽江版《甘珠尔》，并将首版的一套经书赠送给拉萨大昭寺，这是藏族地区刊印的第一部大藏经。序文中说“应章·三琰土王噶玛米庞才旺索南饶登（木增土司藏名）之邀，迎请甘珠尔佛经雕版供养，广利众生”。清康熙年间（1698年），这副印经雕被和硕特蒙古南下的军事首领达尔杰博硕克图汗在丽江见到后，被其运往四川格鲁派寺院理塘寺。因此，这部大藏经也叫“理塘版”《甘珠尔》。

明代丽江版《甘珠尔》大藏经是丽江多元文化的重要见证，也是滇藏文化交流中的瑰宝。据说，大昭寺收藏的丽江版《甘珠尔》共108卷，包括1000

多篇藏传佛教经典文献，每卷由缎壳装潢且纯金带扣，用上好白棉纸，红字雕版刻印，分别装入54个箱柜中，历经近400年风雨而完整保存下来，成为稀世珍品，是大昭寺的珍贵文物之一，见证了纳西族与藏族友谊的历史，是滇西北地区与西藏地区文化交流的瑰宝。2013年，大昭寺藏明代丽江版《甘珠尔》大藏经复制版回归故里，复制工作圆满完成。

很想去看酥油花，但人太多，友人也说下午去好点。又回到寺管会，摆谈中结识到许多人，也了解到许多情况。12点过，雅江县委统战部部长带着雅江县江西工委红龙、柯拉、德差、西俄洛等乡镇的负责人来配合工作。理塘县委友人、雅江县委统战部部长和我都是师范校友，他们都是学长，谈完工作，大家聊了许久。

午饭是盒饭，等到下午1点过才来。简单吃过饭，在寺管局局长陪同下，到佛祖殿、教主殿和正在修缮的大殿去观摩了下。

佛祖殿位于寺庙左侧，走入大殿，前殿是僧众诵经的地方，阳光透过殿顶两侧的窗口斜照进来，墙壁、立柱、横梁等，到处绘着色彩斑斓的藏画。地下是一个个金黄色的坐垫和一件件红色的僧袍，在阳光下色彩十分鲜艳。

佛祖殿里供奉的是威严三界如来，泉水也是在释迦牟尼佛像座下发现的，之前到理塘时听洛倾批活佛讲过。局长介绍，这尊如来佛像是用100吨青铜铸造的，是藏区室内最大的佛祖铜像。佛像前放有一漂亮的树化石。

教主殿前有千年古树掩映，殿内供奉的是宗喀巴大师，四围还供奉有1000多尊大约高一米的宗喀巴大师的铜佛像。局长着重介绍了四壁和殿顶的壁画，并说壁画的工艺手法十分古老。仔细观察，壁画的确线条繁杂、变化多端、色彩绚丽；人物形象千姿百态、圆润丰满、栩栩如生……

2013年，一场大火将老大殿烧毁，在原址上正在新修。目前，整个大殿主体工程已经竣工，就等待安放佛像等。大殿宏大，穹顶很高。

想去看看酥油花，但人仍然很多，局长也说待会来，便只好作罢。

站在大殿前，极目四望，苍穹、远山、城镇、草原都一览无遗，湛蓝的天宇上，白云悠悠飘过，洁白的雪山与广阔的草原相连，不断向远方延绵，让人的心似乎一下通透起来。

因为《洁白的仙鹤》这首诗，许多人知道了理塘，作为香格里拉旅游环线中的一个亮丽的风景点，理塘也成了许多具有浪漫情怀的人魂牵梦萦的圣地。

理塘，不愧为“平坦如铜镜似的草坝”！

深山一瞥八邦寺

早餐时，巧遇德格县一位曾从事过档案工作的人员。其对德格的风土人情很了解，我便向她请教了许多问题。她讲到当年德格县收集到《明太祖朱元璋诏书》的故事：县档案局的同志在村寨下乡，在当地老百姓家里偶然发现，该诏书采用明代皇宫专用七彩绸缎全汉字书写，字迹工整，皇印清晰，应是一件文物。后经鉴定该档案形成于明太祖洪武二十一年，即公元1388年，是皇帝朱元璋封监藏剳思巴为武略将军朵甘都卫管军副千户的诏书。20世纪90年代，收入德格县档案馆，由于保管条件差，被盗卖流失，后经多方努力追回。

德格是藏文化三大发祥地之一，我也曾到德格印经院去参观，听闻过有藏文、梵文和乌都尔文三种文字，以及还刻有图案的《般若八千颂》十分珍贵，堪称绝版，但还不知晓有这许多关于文物的曲折动人的故事。她听闻我们这段时间在乡村开展工作，并且要到八邦乡去开展工作，建议我们不走额色拉山，而是从下边绕道到八邦乡，因额色拉山很高，常年封山，加上路很坎坷。我向她请教了山名的意思，得知额色拉寓意山很高，传说很久以前人们翻越这座山时，花的时间太长，连额头上的鬓发都变白了。

司机是德格本地人，对八邦乡的路很熟悉，按照司机建议，我们选择走额色拉山。沿色曲河出城向西，大约半个多小时我们就拐上往额色拉山的路。隔窗俯瞰，晨辉打在水面上焕发出金光粼粼，让人忘却了山高路险。德格境内汇入金沙江的河有色曲、白曲、麦曲。色曲的意思是金色的河流，色曲河谷本来是林葱土司家的。15世纪中叶，噶尔家族的博塔·扎西生根把自己年轻美丽的女儿折登嫁给土司的条件为一对犏牛耕一天的土地。林葱土司求婚心切，一口答应。于是扎西生根亲自驱赶犏牛，早上从柯洛洞出发，天黑前到达龚垭北面的年达，行程35公里，取得土壤肥沃的色曲谷地。其后不久，扎西生根将他的头人府治，迁往河谷中心地带的更庆，改他的家族名号噶尔为德格，自封为第一代德格甲波（王）。至第七代德格土司时，德格土司家族已经取代林葱土司在金沙江、雅砻江之间的强势地位。第十二代德格土司的登巴泽仁，于1732年被清代朝廷封为“德尔格忒宣慰司”，其辖地覆盖很广。因此，当地藏民有“朗德格、沙德格”（意思是“天德格、地德格”）之说。登巴泽仁为人称道的有两件事：一是修建德格印经院，二是修建八邦寺。

“八邦”意为“财富聚集，吉祥昙萃”。八邦寺全称为“八邦土登育科岭”，为藏传佛教噶举派在康区的主寺，与西藏楚布寺并称噶举派两大胜地。八邦寺是我国藏区噶玛噶举派的主要道场，康巴地区的噶举派僧人若要受比丘戒，必须先在德格八邦寺修持3年以上。传说当年，止贡噶举派高僧雄秋伦巴云游到此，见此地三山如象，拱卫一小山岗，应了“三象聚会”财富汇聚的吉兆，遂选定此地建神殿以驻修。噶玛拔希是德格汪布顶人，是世上第一位活佛都松钦巴的转世灵童，云游古蒙古地区时，蒙哥大汗尊他为国师，赐他一顶金边黑帽。噶玛拔希曾在雄伦寺主持3个月寺务，故八邦寺有“国师庙”之称。

八邦寺除了建筑宏伟庄严外，寺内还有丰富的典藏、历史古迹和别具一格的壁画。1290年，由于西藏政治势力和宗教各派之间的斗争，在元世祖忽必烈的支持下，萨迦派与蒙古军配合夹击止贡派。止贡派惨败，位于德格的雄伦寺亦被勒令改为萨迦派寺院。明代洪武时，不慎失火，全寺毁为废墟，尚存大殿一角，但仍时有静修之僧选此结庐驻修。清雍正五年（1727年），在德格土司登巴泽仁大力支持下，八世司徒·却吉穷乃重建八邦寺，并因登巴泽仁的恳切挽留，担任八邦寺主持。其后，八邦寺被尊崇为德格土司家的第一家庙，历代司徒活佛均有权参加德格土司最高行政会议。

去八邦乡的路窄、陡而险，一路都是山路，一路都在颠簸。特别是下山有一段路程，由于是阴山，还结着冰，好在司机路熟，一路平安。沿途风景很不错，让人完全忘却了路途艰险，特别是山顶上有两座酷似恋人的山峰给我留下了很深的印象。

车过额色拉山顶，眼前一亮：沿山腰星罗棋布的民居、白色塔林围着一座寺庙散落在山腰间，金顶在阳光照射下熠熠生辉……司机介绍，那就是被誉为“小布达拉宫”的八邦寺。

临近八邦寺时，让人惊喜的还有一段古树参天的路，树木高大挺拔、直冲云霄，树上挂满了洁白的哈达，白色和着绿色的树叶、褐色的树干，在蓝天下十分醒目。车从八邦寺前过，我们先奔山脚而去，乡政府、学校、卫生院和大部分村居都在山脚下。忙完工作，临近中午，我们才在一位本地同志自告奋勇陪同下，前往八邦寺。

八邦寺门前，看得出来平日很少有外人。寺庙空空荡荡的，原来是放假了，我们便自行参观了下。

大经堂错金镶银的铜锁挂在色彩鲜艳、厚重的大门上，管钥匙的僧人不在，未能进入大殿参观，据说殿内四壁绘满珍贵的壁画。透过大门和门梁都可以看出八邦寺的绘画艺术水平很高。

八邦寺建筑主要由殿堂、转经廊、藏经阁、僧塔等几部分组成，布局空间富于变化，层次井然。据说，当年主持修建该寺的司徒·却吉穷乃博学广闻、聪慧异常，一生阅历丰富、学识渊博、著述极多，尤其在藏文文法、藏医药、藏画等方面造诣精深，堪称一代宗师。所著《司徒文法广释》一书，被视为论述藏文文法的权威性著作。据说，他是藏族一代名医，曾不顾个人安危，深入天花流行病区实地研究防疫治病之法，撰成《天花疗法》一书，从实践和理论上总结了藏区防治天花方法，活人无数。重建八邦寺时，他将格鲁派寺院、印度寺院的建筑风格融入噶举派传统的寺庙建筑风格中，形成既有格鲁派寺院宏伟壮丽，又有噶举派细腻神秘的建筑风格。

八邦寺主殿雄奇壮观、金碧辉煌、傲立苍穹，四周宅院星罗棋布，经幡交织其间，褐红色高大的主建筑，与四周白色宅院错落参差，显露出佛教圣地的肃穆。主殿“卓拉空”建于山岗之脊上，为一四合院式的三层建筑，正殿高24米，八根粗逾合抱的大柱，俱为千年巨树整树造成，愈增大殿的雄伟气势。二楼为活佛住所，雕梁画栋、金碧溢彩。殿内四壁绘满珍贵的壁画，色彩绚丽，是著名的藏画“噶日”画派的杰作。“卓拉空”经历辈司徒活佛的修缮扩充，内部极为华丽，到处鎏金飞彩，佛像造型极其精致。

“学藏画，到八邦。”这句流传已久的康巴谚语，点明了八邦寺在绘画艺术界的重要地位。八邦寺的绘画传统肇始于曲吉迥乃活佛时期。噶玛噶孜画派是中国藏区三大藏画派别之一，第一代司徒活佛却吉穷乃是噶玛噶孜画派重要画家，创造了著名的噶玛——八邦画派。他于1737年完成的《如意藤》唐卡组画，历来是画家临摹的范本。该派在传统的藏族绘画技巧中，巧妙地融入汉地画法技巧和风格，成功地发展了藏画“噶日”画派。在他的影响下，八邦寺画师辈出，历代的司徒活佛不仅是佛学家，而且还是画家。

噶举派俗称白教，传统特别注重师徒之间的口耳传承和实际的修行，历代活佛具有很高的佛学、绘画等方面的造诣。一般来说，噶举派寺庙规模通常很小，建筑群也较少，只有八邦寺却是个例外，是唯一堪与格鲁派大寺媲美的噶举派寺院，其建筑之宏伟为格鲁派寺院之外所罕见，号称“小布达拉宫”。

据德格县志记载：八邦寺收藏唐卡画10150幅、经书32400部、木刻印版129845块，纯金誊写的《甘珠尔》一套，各个历史时期的诏书、印章等文物5000余件。八邦寺印经院一楼经堂有一套《全知经》，是民国时期女土司降央白姆授命德格经印院给八邦寺的，十分珍贵。

虽然没有见到如此珍贵的文物，也未进到大殿内观赏精美壁画，但透过这方山水，还有寺庙的外观，我们还是触摸到了八邦寺深远历史背后的故事。同时，感受到了那些绚丽而充满灵性记忆画作的色彩。

短暂一瞥八邦寺，身旁是如此肃静，不仅是八邦寺的建筑和四围的民居，还有那绵延的群山和湛蓝的天宇，伴随着穿越时空隧道的艺术殿堂八邦寺，向世人述说着远古的美丽传说。

（2015年夏夜于德格）

记忆深处的那些新年

临近新年，年味渐浓。盘点一年，收获与失去同在，繁忙与充实并存，梦想与现实共行……随着岁月更替，世事变迁，对于年的感觉伴着年龄的疯长，逐渐平淡。唯有每看见孩子们和老人们过年开心的场景，心里才充满了温馨和幸福，那些难以忘记的新年场景也不由自主地浮现在眼前。

小时候，临近过年时，最盼望的就是大姐能早点回家来。因为大姐回来，一定会带来美味的花生糖、五香瓜子、花生粘等，还会给我们兄弟姐妹几个购置件新衣服。父亲早逝后，家里的条件一落千丈，每逢过年，基本是让我们兄弟姐妹最难受的时刻，因为没有新衣服，不好意思出门。而这时，在父亲病逝后，小小年纪就顶替参加工作的大姐总会在我们最怕的时间里救星般地出现，不仅给我们带来美味可口的糖果，还会给我们每人要么买件新衣服，要么缝制条新裤子。每每这时，我们兄弟姐妹别提多高兴。而母亲总是自责地担心大姐太过节俭，而会伤害到自己身体健康，毕竟大姐当时还不满十八岁，也正是长身体需要营养的年龄。后面等我长大了，才知道大姐是多么的节俭，当年为了给我们兄弟姐妹过年添件新衣服，买点年货，平时是多么节俭，基本就吃自己在工作的电站边上开垦的地种出的菜，连猪油都舍不得多放一点。特别是临近腊月里，地里的菜没有了，大姐就吃点之前晒制的干菜，有时还是豆瓣下饭。

我排行老五，原本就小，加上小时和父亲一块生活过两年，大姐对我最疼爱，对我的期望也最高。每到春节，大姐对我的关爱也特别点，其他的哥哥、姐姐们也都很理解，从不跟我争闹。记得有一年，我上小学三年级时，大姐给我买了条裤腿中间有条黄红相间竖杠的绿色涤纶运动裤，还有一双锃亮的黑皮鞋，再加上妈妈给我买的一件黑色的人造革皮夹克，穿在身上别提多带劲了。臭美的我，琢磨着像鞋匠一样，找了两张薄薄的铜片，比着鞋跟用剪刀剪成半圆，然后再用图钉钉在后跟上。走起路来，就像那些工作人员一样，“咔擦咔嚓”响。那是我人生中第一次穿皮鞋、涤纶运动裤和皮夹克，那也是我至今觉得新年里最美的新衣服，即使工作后，自己有条件购置好的衣服，但心里都觉得无法与当年大姐和妈妈给我添置的那套比。自然而然，那个春节也是我过得最开心的春节了。

参加工作后，在苦寒之地石渠曾经过了两次春节。一次是在县委办公室工作时，当时会同一位本地的县委领导和县人大的领导留守石渠值班。清晰地记得，整栋县委大楼里就那么五六位人留守。办公室里没有火炉，电炉就更谈不上了，因为到了冬季，电力十分紧张，只能保证照明。当时我的身体素质很不错，但在零下20多度的办公室里坐着，必须穿着厚厚的衣服，再裹上军用皮大衣，套上两双厚袜子蹬着军用大头皮鞋，以此抵御严寒。即使这样，在办公室里坐上个把小时后，感觉自己就成了一个散热体，身上的热量在不断地向周围的空间扩散出去，大量热量不断流失出去的那种感觉让我终生难忘。冻得实在不行了，只好起来活动活动，跑跑步什么的。

2009年春节，也是在石渠过的。当时，我已经调到康定工作，并且跟随后边因公殉职的毕世祥同志工作。为了在藏历新年期间，将藏区牧民定居行动计划暨帐篷新生活行动中新研制出来“十大件”（新型帐篷、折叠床、钢炉、奶渣晒垫、马夹凳、牛奶分离器、多功能组合桌、太阳能照明、多功能组合架、多功能提水袋）及时发放给牧区的群众，按照州委，特别是时任州长李昌平的安排，我跟随时任副州长毕世祥先期抵达石渠，等到藏历新年在石渠县色须镇举行发放仪式。时值深冬，原本就十分寒冷的石渠温度低至最低点，许多宾馆早已歇业大吉，我们住在一个叫“高城宾馆”的小旅馆里。吃饭也成了大难题，我们就在县武装部的食堂里解决，司务员放假早回老家了，大家就自己动手，将就凑合着。早上就把头天的剩菜剩饭煮成烫饭，既方便又暖和身体。

在发放仪式现场，整个草原都沸腾了，因为春节后就是藏历新年，正在过藏历新年的牧民群众们欢聚到发放仪式现场。科学、实用、便携的“帐篷新生活十大件”深受牧民群众欢迎，来自四面八方的牧民群众围着“十大件”称赞不已、欣喜若狂。牧民群众们打着“呵呵呵”，从怀中掏出龙达向空中抛洒……以此来表达心中的狂喜和欢欣。这种热烈、欢庆的气氛，是我在石渠工作了10多年，参加过许多次草原赛马盛会都没有见过的。这个场景也让我深切地感受到昌平州长和毕世祥副州长经常说的“要把党和政府的惠民政策像阳光雨露般洒向基层群众”是多么质朴和重要。

同期，四川省藏区牧民定居行动计划暨帐篷新生活行动启动仪式也在甘孜州康定县塔公乡隆重举行。其实在该项惠民工程启动之前，也就是2008年10月开始，按照当时省委主要领导的指示和州委、州政府的安排，特别是时任州长李昌平的叮嘱，毕世祥就率时任州畜牧局长龚建忠和我们深入全州牧区县牛场牧户，实地调研，反复征询牧民群众意见，按照时任省委主要领导提出的给游牧民群众设计适合游牧生活的帐篷，做到防风、避雨、防潮、保暖，以及设计适用、便携、经济的卧具、厨具、照明、广播、电视等帐篷生活设施，让大家在放牧过程中也能享受现代生活的总体指示，深入细致调研，充分听取牧民群众意见，对十大件设施从民族文化、色彩外形和科学实用等方面作了充分吸纳，形成了最实际的第一手设计蓝图，为省相关部门设计制作新型帐篷、折叠床、钢炉、奶渣晒垫、马夹凳、牛奶分离器、多功能组合桌、太阳能照明、多功能组合架、多功能提水袋十件必要生活设施提供了最切合实际和科学的样本，起到至关重要的作用。

在发放现场石渠县尼呷镇牧民格拉说：“想得周到，这些设施完全符合我们的生活需求，我们都很喜欢。”那个春节和藏历新年后，帐篷新生活十大件迅速在甘孜州牧区推广，让牧民群众在游牧过程中提高了生活质量，保证了身体健康。细想起来，自己在石渠过的第二个春节也变得蛮有意义了。

还有一个有意义的春节是在雅江森林火灾现场度过的。清晰地记得，那是9年前的2月10日，雅江2010年“2·10”森林火灾发生时，正值春节前夕。接到火情后，时任副州长、州森林防火指挥部指挥长毕世祥从出差途中火速返回康定，时任州林业局局长杨庆华和我跟随他第一时间赶赴到火灾现场。在庆大沟现场查看完火情，并听取现场人员关于火灾扑救情况，会商、完善和确定完扑救火灾方案后，已是午夜时分。

2月12日上午，火情得到了初步控制。下午之后，随着起风和风力加大，火场形势急转之下，左下沟火场的火情死灰复燃。21时许，联指、前指召开会商会，对12日火情进行研判，并对13日的扑救方案作了安排。已是腊月二十九了，临近年关，群众过年心切，急于一攻而下的心情加剧，会议上重点对人员组织和安全作了强调：要求确保林区群众和扑救人员生命财产安全，科学扑救；要放弃过年的念头，集中力量，积极扑救；要确保人员到位、扑打到位、处置到位、人员安全。对13日火灾扑救工作安排完，已是晚上11时左右，回到营地躺下睡觉时已是凌晨1点，迷迷糊糊将就睡了4个小时，5时许就起床奔赴火场。

两天后的除夕夜（2月13日），八角楼乡扎日村由于放烟花导致了新的森林火灾，我们又全身心投入到火灾扑救中，在两个火场不断往返，白天到火场巡查、指导，晚上听取扑救进展情况并会商第二天扑救方案，经常是每天只休息3、4个小时，整个春节都奔忙在两个火场，一直到将火灾扑灭。后边随着火灾级别的升高，时任州长李昌平和省上、国家防指的许多领导都加入扑救工作中来。当时印象最深的是由于参加扑救火灾的群众很多，加上凌晨5点过就要出发奔赴火场，很多群众都骑着摩托车往返，加上到火场的路很崎岖险峻，毕世祥十分担心群众安危，反复强调要以人为本，注意交通安全，压力太大导致他通宵睡不着觉。在他的大力强调下，雅江2010年"2·10"森林火灾扑救没有一人受伤。还有一个深刻印象就是，由于十多天缺少新鲜蔬菜，我的嘴里都生长起溃疡来，连吞咽口水都十分疼痛。

每个人一生不知道要过多少个春节，而每个春节的感受又不是一样的。走在高原风雪飞扬的情歌小镇，那些年的新年场景已成过去，随着雪花飘舞飞扬到远方，但美好的记忆却深深地将这些场景烙印在心里。

正所谓"冬天到了，春天还会远吗"。每逢春节将至，也是一年里最冷的时节。在最寒冷的冬天里，人们都憧憬着春天快点到来，这也是人们对春节无限憧憬和向往的最主要的缘由吧！

逝去的岁月已成历史，但美好愿景还在前方。新的一年，即将开启新的序幕，愿这和煦温暖的回忆，不仅能激发人们对美好生活的向往和憧憬，还能温暖和伴随一生。

（2018年腊月于炉城）

03

平凡人物

再见了，母亲

弃家别乡，离开母亲的怀抱算来也近一夏啦！

又临大雁南飞之际，十八的大男孩，可还时不时莫可名状地涌起一股淡淡的新愁。这种愁绪，伴随着牧草金黄，天气转凉，愈加清晰。

月是故乡明！今晚独对那弯银钩，母亲您也在思念远方的游子吗？油然而生的思绪伴着皎洁的月色，冉冉升起，飘向远方的家乡，飘到了慈爱母亲的身旁……

"龙娃娃，石渠天冷，别忘了添衣啊！"

"出门在外多注意身体哦！"

三个月前的家乡，母亲送别时的场景又浮现在眼前。

听着母亲关切的话语，我不禁鼻子一酸，平常大嗓门的我压抑着嗓子说："阿妈，我知道了。太阳大，您回家去吧！"

"不热，已经十点二十了，车就要来了，再等会儿。"

望着母亲那黝黑的额头上晶亮的汗珠，我犹如被鞭抽了一下。阿妈，我的好阿妈。这两天，您为儿准备行装和路费不知又白了多少头发！昨晚，您叫儿先睡，而您老人家却忙着为儿收拾行装，折腾了大半夜！

躺在隔壁的床上，母亲您往日那庄稼人惯有的鼾声哪儿去了？今晚，儿多想再听听母亲您那安详悦耳的乐章啊！可除了夜虫静寂的夏窗里，您辗转反侧的声音，特别是您担心的叹气声让儿在隔壁都清晰可闻……想到这儿，还能说什么呢？母亲，都怪儿任性，选择了最边远的雪域高原石渠。当儿满怀一睹高原风采的兴致告诉您这一消息时，您愣了一下，旋即说："龙龙娃，妈妈没什么！放心去吧！只要记住妈妈就好了。"

此时此刻，身在异乡土地上的孩儿才明白母亲您的一片心啊！阿妈，亲爱的阿妈，无论孩儿流落在何方，儿总是您的牵挂啊！

也是那天早上，天才拂晓，孩儿便朦朦胧胧听见锅铲在锅里铲动的声音。

母亲，定是您早早起来给儿做饭。可做儿的，此际多想能多听听这昔日熟悉的声音啊！

不一会儿，您端了一碗蛋炒饭进来说："龙龙娃，趁热吃吧！"妈妈，您说我怎能咽下去！但怕伤您的心，我大口大口扒拉了大半碗，并连连说好吃，您才放心地去收拾我的行装。往日，母亲您炒的这又香又爽口的"桂花饭"，儿少说要吃两三碗呀！

从早上六点半直到现在，您老人家滴水未沾。儿几次催您去吃早饭，您却说："不饿，车就要来了！"您说不饿，却从挎包里掏了五个煮鸡蛋，并硬逼着儿吃了两个才罢休。可儿叫您也吃时，您却连连推却不饿。把鸡蛋又塞进包里说路上留着吃吧！孩儿再没说的，只盼这车能早点来。

日头挂得更高了，阳光火辣辣的。终于，车来了，不怎么拥挤。之前一直盼望车早点来，现在车来了，可我却觉得车来得太突兀了。

小弟帮我把行李扛上车。跨入车厢，透过车窗接过妈妈手中递上来的挎包时，瞥见您那操劳过度、粗糙有力而稍曲的手指，我的心头一酸，泪水差点滑落。

"路上小心点啊！"

"嗯！"

"哥，别忘了给家里写信哦！"

"好！"

车动啦！母亲和小弟紧跟了几步，还在叮咛。

回头透过后窗，看见站在烈日里母亲瘦弱的身影越来越远……猛地一颤，那忍耐许久的泪水随着脸庞流进了嘴角，咸咸的，酸酸的。

再见了，母亲！

车啊！请开得慢点吧，让我再看看我亲爱的阿妈！让我再在这朝夕相处的故土上停留片刻吧！……

再见了，母亲，我的好母亲！

（1994年10月夜于扎溪卡）

老倪，别来无恙

又临新生入学，不禁想起老倪来。

老倪者，一退休老教师也，名子荣。高原三十余载的耳闻目染练就了其一口流利的藏话，将许多藏家孩子不知的事物讲得活灵活现、透彻明了。干了三十多年的教育工作，老倪足迹遍及扎溪卡山山水水、村村寨寨。拿老倪的话来形容叫："走遍草原山水，教尽牧区孩子。"原本石渠高寒，大多干部职工在石渠待上十多年，身体都会备受摧残。但老倪是个例外，平常不怎么饮酒，根本不抽烟，坚持适度锻炼，良好的生活习惯和养生技巧使他老来却腰直背硬、口齿健白、脸色红润，这在石渠真乃一奇迹也。

第一次接触老倪是刚到扎溪卡时，借宿在先前去的学兄处。一日，在城区小学门口，巧遇身穿洗得有点泛白的蓝卡其中山装，头戴酱色鸭舌帽，面色红润、慈眉善目的矮个老头。学兄和许多都恭恭敬敬地问候，叫"倪老师"。听早到一年的学兄介绍，其人便是石渠我辈教书匠中凤毛麟角的特级教师——倪子荣。其时，县局正在编集县教育史，他自己在编辑之列，亦是编委之一。朴实、平和、亲切的话语令我这个刚出茅庐的青头"孩子王"肃然起敬！哪日咱也能得到这特级教师的荣誉该多好。

说来，亦是缘分，我要求到虾扎乡小学校报到才两天，这位平和的老前辈也由起坞乡小学调任这所小学任副校长。

他骑着一绿色小跑自行车前来报到，能和这样一位德高望重的前辈共事真乃我的幸事啊！喜出望外的我帮老倪整理好房间，月色已朗朗地洒在校园里。望着这碎银似的遍地月色，想象着自己将来也像老倪一样在牧区手执教鞭，传师授教，鬓角斑驳……

想着想着，置身于异乡高原的我不由得更加爱上了这银色的校园和银色的高原。

日子犹如校门前草坝上平淡的小河一样流淌着，为了教会孩子们读懂一篇课文，我可以逐词逐句地教读十来遍，即使口干舌燥，甚至痰带血丝也在所不惜。可没有太多的时间去弄懂一课，新的一课又来了。毕竟得教完所有的课程啊！而我接手的是全校最为调皮的四年级，基础差底子薄可想而知，并且还有几个学生常常不来上课。教了一段时间，收效简直等于零。想想自己的付出换来一场空，我不禁有点急躁和泄气，闲暇之余，我同老倪闲聊，老话不离本行，我们的话题很自然地转到了教书上来。我牢骚满腹说了一大通，老倪静静听我讲完，也未评价，只给我讲了这样一个故事：一位血气方刚的师范毕业生，只身来到高原一个偏远的牧场接替一位两鬓斑白的外地教师的岗位——帐篷教室。这位青年人问老教师这几十年最难忘的是什么？那位老教师告诉他说：这几十年，他最难忘的是他刚来上第一堂课时，他指着小黑板上的汉字教学生拼读，学生读错了，他说了句“错了”。孩子们跟着也鹦鹉学舌般念“错了”！这位青年人听到这里觉得好笑，那位老教师却语重心长地对这位年轻人说，就是这些跟着念“错了”的藏家小孩子，后来在老教师的悉心指教下，大多都顺利升上了初中，有的还考上了中专和大学，其中有的还成长为手执教鞭的教师呢！

听完这个故事，我不由沉思起来……

日常，别看老倪平和慈祥，但触犯了校规他可毫不留情面。有一次，一中年教师临下课差两分钟时，把头探出教室门看“敲钟”没有，正巧被老倪看见，谁都想不到在周一的校务会上，平常和善的他严肃地把那位教师批评了一顿。

晚饭后，老倪最爱到小河边散散步，吃完饭他总叫上我。乡村没电，我也挺乐意陪他逛下。偶尔，老倪还带上小网到小河里去打点鱼来给大家改善伙食，可他从不在寺院周围打鱼，问他何以舍近求远，他说不能做到入乡随俗，起码要尊重乡风民俗。

闲暇时，老倪还爱打下乒乓球、篮球，最好笑的是每到周六，他便四处张罗找人打“三吸一”，并钻桌子，弄得校内的几位“赌坛麻友”哭笑不得地跟他钻桌子，一来二去，校内几位麻友的习惯也改观了不少。

相处久了，老倪对我也熟悉了。一次，他突然问我愿不愿意调到县中学去教书，并说如我愿意，他可以给他的学生、时任教育局局长推荐。我想都没想，就婉言谢绝了，他连连惋惜地说可惜了。想当日，自己是主动替换体弱同学来石渠县，并且心里早已立下了“要为民族教育事业奉献青春”的誓言，为此放弃了留县上和改行的机会，怎会理解到老倪的好意呢?

和老倪相处了四年，获益匪浅，可惜后来他调到县中学一年后，便退休回老家泸定乡下老家了。有一次，偶尔上县碰到老倪，叫到家里去，可事忙竟未去成，当时他又问及我是否想通了到县中学去工作，他还可以推荐，但生性倔强和不愿依靠谁的我，还是婉言谢绝了他的好意。

很想去探望下这位老前辈，可竟一直未曾如愿。老倪回到他那小山村，去年又听人说老倪病了一场，不过好多了，多亏他身子骨硬朗，挺过来了。听遇见他的人摆，他时不时都爱骑着那辆跟了他十多年的绿色小跑自行车到集镇去赶集。

看着孩子们笑逐颜开，不觉又想起了你。

老倪，别来无恙。

（1999年7月29日于石渠）

母亲

母亲年满60，满头斑驳的短发昭示着岁月无情，额头纵横交错的皱纹刻满人生艰辛。

母亲属龙，年三十除夕生，按本地乡俗，女孩子属龙大凡命苦。据母亲讲，年轻时她也曾颇为令人羡慕地考取西南煤炭厅办的煤炭校，后分配到宜宾工作。其时，她已同我父亲——一位转业军人结了婚。我曾随身携一张母亲年轻时的照片，又黑又粗的长辫，宽额圆脸，衣着一开衫（据母亲讲当时挺时髦）。灾荒年头，母亲惦挂家中父母，加上当时精简人员，母亲便回到家乡。从此，她便步入了中国千万农民的行列，扮演中国人都有的一个好母亲——贤淑、善良、勤劳，以子女们的幸福为自己的幸福。

作为农民的儿子，我深切地知道母亲，对我们姐弟6人的关爱和抚育之苦，令我常常想到便止不住酸楚满怀，潸然泪下。

那年，父亲因工作积劳成疾离开了我们。从那时起，生活重担便沉重地压到母亲的肩上。那年，母亲39岁。

失去父亲后，家中光景便一日不如一日，为了养活6个孩子，母亲承担了太多酸楚、痛苦，在世人的冷嘲热讽中改嫁一退休工人。

童年的记忆里，继父经常同母亲吵闹，但母亲总是想方设法让我们填饱肚子。

年少时的我十分任性和犟强。初中未毕业，我便受"科技种田"的思潮影响，固执己见抛弃优异的学业，回家务农。

存着一丝勤劳致富的念头，存着一份对母亲无比的爱戴，我发誓要替母亲分担忧愁，打小工，卖冰棍、小菜，种地，我几乎绞尽脑汁把想到能挣钱的活儿都干了。当时，有股这样深切的渴望，渴望有人说："阿龙，把这车米下了。"年仅15岁的我便会一口气不歇，浑身大汗地卸完上万斤的大米，然后捧着几张零钞满心欢喜地回家。

当时，家中竟穷到买个架车轮子装一辆架子车也未能如愿，别人用拖拉机、架子车拉粪，我便用背背、用肩挑。

就在那年洪水彻底冲毁了我和家中苦心培植的葡萄园之后，我哭了，我深切地感到自己是那样无能。那年，我走上考场，以优秀成绩考入了一所师范学校。

正是冲着师范校的经济补贴，我在三年的师范生活中，屈指可数地几次到邮局领取微乎其微的一点生活费，这非但没令我感到羞愧，而是使我次次以优异成绩、学业登上领奖台。每次当我获取到成就时，泪光中我便仿佛看见矮小的母亲身背一兜小草徒步十几公里到小镇换取几张零钞，空着肚子又徒步返回的情景……

师范校毕业分配时，一则为了照顾体弱同学，二则认为好男儿志在四方，我又一次任性地选择到最为艰苦的石渠县工作。临走时，我才对母亲说明真实情况，母亲停下锄草望了望远山然后对我说："龙儿，去吧！不管再远只要心中能记着母亲，我也高兴了。"

工作六年了，时常在孤灯如豆、以影相伴的寒夜忆及母亲对我种种的好，同时良心又承受着对以往自己的任性、现在的无能为力而产生的羞愧。

偶由友人谈话中知道，昨天是九九重阳。我不免惊愕和不安。之前，心想重阳给母亲买件礼物。这本在家乡是流传已久的习俗，重阳之际给老人们问安。如今可好，真到这天我却给它忘了。也是昨日，收到六弟寄来的一封家书，提及母亲劳累了一天还连夜为我赶做豆腐筋和豆腐，另买了一箱苹果和干果准备一块儿带来……我却心安理得地安享母亲无私的爱，居然忘了向白发苍苍的老母亲问好！

正所谓，谁言寸草心，报得三春晖。

（2000年秋夜于石渠）

俯首甘为“老黄牛”

鲁迅先生“俯首甘为孺子牛”的名言，激励着成千上万的人奋斗不息。长年工作在海拔4200米的“世界高城”的石渠县委老干部局杨忠孟局长，便是成千上万人中的一员，人们都亲昵地称呼他为“老黄牛”。只要一提起“老黄牛”杨忠孟，人们都会翘起大拇指说：“亚么热（好的意思）。”

杨忠孟正当年富力强，步入人生的“第二黄金季节”时，调到县老干部局工作。杨忠孟为人憨厚、朴实，和气礼貌，令许多前来老干部局办事的老同志不得不信服。“进门先请坐，接着一杯茶”，待老同志坐定后，便同他们倾心相谈，有问必答，有疑必释，使前来“讨个说法”的老同志们犹如“三伏天吃了个大西瓜”似的，心里别提有多舒服，再有什么天大的事，老同志们也理解地说：“党和国家也有难处，我们还是不要给国家多添麻烦。”待事办完后，便心情舒畅地走了。这时“老黄牛”便手挽手地将老同志们送到门口，好似送自家亲戚长辈似的，凡与“老黄牛”杨忠孟打过交道的老同志们无不感慨地说：“杨局长真不愧是咱们老干部的贴心人哪！他说话像雨露，句句滋润到咱们的心田，真叫人热乎乎的。”

别瞧“老黄牛”是个局长，可局里的事没有一样不抢着做。小至烧水、扫地、抄抄写写；大到跋山涉水登门拜访、走访、慰问老干部，他都带头做，为了贯彻落实江泽民总书记“三个代表”的重要讲话，他耐心、细致地倾听群众意见，有针对性地组织老同志和干部职工学习，并尽其所能为大家释疑解惑，学习效果明显。

“老黄牛”杨忠孟始终保持艰苦奋斗的作风。他千里迢迢登门慰问老干部，乘火车，从不乘软卧，只乘硬座，到了大城市，连“三轮车”都舍不得坐，长期步行，使他落下了腿脚一遇天气变化便发痛的毛病，住宿冲着价格最便宜的大通铺里站，也不管脏和臭，为了工作，顾不上照料家庭，有一次，出差经过家门口，都顾不上回家看看妻儿。从杨忠孟身上，我们感受到了一位共产党人那种执着、真诚、不讲索取、不图回报的无私奉献的精神。

（2002年3月于石渠）

感受超人

——第十一个记者节感想

今天，在第11个记者节，在拜读了《甘孜日报》11月8日特刊上《在重大突发性事件应对中彰显党委机关报的本色——写在第十一个记者节》后，我的眼前和脑海里不由自主地浮现出第一时间在玉树“4·14”地震救灾现场、玉树地震石渠真达灾区等一线开展新闻报道的《甘孜日报》的记者们。那位满头斑驳、正拿着照相机忙个不停的不是报社老总东风吗？那位身着登山服，正在与灾区群众访谈的不是原《甘孜日报》记者、现《四川日报》记者陈建兵吗？还有张兵、袁飞、杨杰、王明阳……一位位记者在一线辛勤采写稿件，还有常晓兰、白玛、杨丹书等一位位编辑在社里乘着夜色编辑稿件，编委们句斟字酌地审核稿件，印刷师傅们精心排版、印刷。第一时间地采写、编辑、审核、排版和印制，换来了第一时间的新闻展现在读者面前。同时，我不由自主地想起了10年前我在石渠写下的一些话语，一些关于一位叫“郭超人”的新闻人的只言片语。

认识郭超人，还是10年前，新世纪的那个盛夏，得益于闲暇到友人处偶然翻起的一张《文摘周报》。那次，我看到了一篇名为《一个记者的脚印》的文章，不禁被文中的主人公——郭超人所折服。

郭超人，一位拥有不同凡响名号的中国人。郭超人，一位终生足迹比名号更为闪亮的记者人。为你折服不是你生前那光彩多目的头衔，更非你那伟岸屹立的身躯。其实，在结识你之前，我尚且不知道世间有郭超人这么一位名号响亮的人，更不知郭超人为何许人也。

相逢相识皆为缘，何况结识后的一见如故。论年龄，我乳臭才干；论辈分，喊您一声长辈是足够的。可结识您之后，我心中只热切地涌出四个字“兄长走好”。

作为我国一代新闻界巨子，您虽然已离去，但您“超人的名字、超人的作品、超人的业绩、超人的风范、超人的品格、超人的精神将与中国新闻事业一起名传千古”。

或许您不选择记者这一行，您那伟岸的身躯还将在众人的目光里闪现；或许，您不那么废寝忘食身处“神秘第三极”还忘我工作，您生命的旅程定还将延续。为了一句生动的群众语言而不耻下问；为一篇《驯水记》历时两个多月，行程数万里，跨13个省、市、自治区，参观了几十个不同类型的水利建设工程，访问了上百个长期战斗在驯水第一线的模范人物，掌握了涵盖历史文献、学术价值和实地观感等多方面素材，记录了几十万字材料，经过精雕细琢，形成了一篇近万字的长篇通讯；经过艰苦实地调查写就的长篇内参《安康调查》，既有宏观的经济形势、历史脉络分析，又有具体针对一村一户的实事求是的解剖，鞭辟入里地指出了当时农村经济社会生活中的深刻问题，揭示了问题表象背后的深刻原因，使得其有相当的学术深度……

可，您怎会那样呢？我知道您、了解您，从结识您的那瞬间，深信无疑地明白，您是无怨无悔的。有这么一句名言：是生活选择了我们，而不是我们选择生活。但我始终不渝地坚信，是您选择了生活，选择了一种高尚、光明、磊落的生活。

您走了，带走的是您那傲然挺拔的身躯、智慧的头脑和一位共产党员无欲无求的真诚的心。

不，怎能说您无欲无求呢？您所欲的是鲁迅先生所说的以笔为武器，讴歌正义和真理，鼓舞人民的斗志；您所求的是大公无私奋发向上的作为，托起明天的希望。

是您，让我再度感受到中国男人那种以天下为己任，先天下之忧而忧，后天下之乐而乐的慷慨热血；是您，令我再度体悟到我们中国人那份坦荡博大的胸怀。

无须多言，您终归是走了，但又怎能令人不对您向往和敬仰？

您大学毕业后44年都没有离开过新闻事业，写下了数百万字的新闻作品：您写过西藏百万农奴埋葬农奴制的翻天覆地的历史巨变时，西藏各族群众欢天喜地的盛况；可以想象《红旗插上珠穆朗玛峰》给当时国人注入了难以用语言形容的骄傲和信心，令全世界都不得不对中国的精神刮目相看，奏出了那个时代的最强音；可以感受《驯水记》不仅展现了国人驯服大江大河的智慧和勇气，更是泱泱大国崛起的不朽传奇；还有《安康调查》《时代的回声》《非洲笔记》《喉舌论》等这些脍炙人口的佳作都站在了时代的前列，发出了时代的强音，成为时代的喉舌。直到生命的最后时刻，您仍然抱病主持新华社社长办公会议。

您冒着生命危险，跟随中国登山队先后攀登世界最高峰珠穆朗玛峰，曾登抵海拔6600米的高度，克服了一切困难，坚持发回铿锵有力、掷地有声的报道，哪怕眼睛因高雪山反应而睁不开了，也要一手握笔，一手扳开一只眼睛来坚持写完。

在《非洲笔记》前言中，您说："我毕竟是一个新闻记者，在每次访问中我都坚持记笔记，有时白天无法记，晚上睡觉前一定补记，不管时间多晚、身体多累，不写完当日的笔记决不罢手。"这充分体现出您的新闻的使命感和求真务实的新闻理想。为此，我也效仿您养成了写日记的习惯。

毋庸置疑，您令人们想起那句诗：有的人死了，但他永远活在人们心中……

唯一令我遗憾的是，刚结识了您，您却匆忙走了。好在您的精神还永存在祖国的名山大川，或许这便是您最大的心愿。躯体成灰之后，一个人所创造的精神财富将给广大后人多大的启示？超人，我们的好兄长。

那是2000年7月8日，我在拜读了您的佳作以后写下了以上的感悟。当时，我正在高寒牧区县宣传系统从事新闻宣传工作，并正在自考四川大学的新闻学本科，算来有整整10年之久了。

俱往矣！在第11个记者节来临之际，作为一位比较关心新闻的人，我只想向曾经和正在奔忙在新闻一线上的，我认识或不认识的新闻工作者们由衷地说声，您们辛苦了！

藏家汉子：雪域高原铸军魂

——记石渠县人武部部长夺呷泽郎

“最矫健的雄鹰总在天空翱翔，最勇猛的猎人总将枪口对准豺狼，广袤的扎溪卡有一位智慧而勇猛的军人，他的名字叫夺呷泽郎……”

在雪域高原，在素有“生命禁区”之称的石渠县，在江河源头的扎溪卡大草原，流传着这首歌谣，歌中所称赞和颂扬的主人公便是被石渠6.3万人民称为“铁血军人”的石渠县人武部部长夺呷泽郎。

石渠人武部驻地尼呷镇海拔4268米，平均气温-1.6℃，县域面积达25141平方公里的石渠大高原，盛传着这样一位人物：他百步穿杨，夜打香头，枪法过人；他英武而仁慈，深受牧人们敬爱。关于他的故事，牧人们总爱津津乐道。他便是肩扛“两杠三星”上校军衔的青年上校军官，一位从藏家农民子弟成长为现代军人的铁血汉子——夺呷泽郎。

从藏家子弟到共和国的上校军官

“如果没有党，没有军队的培养，仅仅靠我自身的力量，即便是有三头六臂，拿出浑身解数，我都不会由一名农民的儿子成长为一名上校军官。”在夺呷泽郎的心中装着的是党和人民的恩情，盛的是执着的事业深情。

那是1981年的冬天，在素有革命老区之称的丹巴县，一位身材略显单薄，但身子骨硬朗的贫穷农家子弟在父亲的陪同下报名参军了，这位年轻人便是夺呷泽郎。那年刚从高中毕业年满17岁的贫寒农家子弟，从家徒四壁、一贫如洗的农家走入军营，做梦都想不到23年后的今天会成长为共和国一名肩扛“两杠三星”的威武军官。

“铁打的营盘，流水的兵。”迈入军营的那一天，小夺呷心中忘不了的是父亲和乡亲们那一双双火辣辣、热切期盼的眼睛；忘不了的是年仅5岁，背着小书包刚进学门的小弟那无限羡慕和神往的眼神。军营的火炉，让这位农家子弟经历了血与火的洗礼和锤炼。新兵集训三个月，这位农家子弟凭着吃苦耐劳、认真执着的精神和毅力，刻苦训练，很快掌握了军事技能。淳朴的农家子弟作风和过硬的军事技术，使这位藏族小伙子深受带兵的教官青睐和战友们的喜爱。大伙儿都亲切地称这位脸色因在农村劳作而烤成“太阳色”的藏族小伙子为“黑铁”。

20多年成长的道路上，夺呷泽郎用满腔的真挚、满腔的热血和汗水谱写出自己人生的一曲曲成功的乐章。岁月增长，军营锤炼，昔日的藏家农民子弟一步一个脚印，用鲜血和汗水铸就了一名共和国的上校军官。

“两杠三星”的上校军衔里面珍藏着许多鲜为人知的故事。不说在刚入伍的三年中受到的嘉奖和表彰；也不说那一桩桩刻苦训练，卧倒在火辣辣太阳下，狠练射击，一起来地下便留下一个“湿淋淋”的人影的动人情节；更不说在“1996·3·12”特大抢劫案中，面对凶狠歹徒，凭借过人的军事技能和勇敢胆识，勇擒歹徒的凶险场面；单是作为现代军人，夺呷泽郎的硬派作风、坚强的战斗力、军事理论等便足以让人刮目相看。

1997年，时任甘孜州军分区作训科长的夺呷泽郎在代号为“康巴利剑”的军事演习中因组织有力、计划周密、成绩显著，荣立三等功一次。

1998年、1999年，好学爱钻研的夺呷泽郎连续两年被四川省军区评为军事理论先进个人。其撰写的《藏区平暴作战特点及战法》《实施阶梯式训练方法锻炼部队适应未来高寒地区野战生存能力》《达赖集团利用宗教对藏区进行渗透的特征及对策》等军事学术文章，先后被原成都军区《军事信息》等刊物采用。

2002年他被四川省军区评为党风廉政建设先进个人，并荣立三等功。他和政委被评为“一对好主官”，2003年还出席了原成都军区党代会。

23年的军队生涯，夺呷泽郎三次荣立三等功，多次受到上级嘉奖。

……

从普通士兵到现代军人

伴随着经济社会的高速前进，科技日新月异。新时期如何当好一名适应新形势、新需求的现代军人，这个难题摆在夺呷泽郎的面前。

国家的安宁离不开“绿色长城”的有力捍卫，“绿色长城”的坚强需要不断地创新。作为和平时期共和国的一位现代军人，夺呷泽郎密切地关注着世界军事格局演变的新趋势。

“海湾战争”中电子战的闪亮登场，强列地刺激着夺呷泽郎这位现代军人的感官。如何在兵员动员展开时防敌电子干扰，更好地组织电子对抗，从而使兵员动员启动迅捷，立即成为夺呷泽郎的研究课题。

“养兵千日，用兵一时。”夺呷泽郎强烈地意识到战争一旦出现明显征候，或战争爆发后，兵员动员将成为军队首要的任务，电子技术的发展，使电子对抗也扩展到了包括兵员动员指挥和行动在内的各个领域，高技术条件下作战，作战双方必须运用各种“软”“硬”杀伤手段，干扰、压制和摧毁对方的指挥通信系统，以削弱、破坏对方兵员动员的整个指挥体系，迟滞对方兵员动员展开的速度。省军区系统通信联络手段较少，装备器材比较落后，电子防御能力比较脆弱。势必造成兵员动员指挥通信效能的发挥受到诸多因素的限制。战争伊始，在受敌强烈的电子干扰压制和辐射导弹的攻击下，兵员动员指挥可能出现设备受损、雷达变盲、通信中断的被动局面，各种指令的信息可能严重阻塞，导致指挥失灵，从而使兵员动员启动困难或陷入混乱。为此，夺呷泽郎提出了省军区系统在充分利用有限的电子干扰力量，实施反干扰、乱敌电子行动的同时，还应积极采取三个方面措施：一是高效指挥，建立一套行之有效的指挥系统；二是提前准备，制定多套行之有效的预案；三是超前决策，正确选择兵员动员的方式手段。通过这些措施以防敌电子干扰，迅捷地进行战时兵员动员。这篇论文受到相关方面的高度重视，为完善军事理论提供了强有力的依据。

甘孜州地处高寒牧区，海拔高、气候严寒、空气稀薄，气压低、含氧量少，对部队生存和作战能力提出了很高要求。探索出一条部队适应未来高寒山地野战生存的途径将直接关系到部队的发展。

夺呷泽郎多年留心搜集发现：部队不经过阶梯式适应训练就直接从低海拔地区拉到高寒地区，人员身体功能和体能明显下降，导致部队的生存能力明显降低，直接影响到部队在高寒地区的战斗力。实践反映：在海拔4000米的地区50%的人员不同程度地产生高山反应。在海拔4500米的地区80%的人员产生高山反应，严重者完全丧失战斗力；40%的人员不同程度地冻伤。雪地行军1—3天，50%的人员雪盲，部队徒步行军速度十分缓慢，每小时不足2公里，爬山每小时200米，根本无法实施强行军、急行军。

为此，夺呷泽郎针对部队所担负的作战任务和作战地区高寒气候特点，立足现有条件，提出了采用阶梯式训练方法来提高部队适应未来高寒地野战生存能力的理论，并从1992年起连续8年，每年在冬季严寒季节组织部队进行十里野营训练，锻炼部队高寒山地走、打、吃、藏，通过主动的野战生存训练，记录整理了上万字的野训资料，从实践中摸索总结出了高寒山地阶梯式野战生存适应训练的路子。根据海拔、气候特点，他们实践证明，分为五个阶梯进行适应训练后，部队官兵的身体功能无明显变化，血压正常，体力充沛，可以大胆地组织分队进行强行军、急行军。

心系藏区安宁，积极探索理论。作为全省最大的藏区，就现阶段看，甘孜州经济较快发展，政治稳定，民族团结，人民安居乐业，但由于藏区特定历史地理、民族宗教文化等诸多原因，面临和潜藏着不容忽视的社会形势和不稳定因素，特别是“藏独”与反“藏独”，分裂与反分裂的斗争极端尖锐复杂。对此夺呷泽郎结合实际，撰写出《剖析达赖集团利用宗教对康区进行渗透的表现及对策》《联合战役中藏区地方武装平暴作战特点及战法》等学术文章，起到积极的作用。

从“情歌故里”到“生命禁区”

“这里的天最蓝，这里的地最绿，这里的水最清，看那五彩的云霞在天边飘荡，看那绿色的浪花在地面翻滚。啊！朋友，欢迎您来享受如诗如画的扎溪卡草原。这里的人最美，这里的人最亲，这里的人最淳。洁白的哈达把我们的心紧紧相连，不用说千言万语，心心已相映。啊！朋友，欢迎您来感受人间真情的扎溪卡。”

这首歌词是夺呷泽郎到石渠的第一首作品。这还得从2001年4月说起，时任甘孜州军分区作训科长的上校军官夺呷泽郎主动放弃留在“情歌故里”州府康定的机会，主动服从组织安排来到有“生命禁区”之称的石渠县，到任不久便亲手填写了这首歌词。

石渠平均海拔4200米，离成都1060公里，县域面积达25141平方公里，平均气温 -1.6℃以下，为国家重点贫困扶持县，空气含氧量不足成都的一半。就是这个集“高、大、边、穷、难”的县份，被外界人称为“生命禁区”，让人闻名而却步。

夺呷泽郎一到石渠人武部任部长，看到的是营房“夏漏雨水冬结冰，白天进风夜照星（光）”的陈旧破烂现状，听到的全是怨言和意见，遇到的都是困难。

单位全面建设底子薄，基础差，欠账达62万元，特别是欠银行贷款15万元，多年未还，银行准备扣上级下拨的周转金，单位一时连工资都难保障；人武部干部职工中夫妻两地分居现象严重，人心涣散，军心不稳；干部职工年龄普遍偏大，知识结构老化；县财政困难，年收入仅过百万元；石渠人武部荣获西南军区集体二等功被取消的事始终是团阴影让人挥之不去……这些困难，一桩桩，一件件，摆在夺呷泽郎的面前。面对“内忧外患”这个“下马威”，夺呷泽郎毫不气馁，他把江泽民主席提出的“参加革命为什么？现在当官为什么？将来身后留什么？”这三个为什么贴在床头上，同时把“四自”输为手机问候语，以此警示和激励自己，及时召开会议，对症下药，找问题，谋对策，寻突破。

走出低谷觅出路。夺呷泽郎团结党委班子，立足实际，提出了“敢谋、敢干，力争第一年还清债务，第二年打基础，第三年上台阶”的三年三步走目标，付诸行动积极实施。

思路谋定行动一致。面对62万余元的巨额债务，夺呷泽郎忘不了“穷人孩了勤俭持家”的传统，提出了“勤俭理财，精打细算，争取资金”的后勤工作思路，亲手制定相关财务制度，严格把关，量入为出。同时他千方百计，多渠道争取资金，争取地方党委、政府的理解和支持。借助各种关系，找朋友、战友、同学帮忙协调经费。历尽千辛万苦，三年多时间共为单位争取资金120万余元和价值4万多元的物资。在他的领导下，石渠人武部不仅还清了债务，改善了办公条件，还购置了一辆价值40多万元的野战越野车。

2003年，上级解决了人武部营房设施建设经费，为了把这有限的资金用好，把这千载难逢的好事办好，将有限的资金用在刀刃上，夺呷泽郎找熟人、托朋友帮忙请州设计院免费为人武部设工程图纸和进行工程预算，仅此一项便为部节约1万多元的开支。搞建设时，夺呷泽郎起早摸黑，精打细算，严词谢绝了施工老板的2万元“见面礼”，为部里节约经费20余万元。按他提出的“建雪域高原一流的人武部营区”的目标，石渠县人武部面貌一新。

作为一名军人和县常委会的常委，夺呷泽郎积极主动接受当地党委、政府的领导，“低位进入”，他十分关注参与石渠经济社会建设，切实履行职守。针对石渠为国家重点贫困扶持县，年县财政收仅过百万元的现状，夺呷泽郎深入到德荣玛联系点等乡镇，走村串户，蹲点调研，一方面发动部里官兵慷慨捐款（物）达3万多元，救助贫困牧房；另一方面，将调研成果形成专题报告送到四大家主要领导手里，引起县上高度重视，责成民政部门进行救济。同时于2003年将该乡的40户（169人）牧民纳入社会低保。

石渠包虫病在人畜间广泛流行，是世界上罕见的特重流行高发区。包虫病的流行，严重威胁着广大人民群众的身体健康和生命安全，成为影响石渠发展的社会问题，为了准确地掌握包虫病的流行情况，并有效地控制包虫病在人和牲畜中流行蔓延，担任政协常委的夺呷泽郎呼吁将包虫病防治知识的宣传、普查、预防所需经费纳入政府财政预算。针对石渠人民面临的严寒、缺氧、包虫病“三大危险”，夺呷泽郎心急如焚。他多次登门拜师学艺，掌握了一定的防范知识，并举办宣传讲座，提高大家的防疫知识。

积极参与稳定工作。为了妥善解决国营牧场安置问题，夺呷泽郎长驻国营牧场，积极献策，为此他胆结石拖成胆粘连，直到利用到成都开会的机会才动了手术。

勇于开拓创新。夺呷泽郎大胆创新，摸索了一条“以劳养武”的路子，经过他多方奔走呼吁，人武部成立了石渠县采砂场。既开辟了一条“以劳养武”的新路子，又彻底改变了石渠县过去乱挖草皮、滥采砂石、严重破坏生态环境的恶劣状况。

一路艰辛一路歌。夺呷泽郎天生具有一种革命乐观主义精神，为了石渠县社会的进步，为了石渠社会稳定，为了石渠人武部的正规化建设……夺呷泽郎从“情歌故里”一路歌到“生命禁区”，拿他的话来说：人生如歌，面对艰难险阻，任何情况、任何时候都不要放弃执着地唱下去的权利。

从一言一行升华着军人风采

“荣誉只能说明作为一名军人，作为人武部的主官，我没有失职，仅仅是交了一份合格的答卷，还算不上合格。”

“热爱是一切事业的基础。”

“作为主官，要用强烈的事业心和责任感来凝聚人心，团结是事业的基础，感情是团结的纽带。”

“始终坚信自己的能力，克服目前人武部面临的一切困难，在较短时间内使人武部全面工作有成效，上台阶。”

“正确对待自己，在仕途面前保持平静心态，做到工作标准不降，自我要求不放松，牢记为官之责。”

……

这一句句金子般的语句使我们想起了《雷锋的日记》，但这些平凡的话语出自一位平凡的军人之手。这些朴实、平凡的语言却折射着一位新时期军人不平凡的心声。

“是气所磅礴，凛然万古存。当其贯日月，死生安足论。”南宋爱国名将文天祥在《正气歌》中直述其平生之志；革命先烈方志敏在其著名的《清贫》中提道：“为着阶级和民族的解放，为着党的事业成功，我不稀罕那华丽的大厦，不稀罕美味的西餐大菜，不稀罕舒服柔软的钢丝床，不稀罕闲逸，不稀罕富裕。”

……

这些荡气回肠的正气歌激励着千千万万的中国人为中华民族的崛起而奋斗不已，这其中有名垂千古的，也有默默无闻的。夺呷泽仁正是唱着这首流传千古的浩然正气歌，一路走着。

面对权力和金钱，夺呷泽郎摆正心态。2002年，部里一次性退了五名职工，一时间夺呷泽郎门庭若市，有地方领导、有老乡、有朋友……纷至沓来的人都冲着一个目的而来，即想进入人武部工作。面对这一情况，他以公开求公正，一把尺子量长短，严格把关。在选调炊事员时，夺呷泽郎的一名同乡，是烹饪专业（中专）毕业的，各种条件都符合，只因毕业后没有从事炊事工作，被夺呷泽郎“刷掉了”。为此，这位小老乡不理解地说夺呷泽朗不记老乡情，没有魄力，而夺呷泽朗闻听后只一笑置之；选调驾驶员时，夺呷泽朗通过考察、了解、协调、试用后，从康定运输公司选调了一名客车驾驶员。为此，该驾驶员为感谢部长，送给夺呷泽郎一张银行卡，夺呷泽朗予以批评并拒绝；一位参谋想将其妻子从乡下调到县上，拿出5000元钱给夺呷泽朗作活动协调费。夺呷泽朗在严辞谢绝的同时，对这位参谋给予了耐心细致的教育，夺呷泽朗语重心长地说：“你的爱人是军属，我是部长，有义务和责任解决你们夫妻分居的困难，只是不要太急。”不久，在夺呷泽郎的努力下，部里有4名长期两地分居的家属都得到了妥善解决。解决了后顾之忧的干部想请部长吃顿饭，感谢一下，都被夺呷泽朗婉言谢绝了；今年征兵，有一位领导拿着3万元钱找夺呷泽郎帮忙，要求将其第一次体检不合格的儿子送到部队当兵。对此，夺呷泽郎狠狠地批评了这位领导说："即便拿50万，我们也不会让不合格的人当兵。"

23年之久的军人生涯，使夺呷泽郎对军人有着强烈的热爱之情，德荣玛乡退伍军人土拉，系三级残废军人，退伍返乡后，因无钱医治，致使病情加重，生活不能自理，但由于其退伍证、残疾证不慎遗失，未能享受到应有的待遇，夺呷泽郎获悉后，及时伸出援助之手，并积极奔走呼吁为其解决生活困难的保障。全县受到夺呷泽郎帮助的退伍军人不知有多少。

点点滴滴，折射着一位新时期军人闪亮的风采；一举一动，反映出一位雪域高原人民子弟兵的情操。

正如夺呷泽朗在其日记写的："父亲，您给我生命，让我来到世上；父亲，您历经艰辛，把我养大，教育我怎样做人处事。"这段语言多像一位伟大的诗人在其成名作《大堰河——我的母亲河》中的诗章啊！

夺呷泽郎，一位雪域高原的普通一兵，一位人生的行吟者，在"生命禁区"一路歌着，一路走着，一路实践着"缺氧不缺志，谋利人民立新誓；苦干不苦熬，敢叫石渠换新貌"的石渠人精神。

（2003年秋于石渠）

阿婆锅盔

“阿伊（藏语外婆），你做的锅盔真好吃！”獒娃一边咬着锅盔，一边喝着牛奶，由衷地赞叹！

“那当然是喔！我们家食有‘三绝’，第一绝是‘阿婆锅盔’；二绝是‘獒娃糕点’；三绝是‘海子汤锅’。”獒娃爸爸阿龙接过话语，打趣地说着。

“还有一绝，那就是‘阿爸吃相’！”听到獒娃调侃的话语，阿婆、海子和阿龙都忍不住哈哈大笑起来！刚从安觉寺转经回来的阿尼（藏语外公）迈进门，看见大家快乐的样子，还没有弄懂乐从何来，也跟着大家傻傻地乐起来。

是啊！今天下午，阿龙刚出差回来，进门第一件事就是要阿婆做锅盔。离家有一个月了，虽然大城市里好吃的琳琅满目，培训学习的高校食堂的伙食品类丰富，可吃来吃去，阿龙始终还是惦挂着阿妈做的锅盔。一想起阿婆做的锅盔，光是那烘烤时的香气就让阿龙深深回味，看着讲台上教授讲得正精彩，阿龙端起水杯，掩饰地喝了一口水，狠狠咽下了一泡口水。

说起阿婆锅盔，阿龙的爱人海子就有许多话语。做锅盔是阿妈最拿手的，小时候家里兄弟姐妹多，阿妈总是根据块头和饭量大小来做锅盔，等香喷喷的锅盔出炉了，海子和哥哥、姐姐、弟弟、妹妹们排队自觉地对号拿上属于自己的那个锅盔，蘸着酸奶或豆瓣、辣椒吃，香软可口的锅盔陪伴着海子的童年、少年一路走来。直到海子与阿龙的孩子獒娃诞生后，阿婆就寸步不离地跟着獒娃。听着海子讲得绘声绘色的，阿龙接上一句：“我真是有福气，能够吃到阿婆用一辈子时光去做的锅盔。”獒娃也神往地说：“那会不会拿错锅盔呀？”獒娃是家里的独苗苗，当表兄弟姊妹来家里时，他也笑得最开心。但那种比着个头来做锅盔的滋味，獒娃是不可能尝到的。阿婆在做锅盔时，獒娃也掺和着去揉一下面，自己做一个小小的锅盔，不过始终没有阿婆做的酥软可口，虽然材料一样，烘烤时间一样，可要么是火候过了，硬邦邦的，要么火候不到，中间夹生的。阿婆也从不责备獒娃，在阿龙与海子结缘的十来年里，从没有看见阿婆发过火骂过人，甚至连外人做了过分的事情，阿婆也顶多是心平气和地给人指出来，何况是自己的孙孙呢？

回到家里的阿龙收拾着行李，一边将换洗的衣物一股脑丢进全自动洗衣机，一边将给家人买的小东西放在藏桌上。故事书是给嫯娃的，他最喜欢看书了。毛衣是给阿婆的，天气冷了。南红玛瑙吊坠是给海子的。海子从来不要阿龙给买东西，因为阿龙买的东西都不很合心意，拿海子的话说，阿龙买东西就是图便宜，阿龙为此还同海子拌过几次嘴，说自己买东西是价廉物美。这次花了800元钱给海子买的南红玛瑙吊坠也是阿龙逛了许多店后才出手的。虽然阿龙也是一位副处级的领导干部，但长期养成的节俭习惯还是让他从来不过高地去消费，毕竟阿龙是一个地地道道的农村孩子，连小小年纪的嫯娃买东西都养成了货比三家的习惯。

正放着东西的阿龙突然发现，藏桌上搁着一袋街上卖的小锅盔。阿龙不由得惊异地问是谁买的。

海子悄悄地对阿龙说："还有谁？嫯娃他阿尼！还紧紧地扎着口袋，生怕谁吃了似的。"

阿龙奇怪地问阿尼为什么要买街上的小锅盔，阿尼委屈地说："这段时间你不在家，所以阿婆就没有做锅盔。"

阿龙生性喜欢吃面食，尤其是馒头、锅盔之类的面食，这源自阿龙父亲。阿龙父亲本是鱼米之乡的湖北江陵人，年幼遭受日寇侵华之难，参加抗日队伍，后随大军进藏。部队饮食多以面食为主，故成习惯。

阿尼年轻时是民改干部，也是扛过枪、打过土匪的，当年颇有女人缘，是当时年轻的阿伊的大姐夫。年轻时的阿伊本已与一汉族小伙好上了，可是由于大姐难产，临死之际怕自己的女儿在后娘手里受罪，就央求自己的妹妹——年轻的阿伊嫁给阿尼。加上当年阿伊的父母也有此意，温顺的阿伊无法抗拒，就委屈地嫁给了阿尼，这一过就是50多年。阿尼的心野惯了，始终割不断对那些女人的牵绊，让阿伊备受伤害，可温顺、朴实的阿伊还是为阿尼生育了一大堆的孩子。就这么到了老年，阿尼都80多岁了，才稍微收了点心。阿龙与海子结缘之后，慢慢知晓这些陈年往事，一边给阿尼讲道理，规劝阿尼对阿伊好一点，一边和海子安慰阿伊要面对现实，开心、快乐地安度晚年。阿尼作威作福的行为在阿龙和海子面前稍微收敛点，可在温顺得像绵羊一样的阿伊面前，仍然时不时地显露出来。面对这一切，年过70岁的阿伊一次又一次地默默承受了。

其实，不要说给阿尼做锅盔，就连阿尼回到家里，还没有坐下，阿伊就将热腾腾的奶茶奉上。想想阿伊将自己的一辈子都奉献给了阿尼和孩子们，海子就忿忿不平。

阿龙正发着神，一股香喷喷的锅盔香味从厨房里飘了过来，阿婆锅盔出炉了！

一瓶花椒油

12时25分，从群工局和同事告别后，正在州医药公司门市给儿子买感冒药，手机响了，一看，是黄拥。手机里，黄拥的声音依然沙哑，那黑廋的脸庞和单薄、廋高的身影一下浮现在我眼前。他问我现在是否在康定，有无空，我说我在康定并且正在买药，问他吃中午饭了没有，没吃的话一块儿吃。他说，午饭已经吃了，想交个东西给我，并问我州政府办公室的"高书记"在不在，很想见他一下。我马上联系高见，结果他有接待任务正准备往泸定去。其实早在前几天，黄拥就来电话问我国庆期间在康不，想来看我。我说，放假期间自己都在单位。

挂了电话，我就朝说好的地方去和黄拥会合。

黄拥是我在州政府办公室工作时，办公室"挂包帮"所在康定县孔玉乡寸达村的一位村民，结识他也有4年了。2009年春节前，我跟随州政府原副秘书长杨雄、杨贵平到孔玉乡寸达村看望慰问贫困群众。按照办公室安排，我们走访慰问了贫困群众，黄拥就是其中的一户，对他的印象也最深刻。由于黄拥家爱人起麦青措十分勤劳和爱卫生，村干部就将午饭安排在了他家。村民的淳朴热情、山里的时蔬野菜、席间的欢声笑语……孔玉腊肉夹在我小时最爱的"锅圈子"馍馍里，一咬就一包油，满口香。这一幕，至今还深深烙在我的脑海里。饭后，我们知道如果按照规定给黄拥伙食费，淳朴的村民们肯定不会接受，便十分艺术地以给孩子为名给了500元钱。说来，自己和黄拥也还真有缘分。席间，大家东摆西摆，闲聊到其爱人原来是石渠县洛须镇人，是黄拥到洛须打工结识、相爱的，爱人跟随黄拥到寸达村15年了。村干部们还说，黄拥的爱人到了寸达村后，让村子里的卫生观念都有了很大的提高。可惜的是，黄拥得了"肺大泡"（先天性肺上长泡），身体虚弱，不能从事重体力活动。席间，我告诉黄拥爱人，我爱人和杨雄副秘书长的爱人也是洛须人，大家一下更亲热了，还摆了许多洛须的事。我很感动地对黄拥爱人说，爱情没有国界、族别之分，相识相爱是缘分。最难能可贵的就是嫂子你能不离不弃地守护着这个人、这个家和这份爱。

当时，大家对黄拥的困难也十分关注，或慷慨解囊，或出主意，力所能及地帮助其解决困难。当黄拥提及耕牛被农机取代，很想购置一台小型旋耕机时，我马上告知其可以享受“农机补贴”政策，并自告奋勇现场帮其联系农机部门讲明政策。第二天回到办公室，我马上又联系了州农机局的领导，帮助黄拥以最优惠的条件购置到了他心仪的小型旋耕机，农机部门的工作人员还将农机送到黄拥家门口。杨雄副秘书长也帮助其在看病上提供了许多方便。

这件事过后，我也没太在意。只是觉得黄拥是很有福气的，娶了一位贤惠、能干的洛须女子为妻，也为其妻子不离不弃守护家、守护黄拥和两个儿子的事所打动。前年，新鲜核桃成熟的季节，在一次出差的路上，黄拥趁到康定办事，随便来看望杨雄副秘书长和我，并给我们俩一人拿了一小瓶自己烫的花椒油和一小包新鲜核桃。后来去年又来过两次，但我都在出差，东西都是别人转交给我的，每次都有一小瓶花椒油。

今年7月26日，随同州政府办公室机关党委书记高见到孔玉乡开展群众工作时，恰好我们一支部“共建共创”的是寸达村党支部。忙完事情，也是在寸达村吃的午饭，但此次是在另外一家农户家里吃的饭。饭后，我抽空专门到黄拥家去看望了他们一家人，并坐了很久。临行，黄拥和爱人起麦青措硬是要送我们，反复劝说下，黄拥送了一段路程就回了，起麦青措执意送我们到了村口大路边。

一路上，我很为这位执着真情的藏族大嫂而感动。算来从1997年与黄拥邂逅来，整整15年，就是这个面色黝黑、看似普通的藏家女子用她的大爱支撑起了这个家。看着黄拥和起麦青措爱的结晶——14岁的黄金洪和12岁的黄金宝，真的让人特别感动。可以想象，一个弱小女子别家千里，来到人生地疏的异乡他地已是多么不易，而一家人的生产生活压力也要一位瘦弱的女子的肩膀来扛，更是艰难。黄拥自己也讲，别家是男人挣钱养活女人和家人，自己是爱人挣钱来养活自己，全家一年的花销基本靠妻子起麦青措虫草季节回洛须挖点虫草和做庄稼来支撑。现在的虫草越来越少，并且还不允许外来人挖，今年起麦青措耽搁了2个月，只挖到100多根虫草，卖了6000多元，除去路上开支，只落得5000来元。我是去挖过虫草的，且不说在草山上每天顶风冒雪忍寒受饿，光是每天要在海拔近5000米左右的高原上跋山涉水就不是常人能够忍受得了的。况且从孔玉到石渠县洛须镇远隔750多公里，并且没有客车直达石渠县，常人都是先从康定乘车到甘孜，然后再在甘孜寻找到洛须镇的车，运气不好找车待个几天是正常的，光转车都至少要3次以上，真不容易。

黄拥家很简陋但很整洁，当我问及起麦青措这么多年和黄拥过日子的感想时，她只是看看丈夫黄拥和两个儿子，满眼的爱意。我感动地想，我们藏区老百姓大多信奉佛教，佛教讲究缘分，并且追求“善”，而起麦青措的大爱看似微小，却远胜过转千遍、万遍经。

黄拥是陪在州体校读书的侄儿上来的。他像前三次一样，带来了满含深情的一小瓶花椒油和一小袋新鲜核桃。拿他的话说，还是自家的花椒油好吃。他说，杨雄休假了，要我将同样的东西转交给他。黄拥还说，明年天气好了再准备到省红十字肿瘤医院去看看病，去年去了，没有动成手术。一则是当时医生说肺活量不够，不能做手术；二则是需要6万多元的手术费，家里拿不出这么多钱。

在我的反复劝说下，黄拥才收下了我给他的一些东西。临行前，他拉着我的手说，兄弟，明年新核桃熟了，我还来看你。

黄拥走了，拎着黄拥满怀深情的花椒油和新鲜核桃，我心里犹如这花椒油一样，麻孜孜的。

（2013年夏夜于康定）

暮色中，父亲的坟茔静默无语

夜色掩映，我和小弟、外甥终于爬到了父亲的墓地前。在苍茫的暮色里，父亲的坟茔犹如一只卧虎，匍匐在半山腰的一个小土坪里，静默无语，俯瞰着脚下的大渡河，也端详着我们三人。

乡人素有腊月扫墓习俗，而过了明日小年，就是腊月二十四，就立春了，按照乡俗就不能扫墓了，只有等到清明。今天中午母亲就来电话说已经给父亲把碑立好，并按照习俗扫了墓，叫我工作忙就不来了，等清明放假再去。不巧的是，今年春节放假将昨天、今天两个休息日都调整到春节假期里，为此要补假上班。

父亲是在我蹒跚学步之时，因病早逝的，当时父亲也是干部，原本是有条件到省城就诊的，可父亲勤俭一生的习惯却在此时延误了他的诊治良机。据母亲说，父亲入住县医院后不到3个月就病情加重，并丢下母亲和六个子女撒手而去。当时，小弟尚在襁褓之中。父亲的记忆，更多的是从母亲口里讲出来的。懂事后，我翻看父亲当年随军进藏时留下的老相片，才将对父亲的现象残缺地串联起来。

暮色中，父亲墓碑上的铭文难以辨认，我在父亲的墓碑前磕了三个头，围着坟茔转了三圈。我叫小弟拿了支烟，我点燃，放在墓碑前用来烧纸的石砌池里，燃烧的烟头在暮色里格外醒目，也点燃了我对父亲缅怀的思绪。

父亲属马，湖北江陵人，在日军入侵时，只有10来岁，随其父逃难出来。据母亲回忆，由于年幼，连父亲都只记得家里有破草房两间。逃难途中，我的爷爷病饿交加倒下。父亲的一生，可说历经坎坷，正如碑铭提及：“其乡湖北江陵人，世隶耕为业。年少避日寇侵华随父出走，为天下悯然而从军，解放康藏随大军入康，转业泸定，先后在泸定县一区、县整风办、冷碛粮站、德威电站工作。”父亲历经抗日战争、解放战争，随军进入甘孜，从分区到地方工作，又历经中华人民共和国成立，20世纪60、70年代，改革开放之际，却英年早逝。

父亲原本按照组织安排，葬在白日坝，前几年，修建泸定电站，又将坟茔迁到乡里的山坡上，缘于父亲的遗训，简单砌了个坟堆，连墓碑都没有。去年清明，按照母亲给父亲立碑的要求，我为父亲撰写了碑铭。

母亲经常说，父亲要抽烟，但缘于节俭，他抽的都是叶子烟。我现在都不抽烟，还是源于懵懂之际，偷抽父亲叶子烟而醉烟所赐之福。据母亲讲，20世纪70年代，父亲的工资就可以拿到80多元，在当时是高工资了，但艰苦岁月里养成的习惯，让父亲十分节俭。每每讲到这里，母亲总该喟叹，就是这个节俭的习惯，加上不愿给国家添麻烦的想法，导致父亲病情恶化。

好不容易等到下午5时过，下了班我直奔客运车集散地。临近年关，返家的人特别多，等了1个多小时才搭上到姑咱镇的客运车，沿着蜿蜒而下的二康路一路疾驰大约35分钟，到了河口，小弟早已开着三姐的车在那里等着了。原本家人要开车来接我，我说搭客运车方便，且明天还要上班，晚上返康还需他们开车送，他们才作罢。

记忆深处，父亲十分爱我们，我记得自己看的第一本启蒙书就是父亲买的，让我咿呀学语时看的，那是一本窄长开本的识字图书，第一页印的就是一辆火车机头，下面是“火车”的拼音和汉字。还有一次，在我很小很小的时候，嚷着跟三姐她们去打猪草，结果自己不小心踩空了脚，从大渡河边一个近30米的陡坡上滚下去，好在自己背着背篼，加之陡坡上长满了荆棘，在背篼的缓冲和荆棘的牵挂下，自己滚到大渡河边的沙滩上，离岸边只有10多米远，万幸的是，一个搁浅在沙滩上的硕大河木拦住了我，才避免了我滚入滔滔河水中的悲剧。我被荆棘和滚摔弄得面目全非，连哭带号回到家里，父亲和母亲正在吃饭，父亲忙给我涂抹碘酒的场景至今都深深烙印在我的脑海深处。

母亲讲，父亲在家里十分有威信，我上面的三个姐姐和一个哥哥都十分敬畏父亲。母亲最爱讲的是父亲的人品，忠厚老实、为人厚道、刚正不阿，甚至在20世纪60、70年代的特殊时期，父亲都不曾放弃为人的原则。

夜色愈加深沉，站在坟茔前，抬眼望望四围，对岸原本被大渡河隔断的岚安山乘着夜色，与我脚下的这列山仿佛要合围起来，大渡河因为拦坝建大电站，也成了一个人工的大海子，黛黑的山脉犹如一群伟岸的汉子屹立在海子的四围，在思考着什么。

身旁，父亲的坟茔仍然静默无语，这让我想起了鲁迅的杂文集《坟》：“造成一座小小的新坟，一面是埋藏，一面是留恋。”诚如这句话，人缘于土地，归于土地，在埋藏躯体之后，留下的就是无限的思恋。屈原在《九章·哀郢》中的一句话让我思接千古，登大坟以远望兮。

其实一个人就是一本书，记录着一段时空，讲述着一段故事。在父亲的坟茔前，我用内心与父亲对话，正如碑铭结尾：“吾至爱汝，嗟夫！所未尽者，尚有万千，不能竟书而欲搁笔，故予哀斯墓之徒有其石也而为之记，汝居九泉之下遥必闻吾言声。”虽然此坟非屈原和鲁迅文中之坟，但我要告诉父亲的是，伴随着历史前进的步伐，他们那一辈所经历的苦难将一去不复返，为列强欺辱、为动乱逃难、为病痛遗憾等在现今已不再存在，时人的许多梦想在现今已变成了现实。

夜风微拂，山脚下有两辆归家的车子沿着蜿蜒的山路盘旋而上，车灯沿着山路四处扫射，想必是居住在黄草坪或者回马坪的村民返家了，温暖的家正在等着他们。

该回家了。

用心一路走好

——读夺呷泽郎《心路——一名康巴高原军人的十年感悟》后感

幸福是一个永恒的话题，也是人们穷其一生执着追求的最高境界。人们对幸福的理解却是千差万别，你让一千个人来回答，就会有一千种答案。有人说过:“真正的幸福是不能描写的，它只能体会，体会越深就越难以描写，因为真正的幸福不是一些事实的汇集，而是一种状态的持续。”拜读了夺呷泽郎的《心路——一名康巴高原军人的十年感悟》(后简称《心路》)后，对幸福又有了至深的理解。那就是一位兄长般的领导经常讲的:“所谓‘幸福’，其实就是你将生活中一粒粒细小的珠子串起，编制成的一串珍贵的‘幸福项链’”，《心路》就是作者将其从军30年以来，尤其是在踏上被称为“生命禁区”的石渠县后的10年间的点点滴滴编织成的一串人生珍贵的“幸福项链”。

《心路》没有华丽的辞藻，也没有高明的修饰技巧，却用最质朴的文字、最简洁的语法和最真切的感情来平铺直叙了笔者10年间的点点滴滴，诚如笔者在自序中所说的一样:“十年间的积累，没有什么高深的想法，当时就是为了留住生活中的一部分记忆，我选择放下浮华，在电脑的键盘上，定格下了生活中的每一个瞬间，或欢笑、或悲伤、或平凡，话语间没有渲染，却带给我视觉上的享受和心灵长久的感动，正如日记中的《意外感动》。”

作者赠送《心路》与我之后，我并没有像以往一样囫囵吞枣、一睹为快，而是利用闲暇，整整一个多月才认真拜读完。文字中闪烁着灵魂的高贵、内心的挚爱、性情的淡定、毅力的坚韧……是作者内心和灵魂深处的剖析。正如作者赠书之际所说的“《心路》是写给自己的书，是自己在同自己对话……”。

开卷有益。翻开这本浸润着作者心血的内心独白，即感有一种不可思议的魅力，真实、平淡和高远，是用心铸就的一本经久的书，不一定马上读，但一定会有需要读它的时候，让人想起马可·奥勒留·安东尼的《沉思录》。《心路》亦与《沉思录》有着异曲同工之妙，是可以提高个人素养的。这本书是所有喜欢读书的人都应该读一读的，对年轻人是心理励志的，对官员有着更重要的启示。

《心路》这本书较其他书来讲比较简短，多格言和内心感悟，有着浓郁的伦理学和哲学味，是作者扎根军营、立足高原和修身行事、为人处世、仰望蓝天的真实写照。作者身入军营后，30年如一日，努力探寻真善美，重品性，强感恩，守秩序，讲义务，倡扬克制而达观的生活，充分体现了一名现代军人对党和人民的忠诚，对部队和军人职业的挚爱，对父母的孝心，对人民群众和上司部属的真情，对爱人、子女和兄弟姐妹的深情，立德立言力行，用实际行动锻就了康巴高原军人的铮铮铁骨。

也许因为我有在石渠工作13年多的经历，阅读《心路》没有一点浮躁、虚华的感觉，更多的是心与心的交流，感同身受到笔者的许多感触和思想。但作为同在石渠工作过的人，我不由得惊叹笔者对石渠一山一水一木一物的敏锐、独到观察和感悟，唯有深切的爱才会有如此细致入微的感悟。如作者在开篇描述到石渠的第一个夜晚，因为失眠在黎明早醒之际对麻雀的描写："心里油然而生了一种对麻雀的无比敬重和钦佩，它真的总是与人相伴相亲，条件再恶劣艰苦，只要有人它都喜欢和人凑热闹，适应这个环境，它的可贵之处就是生存能力很强，无论是在地球的最低处，还是被誉为生命禁区的最高处、地球第三极；无论是最舒适、最温暖的江南小镇，还是冰天雪地的高原，它都能幸福快乐地栖息生存。在这里遇到的身边战友个个都不是和小麻雀一样吗？值得尊重、赞美、肯定和关爱啊！自己也因为融入其中，心灵得到了安慰和洗礼。"读了这段文字，心中犹如被一股暖流包裹，暖流流淌过胸膛向发梢脚趾漫延，浸泡得浑身暖暖的。感同身受的是自己也和笔者一样，最初是作为外乡人到石渠工作的，我们在石渠父老乡亲们的关爱下，虽生非石渠、长非石渠，但早已把自己当成了石渠人，是融入到生命禁区的一分子，变成了地地道道的石渠人了。在这里，不得不惊叹于"用心其实比任何优美的文字、华丽的辞藻和高超的修饰更宝贵"。一位军人在康巴高原的10年感悟便如此真实而亲切了。

麻雀太过普通而不为人注意，其实在地球上，或是茫茫人海中、自己身边，甚至于自己也不正是一只普通的麻雀吗？它是如此的朴实无华、平凡渺小、适应生存，它又是如此的可爱至亲、非凡伟大、令人惊叹。正是有了这许许多多具有"麻雀"精神的平凡人，我们的父老乡亲、兄弟姐妹们才能在那生存环境恶劣得连一棵树都无法生存的生命禁区——石渠，创造出了一个又一个的奇迹。

“如果你真正爱工作和生活，就一定要爱所有的人，帮助所有的人，包括有过错的人。因为你离不开他们，必须生活工作在这些人群中。”作者当年在履职之初的艰难我是略知一二的，但笔者这种迎难而上、力挽狂澜的气魄还真体现了一位现代军人的勇武刚毅之气，更展示了军人宽广、坦荡的胸襟，以及视军营为家的大爱。

“只要人在仕途，就会有人与你并行。要靠自己的能力往前走，千万不能对别人使绊来达到自己的目标。”读到此，我的感受是，在人生或事业途中，你犹如加入了一场比赛，不仅仅是与场上的对手们竞争，更是在与自己、与时间和速度进行搏斗，如你心怀不轨，想去绊别人，最终定会误人又误己。

作者对关于“单位主要领导和一般人发现问题是一种能力”的感悟无疑对管理学有着重要的启迪。其实大至国家、地区和团队，小到家庭、个人，都需要认真、清醒、客观、全面地审视自己，并采取扬弃的办法，有则改之，无则加勉。同时，人无完人。我们在严于律己之际，对别人要宽待三分、高看三分。因为瞧不起别人而导致失败的事例不胜枚举。对敌人尚不能轻视，况乎身旁人。一个人能否成功，关键要取决于其胸襟和气度，能容人，自然人亦能容你。

“热爱和重视每一天的工作，一点一滴的累积收获，就是零存整取，就会成为最终的成功者和收获者。”“人要像雪山上融化的水滴一样，有去看天边大海的远大理想和目标。”夺呷泽郎把每个人看作一滴水其实再恰当不过了。在人生的漫漫征途中，许多人就像水滴一样或渗透、或蒸发、或浸润，消失在人生的长河里了，余下的会同亿万计的水滴一道，汇聚成涓涓细流和奔腾的江河，众志成城奔向远方，直抵大海的怀抱。能否做一滴成功的水，关键在于你是否能团结、集聚更多的兄弟姐妹，靠个体的力量是难以成功的。

书中对边远牧区的牧民群众的关爱之情，让人感受到大爱无疆这个词语。同为农牧民子弟，我们都会时不时被一些看似平常的场景所打动，这些场景或许是自己坐在疾驰的车中，途中看见挥汗如雨的民工们在尘土飞扬中忘我劳作；或许在下乡途中，路逢的牧民孩子在风雪中下马向我们微笑致意；或许是在寒风瑟瑟中，我们淳朴、勤劳的父老乡亲、兄弟姐妹们还在为生计而忙碌……夺呷泽郎就是这么一位高级军官，身虽在军营，但在他心中深深地烙上了农民子弟的印记，不论身在何处，根仍在农村，这也践行了人民解放军是人民群众的子弟兵的誓言。

作者对怎样做人、做事、带兵，有着自己独到的见解，给人阳光、坦荡、真诚、爽快、耿直之感。正所谓，字如其人，文章亦然。他的人格魅力远胜其能力和才智，这也是他先天家庭环境、母亲言传身教使然，加上后天高原军营磨砺和锻炼而成的。

《不想留给你一辈子的伤痛》和《母亲与我同行》让人心灵震撼。无论是“5·12汶川大地震”，还是“4·14玉树地震”，在灾后第一时间参与救援的身影中，绿军装中始终有着一位身材高硕、满脸太阳色的康巴汉子率队在灾区积极参与救援。同时，笔者用自己的实际行动对自己对天下所有母亲的感恩情怀，对祖国母亲的感恩情怀进行了检验。大美无形。一首短诗和一篇短文，昭示着这位高原军人对祖国、对党和人民、对母亲的真挚之爱。就如文中笔者所写的：“我去了，我的母亲，也带上您的那份关爱，再次前去抗震救灾了！我决心把您给我的所有的爱，播撒到玉树那片受伤的土地上，去抚慰大地母亲的伤痛，给失去母亲的孩子和失去孩子的母亲们带去更多的坚韧。”“我们是匆忙的、忘我的，为了更多同胞的家，为了更多呼唤亲人的声音，您没有埋怨我是否还记得自己的家，也未曾埋怨我是否知晓您对我的那份惦记和牵挂。”“‘母亲不哭！玉树不哭！’；这一刻，我们坚强地凝视昨天：天崩地裂何所惧！——英雄的民族、强大的祖国又一次以自己强劲的心跳带动起世界的脉搏！”“请您相信，我还能坚持，因为我是人民子弟兵。”透过行动能看内心，透过文字能悟情感，这正是文字的魅力所在。这些语句表现出了笔者对母亲、对部队、对祖国深切的爱。表现出了他作为儿子、军人和中国人的丰富的内心世界。俗话讲：“母子心相连”。这些文字再现了笔者在祖国母亲遭遇的两次世所罕见的大地震中忘我参与救援的场景，流露出了笔者作为儿子、军人和中国人的感恩深情。也正是母子之间、军人和部队之间、个人和祖国之间那种血脉相连、心灵相通的大爱之情，让笔者战胜了自身病痛的折磨，战胜了通宵达旦奋战不已的疲惫，因为精神的力量和心灵的抚慰远胜过任何灵丹妙药。爱，比死和死的恐惧更加强大。只有依靠这种爱，生命才能维持下去、发展下去。正是爱的力量，让作者变得如此勇敢，如此战无不胜！

通过文章我可以感受到作者作为军人知道祖国母亲、人民母亲有危险的时候那种毫不犹豫、奋不顾身、非常果断的护母、感恩行动。面对如此不可抗拒的大地震等自然灾害，正是一个个像作者这样的人民子弟兵汇集成一道道绿色的钢铁长城，英勇无畏地、忠诚捍卫着祖国母亲的安全。

读到此，一股股暖流自心底涌现，不禁热泪盈眶，从心底浮现出那个发生在汶川地震时的感人瞬间。一名年轻的妈妈双手怀抱着一个三四个月大的婴儿蜷缩在废墟中，她低着头，上衣向上掀起，已经失去了呼吸，怀里的女婴依然惬意地含着母亲的乳头，吮吸着，红扑扑的小脸与母亲沾满灰尘的双乳形成了鲜明的对比。我们无法还原灾难降临的瞬间是怎样的一种情形。也许这位妈妈“刻意”的保护姿势，只是基于母亲保护孩子的本能……我们无法想象，一个死去的妈妈还在为自己的孩子喂奶。孩子躺在一条小被子里，因为有母亲的身体的庇护，毫发未损，医生做检查时发现有一部手机塞在被子里，屏幕上是一行写好的短信：“亲爱的宝贝，如果你能活着，一定要记住我爱你。”

我再次想到了作者开篇所讲的麻雀，也想到了屠格涅夫那篇名作《麻雀》，文中的“猎狗”就如同我们遇到的大地震等灾难，“猎狗”是如此庞大，不可抗拒，“老麻雀”是这么弱小，正是“老麻雀”奋不顾身的护子行动和对小麻雀强烈的爱，让“猎狗”害怕、震惊、感动。这恰好在作者所写的《母亲的心愿》里体现得淋漓尽致，“为了儿女们的幸福，坦然面对80岁离去，却又决心要迈过81岁这个坎，这就是母亲今年要留在康定对缺氧毫无畏惧的真实理由”。

大爱无疆。这就是恩情天高地厚的父母与生俱来的天性，让他们疼爱儿女时，有超常的坚韧和超常的牺牲精神，只要儿女需要他们随时准备着乳汁、鲜血，甚至生命。爱，比死和死的恐惧更加强大。只有依靠这种爱，生命才能维持下去、发展下去，动物们是这样，我们人类也是这样，母亲和母亲彼此相像。

其实夺呷泽郎始终在忠贞不渝地寻找着幸福，也感受到了幸福，享受着幸福，这种幸福是执着的追求和忠诚的心愿，在其《当兵30年》中有“往事堪回首，白发追今昔。我可能无法实现肩上将星闪烁的最大理想，但是如果还有30年，我依然选择当兵30年”。这种幸福是对故乡和母亲的感恩情怀，在《故乡的守候》《等我老去的时候会家乡》和《故乡又到收获时》可以看到他为人丈夫对爱人忠贞不渝和深沉的爱意，在其《因为心中有你》《我还是选择你》中可以品味到爱情的甜美。这种幸福是作为军人父亲，那种舐犊情深、却又无法实现的深情，这在其写的“我这个人对女儿平时表面很严厉，甚至外人感觉很凶，其实我很爱我的两个女儿，只是爱的方式有些不同吧！我对她们的爱放在骨子里头了。再说‘爱’本身就有千姿百态，我相信她们会理解”。这种幸福是对部属的关心，这就如同作者所写的“领导干部也是人，同样有父母兄妹、妻子儿女、亲属朋友、同学同事等，所以绝不能把官腔、官气、官架子都带到平时生活中。要多说百姓话，多听百姓言，多吃百姓饭，多做百姓事。要平易近人不摆谱，树好形象放下架子，千万不要走到哪里，哪里的空气就弄得紧张无比，这就太可悲了。这样领导干部才不会在工作之余感到孤独，不会失去幸福感”。

絮絮叨叨、只言片语难以细数《心路》之真要，掩卷之际，也不由自主想到：其实幸福不是给别人看的，与别人怎样说无关，重要的是自己心中充满快乐的阳光，这种感觉应该是愉快的，使人心情舒畅、甜蜜快乐的。夺呷泽郎就是这样用心体悟着人生的幸福，感恩着世间的真善美，一路用心行走在心灵的洁净之途中。

（2012年秋于康定）

寻常物中见真性　平常事里显本色

——毕世祥部长生前三五事侧记

毕世祥部长因公殉职已有一个月了，作为曾经在他身边近4年，朝夕相处上千个日夜的工作人员，总感觉他犹在世间，只不过是到基层村寨深入几天，或出席宣传旅游推介，到外地耽搁一段时间。走在街头巷尾，与他匆忙奔走或漫步闲谈的场景总会不由自主浮现；遇见某人某事，同他畅谈工作或憧憬生活的往事常会不经意间忆起。腊八节前夜，梦见随同他徒步在基层工作，他还在对我说着美好未来。晨起，很是伤怀，走在大雪纷飞的康定街头，不知是雪花融化还是感情使然，泪水已然流下。顺吟诗一首：腊八前夜梦旧颜，话语暖人驱寒烟。晨雪飘舞行未远，余音犹在雪域间。日常，毕世祥十分欣赏“平常心，竹叶青”这句话。去年8月我看到《人民日报》刊登的“最好的虫草在课堂”，电联他后，顺写了一联赠他“怀平常心平常见真情，品竹叶青竹叶沥本性”。现择录毕世祥部长生前点滴以为怀念。

随身三法宝：胆舒胶囊、英文版《中国日报》和藏文版《甘孜日报》

在清理世祥部长遗物时，从他的衣服包里掏出了两板胆舒胶囊。其实，我是最清楚不过的了，当年他还在州政府任副州长时，就一直随身带着胆舒胶囊，并且我都还为他去买过很多次胆舒胶囊。印象最清晰的是2009年新年期间，毕世祥到联系点石渠县开展工作，一次开会时，我发现他讲话时脸色闪现了下痛楚的印痕，紧接着他掏出一只小药瓶摇了下，失望地又塞回包里。我知道，一定是胆舒胶囊没有了，原本在上石渠前，他的胆囊炎就犯了，出发时从家里带的药一定吃完了。我立马跑出会议室，冬天的石渠县街上难得见到人，更不要说店铺开门了，我十分熟悉这个情况，直奔县医院找到熟人买了胆舒胶囊，回到会议室递给他。他笑着说，这个胆囊不争气，还得吃药。跟随他身边工作的那几年里，我给他买东西最多的也是胆舒胶囊。

关于英文版《中国日报》的话题，还得从2008年4月份他到州政府任副州长说起。当时，他专门叮嘱我说，他订了份英文版的《中国日报》在州旅游局，叫我衔接下州旅游局转到州政府来。我愣了下，这位副州长英语水平蛮高的，还读英语报纸呢！后来知晓，这是他十多年来坚持订的报纸。当年年底，州政府办公室在征订书报前征求各位领导意见，按照他自己掏钱订一份英文版《中国日报》的意愿，办公室为他订了份，管后勤的同志说以前从没有听说谁订过英文书报，这在州政府还是头一遭。

让人意想不到的还在后面，2008年4月下旬，毕世祥率工作组到南路调研三农工作。每到一个乡村，毕世祥就直接用藏语同当地的农牧民群众对话，了解情况，沟通感情。随行的县乡同志介绍说对话者是副州长时，群众们都十分惊喜。有一天早上，我早早地去看他起床没有，开门时，他拿着一张藏文版的《甘孜日报》，因为在康定师范学校时念过几天藏文，我对藏文版《甘孜日报》的报头还是略微知晓的。我很诧异地说："领导居然还看藏文报啊？"他笑着说："我是藏族人呢！"

随后，他又到北路几个县开展工作，所到之处，他都用藏语同当地群众交流沟通。2009年年初，他到石渠县洛须镇调研洛须水利工程时，得知我岳父、岳母在洛须镇，顺到家里探望，并用本地话与他们摆谈。洛须地处金沙江源头，本地话与德格话一脉相承，过后我岳父、岳母都说，毕州长的话听起来就是纯正的德格话，感觉他就是德格人。

接触时间久了，每到县乡出差，看到他总带着英语版的《中国日报》，还有藏文版的《甘孜日报》等，利用早晚工作之余的空隙时间阅读。由于他之前出过车祸造成头部后遗症，在高海拔县份睡眠不好，在联系石渠县的那几年里，每年在石渠县要跑好几趟，年均要待上2个月左右。他对自己要求很严，不搞特殊化待遇，不到万不得已不辅助吸氧等，也不轻易吃肌酐和红景天等抗高原反应的药物。他常说，不能对身体太将就了，每晚基本凑合着能迷迷糊糊地睡两三个小时。现在想起当日情景，犹历历在目，由于"新甘石"电网没有通，石渠县用电十分困难，尤其是冬春季节维持基本照明都难，经常是窗外寒风呼啸、冰雪皑皑，室内温度很低、蒸汽成冰。漫漫长夜，他就靠守着火炉阅读这些报刊来度过。

2012年，他到州委宣传部任职后，偶尔也碰见过几次，更多是电话联系，结果在告别仪式上才知道他由于长期睡眠不足，坚持不住，为了弥补身体休息需要，已经开始用安眠药来维持自己的睡眠。

四季几身衣：泛白的牛仔服、羽绒服和黑皮靴

毕世祥高大俊朗，据他讲在做旅游工作时，尤其是出席重要场合时十分注意衣着。在州政府那几年，给我印象最深的就是他那几件衣物：一套洗得泛白的蓝色牛仔服、两件羽绒服、一双黑色的皮靴，外搭一顶灰色毡帽。

那套泛白的蓝色牛仔服是他在旅游局局长任上时买的，跟随了他10多年的时间了，是他的夏季工作服。夏天，他还爱着一件灰白色的薄夹克衫，而这件夹克衫是1991年他到北京出差时买的，已20多年了。

冬春季节，他最爱的就是羽绒服，一件土灰色的，一件湖蓝色的，外搭一件黑色的呢子大衣。按他的话说，冷的季节跑基层还是羽绒服管用。

那双黑色的深筒皮靴是他儿子毕达的，有一次到石渠县去，他说毛皮鞋都不管用，恰好毕达在成都读书，往日买的军用皮靴穿不上，也合他的脚，就蹬上到石渠，并说给儿子另外买双鞋子。后来他说，还是那双靴子管用，垫上厚厚的鞋垫，套上厚羊毛绒袜，还真暖和，毛皮鞋都没有那么管用。

就是这几身换洗衣服，陪伴着他走过了州政府那四年，其实在他的图文资料里，见到最多的衣物也是这几件。另外还有就是一顶灰色的旧毡帽和一顶酱色的牛仔帽。灰色毡帽估计戴了很多年了，已显得旧了。酱色的牛仔帽是龚建忠局长（时任州畜牧局长）到澳大利亚考察时给他捎的礼物，他很是喜欢，戴上之后，县上的干部群众都说很有味道。

我跟随他工作的上千个日子，清楚记得他就买过一件衣服，再没有看见或听说他购买过什么衣物。记得那次到成都出差，忙完工作后，有一些闲暇时间，他说还是到商场逛一下，买件衣服，都好久没逛过商场了。我们在北京华联男装区逛了一会儿，我想他肯定会选件上档次的衣服，结果他却选了件棕色的夹克，也就500多元。这让我着实吃了一惊，一位州级领导干部的标准也和我们普通人差不多，真让人难以相信。

后接触到他的父母亲，才明白这种朴素的习惯是缘于其父母的影响。

2010年在丹巴县开全州水利现场会，返途走八丹路（道孚县八美镇到丹

巴县）到九龙县开展工作。途中，他指着一排破旧的房子，说这就是五道班，并给我讲起他高中毕业时在这里打工，经常拉着架子车拖炸药到工地，每天挣1.63元的事来。前不久通过媒体，得知他妹妹毕玉讲起他当年这段打工经历，才知道他打工后将原本用来买自行车的钱交给了父母补贴家用。

就餐最随意：三菜一汤、最爱鸡汤抄手

到农牧区基层一日三餐很难得到保证，特别是年头岁尾期间，大多数路上的饭馆都关门闭户回家过年去了，有时我们也只好早晚两顿就打发了，中途吃点干粮来打尖。

到了基层，他也十分随意，有什么吃什么，只要不油腻和热乎就行了。特别是联系石渠县期间，蹲点在海拔4268米的县城尼呷镇，他最反对到酒店里去就餐，除非万不得已有其他领导需要出席才去。我们最爱光顾的是办公室的小伙食团，他常说，酒店里的饭菜又贵又吃不好，还是伙食团最顶事，煮碗面都比酒店好多了！久而久之，伙食团的陈师傅都和他成了好朋友。

到成都出差途中，毕世祥最喜欢的是天全县老街桥头上的鸡汤抄手，点上二两，三个人再拌三四两鸡肉，既方便又省时。往返途中，我们都喜欢光顾那家老店。

桌上两物品：一块灰白色石头、一张灾后重建合影

毕世祥的办公桌上放着两样东西，一样是块灰白色的石头，一样是一张灾后重建中的图片。

在他因公殉职后的第3天，我陪同他儿子去清理他的办公室。他到州委宣传部后，仍然同以往一样简单。桌面上干干净净的同以往一样，没有落下一份需要处理的文件，这是他在州政府期间就养成的好习惯，及时处理文件和事务，不会让工作耽误片刻。

清理了半个来小时，收拾出四箱半书籍，另外有块灰白色的石头和张灾后重建中的图片。

提起这块灰白色拳头大小的石头，还得从灾后重建说起。2010年玉树“4·14”地震发生后，波及石渠县真达、奔达、俄多玛等乡，造成该县直接受灾群众达20865人，经济损失21807万元。当时，毕世祥在州政府担任副州长，联系点在石渠县。按照指令，他人车不歇，第一时间抵达石渠县开展抗震救灾

工，冒着余震频发、道路垮塌、飞石滚落等危险，深入灾情最严重的真达乡真达村、麻达村和紫夫村，开展救援工作。救援完毕，他又临危受命，现场开展灾后重建前期工作，充分收集、整理和汇总第一手灾情，提出相应的重建意见。随后，毕世祥跟随李昌平（时任甘孜州委副书记、州长，现为省委常委、农工委主任）赴北京向国家发改委、民政部、国家地震局等部委汇报争取石渠灾后重建事宜。当年5月19日，国家将石渠县的1492户受灾户等我州四个县纳入灾后重建。当年6月15日，毕世祥代表州委、州政府在正科乡当巴村参加灾后恢复重建奠基仪式。同时，按照安排，他全面负责该项工作。

为确保受灾群众入冬前搬进新居，毕世祥将更多的精力投入到石渠灾后重建中，会同州级相关部门、石渠县干部群众以及援建单位克服高原缺氧、建材缺乏、路况极差、建设工期短、施工条件异常艰苦等限制，经常到石渠县蹲点开展工作，当年17上石渠、6赴玉树灾区，陪同国家发改委、省上领导和部门现场工作，蹲点指导灾后重建，发挥了积极作用。

他会同州县和援建单位努力，精心制定方案，组织力量备建材、保畅通、抢工期、抓进度，确保了灾后恢复重建顺利进行。2010年9月28日，仅用了84天，就基本完成了俄多玛乡日扎点的重建工程，首批60户276名受灾群众喜迁新居，喜迎国庆。

那块石头就是毕世祥在竣工后的灾后重建房现场，从剩余的沙石中随意捡了一块作为留念，并让我也捡了一块。过后，他将这块很普通的石头放在自己的办公桌上，以为留念。

而那张灾后重建中的图片是他当日陪国家发改委副主任穆宏到石渠县灾后重建现场，穆宏邀请他合影留念照的。

那是2010年5月21日，毕世祥陪同穆宏在石渠县真达乡等灾后重建现场实地看了后，又到俄多玛、德荣玛和县城尼呷镇检查、指导工作。恰好那天是农历的四月八，为此我还顺手写了首小诗以为纪念：

《四月八在石渠陪国家发改委》

佛祖诞生吉祥天，奔走高原为重建。
转山习俗纵万千，难敌我等为民前。

在海拔4268米的石渠县城，石渠县上的同志提出与穆宏合影后，穆宏邀请毕世祥合影留念，后来我将照片冲洗出来，他一直和那块石头一起放在办公室上，从州政府到州委宣传部后也一样摆在办公桌上。

约定几件事：车上不吸烟、有空结伴到家乡和拉萨

毕世祥对身边人十分照顾，由于我幼年时偷吃父亲的叶子烟，醉烟了，从此晕烟。他原本是吸烟的，为了照顾我，就尽量克制少吸，并和烟瘾十分大的驾驶员刘进坤约定，车上不吸烟，实在忍不住了，就停下车来匆忙吸上一支烟再出发。吸烟停车的地方也是选空旷、没有易燃物的地方，吸完烟后，他总是提醒刘进坤要把烟头踩熄。那几年，自己也就没有吸上什么“二手烟”。想来，那时我遇到的吸烟的人里，只有他对旁人是这么做的，他就是一位考虑别人多过自己的好人。

因为工作关系，到他家乡丹巴县的机会每年还是有那么两三次。他是一个十分爱家乡的人，一路上，都给我们讲解丹巴的山山水水，特别是“天然盆景—牦牛沟”。今日都记得，他说那是胡耀邦同志经过丹巴东谷—牦牛河时，觉得眉清目爽、心旷神怡，停车四望，脱口命名“天然盆景”。自此，这条本叫东谷沟（牦牛河）的小山沟就有了一个响亮的名字——天然盆景。

他还给我介绍，从西河桥起，沿河两岸高山耸峙，东谷河水蜿蜒南流，整个天然盆景全长64公里，海拔从1800米至5800米不等，山青水秀，鸟语花香，一山有四季，立体气候明显，仿佛“世外桃源”。

还记得，在离县城约17公里的瓦厂坪，他指着对面山坡上以白色藏房点缀的村寨说，这就是土司时代就以出美女而颇负盛名的井备村。沙冲沟口、陡水岩、蟠桃山、五里桥、水大坝、斩龙台的传说等，他都一一说给我听。

他还说，等将来有空了，带我到老家——东谷乡东马村去看看家乡的山水。

斯人渐行渐远，昔日情景却越来越清晰。我想，也许这就是古人所谓的难以忘怀、触景生情吧！

车过荥县思万千

为按时赶到内江，早8时就从康定出发。之前断道修路，许久没走二郎山隧道了，出隧道，不出所料，天色灰蒙蒙的，大雾铺天盖地。才下了雨，路面上湿漉漉的，司机翁加将速度放得很慢，一路顺畅，11时左右就到始阳“罗老七饭店”。

甘孜人爱在这家店就餐，见我们进店，老板罗老七热情地问几个人，翁加很内行地点菜。店内很冷清，没人就餐，估计是修路堵车造成的。不一会，香喷喷、热腾腾的卤肉郡肝拼盘、炒腊肉、肉丝笋子和荤豆花就端上了桌，卤拼、荤豆花是罗老七的拿手菜，紧接着又端上来一大钵豌豆尖血旺汤。菜很合适，基本光盘。出了门，车已简单冲洗了，这也是罗老七经营有方的一则妙招，客人就餐后免费冲洗下车，心情自然愉悦，回头率也就高了。

出了始阳不过十来分钟，在飞仙关前被堵，成都方向上来的车在通行，调头荥经绕道走。

一上到荥经的岔路，感觉就像老G318线，并且两边的村镇也像泸定县的冷碛镇和沈村，有熟悉的感觉。想想也是，虽然是天全县，但和泸定县仅隔着一座二郎山，生产生活习俗大致相同，就连两边的民居样式风格也差不多，是川西民居。路面窄，加上乡村街面拥挤，摆摊子卖猪肉、小杂货和蔬菜、水果的都占到公路上了，时不时遇到双向行车就堵塞一会，好在车流量不大。绕道了近30来公里，到了荥经县，隔河相望，荥经县城建得很不错。

上了高速，13时过雅安。抵达乐山，到自贡的高速因交通事故封闭，便下乐山南高速路，调头重上高速，走自贡到内江，结果却将车开过了到自贡的岔路口。好在走了十来公里终于看见了一路口，才下了高速，又调头原路返回，上了到自贡的高速。一路飞奔，很快就将乐山抛在车后，又疾驰了一段路就看见了荣县。

看见荣县，不由得想起毕世祥部长（于2013年12月16日在州委宣传部部长任上，赴基层开展工作，因公殉职在高尔寺山冰雪路）来，他生前跟给我提起过，他在荣县挂职县委副书记1年，再过一个月就是他因公殉职三周年，斯人渐行渐远，昔日情景却越来越清晰。人们常说，时间可以冲淡一切，而我却时不时地触景生情想起他来。

说来也是缘分，在毕世祥任甘孜州副州长期间，源于一位老大哥的推荐，我有幸作为身边工作人员，同他朝夕相处了近四年。还记得当时我不是很喜欢跟随领导工作，也就是为了完成老大哥对我的关心，答应暂且跟随一周完成任务。在跟随他的第二天，他的一句话深深地打动了我，当时他对我说，从今以后我们就是一个团队的了。他坦荡、诚恳的胸襟和尊重、信任的气节，一下就将我深深吸引住了，也彻底打消了我完成任务的念头。后来才知道，其实他也是出于对我那位老大哥的尊重，同意我跟随他工作一周看看。

其间，他主要负责三农、生态等工作，分管农业、林业、水利、畜牧、农机、气象、森警、人口计生、商务合作、旅游、外事台侨等部门，全程参与并主抓了帐篷新生活、牧民定居和石渠灾后重建等重大工作，成天在州内18个县325个乡镇奔波，我跟他待在一起的时间一长，除聊工作之外，也聊一些生活趣事等，这一聊还发现我同他有许多时空交集。

我于2007年从石渠调到康定工作，到2012年租住的房子就在他任康定县委宣传部部长时曾住过的房子楼上。我租住时，那房子已经很老很旧了，总共6楼12户，被前后左右的高楼簇拥在康定市下桥巷子里。据毕州长讲，20世纪90年代，那栋房子还是康定城里最好的房子之一，隔窗就可以望见折多河和下桥。他那时在康定县委任宣传部长，就住在3楼，后边住了两年，搬到光明小区。

后又聊到他在荣县挂职1年县委副书记的事，而我在他挂职之前也在荣县有过1年左右的小学借读。他还摆谈了些他挂职荣县时的事，成天到田间去检查生产，我也说了记忆中的一些印象，比如，荣县最大的水库、温室育秧苗等。

2008年，毕世祥副州长作为州级领导最初联系的县是理塘县，那年8月1日到理塘县开了个会，第二天就接到通知联系县调整到石渠县。后边伴随着维稳工作、洛须水利工程的争取开工和牧民定居行动计划启动，以及石渠灾后重建等的实施，我们到石渠的次数更多，待的时间更长。而我到康定工作前，在石渠工作了近14年，同时我爱人也是石渠县洛须人。拿当时毕世祥副州长的玩笑话来说，都是陪着我回石渠，围着我在开展工作。

2008年10月，按照省委主要领导指示和州上安排，毕世祥率时任州畜牧局长龚建忠等深入牧区基层，反复征询牧民意见，按照省委主要领导提出的给游牧民群众设计适合游牧的帐篷，做到防风、避雨、防潮、保暖，以及设计适用、便携、经济的卧具、厨具、照明、广播、电视等帐篷生活设施，让大家在放牧过程中也能享受现代生活的总体指示，从民族文化、色彩外形和科学实用等方面作了充分吸纳，形成了最实际的第一手设计蓝图，为省上相关部门设计制作新型帐篷、折叠床、钢炉、奶渣晒垫、马夹凳、牛奶分离器、多功能组合桌、太阳能照明、多功能组合架、多功能提水袋等十多件必要生活设施提供了样本，起到至关重要的作用。2009年藏历新年期间，我们在石渠县色须镇首发新型帐篷时，牧民群众围着新型帐篷称赞不已，整个草原都沸腾了。帐篷新生活等十多件迅速在甘孜藏区推广，让群众在游牧中提高了生活质量，保证了身体健康，至今仍深受欢迎。

2009年2月，牧民定居行动计划暨帐篷新生活行动启动，毕世祥协同时任州委常委、统战部部长益西达瓦主抓该项工作，这项民生工程关系甘孜藏区牧民群众切身利益和藏区发展稳定全局，量大面广，任务艰巨。围绕“家家有固定房、户户有新帐篷、村村有活动中心”的目标，毕世祥会同州县乡村的同志，深入基层调研、督促指导、协调服务和坚定推进牧民定居。他反复征询基层牧民群众对规划蓝本、定居点分布、户型设计与基本公共服务等方面的意见，大力结合改善民生，实施行动计划与基本公共服务相衔接，促进发展教育、卫生、文化等社会事业，加强生态环境保护和建设，努力为牧民群众提供更多的公共产品和公共服务。他倡导，实施行动计划与特色产业发展协调同步，加强交通等基础设施建设，优化牧区产业布局，科学开发利用资源，搞好定居点配套产业发展，不断增强定居牧民群众增收致富的能力。他坚持和谐稳定，加强对民族文化的保护，在定居点选择、房屋建筑风格、帐篷内部设施等方面充分尊重牧民群众的生产生活、宗教和风俗习惯，努力建设群众满意的新家园，为牧民定居顺利实施做了大量工作。

想到这里，我们住在结古镇上临时搭建的板房和帐篷里，开展群众工作和灾后救援等的情景仿佛就在昨天一样。

现在，“最好的虫草在课堂”的观点已经在甘孜大地上广为传播，并为大家接收。这个观点是2010年，毕世祥在石渠县长须干玛乡首次提出的。在毕世祥同乡村干部和牧民对话中，了解到群众送子女入学少，让子女去放牛、挖虫草后，毕世祥十分着急。他即用纯熟的“牛场话”与大家交流起教育的重要性。他先问大家最好的虫草在哪里，大家七嘴八舌地说在很高的虫草山上。他却说，不在山上，而是在课堂上、书本里和老师讲授的知识里。大家一下都愣住了，看着大家困惑和急迫的眼神，毕世祥以在场通过学习工作的年轻干部为例，讲到只要送子女上学，学好了知识，考上了大学，寻份工作，收入自然提高。他还讲，虫草资源越来越少，而知识的能量是无限的。大家都被他浅显易懂的讲解吸引住了，很快明白并接受了这个观点。随后，他又将这个观点带到石渠其他乡镇和全州。凡到基层，他都要不厌其烦地讲解“最好的虫草在课堂”的观点。我和许多人也加入了这个观点的宣讲，在日常，尤其到基层，都要大力宣讲、努力践行这个观点。平时，毕世祥十分欣赏“平常心，竹叶青”这句话。2012年8月我看到《人民日报》刊登的“最好的虫草在课堂”，电联他后，顺写了一联赠他“怀平常心平常见真情，品竹叶青竹叶沥本性”。这些年，越来越多的农牧民接受了这样的观念，对孩子的教育越来越重视了。

由于经常奔走在路途中，我们一块儿就餐的机会就多起来。毕世祥对此较为随意，因胆囊炎关系，他唯一的心愿就是饭菜要热点。久而久之我们基本形成了约定俗成的规矩，他、驾驶员和我每人点一个自己喜欢的菜，加上一个汤，直接添饭，匆匆忙忙扒上碗饭就又上路。到成都出差，毕世祥最喜欢的是天全县老街桥头上的鸡汤抄手，点上二两，三个人再拌三四两鸡肉，既方便又省时。

我们经常探讨一些看法，当谈到对人生的意义时，他最爱说“党和人民培养一个民族大学生不容易，一定要把自己的爱和所学、所长，毫无保留地奉献给养育自己的党和人民，洒向这片广袤神奇的雪域高原”。这也深深地感染和鼓舞着我们。

他还经常说，老百姓是最质朴的，也是最现实的，是最注重结果的。他经常以身作则，要求我们和群众“零距离接触”。他对农牧民增收很重视，经常语重心长地要求我们要深入调研，深层思考，为农民增收拓宽新的渠道；要注意农业与其他产业之间的关系；要跳出传统农业来抓农业；要加大农业生产中的科技含量。

从三农、旅游，到文化、交通等领域，他这样闪光的理念和观点还有很多。

石渠距康定700公里，跟随毕世祥副州长那几年，他经常带领我们凌晨5点过从康定出发，一天赶到石渠。联系石渠县的3年多时间里，他每年前往石渠县几趟，2010年更是达到10多趟，每年都要在石渠县蹲点2个月以上，年均深入农牧区基层时间达5个月以上，行程8万公里。当时，我们工作很忙很苦很累，心情却始终很快乐，始终充满激情。拿他的话说“我们是在把党和政府的‘阳光雨露’（惠民政策）洒向基层农牧民，做的都是好事”“我们行走的地方都是风景最为美好的，看到的都是最为善良淳朴的基层农牧民”“我们的付出换来了基层农牧民增收致富和笑颜最值得”……是啊！正是跟随着毕世祥这样的人，我才有幸走遍了全州18个县、325个乡镇中的280多个，可以说15.3万平方公里甘孜大地上都留下了我们的痕迹。

我们之间有许多共同语言，尤其是工作上。他调任州委宣传部部长搬办公室时，我不在场，他一定要等到我来了才搬。他善于创新工作、勇用市场理念、敢于面对艰难等对我的启发很大。源于他“箭头向下”的理念，我也喜欢深入基层。他最爱讲要找准坐标，从横向和纵向上进行比较，通过三至五年努力，在原有基础上有长足发展，这促使我不断地反躬自省。

参加工作以来，尤其是同他工作时，作为一位当年因大军进藏留州工作的湖北籍军人的子女，我经常为自己能够同这样好的领导一块儿工作过感到自豪，同时也责无旁贷、竭尽全力地做好了相关的工作，为他分忧解难。每每想起我那英年早逝经历了抗日战争和解放战争的父亲，我觉得自己无愧于父亲当年留给我们的遗训——要热爱这片土地，这就是我们的家乡。

斯人虽逝，良风永存；生命虽止，精神不泯。毕世祥用实际行动和生命向我们验证了党员领导干部“忠诚、干净、担当”的标准。

……

正想着，“到了”，司机翁加欣喜的话语打断了我过山车般的思绪。内江就要到了，“这次我再也不能错过这个口子了”，翁加打趣地说着，将车右拐下口子。

抬眼向前，远远望见高速路口收费站上“内江”大大的两个字。大千故里——内江就在前面。

月色下，那双温暖我一生的手

心安是归处。伴在母亲身边，年近不惑的我心里突然涌出这温馨感。

许久未陪母亲走走，加之母亲因为楼下的道路改造，估计每天的走路步数也压缩了不少。所以我试探是否带母亲出去转转，母亲很乐意地接受了。牵着母亲的手，那双昔日灵巧、温暖、有力的大手现在变得僵硬、粗糙、泛冷。

天色已经很暗了，街灯昏暗，幸好母亲临出门拿着电筒，倒也不怕。沿着凹凸不平的人行道慢慢走着。我左手紧握着母亲右手，慢慢沿人行道走去。

由于改造道路，的确不好走。砂石乱堆、路面凹凸、狭窄难行，加之行人不断，时不时有摩托车擦身而过。我愈加担心母亲平日行走的安全，反复叮咛母亲只在上午至中午左右逛逛就可以了，天色晚了就不要出门了。母亲要我放心，说她每天早饭后走走，基本下午3点前就回家了，不再出去。

母亲年前大病了一场。因为小弟的女友来家居住，和母亲合不来，加上饮食不习惯，母亲的胆囊炎一下犯了。过年躺在床上，好几天都动不了身。好在母亲意志坚强，加上药理调养，终于扛过来了。调养了半年，身体仍虚弱。以前，我牵着母亲的手转路，母亲的手比我还温暖。现在母亲的手是冷的，看来元气还没有彻底恢复。

正是这双手，在我小时也一定牵着我的小手走过多少路。至今我都清晰记得童年时，在月色下母亲牵着我的手赶路的情景。

一次是冬天，母亲带我和小弟去参加三表哥婚礼，耽搁了2天，凌晨趁着月色返回的情景。按照习俗，母亲带我们在婚礼头天便去了，在农村这叫“请伴客”，新郎新娘的姑表舅姨等至亲在“正宴”前一天就去帮忙、贺喜。第二天是“正宴”，举行婚礼。第三天是“谢伴客”，设宴感谢至亲和帮忙的街坊朋友。当时小弟才刚学会走路，我和一群小孩子们尽情地疯了两天。第三天凌晨，母亲早早地悄悄喊醒我，背着尚在熟睡中的小弟，和三姨等一批同村的亲戚们返家。从白日坝到烹坝不过15公里，我们沿着老川藏线，要经过浑水沟、咱里、小烹坝、沙湾等几个村子，才到烹坝。

冬夜里的大渡河谷很冷，好在没风，朗朗月色映照着大地，群山仿佛一群沉睡的野兽。大渡河泛着水银般的光，柏油马路在月色下，也泛着微微的银光，一切都那么静谧，让人感觉神秘。母亲牵着睡意浓浓的我，不时依着家乡的风俗喊着小弟和我的小名，一路往家赶。沿途的村子静默无语，偶尔从牛棚、猪圈传出三两声耕牛咀嚼声、猪儿睡梦中的欢哼声，晨鸣的公鸡深情地呼唤着黎明，我盼望随着打鸣天赶快亮了，却不知这只是破晓前奏，天色还是没有多大变化。几只看家狗看见我们一群人走过，扯着套在脖上的锁链，不停地吠叫，让我的睡意顿无，我紧紧拽着母亲温暖的大手，不由加快了步伐。

小烹坝只有两三户人家，小时听母亲讲在中华人民共和国成立前，时有抢人钱财的“棒老二”（土匪），好在天色逐渐泛白，没那么害怕了。走着走着，渐渐到了沙湾村，天色逐渐放亮，离烹坝也不远了。此时，月色渐渐隐去，东方的晓日也慢慢升腾，远远可以看见烹坝村庄的轮廓，在奔流不息的大渡河旁安静地矗立着。望见了熟悉的村庄，母亲之前紧紧拽着我的手也没有先前那么用力了，只是暖暖地握着我的小手，牵着我，放慢步伐，不疾不徐地往家里去。

另一次是几年后，大约我小学三年级的一个星期日，母亲应我的请求，带我到15公里外的姑咱镇去卖菜和小兔子。

也是天还没有破晓，我还在甜甜的梦乡里，母亲悄悄唤醒我，热腾腾的饭菜已经做好了。吃了饭，我们就出发了。母亲背着一大筐白菜，牵着背着几只小白兔的我，踏着淡淡的月色，顺大渡河溯流而上，往姑咱镇步行而去。

小云盘、加劲河坝、冷竹关，在母亲牵着我的沉稳的步伐里渐渐被我们抛在后边。我背的小白兔并不重，可走着走着，渐渐像小山似的压得我喘不过气来。我央求母亲歇息会，母亲说等到鸳鸯坝村休息，并将装有小白兔的小木箱从我的背篼里取去，一只手拎着，一只手牵着我往前赶路。

又走了几步，从我们后边来了一辆拖拉机，驰到面前停下，原来是同村的拖拉机，早早到姑咱镇去拉砂石。搭上拖拉机，远比步行快多了。坐在颠簸飞驰的拖拉机上，母亲握着我的大手更紧了，生怕我有个闪失。我望着天上的朗月钻进云层里，好像害羞的姑娘在脸上蒙上了一条薄纱巾；一旁的大山攒着劲往后跑；路下边的大渡河扬着清波，一路欢唱着向东流去。

夏夜里，虽看不清楚，但乡村特有的泥土味、花草香沁人心脾。百草和着各色野花，菜地里各色菜蔬，还有那一棵棵或舒展腰肢、或挺拔向上、或四围伸展的杨树、梨树、李子树、杨树、槐树、柿子树、枇杷树……混合出了一道大美的嗅觉大宴，让人无限神往，光闻一闻就终生难忘。

月色淡淡地洒在我们的身后、旁边、远山、河谷，母亲身上也仿佛笼着一层薄如蝉翼的白纱，平常因过度操劳而憔悴的脸庞，在淡淡的月色下，竟变得犹如象牙般光滑。风掠过，吹散了母亲鬓发，我从母亲温暖的大手里，抽出手，替母亲将鬓发捋了捋，母亲欣慰地笑了。月色下，母亲的那副甜美的笑容竟然那么美，深深地烙印在我的心里。拖拉机驰过河口，一阵拂晓的晨风从瓦斯沟口吹来，母亲忙将我的身子搂在她的怀里，那双温暖的，略显粗糙的大手将我的小手紧紧地捂起来，一股暖流从我的心底升起，将拂晓的寒意驱赶得干干净净。

母子同心，我是相信这个的。记得我在远离母亲千里之遥的高寒石渠县工作时，一次我病了，而且不轻。正当我孤身一人抵御着病痛和酷寒的双重折磨时，竟接到千里之外的母亲打来的电话。原来母亲夜里梦见我穿着单薄破烂的衣物在雪地里行走，很是担心，就打来电话询问。听着母亲暖暖的话语，我的病痛也没有那么厉害了，很快就好了许多。

儿行千里母担忧！当年，年少气盛的我师范学校毕业后，为了帮助一位身体羸弱的同学，在没有同母亲商量的情况下，主动替换那位同学到石渠县工作。我拿着改了的“派遣单”（工作分配证明），回到家，母亲正在地里除草，我对母亲说，我替换同学到石渠县去了。母亲愣了一下，但很快说，尊重我的选择。现在想来，当年母亲也是很担忧我的。记得临别母亲到石渠县报到的那个凌晨，我早早地听到母亲在她的房间里长长地叹了一口气，当时不是很明白，只是听到心里很难受。现在过去21年了，想必母亲当日的心情是非常的难受，在父亲英年早逝之后，母亲含辛茹苦，好不容易将我们兄弟姊妹6个拉扯大，可是在面临子女对未来的向往、期盼与世事艰难之际，母亲总是以她宽厚的包容、理解、挚爱，尊重和支持我们选择的路。其实，母亲何尝不想将子女留在身边，可我们却没有去想想母亲的感受，而是一意孤行以个人想法去对待母亲。随着自己成家养子，渐渐懂得了母亲，也深深领悟到古人说的“不养子女，不知父母恩”的深邃含义。现在想想，自从懂事以后，母亲从没有向我过多地索求过什么，即使我参加工作后，每每问起母亲缺不缺钱，母亲总是说有，不用担心，并时不时反过来问我缺不缺钱。

还记得21年前，我第一次上石渠去的那个凌晨，仍是夏日里，母亲在长长叹息后，和往常一样，早早起床，替我做好了热腾腾的饭菜，然后轻轻唤醒我。

临行，在故乡那淡淡的月色下，母亲久久拽着我的手，一边等车，一边叮嘱我一人在外要自己多保重。

月色下，我突然发现，往常母亲的手可以将我的小手捂得严严实实的，现在已经不能了，但透过母亲那双操劳一生、长满老茧的手，那股暖意径直从我的手上，流入我的心底，温暖着我的一生。

（2015年夏夜于康定）

扎溪卡草原的“油楂子”

——追忆藏族干部洛登同志

车过马尼干戈，翻越海子山，一路北上再没见一棵树，唯有三三两两或散长或团簇，本地群众称为“油楂子”的高寒灌丛在广袤高原顽强生长。看着一晃而过、其貌不扬的“油楂子”，藏族干部洛登同志的音容笑貌不由浮上心头。

初识洛登同志，是1998年秋天，我借调到石渠县中学工作，带的班是校长和本地老师们最头痛的班。当我从仁真老师手里接过这个班时，作为本地教师的他连连庆幸。当时我正年轻，丝毫不介意。后来，这个班的确让我费了不少心，但也是我印象深刻的一个班。班里学生藏汉皆有、贫富都具、个性各异、底子不一……对调皮捣蛋的学生我并不排斥，有所侧重，悉心加以引导。无论贫富，我均一视同仁。当时县领导的子女就有三位在这个班上，达吉就是其中之一。他虽然不是最调皮的学生，但平时养成的一些坏习惯着实让我费了不少脑筋。为了“杀鸡吓猴”“刚柔相济”，我在全面了解清楚班上的情况后，迅速同大家共立了几条班规，对待各位同学一视同仁。这么一来，同达吉父亲洛登副县长的初次见面就戏剧性地登场了。在达吉多次违反班规之后，特别是在藏文课上搞笑弄得一位当地女教师“哭鼻子”后，我请其父亲来“站旗杆”。

当天下午上课前，班长曲真气喘嘘嘘跑来报告，达吉的父亲来“站旗杆”了。操场上，一位个儿不高、满脸黝黑、头发紧贴脑部、敦实憨厚的中年汉子向我走来，远远就伸出手来握我的手，并连连致歉，说来“站旗杆”了。我严肃地说：“就站在国旗下。”洛登同志马上老老实实地走到旗杆下，站在那里。这一幕，让全校在场的师生都看得目瞪口呆。等了一会，预备铃响了，看着洛登副县长还老老实实地站在国旗下，我想效果已经达到了，就走过去问他下午有没有什么公事。他回答说：“下午原准备带几个部门到东区去，不过不要紧，站完‘旗杆’后再去。”我给他讲了达吉的表现情况，并说：“既然这样，那你就先去忙公事，让家里长辈来旁听下课，感受下老师的辛勤付出。”洛登副县长连连感谢，并马上让达吉的舅舅来学校听课。戏剧性的碰头，大家也就算认识了。洛登同志的热情、爽朗、真诚、尊重师长，给我留下了深刻的印象。尤其是其双手紧握我那时温暖一幕，更是刻在我心里，每每想起。

后来，我同全班所有学生的家长们都熟悉起来，每位学生家里每学期至少要家访3次以上，有些特殊的学生更是一周一访，比如，贫困学生张健，爱打架的小巴登、泽仁，爱学习的青措，学习底子薄的扎巴……为了引导好孩子们，我专门用一个大笔记本给全班学生建立了档案，包括民族、生日、身体状况、家里情况、兴趣爱好、学习情况、个性习惯等，并不断更新。2年多的时间里，我同全体学生和家长都十分熟悉，家长们也十分支持我的教学。后来我调到党政机关工作了6年，洛登副县长也调到了县人大当副主任。我和洛登同志更加增进了了解，加深了感情。相处久了，发现大多数时候洛登都神采奕奕和充满笑容，那阳光般的笑容，始终让人感到温暖、快乐和振奋，在被誉为“生命禁区”的扎溪卡，这种笑容更为重要。

正如洛登同志日常说：自己从牛场娃入伍当兵，成长为县级干部，全靠党和人民。力所能及为家乡和父老乡亲做点事，这就是最大的快乐和幸福。他是这么说的，更是这么做的。他被医生反复警告，不能再在石渠县等高海拔地区工作和生活，可乐观和幽默的洛登同志却说：“我是一个牛场娃，我离不开这片生养我的草原。”

2007年7月，我调到康定工作，后来因为工作，2008年至2011年那四年里，每年我都要到石渠县几次，并且每年都要待上2个月时间。每次上石渠，我都要到石渠县的许多老朋友那里坐一坐、看一看、聊一聊，洛登同志算其中一位。每次他都是那么精神爽朗，相聚也是那么愉快。之后有几次他来康定开会，我们都要摆谈和交流。殊不知，简短的会晤竟然成了最后的诀别。

逝者随风已去，万分悲痛之际，同洛登同志相识相知的往事一桩桩、一件件，浮现在脑海，挥之不去、抹之不确，他的音容笑貌仿佛就在眼前。

从我当其儿子达吉班主任结识洛登同志开始，虽然洛登同志先后担任过副县长、县人大常务副主任，但始终没有一点架子，作为本地成长起来的少数民族干部，对党和人民有着深厚的感情，对汉族同志始终有着深厚的兄弟情谊。无论工作和生活，对同事，特别是汉族同志都像兄弟般的给予帮助。拿他的话说，他是当兵出身的，当年在部队上，“汉族老大哥”们无微不至的照顾和帮助，让他终生难忘。工作上，无论多困难和繁重的事，他总冲在前面。拿他的话说，本地干部都不努力付出，那就对不起党和人民，更对不起生养我们的这片土地。他抓稳定、促发展好惠民生的意识很强，随时都在关注石渠的民生稳定发展。生活上，他始终对汉族同志悉心关照，许多汉族同志喜欢吃“雪”（酸奶子），他就让达吉为他们送自家做的新鲜酸奶。缘于对高寒牧区的挚爱，我们有很多共同语言，经常促膝长谈，他常给我们谈基层情况、三农问题、稳定工作，经常关心我们的身体状况。

石渠，藏语称扎溪卡瓦（意即雅砻江源头的部落），地处川、青、藏三省区、四州八县结合部，是四川省第一畜牧业大县。受特殊的地理、自然和人文、历史等影响，县境内民间纠纷盛行，基层稳定任务十分繁重。洛登同志在担任副县长时，为贯彻中央“稳藏必先安康”的精神，在收枪治暴、打黑除恶等工作中功绩卓越。

洛登同志与石渠有着割不断的联系。1998年春节前，长沙贡玛乡岔雄沟12户牧民被雪灾围困。衣着单薄的老人和孩子围成一团，在寒风中瑟瑟发抖。洛登同志冒着生命危险，带领救灾小分队，徒步踏雪深入牧场，安抚和组织村民快速转移。在石渠人的印象里，洛登同志就是这样一位至情至性的康巴汉子，与群众一起吃住、一起劳动、一起悲欢。

在县人大时，洛登同志充分发挥其熟悉基层、经验丰富、牧民威信高、擅长稳定工作等强项，主动请缨，积极协同开展基层维稳工作，并在实践中探索总结出了“引导民间调解向人民调解转变”的好做法，上报省、州政法部门，得到高度肯定和表扬，为国家层面决策提供了一手资料。这一做法打破了牧区既往基层纠纷盛行、民众负担加重的现状，扭转了被动维稳的局面，有力维护了法律尊严和基层农牧民的合法权益，密切了党群干群关系，极大地巩固了基层，推进了石渠县农牧区发展。

2004年，为了有效化解历史上因避仇杀而从雅砻江下游千里迁徙来石渠县，辗转定居在石渠县长须贡玛乡最高寒区的查加村村民与周边村落之间的矛盾，在时任县委书记段毅君的带队下，洛登同志充当先导，深入该村。时值初夏，但海拔4600多米的查加村，一夜大雪将查加村通往海拔更高的远牧点的高山全部覆盖了。为了掌握第一手的情况，大家一块骑马蹒跚而行，在海拔近5000米的雪山上行进，十分艰难，大雪将原本险峻的山路基本覆盖了。为了确保安全，洛登同志和查加村的向导徒步在前面探路，走一段，确定安全了，才让大家跟来。在许多险峻的路段，洛登同志更是亲手牵着汉族同志坐骑的马缰绳，一步一步地将大家带出险境。大家要下马，洛登同志总是不答应。他说，你们是第一次到这么高的地方，原本就缺氧，有高原反应，如果再徒步，势必会造成生命危险，对整体队伍的行进都会有影响。他还说自己是当兵出身，身体素质好，加上熟知查加村地形，探路、牵马最合适不过。他还幽默地说，他就是孙悟空，我们一行就是要到远牧点取“真经”。大家犟不过他，加上雪厚得连马肚都快要触及了，只好由他牵马艰难而行。一路上的确艰险，为了舒缓大家的紧张情绪，他又“自揭家丑”，神侃起他任副县长分管政法时，主持一次公判大会的“笑谈”来。当时他的汉语不是很流利，主持时，他竟把“把车门打开，把犯人押上来”，说成了“把犯人打开，把车门押上来”，此笑谈后成了石渠经典，而他也毫不避讳，自己绘声绘色地在很多场合笑谈其事。久之，无论是汉族同志，还是藏族同志都把这件事当成了一个豁达、大度的笑谈来摆，这件事也成了洛登同志的名片。在他的幽默调侃下，大家不知不觉地就翻过了山梁。下到山谷里，连查加村的向导都说雪太大了，都捏着一把汗。

每每忆及当日他为同志们牵马、探路的场景，大家就禁不住热泪在眼里翻涌。

持续的高海拔工作，让洛登同志病倒了。在大家的再三督促下，他去医院做了检查，也做了手术，医生也再三告诫不能再在高海拔工作了。他却告诉大家说是一个小毛病，不用担心，他是土生土长的扎溪卡哇（石渠人），犹如草原上历经千年冰雪的“油楂子”（一种在石渠县草原上生长的高寒灌丛），最适合在草原生长了。大家也信以为然，认为洛登同志土生土长，身体抵抗力强，会很快康复回到工作岗位上。他一如既往地投入工作，没有让人感觉出是身患重症的病人。

2011年夏天，安定了几年之久的查加村再次因为草场边界纠纷而发生了械斗的惨剧，并有扩大危害的趋势。洛登同志其时已经退居二线，当了调研员，正在家里养病。缘于他熟悉查加情况，在当地群众中威信高，县委斟酌再三，决定请他出面稳控当时双方失控的局面。接到县委的电话，他决然不顾家人反对，拎起“马褡”（背包）就冲出了家门，奔赴查加村开展工作。在查加村现场开展了一周多工作后，他迅速控制住了局面，平息了双方的怒火蔓延。看到他日益憔悴，械斗双方均强行要求他下山看病，看到善后工作进入了平稳状态，洛登同志首先要求械斗双方保证不再扩大事态，然后才在双方的强烈要求下下山看病。大家当时不知道，夜以继日投入维稳、发展工作的洛登同志，已经是肺、心、肝等多处器官有着高原性严重损害，并且身患淋巴癌晚期。这一病，就成了洛登同志许多次“拖、靠、熬”无法再到医院里的最后一次。

2012年5月30日，我在康定接到学生达吉的来电，告诉我洛登同志在家病逝，终年58岁。闻此噩耗，如遭晴天霹雳。

洛登同志病情恶化期间，受到了大家的关注。在亲友们的陪同下，他辗转在西宁、成都等地就诊。我每次到石渠县之际，都要去看看这位老领导，问及病情、聊聊家常、谈谈工作。每次，他也总是轻描淡写地说是老毛病、小问题。可每次他都不忘提石渠，不忘关心家乡的发展大事，关心石渠的稳定大计，并嘱咐我们这些曾经在石渠县工作过的同志多回来看看。

2012年7月，我到石渠县开展结对认亲工作，故地重游，物是人非。目睹梦境里多少次重访的扎溪卡草原，草原上那一棵棵、一簇簇、一片片的“油楂子”上仿佛都有洛登同志的印迹。睹物思人，让人潸然泪下。工作之余，我专程前往其家里探望洛登同志家属，从学生达吉口中得知其临近生命终止之际，都强烈思念着石渠县的一山一水一草一木，要求终老在家乡，死后能够目睹家乡的发展变化。30多年来，洛登同志药不离身，足迹踏遍扎溪卡草原，多少回累倒在救灾现场，多少回痛湿衣衫，直至生命最后一刻，他都践行着自己的诺言，终身守护扎溪卡草原。

斯人虽逝，良风犹存。洛登同志虽然已去，但他愿为党和人民的事业燃尽生命之火的精神必将激励着我们，克服困难、艰苦奋斗，继续加快民族地区，尤其是高寒牧区的发展，为农牧民谋幸福！

洛登同志，我们的好同志，我们永远怀念您！

（2015年冬夜于石渠）

在亚丁守望梦想的康巴汉子

春分才过两天，高原的雪花还是一如既往，说来就来。抬眼窗外，远处的跑马山一片朦胧，千树万树的雪花宛如初春的梨花那么美艳。近处的雪花犹如绒花，在窗外翻飞轻舞。风不大，绒花般的雪花晶莹剔透的身姿愈加清晰，伴随着轻旋纷飞的雪花,《向往亚丁》在室内漫延开，天籁般的歌喉让人的思绪也飘向了千里外的亚丁……

调离石渠十年后再见索郎达吉是六年前到石渠出差，当年的大孩子已成长为一位康巴汉子，唯一不变的是其对音乐的热爱。围坐在熊熊的牛粪钢炉旁，我还是一如既往叫他达吉，而达吉也如当年一样叫我“张老师”。达吉一边弹着吉他，一边唱着自己的得意之作。就着奶茶，嚼着干牛肉，我们师生俩谈起十多年前他的调皮和调侃，都不由自主开心地欢笑起来，当年我们师生的一幕幕在大家心里都那么美好，四季溢香。和着对美好生活的向往，那一夜熊熊的火炉燃烧了通宵。

三年前，又见达吉却十分偶然。那是高原鲜花烂漫的8月，我们从康定出发，前往雅江、理塘和稻城，为全州“六大战略”现场会实地踏勘和确定点位。盛夏的康巴高原，阳光灿烂，风光无限，车加快奔前方疾驰之际，在车上信手随摄即兴的美好，一路飞奔不断，一路美景闪现：折多塘村的乳香飘飘、鱼子西的宁静和鲜花、新都桥的木雅风貌和片石房、高尔寺山的祥云缭绕和山花烂漫、日基村的云翔万千和红龙的瑞雨突降、天路十八弯的蜿蜒盘旋艰险、勒通古城的厚重显达、毛垭草原的绿意盎然、兔儿山的剪影、海子山的古冰帽和高海拔宇宙线观测站、稻坝的白塔与傍河水、八月飞雪的理塘城、万亩青杨林和大道向亚丁、稻城登秋节前的梦幻七彩家园、波瓦山上的雨雾缭绕、热乌寺里的绿树、亚丁的秋色早到……

从康定出发，两日的行程，看了10多个点，开了10来个会，结识和邂逅了许多新老朋友，美景相伴、让人眷念。特别喜剧的是在实地踏勘确定最后一个点位，在打造《亚丁》歌舞剧的剧院里，我们都为甘孜州拥有了如此现代的剧院而自豪之际，督促要求抓紧施工，以确保过几天的现场会上可以使用剧院上演《亚丁》歌舞剧序幕。突然，一位拴着马尾辫头戴牛仔帽的康巴汉子走过来，叫我“张老师”，我一看，这不是我的学生达吉吗？工作关系，同既是学生，也是朋友的达吉相逢在亚丁雪山下的香格里拉镇，真是一种缘分。拥抱之际，能感受到这个昔日搞笑、幽默的卷发男孩已成长为魁梧的康巴汉子。因为有工作在身，我们简单地寒暄了几句，约定忙完工作后聚。

忙完工作已是晚上7点过，中途达吉来了几次电话，并邀请一块晚餐。因为时间紧，为了交换现场会点位的意见，我们同稻城县上的同志像前几个县一样，充分利用用餐时间，为此就婉言谢绝了达吉的盛情。华灯初上，达吉让他的表弟来接我，因为他要照顾其开的“矮房子”酒吧的生意。沿着香格里拉镇灯光朦胧的夜景，我和他的表弟，一位很帅的大男孩一边欣赏夜景，一边聊起石渠的事。说起其家里的事，我也依稀记得当年达吉家里见过这位男孩，只不过很小，大约不到十岁的小男孩。达吉家族，尤其是母亲家族出帅哥，其几位舅舅都是康巴汉子，而且大都能歌善舞，堪称扎溪卡草原典型的牛场娃。缘于家族的艺术基因和环境熏陶，达吉当年上初中时就十分喜欢音乐，还偷偷地自学弹吉他，被其父亲发现后，认为不务正业，挨了不少揍。好在我作为他的老师和班主任，却十分支持他的这个兴趣，在开通其父亲后，还鼓励其将来最好能够上音乐学院。达吉的表弟认识我，也知道这些往事。大家就这么摆谈着，不知不觉就到了达吉的“矮房子”酒吧。

“矮房子”酒吧很有特色，利用一老旧、低矮的土墙房子装修出来，房内摆满了当地人生产生活使用的器具，对酒吧没有多大兴趣的我还是饶有兴致地观看完了达吉别出心裁的创意空间。看得出来，达吉在营造酒吧主题花了不少工夫，也融入了自己的东西，为此“矮房子”酒吧在亚丁的知名度很大，许多到亚丁的人都会光顾。作为学生，达吉也知道我同酒没有缘分，对酒吧也不感兴趣，就提议到旁边僻静的地方喝喝茶。他的提议正中我怀，我就提议能否一块出去转转，看看香格里拉镇上以前的老房子。结果我的这个提议一下就提起了达吉对老房子的话题。

算来，那次到香格里拉镇是第五次，但之前都是奔着农业工作而去，并且都是在田间地头看完就匆匆而别。之前也就在昔日被称为日瓦镇的镇头上“绿野仙踪”的客栈住过一晚，当时感觉老房子还有许多，现在基本都消失殆尽了。

人与人相遇、相识、相交是一种缘分，一路走来，那些熟悉的脸庞总会不经然在某个时空浮现在我的脑海，欣慰、高兴的是达吉已事业有成。更为叹服的是他对亚丁旧民居保护的想法，在洛克小道旁，他谈到几年前那幢老藏房拆掉时，他毫无办法地哭了的情景，我深切地理解他的感受。因为我们都认为每一幢老民居都是有生命力的。我心里产生记录和点赞的冲动，身为一个甘孜州人，我们都不能毁掉那些诞生了我们的祖辈，以及许多故事的老民居。

吹拂着从亚丁雪山而来的盛夏和美、怡人的晚风，达吉陪着我到附近的几家老房子转了转。当我们谈起消失的老房子时，大家都十分痛心。为了短期、眼前的利益，许多本地居民将自己的老房子拆掉，或自建，或让外来人投资合建，通过增加住宿房间来换取短期的利益，为此也毁掉了祖祖辈辈世代经营传承下来的老屋，毁掉了积淀了几代人几百年的财富。

坐在达吉为保护亚丁老房子而长期租下开的“藏迦主题酒店”大厅里，我们继续着保护传统民居和村落的话题，他说当一栋栋老房子被拆掉修建现代酒店时，他想死的心都有。俗话说，士别三日当刮目相看，当达吉说出他到亚丁的缘由和在这几年里所做的一切，我都无法想象这就是当年那位调皮、腼腆，而且有点冷幽默、搞笑的大男孩了。当年达吉的学习成绩靠后，而且时不时溜号不上学，连校长的话都不听。好在我秉着一视同仁和滴水穿石的精神同他们相处，更多是把他们当成朋友和未来来疏导和引领。当年，我曾鼓励他们不仅要搞好当前的学习，一步一个脚印，慢慢逐步提升。更要着眼于十年、二十年后，来考量自己的人生。哪怕就是当“牛场娃”，也要当个懂技术、会管理、善经营的现代“牛场娃”。回首与达吉他们初中生活分别后的时间，恰好12年，真不敢相信当年成绩不好而去当兵的达吉，经过十多年的磨砺和锻炼已成长为一位真正的康巴汉子。达吉的言谈举止，特别是在公益、艺术、音乐等方面的观点和看法远在我这位当年的老师之上。看着达吉能有今天的成就，打心底替他高兴，这也是当年我执教时对所有学生不曾放弃的目标。

当我看着“藏迦主题酒店”底层大厅里支撑整栋老房子建筑的千年古树身躯时，激动地感叹不已，不知道当年修建这栋老房子的先辈们是怎样将千年古树从深山老林里寻找到，然后请回这里的。这里面有着多少这栋房子主人世代相守动人的故事啊！

达吉谈起他十多年的经历，让我自叹弗如。之前我知道他对音乐十分着迷，当了兵后还到四川大学上过学，作为独立音乐人及制作人，参加过《快乐大本营》等，还获得过许多奖项。后来却突然退出了北漂，到稻城亚丁从事守护亚丁的工作。作为稻城亚丁官方旅游形象大使、甘孜免费午餐滴水公益的发起人，达吉专注公益事业十多年之久。师生相聚，相谈甚欢，谈起对未来的打算，达吉充满憧憬地说，自己放弃了许多机会，返回甘孜州，到亚丁来十分值得，把家乡的美好呈现在世人面前。说着，他为我唱起了《向往亚丁》。

那次在香格里拉的夜谈，成为我们记忆中的美好。也让我进一步体悟到许多：坚持定力，沿着自己的兴趣去做，你一定能有所作为；三人行，必有我师；青出于蓝而胜于蓝……

今年春节前，达吉又捷报频传：中意合作周中国访问团最年轻代表、世界夫人全球总决赛评委、格莱美的特约颁奖嘉宾，今年5月他将带着来自“神秘东方伊甸园，遥远的香格里拉”的藏地天籁之音，亮相当今世界最具影响力最顶尖的国际电影节——第72届戛纳国际电影节。作为此次特邀音乐人，将用歌声、音乐剧和纪录片等形式，通过全球巡演，围绕“消失的地平线，心中的香巴拉”主题，把著名探险家“洛克”曾在稻城耳闻目睹的“最后的香格里拉”呈现在世人的面前。

康巴有一句名言：“能说话就会唱歌，会走路就能跳舞。”在被誉为“圣洁甘孜、大美康巴”的这方山水，历来是康巴的核心区。作为三大藏文化之一康巴文化的发祥地，甘孜州的康巴文化源远流长、灿烂辉煌，是中华文化瑰宝之一。这片历史悠久、文化底蕴深厚的乐土上，孕育出了被誉为“宇宙歌曲”的《康定情歌》这样的不朽名曲，也诞生了许多知名的音乐人，可以说音乐始终流淌在每个甘孜儿女的血液里。从小在歌舞海洋里成长起来的达吉，二十多年来耳濡目染着雪域高原的牧歌，一路走来用音符串成对甘孜的挚爱。这正如一位我所敬重的领导说的：“美好的人生每个瞬间犹如一颗颗闪亮的珍珠，用时间的线穿起就成为一串美丽的珍珠项链。”

有意义的人生，永远在追求生命的优质，追求生命的宽度、高度、广度、深度和温度。相信达吉定能心想事成，正所谓“有志者事竟成”！衷心祝愿我的朋友、学生达吉在人生的道路上：不忘初心，定得始终。

（2019年春天于康定）

04

甘青纪行

趁着7月青藏高原灿烂的阳光，一路北上，过玉树、治多、曲麻莱、格尔木、德令哈、敦煌、武威、兰州、西宁、共和、玛多。历时7天，行程8000多公里，对甘肃河西走廊的纵深苍茫和青海的高远大美有了初步感受。

从“大香格里拉”想到“三江源自然保护区”

从石渠县到玉树地区，通天河是必经之河。据传，通天河是唐僧师徒取经所经过的一条大河，这是唐僧师徒八十一难中的一难，事见《西游记》第四十七、四十八回。唐僧遇阻通天河，夜宿陈家村，巧遇灵感大王祭祀，孙悟空与其斗法通天河，救得童男童女，后得老龟相助，渡过通天河。

7月的通天河浊浪滔天，联想起4月14日发生的玉树大地震，不由让人很是伤感和忧郁。在通天河大桥旁，由江泽民题写碑名，布赫撰写碑记的“三江源自然保护区纪念碑”格外抢眼。由于长江、黄河、澜沧江均发源于青海境内，这三条大河的源头相距很近，以此命名的三江源自然保护区就成了我国面积最大、海拔最高的天然湿地和生物多样性分布区。其实对我这个在石渠县待了14年的人来讲，无论是到石渠县洛须片区下乡，还是到玉树州出差，都绕不过通天河。每到通天河一带，除却会不由自主地想起当年在此罹难的长江第一漂勇士——尧茂书外，给我最大的感受就是县城距“三江源自然保护区纪念碑”不到100公里，且全县大部分都在三江源自然保护区核心半径100公里以内的石渠县，并未因为其地理位置而被纳入三江源自然保护区范围。为此，共饮一江水的石渠县也就丧失了许多优惠政策和发展良机。川、滇、藏共享的大香格里拉区域，先前纷争不已，后经过科学论证和多方会商，而达成一致构建。其实，早在10年前，我就曾感慨石渠县处于至江源核心区，未尝不可纳入保护区范围内。

姑且就由三江源的源头说起：万里长江发源于唐古拉山脉的主峰各拉丹冬南侧的大冰川，滚滚黄河发源于巴颜喀拉山北麓的卡日曲河谷和通天河晒经台古宗列盆地，澜沧江源出于唐古拉山北麓的群果扎西滩。

通天河是长江的重要支流，也是长江上游中的一段，其从青海流入四川省石渠县境内始称金沙江，它上起囊极巴陇与长江正源当曲相接，下至玉树州附近的巴塘河口同金沙江相连，横贯青海省玉树藏族自治州全境，河长813公里。通天河流经“三江源自然保护区纪念碑”后，往下100多公里的流域里，就是石渠县洛须片区的一镇四乡（洛须镇、真达乡、奔达乡、正科乡、麻呷乡），该区域也是石渠县四个片区中唯一的半农半牧区。其中，真达乡全部涵盖在通天河下段，因为河道比较顺直，河槽逐渐稳定，水流比降增大，水势汹涌，两岸山势增高，谷底海拔由上游的4000多米下降到3000多米，成为典型的峡谷河流。

通天河的左岸山岭属著名的巴颜喀拉山，翻过此山，便是中国第二大河——黄河的源头。而四川省的石渠县恰好也就地处巴颜喀拉山南麓，尤其是流经石渠县的三条大河（金沙江、雅砻江和查曲河）中的查曲河便是黄河的重要支流之一，地处查曲河和雅砻江流域的石渠县四分之三区域，尤其是扎多片区的5个乡就散布在巴颜喀拉山南麓。扎多（雅砻江上游）、扎格（雅砻江中游）和扎麦（雅砻江下游）三个片区共同构成了石渠县的牧区，并且和扎多片区首尾相连的扎格、扎麦片区的大部分区域距三江源自然保护区纪念碑的半径距离也不过100公里左右。

从物种来看，石渠县作为长江源的范围之一，与三江源同为世界高海拔地区生物多样性特点最显著的地区，被誉为高寒生物自然种质资源库，具有独特而典型的高寒生态系统，为中亚高原高寒环境和世界高寒草原的典型代表。植被类型有针叶林、阔叶林、针阔混交林、灌丛、草甸、草原、沼泽及水生植被、垫状植被和稀疏植被等9个植被型，可分为14个群系纲、50个群系。区内国家二级保护植物有油麦吊云杉、红花绿绒蒿、虫草3种，列入国际贸易公约附录Ⅱ的兰科植物30多种。野生动物有兽类80多种，鸟类230多种（含亚种为263种），两栖爬行类近50种。国家重点保护动物有60多种，其中国家一级重点保护动物有藏羚羊、野牦牛、雪豹等10多种，国家二级重点保护动物有岩羊、藏原羚等30多种。

同时，从文化区域来看，地处三江源自然保护区的玉树州等与甘孜州同属康巴区域，石渠县的通天河——金沙江流域的青稞文化区域（洛须片区5个乡镇）与玉树的治多、玉树等县份同属相同的文化区域。而查曲河、雅砻江流域的牦牛文化（扎多、扎格、扎麦三个片区18个乡镇）与玉树、果洛地区的许多县份同属相同的牧区文化区域，无论是生产生活，还是语言、建筑、服饰、饮食等都大同小异，并且都是格萨尔传说流传的重点区域。

从气候来看，石渠县与三江源同属高寒气候区，除高原东部边缘外，大部地区风大，气温低，空气稀薄，垂直差异很大，多年平均气温在0℃以下。通天河下段及金沙江上游石渠县辖区河谷地区，气候比较温和湿润。该段河谷以前除放牧外，只能在小块土地上种植青稞。现在，农业区面积扩大，作物品种也有增加，先后试种小麦、蔬菜和各类瓜果都获得成功，产量也不断提高。通天河和金沙江两岸，由于自然地理环境相当复杂，因此形成多种类型的草原牧场，是长江上游的重要畜牧区之一。

在写下该文之后，10月12日，欣闻温家宝总理主持召开国务院常务会议，决定建立草原生态保护补助奖励机制，从2011年起，在内蒙古、新疆（含新疆生产建设兵团）、西藏、青海、四川、甘肃、宁夏和云南8个主要草原牧区省（区），全面建立草原生态保护补助奖励机制，实施禁牧补助，实施草畜平衡奖励，落实对牧民的生产性补贴政策，加大对牧区教育发展和牧民培训的支持力度，促进牧民转移就业。这对由于超载放牧和草原保护投入不足等原因造成草原退化严重，可利用面积减少，生态功能弱化的高寒牧区居多的甘孜州，以及藏区绝大部分地区来讲都是一件千载难逢的大好事。对加强草原生态保护，转变畜牧业发展方式，促进牧民持续增收，推动城乡和区域协调发展，维护国家生态安全、民族团结和边疆稳定具有重大历史意义。

石渠县作为通天河下游和巴颜喀拉山南麓的重点区域，其地理、气候、物种等自然环境，以及民族、语言、习俗、文化等无不与地处三江源区的玉树州山水相连、交融共荣。今年，玉树“4.14”地震也波及了甘孜州石渠、德格、甘孜和白玉四县，其中尤以石渠县为重，造成了石渠县7个乡（镇）4192户农牧民房屋不同程度受损，直接经济损失2.1亿元。为此，将石渠县等甘孜州北部区域纳入三江源自然保护区具有极其重大的战略意义。赋诗：

河称通天源西游，地名玉树傍青藏。
江河发源育中华，水塔美誉润国民。
香格里拉尚且大，三江源头何堪小。
苟利国家事无小，岂因区划为障碍。

（2010年7月16日）

治多到曲麻莱

抵达玉树，已是午后2时左右，这是玉树“4.14”地震后我第5次到玉树了。此次和第一次很相似，是在淅淅沥沥的小雨中进入结古镇。不同的是时隔3个月后，地震当日的遍地废墟大都得到了清理。

至今还清晰记得，地震后第一次抵达结古镇，在入口的丁字街头，一只在地震中幸免于难、长着长长胡须的山羊，用前蹄趴在一名街头维持秩序的武警战士的后腰上，不停地嚼咬着。估计是饿急了的山羊将武警战士的迷彩服当成了绿色的植物，想舔舐，任由这名武警战士怎么躲避和驱赶，这只山羊就是不肯罢休。

援建的车辆很多，其中绝大部分是部队运送物资的汽车，原本十分狭窄的街道更加拥挤。我们的车辆在震后泥泞的街道上走走停停，徐徐30来分钟才驶出结古镇，然后就不停地上坡，一路北上往治多县而去。

此次北行，从玉树县进入治多县，也打破了我先前固守的唯有石渠广袤无垠的印象。之前，因阅历有限，我始终爱把自己曾工作和生活过14年、平均海拔4200米以上、25191平方公里的扎溪卡草原（石渠县）的高大作为我人生的一笔财富。实际在青海的很多县份，那里的高大、辽阔已超出了我的视野和想象，治多县便是首先给我耳目一新之感的高大之地。

治多县因地处长江源头而得名，被誉为“万里长江第一县”，素有“长江之源、百川之祖、唐蕃古道”之称。过治多县时，我们在县城对面的一个河滩上小憩了会儿，遥望隔河而居的治多县府加吉博洛镇。可以想象，当年曾是唐蕃古道重镇和康蕃区重要贸易集散地的加吉博洛镇是何等的重要。

据资料记载，治多县位于青藏高原中部，县域面积80220平方公里，占该州土地总面积的30.04%，人口3万人左右，其中藏族人口占97%以上，人口密度仅为每平方公里0.212人，为纯牧业县。全县辖5乡1镇，地域辽阔，地形复杂，高差较大，平均海拔4500米，年均温 –0.3℃至 –0.6℃，无绝对无霜期，年降水量394毫米。凭以上数据，其“高、大、寒、难”均不亚于石渠县。

在风驰电掣的汽车里，透过车窗可以看见，沿途大多是得天独厚的草甸草场，这也是治多县植被的主体。著名的江荣滩、查荣滩、邦荣滩、雅荣滩和巴荣滩等草滩，宛如一颗颗硕大无比的珍珠，散落在治多水草丰美的草原上，其中仅巴荣滩面积就近1万平方公里。境内草场类型以高寒草甸为主，其次是高寒沼泽草场、高寒灌丛草场和少量疏好草场，植被覆盖度为80%左右。

治多县古为原始牦牛产地之一，草地畜牧业的发展历史源远流长。据记载，4千多年以前，活动在长江源头的人类就经营着简单的畜牧业。大约到公元前300多年，居住在青海湖东部的人群西迁来本境，同当地人组成部落群体，亘古至今，勤劳的藏族牧民沿袭逐水草而居的游牧生产方式，世世代代在这块土地上繁衍生息，成为世界上古老的游牧民族之一。自隋代开始，治多地区就是玉树人的游牧基地。清雍正十年（1732年），清政府对牧区严格控制，划疆定界，设置千百户，清查部落户口，将玉树人归属为囊谦千户领地。清道光二年（1822年），玉树分衍出宗久、雅拉、百户、江赛4个部落。随着历史进程，这四个部落又分出多得、赤沟、巴德3个部落。到清宣统末年，该地区自立体系的7个百户或独立部落，一直隶属囊谦五室之下，这期间玉树地区的畜牧业经济和社会有了稳定发展。公元1913年后，该地区归玉树理事管辖。到公元1929年青海正式建省，玉树理事改设玉树县，该地区归玉树县管辖。

治多就区域来讲习惯上将其划归朵康，但是从地理位置上来说，却处于卫藏和朵康的交接点，在康藏文化的交汇点上。民间盛传“玉树二十五族之角尖，卫藏三十九族之足底。上通卫藏，下接汉区，唐蕃古道穿境而过，长江、黄河出境东流”之说法。就藏族六大氏族来讲，属于米查尕氏后代。《格萨尔史诗》中“嘉洛婚礼”描写了格萨尔赛马夺冠后，前往嘉洛家迎娶珠牡的壮阔场面，可以遥想当年格萨尔在此的故事。这场名震雪域的巨型婚礼，实际上是长江源区与黄河源区藏族婚俗的大融合，从而形成了治多地区丰富而独特的婚俗文化。婚礼收尾时的大联欢，是以赛马为主，包括其他各种竞技表演。有感于治多这段历史，赋诗以为念：“唐蕃古道西行路，角尖足底联汉藏。长江黄河境东流，百川之祖为治多”。

没有在治多县停留，我直奔曲麻莱县，抵达曲麻莱县已近黄昏。晚饭后，趁着黄昏的最后一抹光线，我和同行的两个伙伴一块儿逛了下县城。曲麻莱县城和治多县城一样地处平坦的大草原上，县城规模较小，建设水平和规模不如我们甘孜州的一些县城，但也可以看出这是新兴的县城，次日果然就经过了曲麻莱县的老县府所在地。

曲麻莱县位于青海省西南部、三江源区，是一个美丽富饶的地方，素有“江河源头第一县”的美称。横跨通天河（长江）、黄河两大水系，县境西北部为宽谷大滩，地域辽阔，东南重山叠岭，年平均气温-3.3℃，县域面积5万平方公里，总人口不足3万人，以藏族为主。县域内平均海拔4500米以上，其中县城海拔4226米，自然条件恶劣程度毫不逊色于海拔4268米的石渠县城尼呷镇。

滚滚不息的中华民族母亲河——黄河发源于麻多乡约古宗列地区，长江北源主要源流勒玛河、楚玛尔河、色吾河、代曲河均发源于曲麻莱县境内，是我国南北两大水系的主要水源涵养地，形成了独特的“高原水塔”自然景观，这也是该地素有“中华水塔”“名山之宗”美称的由来。

曲麻莱县是青海省重要的“西宁毛”产地之一，有产金地区，采金历史悠久。晚餐时，据该县相关官员介绍，当年鼎盛时，光一条远近闻名的金沟就有上万人专门从事采金作业。作为我这样一位外行人来看，翻开千年形成的草滩采金无异于杀鸡取卵、饮鸩止渴，好在现在这种项目已被禁止。

赋诗以为留念：

黄河源头第一县，中华水塔美名芳。
昔日砂金盛名扬，今朝生态保护忙。

（2010年7月16日夜草于曲麻莱）

盛夏的可可西里

曲麻莱到不冻泉距离有311公里，沿途基本都是4500米以上的高寒草甸。除了沿途路过曲麻莱乡等两三处村落外，其余全是无人区，并且沿途还翻越了8座看似不高、实际海拔却在4406米以上的高山，这些山分别是加龙山（4556米）、马龙查聪山（4716米）、红土山（4406米）。在途经治多县境时，我们翻越了达钦拢山（4581米）、哈格松山（4632米）、格郎拉拢山（4509米）、土松涌山（4459米），最高的当数昆仑山口，海拔4767米。途中，我们还跨越了色吾河大桥、楚玛尔河大桥。

行车途中，当年的曲麻莱县城旧址从车窗外一晃而过，十分荒凉，仅剩下一些残垣断墙，并且都是土墙。一座青砖砌就的横梁上镌刻着“为人民服务”的门牌，可以看出这里当年曾有机关驻住，如果没有介绍，外人根本不知道这曾是曲麻莱县城旧址。

车过达钦拢山，草地越来越稀疏，并且沙化逐渐严重，远甚石渠县沙化严重的呷依乡、长沙贡玛乡。如果不是亲眼目睹，很难相信盛夏的可可西里自然保护区，竟然如此荒凉和干枯，自然条件如此恶劣。

在可可西里自然保护区，沿途几次近距离碰见藏野驴和藏羚羊。虽然在高原待得久，对藏野驴等野生动物也不陌生，但如此近距离与藏羚羊、藏野驴对视确实是首次，可可西里确实不愧为“野生动物的天堂”。

“可可西里”蒙古语意为“青色的山梁”（一说为“美丽的少女”）。据文索意，可见当年的可可西里曾经是植物茂盛的，藏语称该地区为“阿钦公加”，也是目前我们建成的面积最大、海拔最高、野生动物资源最为丰富的自然保护区之一。可可西里气候严酷，自然条件恶劣，人类无法长期居住，被誉为“世界第三极”“生命的禁区”。正因如此，给高原野生动物创造了得天独厚的生存条件，使其成为“野生动物的乐园”。

据资料介绍，可可西里目前是中国动物资源比较丰富的地区之一，拥有的野生动物多达230多种，其中属国家重点保护的一、二类野生动物就有20余种。野牦牛、藏羚羊、藏野驴、白唇鹿、棕熊等青藏高原上特有的野生动物使这里充满了神秘和诱惑。

可可西里自然保护区夹在唐古拉山和昆仑山之间，平均海拔在4600米以上，最高峰为北缘昆仑山布喀达板峰，海拔6860米；最低点在豹子峡，海拔4200米。可可西里是长江的主要源区之一，是目前世界上原始生态环境保存最完美的地区之一，也是最后一块保留着原始状态的自然之地。可可西里周围设屏障，地势高峻，是横跨青海、新疆、西藏三省区之间的一块高山台地。保护区西与西藏相接，南同格尔木唐古拉乡毗邻，北和新疆维吾尔自治区相连，东至青藏公路，总面积4.5万平方公里。

藏羚羊是我国特有的物种，国家一级保护动物，被称为“高原精灵”，也是可可西里的骄傲，是列入《濒危野生动植物种国际贸易公约》中严禁贸易的濒危动物。从20世纪70年代以来，藏羚羊就被认为是遭受破坏的物种而受到了法律的保护。该区生物区系种类少，但青藏高原特有种比例大，且种群数量大，特有生物种类不但是我国的珍稀动植物，而且为世界上所瞩目，在学术上和自然保护上均十分重要。

可可西里是羌塘高原内流湖区和长江北源水系交汇地区，东部为楚玛河为主的长江北源水系，水量较小，河流往往是季节性河流，西部和北部是以湖泊为中心的内流水系，位于羌塘高原内流湖区的东北部，湖泊众多。据统计，面积大于1平方公里的湖泊有107个，总面积3825平方公里，其中面积200平方公里以上的湖泊有7个，最大的为乌兰乌拉湖，面积为544.5平方公里。

该区气候特点是温度低、降水少、大风多，区域差异较大。境内年平均气温由东南向西北逐渐降低，在西金乌兰湖地区有一个明显暖区，最暖区年均温为 –4.1℃，最冷为最西边，年均温为 –10℃（推算值），最低气温 –46.40℃，其他地区均在两者之间。

沿途可见可可西里区域内由于受到地理位置、地势高低、地形坡向及地表组成物质等各种水热条件的影响，自然景观自东南向西北呈现高寒草甸——高寒草原——高寒荒漠更替。其中高寒草原是主要类型。高寒冰植被也有较大面积的分布，高寒荒漠草原、高寒垫状植被和高寒荒漠有少量分布。高寒草甸、高寒沼泽仅分布在极个别的地区。区内土壤类型简单，多为高山草甸土、高山草原土和高山寒漠土壤，其次为沼泽土，零星分布有沼泽土、龟裂土、盐土、碱土和风沙土。

在曲玛河乡，看见标示牌上还标着“唐蕃古道7渡口”的字样。《寻根长江源》书中介绍到“唐蕃古道进入玉树境内，分三条线路通往拉萨。即南线、中线和北线。其中后两条线穿过治多县境域。中线称‘卫藏道’，是古代康巴通往拉萨的重要交通线；北线穿越昆仑山口往西南延伸，古称‘蒙古道’，亦称‘蒙古商道’”。《西宁府新志》卷二十一《自西宁至藏路程》中记载：“柯柯赛渡口（七渡口），有草无柴，由受番子住牧。由此赴藏有三路，唯柯柯赛有渡河皮船。上为七叉河，再上为摆图，水不发时，跎马可涉，然官兵入藏，皆由柯柯赛。”柯柯赛是蒙语音译，是指楚玛尔河注入通天河的交汇点。藏语称“香楚玛尔饶敦”，即北部楚玛尔七渡口。古时在通天河流域没有桥，因而渡口便是千条线路汇集的枢纽，七渡口位于楚玛尔河与通天河的交汇点，是唐蕃古道上的一条必经渡口。往上，我们确实跨过了楚玛尔河大桥。

从曲麻莱到不冻泉全是土路，路很平坦，多沙石，沿途车胎被小尖石扎破了两次，前次换了备胎，后一次是从同行的车上借了打气和补胎工具，然后我费力将胶条捅进破眼补好，才得以上路。停车换胎之际，我亲眼目睹了不远处，在宽广的可可西里和巍峨洁白的雪山下，一列火车缓缓奔驰，并渐渐爬升、消失在巍巍昆仑山上。这就是震惊世界的青藏铁路，每每看见这些场景我心底都会不由自主地升起一股自豪和激动之情，我想这就是国人精神吧！赋诗以为留念：

高天高地大高原，野驴野羚皆野生。
可可西里荒凉地，动物乐土植物园。
盛夏纵马掠云淡，精灵不惊藏羚见。
极目远望青藏线，巨龙奔腾上天险。

车子终于驰上青藏公路，抵达昆仑山下著名的小镇纳赤台。这是青藏公路和铁路的必经之地，也是进入昆仑山的第一站，著名的昆仑泉就在此。昆仑泉海拔3700米，是一泓优良的天然矿泉，又称纳赤泉，一大一小，相距50米。大泉在公路边，泉眼周围用块石砌成外圆内八角形、高一米的泉台，周围还用蓝色的木板围着，不过从飞驰的车窗里看见泉水很旺，不停地向外喷涌，不时翻起层层小浪花，形成一个晶莹透明的蘑菇状，将无数碧玉般的花瓣抛向四周，宛似一朵盛开的莲花，又似无声四溅的碎玉落入一泓清池，然后奔向滔滔的昆仑河。据说，该泉虽地处海拔3540米高寒地区，四周常年冰天雪地，却从不会封冻，是昆仑山中第一个四季不冻的冷泉，开发生产出的昆仑矿泉水，被誉为“冰山甘露”。

“纳赤台”系藏语译名，意为“沼泽中的台地”。相传，文成公主远嫁吐蕃时，随身抬了一尊巨大的释迦牟尼佛像。当公主一行来到昆仑山下的纳赤台时，人马精疲力竭，就地歇息，附近没有水，大家只好啃完干粮，和衣而睡。第二天早上，人们醒来时，发现昨晚放释迦牟尼佛像的山头被压成了一块平台，不远处，一眼晶莹的泉水喷涌而出，淙淙流淌，这是佛像把山中的泉水压了出来。虔诚信佛的公主为了表达对佛祖的敬意，把身上的一串珍珠抛在泉眼里，泉水变得更加清凉甘甜。由此，人们称纳赤台为“佛台”，把昆仑泉称为“珍珠泉”。还有一个传说是创造神赴昆仑山西王母寿宴后归途中，饮兴未艾，信手畅饮西王母馈赠的瑶池琼浆，金樽掷地，琼浆四溢，其乘坐的莲花神龛化为赤台群山，溢出琼浆化为昆仑泉。

昆仑泉不仅澄澈清冽、晶莹透明、甘甜醇美、洁净卫生，而且含有多种对人体有益的矿物质和微量元素，是纯净无污染的圣洁之水。据说凡经这里的人一定要在此停留，喝上几口昆仑圣泉水，以解渴提神、除尘消疲。由于行程匆忙，我们并未停车，但亲眼目睹昆仑泉水喷涌，也觉神清气爽。赋诗以为留念：

昆仑山下不冻泉，纳赤台中珍珠洒。
瑶池琼浆仍流传，今化甘露润万家。

（2010年7月17日夜草于格尔木）

初踏昆仑山口

“横空出世，莽昆仑，阅尽人间春色。飞起玉龙三百万，搅得周天寒彻。”这是毛泽东著名诗词《昆仑》中的传世绝句。沐着青藏高原艳丽阳光，踏在巍巍昆仑山口，迎着盛夏昆仑山风，衣襟和发梢和着阳光飞扬，天地是如此接近，茫茫群山敞开冰清玉洁的胸膛，触摸着天宇。天地一色，混为一体，让人几疑在天庭漫步。极目四望，巍巍昆仑的千峰万壑如同披着银灰色铠甲的群群奔马，随着风起云涌，滚滚向前。

此情此景，让人不由自主涌上“山不在高，有仙则灵”这一名句来。其实昆仑山不但高峻巍峨，而且还是闻名海内外的仙山圣地。昆仑山在中华民族文化史上有“万山之祖”的显赫地位，为中国第一神山，是明末道教道场所在地。据古书载，昆仑山是玉龙腾空之地，素有亚洲脊柱之称，是中华民族的象征，也是中华民族神话传说的摇篮，古人尊之为“万山之宗”“龙脉之祖”，因而有“国山之母”的美称，藏语称“阿玛尼木占木松”，即祖山之意。世代相传的《嫦娥奔月》《西游记》《白蛇传》等众多名著佳作都与昆仑山有关。脍炙人口、家喻户晓的白娘子舍命盗仙草救许仙的场景就在昆仑山。昆仑山道教文化是华夏民族文化的远古部分，为此，昆仑山曾以“帝之下都、百神之所在”流传于世。来昆仑山朝觐、观光寻祖的旅游者络绎不绝，如今昆仑山已成为海内外道教的朝圣之地。

在昆仑山口，我们逗留了一会，还在昆仑山口标记碑旁留影。标记碑分为主碑、副碑、陪碑、雕塑、底盘五部分，材质为汉白玉。主碑高4.767米，是昆仑山口海拔高度的千分之一，碑底座用花岗岩块石砌成9.6平方米的基础，象征她屹立在中国960万平方公里的坚实土地上。昆仑山口碑南侧立有昆仑山口纪念碑及索南达杰纪念碑，纪念这位为保护可可西里野生动物而捐躯的藏族优秀儿子。

昆仑山口位于昆仑山中段，是青海、甘肃两省通往西藏的必经之地，也是青藏公路上的一大关隘，因山谷隘口而得名，亦称“昆仑山垭口”。昆仑山口地势高耸，气候寒冷潮湿，空气稀薄，生态环境独特，自然景色壮观。

离昆仑山口不远的东西两侧，海拔6000米以上的玉虚峰和玉仙峰亭亭玉立，终年银装素裹，云雾缭绕，形成闻名遐迩的昆仑六月雪奇观。时下正值盛夏，左右环视，莽莽昆仑，气势磅礴，群山连绵，银装素裹，万仞云霄，不愧四季寒冬。传说玉虚峰为玉皇大帝妹妹玉虚神女居住的地方。

昆仑山口属多年冻土区荒漠地貌，地质系古代强烈侵蚀的复杂变质岩构成，间有第三纪沉积物构成的丘陵低山和丘垅，山坡谷地生长梅、虎爪耳草等高原冻土荒漠野生植物。

昆仑山口是青藏公路穿越昆仑山脉的必经之地，咽喉之所，是世界屋脊汽车探险线的必经之地，昆仑六月观雪的重要景点。许多过往行人来到这里后，都要在此驻足观赏一番。1956年4月，时任国务院副总理陈毅在前往西藏途中路过昆仑山时，激情满怀，诗兴大发，当即写了一首《昆仑山颂》。诗中写道：“峰外多峰峰不存，岭外有岭岭难寻。地大势高无险阻，到处川原一线平。目极雪线连天际，望中牛马漫逡巡。漠漠荒野人迹少，间有水草便是客。粒粒砂石是何物，辨别留待勘探群。我车日行三百里，七天驰骋不曾停。昆仑魄力何伟大，不以丘壑博盛名。驱遣江河东入海，控制五岳断山横。”

头顶苍穹，脚踏垭口，环顾四周，群山连绵起伏，雪峰突兀林立，草原草甸广袤，天际苍茫蔚蓝。由于时空观感差距，犹如置身一硕大无比的盆景中，人如一粒沙尘。

突兀嶙峋的冰丘和变幻莫测的冰锥，以及终年不化的高原冻土层让人感受到大自然的鬼斧神工。冰丘有的高几米，有的高十几米，冰丘下面是永不枯竭的涓涓潜流。一旦冰层揭开，地下水常常喷涌而出，形成喷泉。而冰锥有的高一二米，有的高七八米。这种冰锥不断生长，不断爆裂。爆裂时，有的喷浆高达二三十米，并发出巨大的响声。昆仑山口的大片高原冻土层终年不化，但冻土层表面的草甸上却生长着青青的牧草，每到盛夏季节，煞是好看。草丛盛开着各种鲜艳夺目的野花。脚踏白色为底色，兼有绿、黄、红、紫、青、褐等诸色的群山，头顶深邃无比的蓝天，间有各色的云彩、霞光，让人不由得心旷神怡。现场赋诗一首：

昆仑山口夏风凛，风起云涌群马奔。
千峰万壑披银铠，云绕雾缭如纱痕。
横空出世为山宗，玉龙腾霄挺脊根。
雪凌终化阳光芒，点滴汇聚润宙伶。

（2010年7月17日夜草于格尔木）

将军与一座城市的故事

车下昆仑山，一路风驰电掣，沿途都极为荒凉。触目所及，难见一点绿色，尘土飞扬中，戈壁滩的景致让我这位来自生态福地四川甘孜的人十分震撼。

恰好是黄昏时分，夕阳西沉，余晖镀金。苍茫的戈壁滩上，植物稀少，偶尔有一两簇骆驼刺等耐旱植物在顽强的扎根在荒凉的土地上。“大漠孤烟直，长河落日圆”的场景一下在我们身旁展现。一路干涸，一路挥汗，一路饱览，我一边快乐着享受大自然呈现的美景，一边痛苦着承受酷热干燥带来的身体不适。同车的人问我，这儿的生态环境怎么样？我直截了当地说：“还是四川好，山清水秀的。”一边说着，一边领略着大漠戈壁的神奇与魅力，奔格尔木而去……

进入格尔木市区，眼前为之一亮，若不是亲眼所见，确难令人相信，在这茫茫戈壁滩上还有绿树红花环绕、道路整洁宽阔、高楼大厦林立、行人熙攘往来、现代气息浓郁的城市。格尔木像一座绿洲，悄然驰近我们，几疑置身梦中。行走在其中，第一感觉是在内地的现代都市，而不是茫茫戈壁中。

格尔木是蒙古语音译，意为“河流密集的地方”，地处青藏高原腹地，由柴达木盆地中南部和唐古拉山两块互不相连、中间相隔400多公里的辖区组成，总面积12.62万平方公里，相当于一个福建省。格尔木为青藏、青新、敦格公路和青藏铁路交汇处，南可通西藏，北可达甘肃河西走廊，西可去新疆，东可到青海西宁，是西藏通往祖国内地的重要中转站和物资集散地。短短五十多年，格尔木已成为青海省第二大工业城市，是青海西部经济、科技、文化、交通的中心。全市人口30来万，其中汉族人口居多，这也缘于其是一个典型的移民城市。据当地一位副市长介绍，格尔木市大部分居民是外来建设而落户于此的移民。

在这个新兴的城市流传着一名将军的不朽故事，甚至还专门修建了将军公园，以缅怀其对格尔木的贡献，他就是慕生忠将军。他是红五军团的创始人之一，曾追随彭德怀转战南北，1955年被授予少将军衔。1954年5月11日，他率领一个工兵团，外加1200名驼工和600名来自他家乡陕北的石匠，历时216

天，修通了全长1937公里、号称“世界屋脊苏伊士运河”的青藏公路。为此，他也被后人尊称为“青藏公路之父”“筑路将军”。

1954年以前，格尔木（当时称为噶尔穆）无居民点。那年春天，为修青藏公路，慕生忠带领人马来到格尔木河畔的荒原上，空旷的原野上没有一顶帐篷、一棵树，有的只是大漠和戈壁。向南望去，昆仑山白雪皑皑，向北看去，沙丘连绵起伏。大家寻找“格尔木”（蒙古语，意为“河流密集的地方”），问带队的慕生忠将军格尔木在哪里。将军把拐杖往地下一戳说：“格尔木就在你的脚下，我们的帐篷扎在哪里，哪里就是‘格尔木’。”当年的6顶帐篷就开启了格尔木市今天的繁华。

在将军公园，我们确实看见了当年为迎接彭德怀而修建，后作为慕生忠将军办公地点的一幢青砖小楼，这就是“将军楼”，而他手植的柳树，如今被称为“将军柳”。

如今，当年筑路铁军扎下帐篷的地方，已经成为青藏高原上一个新兴工业和重要交通枢纽的旅游城市，是青藏公路上最主要的转运站。在青藏公路边上，现在还能看到当年建设者们居住过的窑洞，是他们建起了一条公路和一座城市。完全可以这么说，如果没有青藏公路也就没有格尔木这座城市。

格尔木辖区属高原大陆性气候，少雨、多风、日照时间长、干旱，冬季漫长寒冷，夏季凉爽短促。据史料记载，1951年，西藏和平解放，国家征用了全国十分之一的骆驼，组成大型驼队运送货物。由于自然条件恶劣，平均每前进一公里，就要留下12具骆驼的遗骸。为此，慕生忠将军产生了修建青藏公路的想法，在时任国务院副总理彭德怀的支持下，修建青藏公路的报告很快得到了时任总理周恩来和中央军委的批准。青藏公路要穿越昆仑山、唐古拉山、念青唐古拉山，以及长江和怒江上游的10条河流。普通人经过这里尚且要产生高原反应，头晕脑胀、呕吐不止，当年要在这里用原始方法修筑公路，其艰苦程度可想而知。慕生忠将军在格尔木插下了他的手杖，在自己的铁镐把上用烙铁烙上“慕生忠之墓”的字样，并说如果他死了，这铁镐把就是自己的墓碑。他率领数万名英勇顽强的筑路大军，牵着一支浩浩荡荡的驼队，穿越巍巍昆仑、风雪唐古拉，深入探险家断言人类无法生存的可可西里，横跨泥泞的沼泽和水流湍急的江河。216天后，格尔木至拉萨段公路贯通，这也是人类修建的第一条穿越青藏高原的公路。

至今，青藏线上的“小南川”“不冻泉”“风火山”“五道梁”等地名，都是当年修筑青藏公路时，由慕生忠将军命名的。正所谓，几多地名，几多故事。

从沱沱河到唐古拉山兵站的路上，有一个叫开心岭的地方，以前是座无名山丘。青藏公路修建到这里时，由于资金匮乏，整个修建过程十分艰辛。此时，突然传来青藏公路拨款到位的消息，慕生忠将军听到这个消息十分激动，说："前一段山高坡陡，修路很难，到了这里后地势开阔了，路也好修了。我看，就叫它开心岭吧。"从此，开心岭的名字就传开了。

"望柳庄"的故事，也反映出了当年将军和部属们扎根荒原报效国家的意志和乐观情绪。慕生忠将军到格尔木后，筑恪铁军干的第一件事就是从西宁运来几车柳树枝，在格尔木河两岸到处栽插。将军说："我们在青藏公路工程管理局招待所的房前屋后遍插柳枝，就给它起名'望柳庄'吧。"有人不解，慕将军说："眼下只是希望，将来就是一大胜景。"后来，筑路工人开赴高原后，果树和蔬菜也在望柳庄里出现了。更重要的是，这些新鲜蔬菜对奋战高原而患坏血病的人有疗效。将军舍不得吃种菜人送他的第一批胡萝卜，转送给了七十多位缺维生素而患坏血病的病人。结果，患者的坏血病居然日渐好起来，人们才发现胡萝卜有如此神奇的功效。

陶儿久山下有一片旷野，名为韩滩，这是慕生忠将军为修路中病累早逝的宁夏回族驮工小韩而命名的。将军率领数百名员工为小韩举行了葬礼，让青藏高原纯净的冻土接纳了一位忠魂。将军潸然泪下："好兄弟，你走得太早！最苦难的日子都过来了，拉萨就在眼前了。我本想到拉萨给你亲手戴上大红花，可你连这一天也没等到……这地方就叫韩滩吧。"

趁着夜色，我在格尔木的街道上漫步了一会。随眼可见现代气息的建筑，衣着得体、言谈举止文明的行人，繁华兴盛的街区，无不述说着这个新兴城市的兴旺。此情此景，让人不由自主地想起当年和将军一起开拓事业的先驱们。如今，将军永远地离开了怀念他的这片热土；如今，青藏铁路修通，青藏公路还在发挥重要作用；如今，格尔木依托柴达木盆地丰富的盐湖、石油、天然气资源而重点发展的盐化工业和石油化工初具规模。慕生忠将军和当年许多知名或不知名的先驱们的丰功伟绩，也永远长存于格尔木，长存于青藏高原，长存于人民心中。赋诗为证：

将军楼下忆往昔，青藏路上筑路魂。

工业新生格尔木，先驱功名城市铭。

（2010年7月17日夜草于格尔木）

德令哈观感

八音河穿城而过，宛如给德令哈镶嵌上了一条昆仑墨玉腰带，也给了这个地处西北的边远民族地区的县级市许多灵气和滋润。据了解，贯穿城市南北的巴音河属克鲁克湖水系，全长326公里，流域面积7462平方公里，不仅满足了农牧业用水需要，而且也是德令哈人民生活用水和进行水电开发的主要依托。

在德令哈宴会厅过道里，我看见了一幅名为“金色的世界”的油画。画面是一望无垠的金色草原，其实这与德令哈在蒙古语里的原意“金色的世界”不谋而合。德令哈市是青海省海西蒙古族藏族自治州首府所在地，是全州政治、经济、文化的中心，也是青海西部重要的交通枢纽和商品集散地，它位于青海省西北部和举世闻名的柴达木盆地东北边缘，平均海拔2980米，区域总面积32401平方公里，其中市区面积25平方公里。青藏铁路、青新公路横穿全境，东西南北，经纬如网，可东进省会西宁，西上新疆，北连河西走廊，南下西藏，交通便利。境内山川湖盆兼有、草场农田密布，正印证了“天时、地利、人和”兼而有之的优势，所以其跻身于全国民族自治州前列也合乎情理。

据了解，德令哈境内各种资源较为丰富，其中大型矿床2个，即旺尕秀的石灰石和焦煤矿，储量均在2亿吨以上。野生动植物资源主要有草豹、熊、麝、野牦牛、野驴、黄羊、石羊、雪鸡和沙棘、枸杞、锁阳、大黄、羌活等，均有很高的经济价值和药用价值。水力资源比较丰富，主要河流有巴音河、白水河等。

德令哈的黑枸杞十分出名，热情的主人给我们一人赠送了一小盒。据介绍，黑枸杞为野生物种，被誉为野生的“蓝色妖姬”，分布在德令哈市可鲁克湖周边地区。由于分布数量范围较小，生长条件艰苦，产量稀少珍贵。黑枸杞味甘、性平，富含蛋白质、枸杞多糖、氨基酸、维生素、矿物质、微量元素等多种营养成分，还含有丰富的黑果色素——天然原花青素（红果枸杞不含），原花青素 OPC 含量超过蓝莓，是迄今为止发现 OPC 含量最高的天然野生植物。

现人工栽植取得一定成效，正在探索推广面积。

据记载，早在商周时期，古羌人就在这块风水宝地上辛勤耕作、繁衍生息，之后又成为蒙古族、藏族先民们农牧兼营、放牧耕作的美丽家园。德令哈历史文化资源主要有吐蕃吐谷浑文化，人文资源文化主要有蒙古族“那达幕”及丰富独特的民间民俗风情，如英雄史诗“汗青格勒”等口传文学已列入国家非物质文化遗产保护名录。

1988年4月，经国务院批准，德令哈撤镇建市，德令哈的发展从此又翻开了新的一页。经过各族人民的辛勤努力，一座高原新城巍然屹立于八百里瀚海戈壁上。

同为自治州，德令哈的主人们对来自甘孜的客人十分热情。在德令哈，我们不但参观了其极具实力的工业基地，还参观了农业园区以及体育场馆等市政基础设施。所行之处，可感觉出其在全国藏族自治州中名列前茅，其中最重要的一个因素是工业十分发达。

德令哈区位突出，特色鲜明。德令哈以建设青海园林城市为目标，以工业园区为依托，充分利用优势资源和周边地区的资源，利用区位优势和交通、能源网络，优化资源组合，加快发展区域特色工业，重点发展盐碱化工、建材、中藏药三大产业，着力培育和构筑六大特色产业链，努力建成青海省重要的碱业基地、全州重要的建材基地、生物制品加工基地、劳动力转移培训基地，使德令哈的地位更加突出，区位优势更加明显，综合实力更加强大。

傍晚，我们还在主人们的盛情邀请下，游览了八音河景。与海西州相比，我们有不如海西州的地方，比如，矿产资源和工业基础等，但我们同样有着自己的优势所在，比如，我们的自然资源、生态资源、人文资源等。正所谓“他山之石，可以攻玉”，其发展方面的许多好做法值得我等深思。

（2010年7月18日夜草于德令哈）

水沙之恋折射的生态观

德令哈到敦煌的路有一大半在改造，伴着7月西北的酷热，一路尘土飞扬，很是难行。加上车辆胎况差，在坑坑洼洼、砂石铺陈的路上行驶，令人担心。

终于驰上柏油马路，心才放下不少。按照标示，我们一路随同前面同伴的车狂奔，但行走了57公里，还没有抵达标示上说的45公里外的敦煌，很是纳闷。此时，前面带路的车已经折返回来，原来在岔路口走错了。又在酷暑和尘沙中狂奔了100多公里，抵达敦煌已是下午5点了。

车上的温度表显示车外气温从出发时的25℃已上升到了42℃。为了省油，空调时开时关，即使开也只开了前排低档。我坐在后排，整个人从头到脚一路都在不停淌汗，好像坐在热水床里一样，极为难受。我心里想着是奔敦煌古城而去的，苦点也觉得值了。因为沙漠绿洲——敦煌古城不仅有举世闻名的文物宝库——莫高窟，还有大漠孤烟、边塞墙障、古道驼铃、清泉绿洲等多姿多彩的自然风貌和人文景观，其中鸣沙山和月牙泉名气尤其大。

一路上基本和绵延纵横的祁连山同行，并且整个路极笔直，远天也十分平坦，在视觉上有种奔过这块平整的高地就会掉下去的感觉。天色、山色和云影交汇在一起，加上两边的干涸，天地是那么的苍茫。

敦煌古城在我右侧的视线里一掠而过，由于带队的其他人没有去的意思，我们一行最终未去敦煌古城，很是遗憾。

车直奔鸣沙山而去。已经临近下午时分，但鸣沙山仍然十分炽热，一方面阳光如火炙烤着大地，地面上的沙粒都成了滚烫的；另一方面游人如织，络绎不绝地来来去去。

由于沙子温度极高，会烫伤脚，大家套上具有防烫功能的鞋套，才敢在鸣沙山脚下的沙堆里笨拙和艰难地挥汗慢行。站在沙山上，艳阳西斜，但仍很炽热。几辆沙滩摩托奔驰着，载游人在穿越几座沙山，一直开到更远更高的沙峰上，看渐渐落下的残阳。

月牙泉就在不远处，泉水碧如翡翠，令人身心顿清。身临其境，不由得感叹起大自然的鬼斧神工来。历来水火不能相容，沙漠清泉难以共存，但是月牙泉就像一弯新月落在黄沙之中。泉水清凉澄明，味美甘甜，在沙山的怀抱中娴静地躺了几千年，虽常常受到狂风凶沙的袭击，却依然碧波荡漾、水声潺潺，始终相处得那样和谐、相伴得那样自然、相爱得那样不可思议。“晴空万里蔚蓝天，美绝人寰月牙泉，银山四面沙环抱，一池清水绿漪涟”，是对月牙泉的贴切写意。如果把雄浑苍茫的鸣沙山看作男子的话，清亮的月牙泉简直就是貌若天仙的女子。多少年来，他们年复一年、日复一日，似恩爱夫妻，更像意笃情人，相拥相亲。鸣沙山如丈夫一样，精心呵护美丽的妻子——月牙泉。清泉更像妙龄少女依偎在爱人臂膀里，让你感觉是那样的甜蜜、永不分离。凡到过鸣沙山和月牙泉的人，无不被他们的神奇造化所吸引、所陶醉。

站在鸣沙山上，感受着历史的长风，心中充满了无尽的感慨——天地太美！只有大自然才能赐予我们如此瑰丽的景致。这沙与水、山与泉、人与景、时与空的融合，让一切都那么美好，显得异常绚丽。此情此景，是用语言和文字无法诉说的，只能用心静静地去感悟。

据导游介绍，鸣沙山，又称沙角山、神沙山，自古为敦煌八景之一，享有“沙岭晴鸣”的美誉，东汉《辛氏三秦记》、唐书《元和郡县志》中均有记载。鸣沙山的神奇，不仅仅在一个“鸣”字：一是虽是流沙堆积而成，但是山而不是丘，而一般流沙只能堆积成平缓的丘；二是沙山虽通体金黄，但沙粒不是全一色的金黄，而是由红、黄、绿、白、黑“五色沙”组成，晶莹闪亮，五彩缤纷；三是它的鸣响，每当大风刮过或众人结伴下滑，都会听到如打鼓敲锣般的声响，惊心动魄。缘于鸣沙山这许多神奇之处，便有了许多神奇的传说。月牙泉，因形似月牙，故得其名。月牙泉有四奇三宝：“四奇”指的是月牙之形千古如旧、恶境之地清流成泉、沙山之中不淹于沙、古潭老鱼食之不老，“三宝”指的铁背鱼、五色沙、七星草。

对于月牙泉百年遇烈风而不为沙掩盖的不解之谜，有许多说法。导游介绍，月牙泉的形成主要取决于泉本身的地质结构、低洼地的地形条件和高定位的区域性地下水位三个方面的因素。因为地势的关系刮风时沙子不往山下走，而是从山下往山上流动，所以月牙泉永远不会被沙子埋没，被称为沙漠奇观。较高的区域性地下水位是月牙泉形成的重要条件，也是月牙泉保持数千年长期不干的基本保证。月牙泉在有限的史料记载和诗词歌赋中，一直是碧波荡漾、鱼翔浅底、水草丰茂。直到1960年前，泉水没有大的变化，最大水深9米，湖水面积22.5亩。20世纪70年代中期，当地垦荒造田抽水灌溉及近年来周边植被破坏、水土流失，导致敦煌地下水位急剧下降，致使月牙泉水位急剧下降。由于周边地区生态恶化，月牙泉从20世纪60年代至今，水位总下降幅度达6米至7米，水域面积大幅缩减。2007年，为拯救这一神奇的大漠景观，总投资4100万元的月牙泉水位下降应急治理工程启动运行，在月牙泉周围修建四个渗水场向地下渗水，通过提高月牙泉周围的地下水位，保持并提高月牙泉的水位，于2008年5月完工，月牙泉水位得到稳定并逐步提升。

这种沙泉共生、泉沙共存的独特地貌，确实不愧为“天下奇观”。一泓月牙清泉，镶嵌在大漠沙山脚下，是何等的俏丽！无论你从山顶鸟瞰，还是泉边畅游，都会骋怀神往，“鸣沙山怡性，月牙泉涤心”之感油然而生。特别在夜晚，万籁俱寂之时，弦月当空，泉中的月牙和繁星映在水中，泉边的雷音寺、玉泉楼不时传来悠悠的钟声和清脆的风铃声，此情此景怎不令人为之神往？

游完鸣沙山和月牙泉，已过了6点。伴着夕阳的余晖，我们依依不舍地告别，恰似初恋的人儿相约黄昏后，短暂的温存后依依不舍的感觉。

晚饭后，伴着黄昏最后的几缕晚霞，信步游览了下敦煌城，逛到步行街，有许多卖玉和旅游纪念品的。看着被誉为“沙漠之舟”的骆驼布艺品，不由想起家中憨憨可爱的3岁多的小儿来，给小儿买了只布艺骆驼。逛了几家店，很想给爱人买个小饰品，自己不了解和不懂玉，在一家玉器店，咨询了很久，看店主介绍蛮实在的，花了不到千元给爱人买了个寓意“福”的蝙蝠小吊坠。一路走来，还没有给家人买什么东西，这么一来也算到敦煌一游的纪念吧！

返途，在街头“飞天”雕塑下留影作念。城中有一条河流，是今天600多公里行程中最难以看见的。夜景挺不错的，夜色掩映中，虽有着一种泥沙的味道，但想想明日要去莫高窟，这股淡淡的泥沙味反而让人无限眷念。也许，这就是敦煌的味道吧？千年的风沙，弥漫在此，让人无限神往。

赋诗以为念：

山灵而故名鸣沙，水秀溢神曰月牙。
天下奇观今始见，沙水缘伴千年达。

（2010年7月19日草于敦煌）

敦煌的微笑

在敦煌莫高窟，触动我神经深处的是陈寅恪先生写的“敦煌者，吾国学术之伤心史也”。而最打动我内心的则是一尊被誉为“敦煌的微笑”的雕塑。

莫高窟位于敦煌市东南25公里处，开凿在鸣沙山东麓断崖上，南北长约1600多米，上下排列五层，是我国著名的四大石窟之一，也是世界上现存规模最宏大、保存最完好的佛教艺术宝库。前秦苻坚建元二年（公元366年）有沙门乐尊者行至此处，见鸣沙山上金光万道，状有千佛，于是萌发开凿之心，后历建不断，遂成佛门圣地，号为敦煌莫高窟，俗称千佛洞。一直到清代的1500年间，在三华里长的鸣沙山壁上，密密层层地建造了四百八十多个洞窟，布满了彩塑佛像和以佛教故事为题材的壁画。彩色佛像共有两千多身，最大的一个高达33米，也有十几厘米的小菩萨，绝大部分洞窟都保存有塑像，数量众多，堪称是一座大型雕塑馆。

此外，在一个封闭的石室中，还发现了大量的价值极高的古代经卷、文书、画卷等。莫高窟虽然在漫长的岁月中受到大自然的侵袭和人为的破坏，至今仍保留有从十六国、北魏、西魏、北周、隋、唐、五代、宋、西夏、元等十个朝代的洞492个，壁画四万五千多平方米，彩塑像两千身，是世界现存佛教艺术最伟大的宝库。若把壁画排列，能伸展30多公里，是世界上最长、规模最大、内容最丰富的一个画廊。

莫高窟是古建筑、雕塑、壁画三者结合的艺术宫殿，尤以丰富多彩的壁画著称于世。敦煌壁画容量和内容之丰富，是当今世界上任何宗教石窟、寺院或宫殿都不能媲美的。富丽多彩的佛经故事、山川景物、亭台楼阁等建筑画、山水画、花卉图案、飞天佛像以及当时劳动人民生产场面等，是十六国至清代1500多年的民俗风貌和历史变迁的艺术再现。近几十年来，国内外学者对敦煌艺术极感兴趣，不断进行研究，形成了一个专门学科“敦煌学”。

我国有四大石窟，山西大同的云岗石窟，河南洛阳的龙门石窟，甘肃天水的麦积山石窟和敦煌的莫高窟。之所以说莫高窟的声誉远远超越其他石窟，其原因主要有三：一是敦煌莫高窟开凿年代较早，迄今已有1643年的历史；二是规模宏大，现保存完好的洞窟492个，像蜂窝一样密密麻麻排列着，错落有致，绵延1600多米；三是雕塑、壁画十分精美，现存彩塑2499身，壁画45000平方米，有人称敦煌莫高窟既是一大雕塑馆，又是一个佛教艺术画廊，曾经称为“漠高窟”，意为“沙漠的高处”，后世因“漠”与“莫”通用，便改称为“莫高窟”。另有一说为：佛家有言，修建佛洞功德无量，莫者，不可能、没有也，莫高窟的意思，就是说没有比修建佛窟更高的修为了。北魏、西魏和北周时，统治者崇信佛教，石窟建造得到王公贵族们的支持，发展较快。隋唐时期，随着丝绸之路的繁荣，莫高窟更是兴盛，在武则天时有洞窟千余个。安史之乱后，敦煌先后被吐蕃和归义军占领，但造像活动未受太大影响。北宋、西夏和元代，莫高窟渐趋衰落，仅以重修前朝窟室为主，新建极少。元代以后，随着丝绸之路的废弃，莫高窟也停止了兴建并逐渐湮没于世人的视野中。直到清康熙四十年（1701年）后，这里才重新被人注意。

在藏经洞前聚满了游人，幽暗的洞中回响着不同国籍的声音。我们看见藏经洞的内壁绘菩提树、比丘尼等图像，中有一座禅床式低坛，上塑高僧洪辩的坐相，另有一通石碑，似未完工。

1900年，在莫高窟居住的道士王圆箓为了将已被遗弃许久的部分洞窟改建为道观，而进行大规模的清扫。当他在为第16窟（现编号）清除淤沙时，偶然发现了北侧甬道壁上的一个小门，打开后，出现一个长宽各2.6米、高3米的方形窟室（现编号为第17窟），内有从4世纪到11世纪（即十六国到北宋）的历代文书和纸画、绢画、刺绣等文物5万多件，这就是著名的“藏经洞”。

从洞中出土的文书来看，最晚的写于北宋年间，且不见西夏文字，因此可推断藏经洞是公元11世纪时，莫高窟的僧人们为躲避西夏军队，在准备逃难时所封闭的。莫高窟藏经洞是中国考古史上的一次非常重大的发现，其出土文书多为写本，少量为刻本，汉文书写的约占六分之五，其他则为古代藏文、梵文、齐卢文、粟特文、和阗文、回鹘文和龟兹文等。文书内容主要是佛经，此外还有道经、儒家经典、小说、诗赋、史籍、地籍、账册、历本、契据、信札、状牒等，其中不少是孤本和绝本。这些对研究中国和中亚地区的历史，都具有重要的史料和科学价值。

莫高窟在元代以后已经鲜为人知，几百年里基本保存了原貌。但自藏经洞被发现后，旋即吸引来许多西方的考古学家和探险者，他们以极低廉的价格从王圆箓处获得了大量珍贵典籍和壁画，运出中国或散落民间，严重破坏了莫高窟和敦煌艺术的完整性。1907年、1914年英国的斯坦因两次掠走文书、文物一万多件。1908年法国人伯希和从藏经洞中拣选文书中的精品，掠走约5000件。1910年藏经洞中的劫余写经，大部分运至北京，交京师图书馆收藏。1911年日本人橘瑞超和吉川小一郎从王道士处，掠走约600件经卷。1914年俄国人奥尔登堡又从敦煌拿走一批经卷写本，并进行洞窟测绘，还盗走了第263窟的壁画。1924年美国人华尔纳用特制的化学胶液，粘揭盗走莫高窟壁画26块。他们以少量的银元，窃走了我们中国大量的宝贵文物。

想想当年的王道士也是悲剧人物，因为他当时身处在一个积贫积弱的晚清。藏经洞发现之后，王道士尽了最大的努力，做了他应该做的一切。首先，徒步行走50里，赶往县城去找敦煌县令严泽，并奉送了取自于藏经洞的两卷经文。王道士的目的很明确，就是为了引起这位官老爷的重视。可惜的是这位姓严的知县不学无术，只把这两卷经文视作两张发黄的废纸而已。1902年，敦煌又来了一位新知县汪宗翰。汪知县是位进士，对金石学也很有研究。王道士向汪知县报告了藏经洞的情况。汪知县当即带了一批人马，亲自去莫高窟察看，并顺手拣得几卷经文带走，只留下一句话，让王道士就地保存，看好藏经洞。两次找知县没有结果，王圆箓仍不甘心。于是，他又从藏经洞中挑拣了两箱经卷，赶着毛驴奔赴肃州（酒泉）。他风餐露宿，单枪匹马，冒着“狼吃匪抢”的危险，行程800多里才到达目的地，找到了时任兵备道台廷栋。这位大人浏览了一番，最后得出结论：经卷上的字不如他的书法好，就此了事。几年过去了，时任甘肃学政的金石学家叶昌炽知道了藏经洞的事，对此很感兴趣，并通过汪知县索取了部分古物，遗憾的是，他没有下决心对藏经洞采取有效的保护措施。直到1904年，省府才下令敦煌检点经卷就地保存。这一决定和汪知县当初的说法一样，都是把责任一推了之。王圆箓无法可想，又斗胆给清宫的老佛爷写了秘报信。然而，大清王朝正在风雨飘摇之际，深居清宫的官员哪儿能顾得上这等“小事”，王圆箓的企盼如泥牛入海，杳无音信。

1907年，斯坦因到来，他通过宗教精神的交流将王道士俘虏了。当时王道士把经卷卖给斯坦因有三方面的原因：一是在长达7年的时间里，他多次求助官方予以重视，而且是逐级上报，但无人过问，使他灰了心。二是为了筹钱、腾地方，完成他的宏愿，清扫洞窟，修建三层楼，架设木桥。三是他被洗脑，认定唐玄奘沟通了他们的思想，斯坦因这个探险家追求事业的精神感动了他。因此他虽则思想极为矛盾，极不愿意外国人将这些文物带走，但在无奈的情况下，也只好让了步。

当斯坦因把敦煌文物宣传于全世界之时，清朝当朝命官这才懂得了其重要价值，但他们不是考虑如何保护它，而是千方百计窃为己有。因此，一时间偷窃成风，敦煌经卷流失严重，这是敦煌经卷自发现以后最大的劫难。1910年，清政府做出决定，把剩余的敦煌经卷全运往北京保存。在运送的路途中，几乎每到一处就失窃一部分。

大量经卷的散失，使王圆箓感到非常痛心，因为藏经洞是他发现的，多年来在他保管期间从未发生过无故大量散失的事，官方如此掠夺，又如此贪心，使他感到极大的愤慨。所以，当1914年斯坦因第二次到莫高窟后，王圆箓对他说了一段令人深思的话，《斯坦因西域考古记》是这样记述的："说到官府搬运他所钟爱的中文卷子致受损伤，他表示后悔当时没有勇气和胆识，听从蒋师爷的话，受了我那一笔大款子，将整个藏书全让给我。受了这次官府的骚扰之后，他怕极了，于是，将他所视为特别有价值的中文写本另外藏在一所安全的地方。"

王圆箓为打通部分洞窟，也毁坏了不少壁画。加之1922年，莫高窟曾一度关押了数百名沙皇军队士兵，他们在洞窟中烟熏火燎，破坏不小。

虽然早在20世纪初就有罗振玉、王国维、刘半农等人在北京、伦敦、巴黎等各地收集、抄录敦煌文献，但对莫高窟的真正保护开始于1940年。1940年至1942年，国画大师张大千两次赴敦煌莫高窟临摹壁画，对洞窟进行了断代、编号和壁画描摹。张大千逗留的时间加起来约一年多，在描摹壁画时，发现部分壁画有内外两层，他便揭去外层以观赏内层，这种做法后来引发了争议，直到现在依然争论不休。张大千剥损的壁画总共有30余处。莫高窟第130窟是敦煌最具代表性的石窟之一，窟内26米高的佛像是敦煌第二大佛。张大千剥损的壁画位于进门甬道，据介绍，他首先剥去第一层的西夏壁画，然后又剥去第二层的晚唐壁画，如今人们只能看到最下面的盛唐壁画，而盛唐壁画因前人覆盖时为了增加泥土黏合力，已被划得面目全非。甬道的墙上，清晰地留下了他层层剥画的断面。据记载，这座石窟历时29年才筑成，平均一年掘进一米，而张大千在短时间内使它大大改观。如此典型的被他剥损壁画的石窟还有第108窟、454窟等。

1943年，国民政府将莫高窟收归国有，设立敦煌艺术研究所，由常书鸿任所长，对敦煌诸石窟进行系统性的保护、修复和研究工作。1950年，研究所改名为敦煌文物研究所，依然由常书鸿主持，到1966年以前，已加固了约400个洞窟，抢修了5座唐宋木构窟檐，并将周边10余平方公里划定为保护范围。1984年，敦煌文物研究所被升格为敦煌研究院，充实了科技力量，开展治沙工程，积极利用数字化技术和其他技术来加强保护工作。

由于呼吸产生的二氧化碳对壁画会产生潜在性的破坏，近年造访莫高窟人数增加，因此对日常参观人数加以限制。

“敦煌的微笑”是45号窟一尊被誉为“东方维纳斯”的菩萨塑像。站在这尊菩萨面前，你会感觉任何尘世烦恼全放下了，佛国的极乐世界就在眼前。菩萨安详喜乐，柳叶眉、嘴角微微上翘，姿态高贵优美，浑身散发着佛国的光芒，那种精神世界的光芒让你忘掉一切。一件艺术品能让人的感官达到这种感觉，这已经是塑像的顶峰了，不愧为艺术瑰宝。

在第57号窟还有一尊极美的观世音壁画像。随着导游的介绍，我和大多数人一样，都把脸贴近玻璃上，睁大眼睛，不愿眨眼，仔细观摩，担心错过一秒的时间。这张画浑然一体，丰富而随意，观世音菩萨微睁双眼，面颊红润，站在那里，注视着朝圣的人，宛如真身一样。这种忽隐忽现的感觉，和塑像的光芒又不同。

在莫高窟的壁画上，处处可见漫天飞舞的美丽飞天，飞天是侍奉佛陀和帝释天的神，能歌善舞。飞天在无边无际的茫茫宇宙中飘舞，有的手捧莲蕾，直冲云霄；有的从空中俯冲下来，势若流星；有的穿过重楼高阁，宛如游龙；有的则随风漫卷，悠然自得。画家用那特有的蜿蜒曲折的长线、舒展和谐的意趣，呈献给人们一个优美而空灵的想象世界。恰好，昨夜信步所见，敦煌的城雕也是一弹琵琶的飞天。

通过这些壁画艳丽的色彩、飞动的线条，在当年地处西北的画师们对理想天国炽烈和动情的描绘里，我们似乎感受到了他们在大漠荒原上纵骑狂奔的不竭激情，或许正是这种激情，才孕育出壁画中那张扬的想象力量吧？

莫高窟开凿于北朝时期的洞窟共有36个，其中年代最早的第268窟、第272窟、第275窟可能建于北凉时期。窟形主要是禅窟、中心塔柱窟和殿堂窟，彩塑有圆塑和影塑两种，壁画内容有佛像、佛经故事、神怪、供养人等。这一时期的影塑以飞天、供养菩萨和千佛为主，圆塑最初多为一佛二菩萨组合，后来又加上了二弟子。塑像人物体态健硕，神情端庄宁静，风格朴实厚重。壁画前期多以土红色为底色，再以青绿褚白等颜色敷彩，色调热烈浓重，线条纯朴浑厚，人物形象挺拔，有西域佛教的特色。西魏以后，底色多为白色，色调趋于雅致，风格洒脱，具有中原的风貌。典型洞窟有第249窟、第259窟、第285窟、第428窟等。如第243石窟北魏时代的释迦牟尼塑像，巍然端坐，身上斜披印度袈裟，头顶扎扁圆形发髻，保留着陀罗样式。

隋唐是莫高窟发展的全盛时期，现存洞窟有300多个。禅窟和中心塔柱窟在这一时期逐渐消失，而同时大量出现的是殿堂窟、佛坛窟、四壁三龛窟、大像窟等形式，其中殿堂窟的数量最多。塑像都为圆塑，造型浓丽丰满，风格更加中原化，并出现了前代所没有的高大塑像。群像组合多为七尊或者九尊，隋代主要是一佛、二弟子、二菩萨或四菩萨，唐代主要是一佛、二弟子、二菩萨和二天王，有的还再加上二力士。这一时期的莫高窟壁画题材丰富、场面宏伟、色彩瑰丽，美术技巧达到空前的水平。如中唐时期制作的第79窟胁侍菩萨像中的样式：上身裸露，作半跪坐式。头上合拢的两片螺圆发髻，是唐代平民的发式。脸庞、肢体的肌肉圆润，施以粉彩，肤色白净，表情随和温存。虽然眉宇间点了一颗印度式红痣，却更像生活中的真人。在第159窟中，也是胁侍菩萨。一位上身赤裸，斜结璎珞，右手抬起，左手下垂，头微向右倾，上身有些左倾，胯部又向右突，动作协调，既保持平衡，又显露出女性化的优美身段。另外一位菩萨全身着衣，内外几层表现清楚，把身体结构显露得清晰可辨。衣褶线条流利，色彩艳丽绚烂，配置协调，身材修长，比例恰当，使人觉得这是两尊有生命力的“活像”。

五代和宋代的洞窟现存有100多个，多为改建、重绘的前朝窟室，形制主要是佛坛窟和殿堂窟。从晚唐到五代，统治敦煌的张氏和曹氏家族均崇信佛教，为莫高窟出资甚多，因此供养人画像在这个阶段大量出现并且内容也很丰富。塑像和壁画都沿袭了晚唐的风格，但越到后期，其形式就越显公式化，美术技法水平也有所降低。这一时期的典型洞窟有第61窟和第98窟等，其中第

61窟的地图《五台山图》是莫高窟最大的壁画，高5米，长13.5米，绘出了山西五台山周边的山川形胜、城池寺院、亭台楼阁等，堪称恢宏壮观。

莫高窟地处丝绸之路的一个战略要点，它不仅是东西方贸易的中转站，同时也是宗教、文化和知识的交汇处。敦煌石窟艺术是集建筑、雕塑、绘画于一体的立体艺术，古代艺术家在继承中原汉文化和西域兄弟民族文化优良传统的基础上，吸收、融入了外来的表现手法，发展成为具有敦煌地方特色的中国民族风俗的佛教艺术品，为研究中国古代政治、经济、文化、宗教、民族关系、中外友好往来等提供珍贵资料，是人类文化宝藏和精神财富。

在大量的壁画艺术中还可发现，古代艺术家们在民族化的基础上，吸取了伊朗、印度、希腊等国古代艺术之长，是中华民族发达文明的象征。各朝代壁画表现出不同的绘画风格，反映出我国封建社会的政治、经济和文化状况，是中国古代美术史的光辉篇章，为中国古代史研究提供珍贵的形象史料。

从洞窟中一路下来，在莫高窟陈列馆里，听到一位游客的谬论，他认为这些文物流落到国外反而是好事，现在成了全人类的财富。很是反感其这番看法，试想有谁愿意将自己国家的历史文物宝藏拱手让给外人？同时，在陈列馆前，我看到一座淡黄色的塔，这就是“道士塔”，很少有人注意到它。塔上的文字是王的徒子徒孙们用来纪念王圆箓的功德而写的墓志，他们建造了莫高窟众多塔中最大最高的一座，将一个道士以及他的所有功过归还给了大地。

敦煌千古事，苦痛谁心知？我随着匆匆人流，对王圆箓投去短暂而深刻的一瞥。敦煌文物的流失不应该把责任归因于任何个人，那是历史对当时的旧中国的嘲讽。我们不能以一个完人的标准去审视王圆箓，他在那个时代其实真的很平凡。或许只有把他放在当时的历史情境中去理解，才能得出客观公正的评价。

赋诗以为纪念：

敦煌千佛莫高窟，中华文明千古事。
往昔国耻伤心史，吾辈心中应铭记。

（2010年7月20日）

“砖的智慧”与“关的雄风”

正午车过嘉峪关，停车一游雄关。导游讲的历史风情十分有趣，最引我深思的是关于“一匹砖的智慧”。

嘉峪关的修建，花费了大量人力物力，在古时简陋的建筑条件下，能建起如此雄伟的关城，是很不简单的，但正因为如此，才演绎出一则则动人的传说。说来令人诧异，据说当年建这关时，匠师计算用料特别精确，最后建成时竟只剩下一块砖，这是建筑工程上的绝招。现在这块砖还存放在西瓮城门楼的后楼台上，供人观摩。这座雄关和东部的山海关一样，都是古代建筑工程的光辉点，具有重要的历史文物价值，为国家重点文物保护单位。

定城砖放置在嘉峪关西瓮城门楼后檐台上，相传明正德年间，有一位名叫易开占的修关工匠，精通九九算法，所有建筑，只要经他计算，用工用料十分准确和节省。监督修关的监事官不信，要他计算嘉峪关用砖数量，易开占经过详细计算后说：“需要九万九千九百九十九块砖。”监事官依言发砖，并说：“如果多出一块或少一块，都要砍掉你的头，罚众工匠劳役三年。”竣工后，只剩下一块砖，放置在西瓮城门楼后檐台上。监事官发觉后大喜，正想借此克扣易开占和众工匠的工钱，哪知易开占不慌不忙地说：“那块砖是神仙所放，是定城砖，如果搬动，城楼便会塌掉。”监事官一听，不敢再追究，这块砖就一直放在原地，现仍保留在嘉峪关城楼之上。

嘉峪关位于甘肃嘉峪关市向西5公里处，地处河西走廊中部。嘉峪关西南隅祁连山脉，是明代万里长城西端起点，第一重关，也是古代“丝绸之路”的交通要冲。始建于明洪武五年（公元1372年），先后经过168年时间的修建，成为万里长城沿线最为壮观的关城，素有“中外钜防”“河西第一隘口”之称。

嘉峪关城位于嘉峪关最狭窄的山谷中部，地势最高的嘉峪山上，城关两翼的城墙横穿沙漠戈壁。嘉峪关以地势险要、巍峨壮观著称于世，被称为“天下第一雄关”。与万里之外的“天下第一关”——山海关遥相呼应，闻名天下。

嘉峪关现在关城以内城为主，周长640米，面积2.5万平方米，城高10.7米，以黄土夯筑而成，西侧以99999块砖包墙。东西城垣开门，东为光化门，西为柔远门，均筑瓮城。嘉峪关内城墙上还建有箭楼、敌楼、角楼、阁楼、闸门楼共十四座，是长城众多关城中保存最为完整的一座。

嘉峪关距今已有631年的历史，比山海关早建九年。明初，宋国公、征虏大将军冯胜在班师凯旋途中，选址在河西走廊中部，东连酒泉、西接嘉峪关玉门、背靠黑山、南临祁连的咽喉要地——嘉峪塬西麓建嘉峪关。关城依山傍水，扼守南北宽约15公里的峡谷地带，该峡谷南部的讨赖河谷，又构成关防的天然屏障。嘉峪关附近烽燧、墩台纵横交错，关城东、西、南、北、东北各路共有墩台66座。嘉峪关地势天成，攻防兼备，与附近的长城、城台、城壕、烽燧等设施构成了严密的军事防御体系，又被誉为"天下第一雄关"。

嘉峪关是长城上的最大关隘，也是中国规模最大的关隘。但嘉峪关初建时不过是一座6米高的土城，占地2500平方米。而现存的关城总面积33500余平方米，比原来的大十倍有余。外城正中大门额刻"嘉峪关"三个大字。门顶原有城楼，与东西二楼形制相同，三楼东西成一线，上悬"天下第一雄关"匾额。1924年城楼被毁。西面罗城砖砌，东、南、北有土筑围墙，连接长城。城外有城，迭门重城，成并守之势。东瓮城外有文昌阁、关帝庙、戏楼，城内靠北有游击衙门府一座，都是清代建筑。

古代"丝绸之路"穿行于祁连山麓的戈壁和冲积平原上，道路本艰险，到了嘉峪山隘口处，狭谷穿山，危坡逼道，就更险厄。嘉峪关踞此，形势非常险要。东通古肃州（今酒泉），西有安西。这条古道是古都长安和西域联系的纽带。古代西域，初时仅指天山以南的新疆南部和东部，有许多在绿洲上发展的"城邦"，对内地中原政权时附时叛。到明代，东部的吐鲁番日渐强大，常引兵进犯河西走廊各城，嘉峪山隘口为必经之地。自建成嘉峪关后，这关便为西部边防重地，对保障河西地区的安全起着重要作用。明代，政府军和吐鲁番兵曾数次在嘉峪关作战。嘉峪关矗立于大漠边缘，显得雄壮非凡。荒漠地区最怕缺水，嘉峪关却城中有井，山上有泉，用水不患匮乏。

广阔的关城，横卧戈壁滩上，两侧城墙与山相连。巍峨朱色的城楼昂然欲飞，衬托着祁连山如玉的雪峰，美丽如画。登城楼远望，万里长城似龙游于戈壁滩瀚海间，天晴之日，或可见海市蜃楼。城下戈壁滩上骆驼队的浑厚的悠扬的铃声，使人想起古代“丝绸之路”上的商队和旅行者，令人神驰！

关西门外百余米处，有清代“天下雄关”石碑。清嘉庆十四年（1809年）肃镇总兵李廷臣视察嘉峪关防务时，见这里南有祁连雪山，北有黑山，关势雄伟，便写下“天下雄关”四字并勒石为碑，我也在此留影纪念。

内城西门，门额刻“柔远”二字，意思是明王朝对边陲（关外）各游牧民族实行“怀柔”政策，安抚边远地区，以实现长治久安的治国方略。

内城墙高9米，加垛墙1.7米，总高10.7米，6米以下为黄土夯筑，6米以上用土坯加筑。历经六百多年，墙体虽有剥落，但大部分仍然完整牢固。修筑城墙用的黄土，都是经过认真筛选和加工制作的，要将选好的黄土放在青石板上，让烈日烤晒，将草籽晒死。嘉峪北段长城下出土的“长城工牌”，上面详细记载了当时修长城的分工情况。修筑工程结束后，要进行严格的验收：在距城墙一定距离内，用箭射墙，如果箭头射不进去，证明城墙坚固合格；如若箭头射入墙体，则证明工程不合格，要进行返工重建。如此严格的工程管理制度，保证了质量。

内城东门，门额上刻“光化门”三字，面向东方，表示旭日东升，瑞气普照大地。嘉峪关东西两瓮城布局森严，东瓮城门楼眉额刻“朝宗”两字，表示过往朝廷官员虽远行“极边”，但仍不忘朝廷和君王。与此相对的“西瓮城”，门额刻“会极”二字，意即从西域来的诸侯、仕官、商旅，亲善友好地在这里相会，从这里经过，向中原王朝朝贡。西瓮城也劈门南向，不与内城门直通，使关城更加肃穆幽深，成为内城的一道防线。

嘉峪关游击将军府，也称游击衙门，初建于明隆庆年间，后来成为明清两代镇守嘉峪关的游击将军处理军机政务的场所。现在的建筑是1987年在原建筑的基础上恢复修建的，为两院三厅四合院式，占地面积为1755平方米，建筑面积808平方米。

在嘉峪关古代军事史上，游击将军府不但是嘉峪关长城防御体系的指挥中心，而且是朝廷统治地方、检查商旅使者往来、联系西域和中亚及各少数民族的枢纽机关。

明代，嘉峪关管辖着“腹里、沿边、境外墩台三十九座”。关内墩台林立，纵横交织，相互瞭望，互通情报。长城第一墩，是关南最主要的一座墩台，担负着传递关南及祁连山诸口军事信息的任务。设有坞、驿马、驿驼、食宿、积薪等物，配备有一定数量的守兵。长城第一墩是嘉峪关军事防务的重要据点，这里曾经伴随着雄伟壮观的嘉峪关演绎过许多神奇的故事，诗曰长城第一墩“清流讨赖临危壁，大岭祁连断战氛。铠甲冰河闻拆斗，旌旗旭日舞鹏鲲”。

据记载，当年张骞两次出使西域，霍去病率军攻伐匈奴，唐玄奘西天取经，意大利人马可波罗东入中原，班超、林则徐、左宗棠等都在这里留下过他们的史迹。林则徐被贬新疆，路经嘉峪关，见这关隘如此雄伟，诗赞：“严关百尺界天西，万里征人驻马蹄。飞阁遥连秦树直，瞭垣斜压陇云低。天山巉削摩肩立，瀚海苍茫入望迷。谁道崤函千古险，回看只见一丸泥。”极言这关隘的威严和雄伟壮丽。又云：“除是卢龙山海险，东南谁比此关雄。”指出这关真乃“天下第一雄关”。

站在嘉峪关城楼之上，眺望四围广袤大漠，追思历史长河中，嘉峪关经受了风雪和刀剑的考验，六百年后的今天，依然矗立在一望无际的戈壁滩中，凝视着远去的驼队和远来的人们，仿佛古道驼铃和金戈铁马又激荡在耳边。

临别有“河西重镇”“边陲锁钥”之称的嘉峪关，不由想起关城中戏台两侧书写有对联——离合悲欢演往事，愚贤忠佞认当场。对联高度概括了古往今来人间世事的演义变化及戏曲演出场所的功能作用。

诗曰：

雄关如风名第一，河西重镇锁边陲。
古今纷争化云烟，定城一砖显玄机。

黄昏过张掖

告别嘉峪关，一路疾奔，在一片绿意盎然中，豁然看见一大片金灿灿的向日葵。在蔓延不断，平整成畦的农地里，一株株挺拔的向日葵向着太阳，齐刷刷地敬礼。路牌显示已至酒泉，此地与西昌同为我国两大卫星发射基地。传说中霍去病在此地将皇帝赐予的御酒倒入泉中，让征战西北的将士们都能享用这来自天朝的恩赐，可惜无从找到当年霍去病振臂一挥，率领八百骑兵，长驱直入，直捣匈奴腹地，大获全胜的那种气概与辉煌。车没有停，沿祁连山，在河西走廊上飞奔。伴着高原七月的云淡风轻，掠过一路牌为“高台”的地方和张掖市，径直向武威而去。即兴赋诗《过河西走廊》为证：“朝辞敦煌莫高窟，午游嘉峪雄关风。日影西斜高台地，轻车已过张掖市。”

车窗外，张掖的路标一晃而过，心底油然浮现“葡萄美酒夜光杯，欲饮琵琶马上催”的悲壮诗句来，因为此地盛产葡萄美酒和夜光杯。有感于路过此地，即兴赋诗《过张掖感》以为留念：“斯人已远逝，名句今犹存。轻车奔日远，唯我西北行。”

一路快马加鞭，天宇恍如苍穹，炽日逐渐西斜，长路宛如平台，车队乘时奔走。此情此景，让我更加领悟到“葡萄美酒夜光杯，欲饮琵琶马上催。醉卧沙场君莫笑，古来征战几人回”的慷慨悲壮来。

王翰的这首《凉州词》慷慨悲壮，广为流传，被明代王世贞推为唐代七绝的压卷之作，咏边塞情景之名曲。诗人以饱蘸激情的笔触，用铿锵激越的音调，奇丽耀眼的词语，定下这开篇的第一句，“葡萄美酒夜光杯”，犹如突然间拉开帷幕，在人们的眼前展现出五光十色、琳琅满目、酒香四溢的盛大筵席。这景象使人惊喜，使人兴奋，为全诗的抒情创造了气氛，定下了基调。第二句开头的“欲饮”二字，渲染出这美酒佳肴盛宴不凡的诱人魅力，表现出将士们那种豪爽开朗的性格。正在大家“欲饮”未得之时，乐队奏起了琵琶，酒宴开始了，那急促欢快的旋律，像是在催促将士们举杯痛饮，使已经热烈的气氛顿时沸腾起来。这句诗改变了七字句习用的音节，采取上二下五的句法，更增强了它的感染力。这里的“催”字，有人说是催出发，和下文似乎难以贯通。有人解释为：催尽管催，饮还是照饮。这也不切合将士们豪放俊爽的精神状态。“马上”二字，往往又使人联想到“出发”，其实在西域胡人中，琵琶本来就是骑在马上弹奏的。“琵琶马上催”，是着意渲染一种欢快宴饮的场面。诗的三、四句是写筵席上的畅饮和劝酒。过去曾有人认为这两句“作旷达语，倍觉悲痛”。还有人说：“故作豪饮之词，然悲感已极。”话虽不同，但都离不开一个“悲”字。后来更有用低沉、悲凉、感伤、反战等词语来概括这首诗的思想感情的，依据也是三、四两句，特别是末句。“古来征战几人回”，显然是一种夸张的说法。清代施补华说这两句诗：“作悲伤语读便浅，作谐谑语读便妙，在学人领悟。”（《岘佣说诗》）之所以说“作悲伤语读便浅”，是因为它不是在宣扬战争的可怕，也不是表现对戎马生涯的厌恶，更不是对生命不保的哀叹。回过头去看看那欢宴的场面：耳听着阵阵欢快、激越的琵琶声，将士们真是兴致飞扬，你斟我酌，一阵痛饮之后，便醉意微微了。也许有人想放杯了吧，这时座中便有人高叫：怕什么，醉就醉吧，就是醉卧沙场，也请诸位莫笑，“古来征战几人回”。早将生死置之度外了，可见这三、四两句正是席间的劝酒之词，而并不是什么悲伤之情，它虽有几分“谐谑”，却也为尽情酣醉寻得了最具有环境和性格特征的理由。“醉卧沙场”，表现出来的不仅是豪放、开朗、兴奋的感情，而且还有着视死如归的勇气，这和豪华的筵席所显示的热烈气氛是一致的。这是一个欢乐的盛宴，那场面和意境绝不是一两个人在那儿浅斟低酌，借酒浇愁。它那明快的语言、跳动跌宕的节奏所反映出来的情绪是奔放的，狂热的：它展现出的是一种激动和向往的艺术魅力，这正是盛唐边塞诗的特色。这也是千百年来，这首诗一直为人们所传诵的艺术魅力所在。

渐渐的，黄昏的余晖夹杂着淡淡的月光，静静地洒落在这片古老而神奇的高原大地上，一切都那么静谧和美好。乘着微熏的晚风，缘于没进张掖和没参与到古诗中盛宴美景的遗憾，一首《黄昏过张掖》自心底浮现：月影掩林际，夕过张掖城。夜光杯酒香，怎奈车行疾。

当年红军为建立根据地、打通国际通道的重大使命。两万余名西路军将士在河西走廊浴血奋战半年之久，歼敌25000余人，但终因寡不敌众而兵殇于此。

奔走在河西走廊上，这陇南的夜色是如此让人念想。弦月初悬，大地苍茫，祁连朦胧，长城口就在路旁的不远处。虽然身处疾驰的车内，但在这万籁俱静的陇南夜色里，能够听见那亘古不变的风在席卷，风声里有那将士醉卧沙场君莫笑的悲壮，也有那望眼欲穿的家中妻儿和白发老母的期盼……

车掠过夜色掩映的水泉子，经过标识牌为“丰城”的所在。此时，在斑驳迷离的月光里，祁连山更加接近，夜幕愈加厚重。此时，连日奔波，加上饥饿上袭，不由得想起家中温馨的晚餐。有感于《丰城月色》而作诗：“水泉子边丰城月，华辉初泻祁连低。暮色苍茫渐浓溢，最是念家晚餐际。”

凌晨零点58分，在一片灯火璀璨中，我们终于抵达了武威，这座昔日的凉州府。城市在霓虹光芒里，显得安静祥和，崭新的城市容颜，让昔日的金戈铁马仿佛不曾发生。

很是疲倦，但还是借着车上的思绪，断断续续记下了今日，不，应该是昨日的观感。忙完笔记，暮色还沉，设了早7时起床的闹铃，还可以休息4个来小时。信手写了《夜宿武威》：“朝辞敦煌莫高窟，夜泊古都武威地。葡萄美酒今犹在，暮色掩映好做伴。”

乘着武威的璀璨灯火，带着没有一游古凉州的遗憾，酣然入梦。

见证“马踏飞燕”

伴着灿烂阳光，车出了武威。同凌晨进城一样，映入眼帘的是一尊硕大的“马踏飞燕”雕塑。马踏飞燕又称“铜奔马”，其铸造技术精湛，堪称中国古代青铜艺术之极品。

“马踏飞燕”既是中国旅游标志，更是武威的鉴证。武威古称凉州，六朝时的前凉、后凉、南凉、北凉，隋末唐初的大凉都曾在此建都，以后历为郡、州、府所在地，是古代中原与西域经济、文化交流的重镇，为“丝绸之路”的要隘，一度成为北方的佛教中心。

武威地处黄土、青藏、蒙新三大高原交汇地带，甘肃省中部、河西走廊东端，是丝绸之路自东而西进入河西走廊和新疆的东大门，依次形成南部祁连山山地、中部走廊平原和北部荒漠三个地貌单元，有“通一线于广漠，控五郡之咽喉”的战略地位，有“车马相交错，歌吹日纵横”的繁荣商业，有“凉州七里十万家，胡人半解弹琵琶”的昌盛民生，有“武威莫道是边城，文物前贤起后生”的文化底蕴，有“西凉伎、西凉伎，假面胡人假狮子”的传统礼乐，有“凉州美酒说葡萄，过客倾囊质宝刀”醉人的葡萄美酒，有“莫道葡萄最甘美，冰天雪地软而香”的诱人果品。武威是边城，但她历史之悠久、文化底蕴之深厚、商业之繁荣、物产之丰富、民生之昌盛，是其他边城无法比拟的，她被誉为“天马故乡”“五凉古都”“西夏辅郡”“佛教胜地”。

在古代的军事地理中，凉州承担着隔断青藏高原和蒙古高原游牧民族联系的任务，中央政府只要占据凉州，就能在向西的战略上取得优势地位，掌握主动性。唐代前期，中原王朝牢牢控制着凉州，故而向西北的战略上，就具有主动地位。武威历史悠久，源远流长。早在5000多年前这里就有人类活动。公元前121年，汉武帝派骠骑大将军霍去病远征河西，击败匈奴，为彰其武功军威而得名。自汉武帝开辟河西四郡，历代王朝曾在这里设郡置府，东晋十六国时，前凉、后凉、南凉、北凉国和隋末的大凉政权先后在此建都，成为长安以西的大都会，中西交通的咽喉，丝绸之路的重镇，民族融合的熔炉。

车出武威市区，没有游览，有着淡淡的遗憾，不过想想，能有幸到此一游，也是缘分。一首《凉州早感》情不自禁溢出胸间："昔日凉州府，今朝武威地。去病逝久远，唯有铜奔马。"

悠久的历史孕育了灿烂绚丽的五凉文化、西夏文化、佛教文化和民族民间地域文化，武威名胜古迹众多，文化遗产丰富，是甘肃省的文物大市。突出的特色是"一马"（铜奔马）、"一碑"（西夏碑）、"一寺"（白塔寺）、"一窟"（天梯山石窟）、"一塔"（罗什寺塔）、"一庙"（文庙）。铜奔马是中国旅游标志，被誉为"古典艺术品的最高峰"；西夏碑是独一无二的稀世珍宝，是我国研究西夏历史少有的实物资料；白塔寺是元代阔端太子与西藏佛教领袖萨班举行"凉州会盟"之地，是西藏正式纳入中国版图的历史见证；天梯山石窟被称为中国"石窟之祖"，是我国早期石窟艺术的杰出代表；罗什寺塔是三藏法师鸠摩罗什讲经说法之地，鸠摩罗什被称为我国古代四大佛经翻译家之首，被誉为"译经泰斗"；文庙是全国三大孔庙之一，其规模"壮伟宏耀"，为"陇右学宫之冠"。同时，雪域高原、绿洲风光和大漠戈壁等自然景观与历史文化交相辉映，具有较高的文化旅游价值。武威还是"世界旅游标志之都""中国葡萄酒的故乡""西藏归属祖国的历史见证地"和"世界白牦牛唯一产地"，素有"银武威"之称。

虽然没有近距离游览和拜访这些文物、古迹，但我的身心却被这方神奇的土地所吸引。尤其是那名噪一时、誉满天下的《凉州词》。到了武威，不得不说说凉州词。

历史上，著名的凉州词曲、西凉乐、西凉伎都在凉州形成、发展。"凉州词"是凉州歌的唱词，不是诗题，是盛唐时流行的一种曲调名。唐朝开元二年（714年），时任河西节度使杨敬述献《凉州大曲》于帝都长安，受到唐玄宗极度赞赏，西凉乐从此被定位为大唐国乐，凉州的西凉乐、西凉伎随之也风靡天下。开元五年（717年），陇右节度使郭知运搜集了一批西域的曲谱，进献给了唐玄宗。唐玄宗交给教坊翻成中国曲谱，并配上新的歌词演唱，以这些曲谱产生的地名为曲调名。后来，许多诗人都喜欢《凉州词》这个曲调，为它填写新词，唐代许多诗人都写有《凉州词》，如孟浩然、王之涣、王翰、张籍等，元稹、白居易的《西凉伎》更是流传千古，凉州因这些诗篇而闻名海内外。

行走在武威的土地上，不由自主浮现出王之涣的《凉州词》:“黄河远上白云间，一片孤城万仞山。羌笛何须怨杨柳，春风不度玉门关。”这再现了当年戍守边关的将士们的思乡怀土之情，极写戍边将士不得还乡的怨情，但写得悲壮苍凉，没有衰飒颓唐的情调，表现出盛唐诗人广阔的心胸，即使写悲切的怨情，也是悲中有壮，悲凉而慷慨。

据唐人薛用弱《集异记》记载：开元（公元713—741年）间，王之涣与高适、王昌龄到旗亭饮酒，遇梨园伶人唱曲宴乐，三人私下约定以伶人演唱各人所作诗篇情形定诗名之高下。王昌龄的诗被唱了两首，高适也有一首被唱到，王之涣接连落空，轮到诸伶中最美的一位女子演唱了，她所唱则为“黄河远上白云间”，这就是著名的“旗亭画壁”故事，表明王之涣这首诗在当时已广为传唱。

诗的前两句描绘了西北边地广漠壮阔的风光。首句抓住自下（游）向上（游）、由近及远眺望黄河的特殊感受，描绘出“黄河远上白云间”的动人画面：汹涌澎湃波浪滔滔的黄河像一条丝带迤逦飞上云端，写得神思飞跃，气象开阔。诗人的另一名句“黄河入海流”，其观察角度与此正好相反，是自上而下的目送：而李白的“黄河之水天上来”，虽也写观望上游，但视线运动却又由远及近，与此句不同。“黄河入海流”和“黄河之水天上来”，同是着意渲染黄河一泻千里的气派，表现的是动态美。而“黄河远上白云间”，方向与河的流向相反，意在突出其源远流长的闲远仪态，表现的是一种静态美。同时展示了边地广漠壮阔的风光，不愧为千古奇句。次句“一片孤城万仞山”出现了塞上孤城，这是此诗主要意象之一，属于“画卷”的主体部分。“黄河远上白云间”是它远大的背景，“万仞山”是它靠近的背景。在远川高山的反衬下，益见此城地势险要、处境孤危。“一片”是唐诗习用语词，往往与“孤”连文（如“孤帆一片”“一片孤云”等），这里相当于“一座”，多一层单薄的意思。这样一座漠北孤城，当然不是居民点，而是戍边的堡垒，同时暗示读者诗中有征夫在。“孤城”作为古典诗歌语汇，具有特定含义。它往往与离人愁绪联结在一起。第二句“孤城”意象先行引入，为下两句进一步刻画征夫的心理做好了准备。诗起于写山川的雄阔苍凉，承以戍守者处境的孤危。第三句忽而一转，引入羌笛之声，羌笛所奏乃《折杨柳》曲调，这就不能不勾起征夫的离愁了。折柳赠别的风习在唐时最盛。“杨柳”与离别有更直接的关系，人们不但见了杨柳会引起别愁，连听到《折杨柳》的笛曲也会触动离恨。而“羌笛”句不说“闻折柳”却说“怨杨柳”，造语尤妙，这就避免直接用曲调名，化板为活，且能引发更多的联想，深化诗意。玉门关外，春风不度，杨柳不青，离人想要折一枝杨柳寄情也不能，这比折柳送别更难。征人怀着这种心情听曲，似乎笛声也在“怨杨柳”，流露的怨情是强烈的，而以“何须怨”的宽解语委婉道出，深沉含蓄，耐人寻味。这第三句以问语转出了如此浓郁的诗意，末句“春风不度玉门关”也就水到渠成。“玉门关”入诗也与征人离思有关，《后汉书·班超传》云：“不敢望到酒泉郡，但愿生入玉门关。”所以末句正写边地苦寒，含着无限的乡思离情。“何须怨”三字不仅见其艺术手法委婉蕴藉，也可看到当时边防将士在乡愁难禁时，也意识到卫国戍边的重大责任，方能如此自我宽解。也许正因为《凉州词》情调悲而不失其壮，所以能成为“唐音”的典型代表。

“葡萄美酒夜光杯，欲饮琵琶马上催。醉卧沙场君莫笑，古来征战几人回。”这首诗地方色彩极浓。从标题看，凉州属西北边地。从内容看，葡萄酒是当时西域特产，夜光杯是西域所进，琵琶是西域传入的乐器，胡笳更是西北流行乐器。这些无一不与西北边塞风情相关。这首诗不仅意蕴深远，边塞风光也如在眼前，真是诗中有画，画中有诗。在音乐高度发达的李唐王朝，不仅诗中有画，画中有诗，而且诗中有乐，乐中有诗。《凉州词》中描写的乐调，除了用“琵琶”一类乐器演奏的马下俗乐以外，还有“马上”军乐，二者形成强烈对比。所谓“欲饮琵琶马上催”是说：边塞将士正欲欣赏琵琶一类乐器奏出的悠扬乐调，以就痛饮，突然远处传来金鼓铮铮、号角齐鸣的马上军乐，这马上军乐，使他们又回到即将出征的现实之中。《凉州词》不仅是“诗中有乐”的佳作，而且是“乐中有诗”的绝唱。诗中乐调的强烈对比，自有一番深意。如于音乐不甚了了，很难领会其中滋味。

时值正午，艳阳高挂，凉州城内，游人如织。身处此地，难免有思接千古的感怀：“晴关历历凉州谧，马踏飞燕出土地。羌笛胡笳声尤在，杨柳满目夏绿意。”

游走在河西走廊

从凉州出发，今日的行程也十分紧张，借道河西走廊要经景泰，至兰州，再到民和，目的地是青海省会西宁。

武威出来，一路上经过的都是河西走廊最为肥硕的地方，路旁玉米林立，恰似一片片青纱帐，在这被誉为“丝绸古道”的古老、广袤、神奇大地上绵延向远方。亭亭玉立、挺拔舒展的白杨树在车窗里，一棵接一棵地迎面入眼而来。想来，这漫无边际的青纱帐地，昔日也许就是戍边将士们屯垦所在，抑或是红军先烈们的碧血润绿……

今日的河西走廊以前人难以想象的面目展现在世人面前，让人惊叹。尤其是在这七月烂漫的季节里，河西走廊就像一幅无边无际的大美风景画，随着我们的目光飞驰，不断伸展向远方。远远望去，祁连山犹如一条巨大的卧龙铭刻在大地上，离高远的苍穹竟是如此接近。色彩斑斓的山脉，镜般反射阳光的冰川，洁如素练的终年积雪，翠如美玉的原始森林，茵茵绿绿的肥美草场。最妙的是那青纱帐里的一株株玉树临风的玉米，还有那玉镶金的玉米棒子……这无不构成了河西走廊绝伦无比的美。

河西走廊位于甘肃省西北部祁连山和北山之间，又叫甘肃走廊，河西走廊东起乌鞘岭，西至玉门关，东西长约1000公里，一路向西，有着凉州（武威）、甘州（张掖）、肃州（酒泉）、瓜州、沙洲（敦煌）等城市，自古是西北黄金通道，兵家战场，天然粮仓。把背靠大漠、南依祁连山，绵延上千公里的河西称作走廊，让河西走廊好似院落公园、府第宫殿中的精致走道，充满了诗情画意。

河西不保，陕西不存。汉时匈奴、唐时吐蕃、宋时西夏，均占据河西而频犯中原。作为丝绸之路一部分的河西走廊，是历朝历代戍兵屯田，经略西北的军事重镇，是牵制青藏高原、蒙古高原两大力量的条件，是农业文明在与游牧文明拉锯战中存活的保证。如今，丝绸之路早已成为访古、探险、旅游之路。几日看尽河西景，还愿般朝拜敦煌，各色人等都挤上这条路，只因太多诱惑。

在这个走廊中，廊檐是祁连山，廊柱是武威、张掖、酒泉、敦煌，栏杆是汉长城，亭台楼阁是其间的城镇。

河西的繁荣，得益于东西方商业与文化融通。货物流通，商贸繁荣，经济和文化就发达。汉唐至明朝，这里是中国最富庶的地区之一。肃州（酒泉）、甘州（张掖）、凉州（武威），城门巍峨，店铺林立，丝竹悠扬，歌舞优美，敦煌壁画中描绘的歌舞乐伎，正是河西走廊当时的现实生活。

巍巍祁连，茵茵草原，茫茫戈壁，高高沙丘……不一样的天与地，描绘出了河西不同的壮丽。

万里丝绸路，东起苏杭，过长安到天水、兰州而入，穿河西走廊，经新疆越中东，直至地中海沿岸。曾经的河西走廊，商旅纵横，盛极一时，作为副金融中心，外贸交易中心，繁荣程度仅次于长安、苏杭。河西走廊，自古以来就是中华文明构成要素中重要的一部分，是中华文明与外来文明接触、碰撞、融合的重要地区，汉民族与各少数民族在这里互动交融，最终构成辉煌灿烂的华夏文明。直到今天，河西走廊仍然在资源、交通运输、生态环保、国家战略等方面深远影响着国家的发展和安全。

河西走廊地势平坦，一般海拔1500米左右，沿河冲积平原形成武威、张掖、酒泉等大片绿洲。相较于我之前工作和生活的石渠县等海拔4200米以上的高寒牧区，河西走廊没有那种高寒的感觉，两边的绵延高山夹杂着中间这块千年不变的古老平川，肥沃土地养育了一代又一代驻守在这里的人们，这块永恒的土地给了他们世代生活下来的力量源泉，为几千年来的丝绸之路提供了可靠有力的中转接力，造就了武威、张掖、酒泉和敦煌等著名的河西四郡。

在历史长河里，有多少仁人志士，有多少戍边将士，从这里向西，去收复祖国的大好河山，世代守卫中华民族的历史与文化的成果。通过这条历史古道，与西方各国通商贸易，互通有无，把我国的丝绸源源不断地输送到西方各国，让西方各国人民感受中华民族传统文化的博大精深。想当年，出使西域，万国来朝，这条古道是何等的繁华与荣耀。大汉天子的铁骑在霍去病带领下，以八百骑兵长途奔袭，叱咤风云，威震西域，为国家的大一统立下了汗马功劳，统一的大好河山，促进了贸易的繁荣与经济的发展。张骞出使西域，不仅为西域各国与中原的友好关系打下坚实基础，同时也引进了西域各地的粮食作物，为农业时代的人们带来了更为丰富的食物选择，开创了具有划时代意义的伟大征程。历经千年历史，虽有战火涂炭，但宝贵的文化与历史资源，为后世的人们所敬仰，儒家思想的延续，让人们在历经战火的风霜雪雨中，永存那份真挚的传统文化理念与爱国思想。

河西走廊，自古以来便是通往西域的交通要道，如今依然繁忙，迎接着来往的过客，只不过嘉峪关城已经失去了它原有的作用，在各民族大团结的现代社会，在社会高度发达的如今，河西走廊已不再是边关要地，被大一统的中国纳入版图之腹地。角色的转变，社会的进步，让这个曾经饱受战火洗礼的风沙之地，不再荒凉，现代化的农业为这里带来了绿色的气息，重工业的入住，让祖国各地的建设者们前赴后继，不断来到这里，为这里的现代化建设添砖加瓦，一代又一代人把自己毕生的心血贡献给这块博大精深的土地。

行进在河西走廊，触目所及的不仅仅是那沿途的山水、城镇、村落、田园……还有那思接千古的心绪，漫飞在这壮美的大地上。

金城汤池是兰州

原本想在武威照张铜奔马的留念照，可跟着车队直接就走了，直奔兰州，很是遗憾。高速路堵车，在双塔收费站我们绕道景泰，到处问路，虽没有出现前面线路方向的错误，但420多公里的遥远路程使得我们下午两点过才抵达兰州北。加完油后，我们的车落在后面，误从兰州北下了高速，走了5公里左右，接到电话说走错了，只好调头原路返回，折腾了20来分钟才赶上前面的车。

兰州是唯一黄河穿城而过的省会城市，市区依山傍水，山静水动，形成了独特而美丽的城市景观。南北群山对峙，东西黄河穿城而过，蜿蜒百余里，既体现了大西北的浑壮雄阔，又展现了江南的清奇秀丽，将丝绸之路文化、黄河文化和民族文化汇集其中。有着百年历史的中山铁桥、巍峨壮观的水车博览园、休闲的市民与戏水的游人……仿佛都在诉说着这个丝路重镇的简单直接、率性而为。

早在5000年前，人类就在这里繁衍生息。西汉设县，取“金城汤池”之意而称金城。隋初改置兰州总管府，始称兰州。自汉至唐、宋时期，随着丝绸之路的开通，出现了丝绸西去、天马东来的盛况，兰州逐渐成为丝绸之路重要的交通要道和商埠重镇，是联系西域少数民族的重要都会和纽带，在沟通和促进中西经济文化交流中发挥了重要作用。

古丝绸之路也在这里留下了众多名胜古迹和灿烂文化，吸引了大批中外游客前来观光旅游，使兰州成为横跨2000公里，连接敦煌莫高窟、天水麦积山、张掖大佛寺、永靖炳灵寺、夏河拉卜楞寺等著名景点的丝绸之路大旅游区的中心。随着新欧亚大陆桥的开通特别是西部大开发战略的实施，重新构筑起现代丝绸之路，兰州作为我国东西合作交流和通往中亚、西亚、中东、欧洲的重要通道，战略地位更加突出，正发挥着承东启西、联南济北的重要作用。

兰州有以石油、化工、机械、冶金、四大行业等为主体，门类比较齐全的工业体系，成为我国主要的重化工、能源和原材料生产基地之一。兰州是黄河上游最大的工业城市和西部重要的原材料工业基地，也是中华人民共和国成立后全国重要的石油化工、冶金有色和装备制造业基地。

车过黄河大桥，滔滔黄河水从远处飞流直下，很是壮观，真让人涌起“黄河之水天上来”的感慨。由于车速快，从车上照了3张照片，但都很模糊。后来我才知道，所过的大桥是有百年之久的中山桥。由于黄河自西向东穿过了兰州，阻隔了南、北两岸，兰州自古便多桥梁。其中，标志性建筑中山桥最能体现桥梁建造工艺之精湛，并见证了兰州历史的变迁。如果说黄河孕育了兰州这座城市的自然之魂，那么中山桥则支撑起了她的人文之骨。

一位曾经在甘孜工作过的森警部队人员邀请我们共进午餐，同行的一位领导同他很熟悉。鉴于时间关系，主人将午宴地点设在黄河边上，就餐地点很大气，隔窗就可以看见滚滚黄河水从窗前淌过，满河床的浊流煞是让人叹为观止，可惜没有近距离亲近黄河。

简单吃过午饭，即奔西宁。告别兰州，也算观了下黄河，偶兴作诗《兰州观黄河有感》:“饮罢黄河水，即奔西宁地。千里大高原，任尔遨游翔。”

（2010年7月21日）

夜宿西宁

出兰州城，径直奔西宁。车过甘肃境内，从感觉上是一路在下坡，但兰州的海拔市区是1520米，西宁的海拔是2295米，换言之，这是我视觉上的错误。其实，车右的湟水就是从西宁附近的湟源流经此的，按此推理，应该是越走越高了。

天色越显阴霾，像是要下雨了，沿途的杨柳随风飘拂，湟水里的滚滚浊浪，欢快地相互追逐和击打着，一路向前。

一路西上西宁，感觉植被好了许多，沿途的庄稼和人家也多了不少。

抵达曹家堡机场时，一场小雨沙沙地撞击着疾驰的车窗。从玉树、格尔木、德令哈、敦煌、武威，一路走来基本上都是40℃左右的高温，真正算来，除了此前在敦煌一段10来米长的路上飘洒了五六粒雨之外，这场持续了十多分钟路程的雨就是我们此行西北所见的甘霖了。曹家堡临雨，喜悦的心情伴随着细雨，润湿了我的心田："如沙小雨敲窗急，大美青海苍茫际。曹家堡机场依稀，六十里风尘清新。"

沐浴过曹家堡喜雨后，怀着憧憬和期盼，在夜色掩映中我们进了西宁。

初进西宁，感觉就同先前听说的一样，破旧而杂乱。不过进入市中心后，感觉明显不一样了。晚饭后，已是9点过了，灯火阑珊的西宁城更展示出她的魅力。很累，加上要记录日记和洗衣物，也就放弃了夜逛西宁的念头。

午夜时分，万籁俱静，记录着当天的所行、所观、所感时，突然听见轻击窗户的"沙沙"声，原来是又下起了小雨，在这祥瑞的细雨中，西宁市的夜色更平添了几多温馨和浪漫。

西宁市是青海省会，地处青藏高原河湟谷地南北对峙的两山之间，属祁连山系，黄河支流湟水河自西向东贯穿市区，气候宜人，是消夏避暑胜地，有"中国夏都"之称。

西宁历史悠久。商周秦汉时期，河湟地区是古羌人聚居的中心地带。西汉元狩二年（公元前121年）霍去病将军在此设西平亭。东汉建安十九年（公元214年）设西海郡。唐初（公元619年）建鄯州，成为青藏高原与中原的交通中转站。五代北宋时称青唐城，是吐蕃唃厮啰的国都，成为东西商贸交通的都会，兴盛一时。宋崇宁三年（公元1104年），宋军进入青唐城，改称西宁州（取名西方安宁之意），建陇右都护府。清雍正三年（1725）改置西宁府。1914年裁西宁府，设西宁道。1926年，撤销道，改为西宁行政区，设西宁行政长官。1946年西宁改县为市，成为青海省省会。1949年9月5日西宁解放，仍作省会。

西宁是典型的移民城市，多民族聚集、多宗教并存。西宁地处黄土高原与青藏高原、农业区与牧业区、汉文化与藏文化的三大结合部，是青藏高原人口唯一超过百万的中心城市，移民人口达100万之多，有汉、回、藏、土、蒙古、撒拉等34个民族，其中少数民族人口54.36万人，占总人口25.55%。佛教、伊斯兰教，道教、基督教、天主教五大宗教并存，藏传佛教和伊斯兰教影响尤为深远。

西宁取“西陲安宁”之意，是古“丝绸之路”南路和“唐蕃古道”的必经之地，是青藏高原的东方门户，地理位置十分重要，古有“西海锁钥”之称。西宁古称“湟中”，是一座具有2100多年历史的高原古城。

今天的西宁市为兰青铁路终点、青藏铁路和青藏公路起点，依然是通往青藏高原腹地的交通要冲。西宁周围群山环抱，冬无严寒，夏无酷暑，气候宜人，是天然的避暑胜地。西宁市名胜古迹众多，主要游览点有北山寺、东关清真大寺、马步芳宅邸等，湟中县的塔尔寺是藏传佛教圣地，著名的青海湖距西宁市151公里。

西宁是一座有着两千一百多年历史的高原古城，古称西平亭，曾是汉后将军赵充国屯田的地方、南凉的都城、唐蕃古道的咽喉、丝绸南路的要道、青藏高原通向中原的门户、河湟文化的发祥地之一，自古就是一颗璀璨的“高原明珠”。

（2010年7月21日，从武威经景泰、兰州宿西宁）

大美青海湖

托老天的福，一路风轻云淡到了青海湖畔。远望，天宇湛蓝深邃，蓝宝石般的青海湖镶嵌在群山之间，让人眼前一亮。湖畔是金色的油菜花，有一匹高大、俊美的黑色骏马在菜地前漫步小跑。游客们的相机和眼球追逐着高大骏马，欢呼声里醉成了一片。

迫不及待跳下车，汇入灿烂的阳光里，扑向七月的青海湖。眼前是一片绿茵茵的草滩，草滩上生长着一垄垄黄灿灿的油菜花，在这绿色和黄色的背后，又衔接着一派无边无际的蓝色湖水。我深深地呼吸着这纯净高原弥漫着油菜花香的空气，眼球感受着油画般，不，应该说是仙境般的视觉冲击。

湖畔眺望，苍翠的远山，合围环抱；碧澄的湖水，波光潋滟；葱绿的草滩，羊群似云。一望无际的湖面上，碧波连天，雪山倒映，鱼群欢跃，万鸟翱翔。周围是茫茫草原，湖滨地势开阔平坦，水源充足，气候温和，是水草丰美的天然牧场。放眼草原，绿茵如毯；金黄油菜，迎风飘香；牧民帐篷，星罗棋布；成群牛羊，飘动如云。加上日出日落，充满了诗情画意，使人心旷神怡。即兴赋诗《青海湖观感》：“碧湖疑是挂天幕，油菜嵌玉绿毡幅。快车如风疾驰渡，只为亲抚青海湖。”

青海湖古称“西海”，又称“鲜水”或“鲜海”。蒙古语称“库库诺尔”，藏语称“错温波”，意为“青色的海”“蓝色的海洋”。早先属于卑禾羌的牧地，所以又叫“卑禾羌海”，汉代也有人称“仙海”，从北魏起才更名为“青海”。

青海湖地处青藏高原东北部，地域辽阔，草原广袤，河流众多，水草丰美，环境幽静。四周被四座巍巍高山所环抱：北面是崇宏壮丽的大通山，东面是巍峨雄伟的日月山，南面是逶迤绵绵的青海南山，西面是峥嵘嵯峨的橡皮山。这四座大山海拔都在海拔3600米至5000米之间。举目环顾，犹如四幅高高的天然屏障，将青海湖紧紧环抱其中。从山下到湖畔，则是广袤平坦、苍茫无际的千里草原，烟波浩淼、碧波连天的，像巨大的翡翠玉盘平嵌在高山、草原之间。

不同的季节，青海湖景色迥然不同。时值夏季，放眼四周，巍巍群山和辽阔草原披上了深绿，湖畔山清水秀，天高气爽，景色绮丽。起伏的广阔草原铺上了厚厚的绿色绒毯，五彩缤纷的野花，点缀得草原如锦似缎，数不尽的牛羊和牧马犹如云朵洒满草原；湖畔大片整齐如画的农田麦浪翻滚，菜花泛金，芳香四溢；那碧波万顷，水天一色的青海湖，好似一泓琼浆在轻轻荡漾。诗以感怀："七月高原云淡远，油菜香浓蜜蜂恬。黄绿相间景美添，更有青海翡翠衔。"

青海湖的美景吸引着成千上万游人，是旅客云集的胜地，也是全世界科学家所注目的巨大宝湖。青海湖里有丰富的矿产资源，还盛产湟鱼，是我国西北地区最大的天然鱼库。四五月间，鱼群游向附近河流产卵，布哈河口密密麻麻的鱼群铺盖水面，使湖水呈现黄色，鱼儿游动有声，翻腾跳跃，异常壮观。

北魏时青海湖的周长号称千里，唐代为400公里，清乾隆时减为350公里。在布哈河三角洲前缘约20公里处有古湖堤遗址；距湖东岸25公里处的察汉城（建于汉代），原在湖滨。东西两边已分别退缩25公里和20公里，水位下降约100米。目前青海湖呈椭圆形，周长300余公里。1908年俄国人柯兹洛夫推测当时湖面水位3205米，湖面积为4800平方公里；20世纪50年代的测绘资料显示，青海湖湖水面积为4568多平方公里：20世纪70年代出版的地形图量得湖水位3195米左右，湖面积为4473平方公里；到了2000年，通过遥感卫星数据分析，青海湖的面积是4256.04平方公里。现湖水容积739亿立方米，最长约104公里，最宽约62公里，最大水深3.14千米。

青海湖水位每年平均以12.1厘米的速度下降，水位下降最快的2000年，1年内下降了21厘米，以这样的速度，青海湖年平均减少湖水4.36亿立方米，正在从单一的高原大湖泊分裂为"一大数小"的湖泊群。缩减的因素主要有气候变暖、人类活动加剧以及降雨量减少等原因，特别是在青海湖周边盲目开荒，破坏了注水河流的水源，目前青海湖50%的注水河流已经干涸。

据监测，近50年来，青海湖水位下降了3.78米，水面面积减少了362.3平方公里，大致相当于每年减少一个杭州西湖。有专家预测，如果按照现在的速度不断萎缩，平均水深18米的青海湖将在200年后完全消失。由于气候暖干和全流域生态系统退化，水位下降的总趋势在短期内难以改变。

为了保护青海湖，青海省于2008年5月启动青海湖流域生态环境保护与综合治理项目，投资近16亿元，争取在10年内最大限度恢复青海湖原生态。这是青海省继“三江源”生态保护项目后的第二个大型生态环境综合治理项目，覆盖整个青海湖流域。

项目内容包括湿地保护、退化草地治理、草原鼠虫害防治、沙漠化土地治理、生态保护林建设、退牧还草以及生态移民等工程。工程实施人为保护和自然恢复相结合，前5年以恢复和建设为主，后5年继续建设并巩固成果。总体目标致力于促进整个流域自然生态系统的良性循环和经济社会的可持续发展，实现生态功能恢复，人民生活水平提高，人与自然和谐相处。有关监测表明，青海湖近年来水位持续上升，水域面积在持续增大。

青海湖岸边有辽阔的天然牧场、肥沃良田、丰富矿产。早在古代，这里就是马、牛、羊等牲畜的重要产地。所产的马在春秋战国时代就很出名，当时被称为“秦马”。隋唐时代，这里产的马经过与“乌孙马”“血汗马”交配改良，发展成为独具特色的良马。它不仅以神骏善驰而驰名，而且以能征惯战而著称。我想，刚才所见的马一定就是远古被誉为“秦马”的良驹。

本地人对青海湖的称呼，无论蒙古语、藏语都是“青色的大海”意，我想应是取意于“青出于蓝而胜于蓝”吧？其实，青海湖水之所以如此湛蓝，是因为湖面高出海面3197米，比两个泰山还高，湖水中含氧量较低，浮游生物稀少，含盐量在6%左右，透明度达到八九米以上，因而，湖水就显得更晶莹明澈。

抬眼望去，在青海湖所能目极的尽头，水天相连处，是高原特有的万里晴空，淡蓝色接近青白色的苍穹引诱着我的心灵变得空灵而透明；垂向天宇相交处连绵起伏的绿色山峦、碧绿草滩，哈达般的公路逶迤着伸向遥远的地方；草滩上，不时有毛色油亮的骏马在昂首阔步，游人如织，这是多么的迷人的一幅美丽画卷啊！

……

在这硕大的湖前，我深切地感受到人的渺小，在这盏巨大的翡翠玉盘面前，每个人或许就是一滴水、一颗沙，镶嵌在青藏高原东北部的高山、草原间，构成了一幅群山、湖水、草原相映成趣的壮美风光和绮丽景色。赋诗《仲夏青海湖》为念：“湖天一色名青海，云横宇低贴水面。翠波凝翡镶黄玉，仲夏最美是高原。”

（2010年7月22日夜）

日月山遐思

在日月山，回望青海湖一带，七月的青海高原湛蓝深邃，在艳丽的高原阳光下，满目青翠的草原上点缀着浓郁的黄油菜花，以及珍珠般的羊群和黑金般的牦牛群……

这多彩的色调让人不由自主地会对藏式服饰中点缀着绿得艳丽的绿松石、黄得烂漫的琥珀（藏族同胞称之为蜜蜡）、红得鲜美的珊瑚、褐白相间神秘和深沉的天珠（九眼石），以及白银和黄金镶坠的装饰有了生活中现实的映照。我想，或许就是因为生活在这样一个色彩斑斓的高原上，我们的藏族先辈们才会崇尚和喜爱如此丰富多彩的色调，转而在现实生活中物化为可以不随季节轮回、天气变化的珊瑚、琥珀、绿松石等。

据说，日月山是文成公主当年进藏所经之道，当年过了日月山就代表着告别了天朝的势力范围，正式进入了吐蕃之境。

站在日月山上，往来如梭的车辆和似水的游人，夹杂着天南海北不同的口音，让人不由得思绪翩翩。遥想当年，文成公主为了国家安宁、百姓安居乐业，一介弱女子柔肩担重任，毅然踏上西上之路，的确让后人敬仰。其实，这也是藏汉民众共同敬仰她之处，后人将文成公主敬奉至神的地位，也正是因其利国利民的举动。时至今日，在藏区不同地方都流传着当年文成公主进藏的传说，当地群众口手相传着文成公主进藏的传说，许多山川、建筑等都以文成公主的传说而命名。据我所知，在我们甘孜许多县都有许多关于文成公主的动人传说。仅康定比较著名的就有公主桥和塔公寺的传说，而在石渠的洛须片区就有照阿拉姆石刻、志玛拉宫度母庙等关于文成公主的传说。前几日，我们途经之地也有许多关于其的美好传说，如纳赤台的传说。

当年文成公主进藏途经日月山时的心境肯定是相当复杂的。在那个特定的时空，这一过日月山，就表示着与长安遥隔万水千山，表示着将开始自己全新而陌生的生活……

其实，人有时在命运面前既是无可抉择的，更是能有所作为的。文成公主无法选择降生在帝王之家，但她为了国强民安，毅然选择踏上和亲之路；文成公主无法预知后人如何对其顶礼膜拜，但她用大爱之心，铸就了汉藏和谐共荣的情谊之桥。吾等后辈定当要将文成公主当年进藏所修之圆满功德世代传诵和传承下去。感于此情此景，特赋诗两首以为留念。

《日月山思》：

日月山口唐蕃道，文成公主进藏要。
回望长安天地袤，柔肩重任向前道。

《日月山思二》：

菜花黄玉绿毡傍，游客如织白牦芒。
日月山上回头望，此行雪域两茫茫。

（2010年7月22日草）

05

乡野草木

由清明想到爱国

又临清明，忆及“清明时节雨纷纷，路上行人欲断魂”之诗句。其实，一到清明，我国大部分地区天气温暖，草木萌茂，一改冬季寒冷枯黄的景象。农业生产上，多忙于春耕春种，有江南农谚“清明谷雨两相连，浸种耕田莫延迟”为证。种树造林，莫过清明。清明是二十四节气之一，开始的一日为清明节，有踏青扫墓的习俗。

清明至，由清明的传统习俗，不由得想到爱国。恰好今年正值抗战胜利60周年，细想60多年前，中国人为了抵御、抗击日寇的侵略，进行了英勇的反击。十四年抗战，按毛泽东同志的《论持久战》中可分为战略性防御、相持、反攻三大阶段。十四年里，千千万万的中国人为此而牺牲。遥想到1840年鸦片战争……这些被中国人誉为国耻的历史将永远烙印在国人心上。不忘国耻亦是爱国的一种表现，因为这反映了一个人对祖国的一种最深厚的感情。同时不忘国耻，也是激起我们不断推动社会前进的巨大精神动力，抗日战争里千千万万的中国人用自己的血肉之躯筑成了中华民族的长城。同时，爱国主义的基本内容还有这一条：在外敌侵略面前，团结对外，奋起反抗，直到彻底战胜侵略者，坚决维护祖国的主权和独立。所以，牢记国耻，缅怀英烈，激发斗志也是爱国的一种具体表现。

清明是一种传统，清明更需要体现爱国主义精神，哪怕我们在祭奠前人英魂时能忆及鸦片战争、抗日战争的点点滴滴或想起为了抵御外敌入侵而死难的忠魂英烈们的名字。

清明是播种的最佳季节，就让我们在这雪雨纷扬的季节，在我们全体国人心中播种爱国主义这粒种子吧。

（2004年清明于石渠）

石渠县85%以上草地严重退化，过牧滥牧使石渠草地不堪重负，请看——

“沙尘暴”距石渠还有多远？

5月9日下午5时和5月17日下午2时20分，沙尘暴两次“光临”石渠。所到之处，狂风呼啸，黄沙滚滚，持续近1个小时，能见度缩小到20米以内。石渠怎么会突发沙尘暴？沙尘暴怎么说来就来？石渠人大惑不解。

石渠拥有川西北最大的草原，扎溪卡是石渠人的骄傲和自豪。作为四川省最大的牧业县，人们一直以为石渠水草丰美、牛肥马壮。但就在我们盲目乐观的背后，一组数据让我们感到惊讶，石渠草地总面积为214.40万公顷，目前，该县草地退化面积达182.24万公顷，占可利用草地面积的85%以上，其中鼠虫害重度危害草地达143.13万公顷，形成荒漠化草地58.69万公顷，不少草地已是寸草不生的“黑土滩”，甚至逐渐沙化，为沙尘暴的发生、加剧提供了条件。近几年来，全县每年8级以上的大风天数达68天。自1995年以来，每年1—5月均有10次以上黑风暴。昔日水草丰美、“风吹草低见牛羊”的情景已成为“风吹草根现鼠洞”的现实，而这一切都是沙尘暴发生的原因所在。

石渠的草地荒漠化、沙化，在一定程度上还是气候条件的产物，该县地处青藏高原东南缘，平均海拔4200米以上，年最低温度为 -46℃，年均温度 -1.6℃，全年长冬无夏，无绝对无霜期，牧草生长期仅为120天左右，草地土壤层薄，肥力不够，水分渗透性差，蒸发快，恶劣的自然条件使草地再生力极弱。但真正导致这一现状的原因，还有人为的破坏和过度的索取。“重畜轻草”“重利用、轻建设、重索取、轻保护”，任意采挖中药材等不科学利用草地资源造成的畜草矛盾、人畜矛盾等导致对生态环境极大的破坏，牧区盛行“畜多便富”的思想，使草地严重超载，冬春草场牲畜超载近四倍，夏秋草场超载也在两倍以上，从而导致植物群落趋于单一，植株低矮；平坝、阳山、河谷地带过度放牧造成草地板结。过牧、乱牧、滥牧致使草地荒漠化、沙化严重。此外，鼠害频繁发生，滥捕滥猎鼠害天敌也使草地鼠害频繁，据统计：该县草地鼠害面积为143.13万公顷，每公顷平均有草地鼠约760只，总计达11亿只左右。严重的鼠害，加剧了该县草地沙化。

近几年，该县采取了相关措施，如已经实施的围栏改良草地和饲草饲料基地项目，虽然二者之和仅占草地总面积的不足2%，其功能效用却日趋显现。同时，该县与有关方面合作，采取了大规模的消灭草地鼠害行动，积极实施退耕还林（草）工程，已经取得成效。不过，对于一个面积超过2.5万平方公里的大县来说，这些措施仍然是杯水车薪。

作为长江、黄河源头的生态大县和四川省的畜牧业大县，石渠县距“三江源自然保护区”纪念碑仅80余公里，是长江、黄河上游的重要生态屏障，环保人士认为，对石渠县生态环境缺乏忧患意识和产业结构单一、畜牧业粗放经营及人为的任意破坏、鼠害的日趋严重是造成该县生态危机和草地荒漠化、沙化的重要原因，典型的高寒气候条件又加速了“两化”的形成。有识之士说，通过现在正在实施的天然林保护工程和退耕还林（草）工程，可以缓解石渠的草地荒漠化和沙化；但要从根本上改变这一现状，还应该积极实施围栏改良草地、禁牧还草工程和天然草地恢复及建设等一系列工程；在工作中不仅仅要依赖政府行为，还需要全社会的共同参与；加大草场的治理、保护，减少载畜量，消灭草地鼠害，逐渐实行草地轮牧轮歇。

沙尘暴袭击石渠，不仅为我们保护生存家园敲响了警钟，也证明沙尘暴距石渠已经不远，距我州已经不远。毕竟我们与石渠同在一片蓝天下，毕竟我们同处长江上游，治理草地荒漠化和沙化是我们的责任。因为我们真正希望以后不再听到类似消息，更不希望石渠成为第二个“楼兰”。

（2002年5月夜于石渠）

为“安心工程”鼓与呼

日前，甘孜州人民政府州长尧斯丹陪同副省长张作哈到石渠县慰问，在石渠县委、县政府提出请求解决干部职工房改相关问题时，尧斯丹州长现场表示州委、州政府为了切实解决甘孜州干部职工住房难问题，正积极向省委、省政府争取，准备启动“安心工程”，以此来改变州内干部职工住房困难。闻听此言，作为一介平民，深为广大干部职工感到欣喜。同时，作为一名党员，深为州委、州政府此善举感到欣慰。喜慰之际，又陷入深思之中：何以州内干部职工会有如此窘境？何以州委、州政府把此作为“安心工程”来抓……

众所周知，像“生命禁区”——石渠县一样，州内大多数兄弟县也同石渠一样，因种种原因未能启动干部职工房改，特别是退休干部职工在退休之后，大部分连一个住房都没有。老干部的今天就是大家的明天，如此情况，心怎能稳？细究根源，还是州县财政拮据、发展滞后导致此果。纵观古今，鉴比中外，重才则国家兴、爱才则文明盛。贞观之治、康乾盛世、欧洲的文艺复兴、日本的明治维新无不展示了崇贤重才所带来的良好效应。在现代社会，人才早已成为各地区、各部门争猎的对象，各种吸纳人才的优惠政策应运而生，大至国家的人才兴国战略，小到州县出台的各项激励措施，凡此种种，无不昭示一个道理，那就是“人才兴则国兴，人才旺则国旺”。才是本，人是根；才是流，人是源。古语云：“欲流之远者，必浚其源泉；求木之长者，必固其根本。”只有为人才创造良好的工作、学习、生活环境，提供平台，才能出现脱颖而出、破锥而出的态势。君不见，千里马饲不饱，力不足，才美不外显，且欲和常马等不可得，安求其能千里也？

欣闻，在州委、州政府和相关部门的关心、努力下，甘孜州18个县每月燃料费根据海拔高度都有一定涨幅，石渠、理塘因海拔最高，涨幅高达160元。想必，大家在领取到涨幅之后的工资时，一定为之兴奋、喜悦。有谁细思过，对于甘孜州特别是像石渠县这样2004年县财政收发不到200万元的国家重点贫困扶持县为此要担负多大的压力？事实再次说明州委、州政府和各县委、县政府的亲民之情、爱民之心、为民之举。反之，这也将为整个甘孜州的发展起到积极的作用。同时，不难看出州委、州政府种种举措都体现了四个字，这就是“以人为本”。

科学的发展观、正确的政绩观都要求坚持“以人为本”，想群众之所想，急群众之所急，真正做到权为民所用、情为民所系、利为民所谋。从提高燃料费到准备实施“安心工程”，都体现了州委、州政府“以人为本”的执政理念。稳定人才是构建和谐社会的基本，也是发展的需要。我们从这一个侧面，欣喜地看到：州委、州政府的科学执政、民主执政能力和水平大大提高，“以人为本”的执政理念已深入民心。

作为一介平民，我们希望州委、州政府加大诸如“安心工程”的力度。反思之，在为“安心工程”鼓与呼之际，我们应明白一个道理，那就是“发展才是硬道理”，只要发展好了，何愁难以安心。

（2005年1月于石渠）

牛圈里面讲牛经

“要让大家改造圈舍、改良品种、改变饲养，加强防疫工作，通过‘三改一防’提高科技含量，达到科学养牛的效果，实现传统养牛向科学养牛的有效转变。”近日，在得荣县子庚乡瓦卡开发区移民户扎安志玛家，当看到主人饲养的5头杂交奶牛时，州长李昌平一个箭步跳进牛圈里，随手捡起根秸秆，现场向随行的县、乡领导干部和农民们讲起了科学养牛经。

子庚乡瓦卡开发区位于得荣县城最南端的金沙江畔，距县线70公里，隔金沙江与云南迪庆州德庆县奔子栏镇相望，地势平坦，气候暖和，具有典型的金沙江河谷亚热带气候特征，是州委、州政府在得荣尝试进行生态移民的第一个开发区。目前，全区搬迁移民共有139户600余人。

“你们看，这个牛圈有20多平方，如果合理利用就可以多养10多头牛……”李昌平一手拿着秸秆、一手比划着给大家示范起了怎样充分利用空间，搭建固定栏将奶牛固定饲养。他形象地说，得荣的耕地原本就少，十分金贵，房前屋后的地更为珍贵，要通过示范，推广科学养牛，减少粗放的传统养牛方式。要通过改造圈舍，达到减少空置地、方便清洁、减少运动、减少消化的效果，结合沼气池建设，循环利用资源。要通过改良品种，提高产奶量。要通过改变饲养方式，达到节约资源、提高卫生水平的目的。他说，传统的粗放型饲养既浪费饲草饲料，又不卫生。李昌平还诙谐地说，要把牛当成人来养，使牛舒适快乐地生长。同时，要加强对春秋两季和日常的防疫工作。

“在固定饲养后，还要给奶牛们留一个‘运动场’，让奶牛们在茶余饭后溜达溜达、运动运动，既增强体质，提高免疫力，又可增加产奶量……”李昌平诙谐的话语时不时引起扎安志玛和临近农户们一阵阵会心的欢笑声。

当看到扎安志玛家用来盛奶的铁皮桶时，李昌平关切地说，装奶最好不要用铁皮桶，要改用不锈钢桶。挤奶时要有卫生意识，要先对乳头进行热水消毒，既可清洁卫生，又可以促进乳腺发育，提高产奶量。同时，还要用钢梳对奶牛的毛发和乳头等重点部位进行梳理。他形象地说，当奶牛的毛色变得油光水滑了，那么就说明这牛是养好了的，当然产奶量也就上去了。

当了解到扎安志玛家的奶牛每天每头产奶量仅为1—1.5公斤时，李昌平要求畜牧部门加强对奶牛的改良工作，要引进产奶量高、易于本地饲养的奶牛品种来进行改良。

“这么喂养，如果是牛，根本不会吃的，这种传统喂养方式既不卫生，又大量浪费。要将秸秆等粉碎，并放入水池用温热水进行浸泡，这样易于牛吸收营养。”李昌平还幽默地说，虽然牛是动物，但主人不能“虐待”它。

“我们的老百姓对传统的养殖业习以为常，这不奇怪，但要通过干部来引导，逐步向科学养牛发展，这像原始人第一次穿衣一样……”临行前，李昌平还对现场陪同的职能部门的同志和乡干部语重心长地叮咛个不停。

（2008年夏夜于得荣）

办公室工作心得体会

进入州政府办公室后，我深切地感受到办公室工作涉及内容繁重琐碎，时时处处都要讲政治、讲安全、讲程序，时效性、准确性、规范性极强。李昌平州长为此要求“时间不在我这里耽误，差错不在我这里发生，出手的东西代表自己的最高水平”。这三句话看似朴实直白，却蕴含着深刻的哲理，于平常工作、生活，甚至于对待人生的态度都是一种精益求精的高境界。

提高效率：时间不在我这里耽误

秘书工作繁杂、琐碎，这就要求我们必须提高办事效率并应掌握一定的办事方法与技巧。要有敏锐的预见性、思想的主动性、工作的时效性。做到知之在早，思之在先，谋之在前，将琐碎繁忙的工作变得井然有序，适应各种环境的变化和工作节奏的突变，做到临危受命、忙而不乱。要超前获取领导活动的信息，在工作上早准备、早部署，力争主动。要超前调研，向领导提供好建议当好参谋。围绕各个时期的中心工作或比较突出的问题，搞一些“短、平、快”的调研，既可掌握工作动态，又可从中发现一些倾向性的问题，从而为领导提供一些解决问题的办法。要有“抢”的意识，服务抢在前、调研抢在前、预案抢在前、措施抢在前、协调抢在前。要有“转”的意识，围绕“公转”（三个服务工作）抓“自转”，在被动中寻求主动、在被动中争取主动，在被动中创造主动，善于从纷繁的事务中解脱出来，想领导、部门和群众之所想和未曾想，主动提供超前服务。必须要有求真务实、雷厉风行的工作作风，运筹帷幄的领导艺术，在有限的时间里办好应办的事。要有“分”的意识，善于“分身”，明确该干什么，不该干什么，先干什么，后干什么。要有所为，有所不为，为好应为之事。要有“勤”的意识，自觉做到口勤、嘴勤、笔勤、脑勤，加快工作节奏，提高工作效率。对于领导交办的、群众想办的、基层要办的，做到不拖延，马上办，不让领导交待的工作延误，不让日常工作在我这里“卡壳”，不让需要办理的文件积压，确保工作反应迅速、雷厉风行、高效快捷、运转协调。

讲究质量：差错不在我这里发生

孙飞秘书长反复强调“质量是办公室工作的生命”。强烈的责任意识是干好秘书工作的前提。古人说：“天下事有难易乎？为之，则难者亦易矣；不为，则易者亦难矣。”就秘书工作而言，我们平常做的可能是下发一个通知，写一篇调研材料，校核一篇文稿，接待一次来访，协调一件事情。在别人看来，这些可能都是些琐碎的小事，但正是这一件件小事构成了工作的全部。看似简单的工作，其实都要经过好几个流程才能办结。而我们手上的日常工作常常纷繁交错，往往一件还没处理完，另一件又接踵而来。周恩来总理曾说：“有的工作是一好遮百丑，而办公室工作是一丑遮百好。”因此，我们要勤勉尽责，要把难事办妥、急事办稳，要把好事办实、实事办好，要把杂事理清、繁事化简。这就要求我们有强烈的责任意识，严格要求自己，合理安排好每件事情，做到忙而不乱，对工作中的一点一滴都要力求做得更好，结束后还要及时总结经验教训，考虑有无疏漏之处，确保工作的正确率。秘书工作需要的是一丝不苟，注重细节，精益求精，默默无闻，无私奉献。要做到规范运转零失误，来不得半点疏忽，哪怕是一点点疏漏，都可能产生严重的问题。要严字当头，在细节上下功夫，努力做到大事不含糊，小事不马虎，确保所布置的各项工作零搁置、零积压、零失误。要牢固树立“细节决定成败”的意识，始终坚持举轻若重的原则，处处留心、时时细心、事事精心。

追求卓越：出手的东西代表自己的最高水平

“没有最好，只有更好。”王方霖副秘书长反复强调要以忠心、热心、尽心、精心来推进办公室工作，并强调要用规矩、规范、规章、规律八个字来要求自己。这就要求我们干好工作，关键是要树立争一流、创品牌的目标，精益求精、规范高效，努力在出手的每件事中体现自己的最高水平。开拓创新出精品，根据不同的“谱”，定不同的“调”，唱不同的“歌”。多出精品、少出次品、不出废品，用数一数二的精品提供优质高效的服务，使各项工作真正成为“马前卒”“真招数”“新品牌”。这要求做到六要：一要有深邃的思想观念。

只有思想深邃，当参谋才有灼见，写东西才能精深，工作才能卓有成效。二要有广阔的视角。“横看成岭侧成峰，远近高低各不同。”要写好材料，必须把握好自己看问题的角度。要站在改革的角度看问题。要站在领导的角度看问题，就是说要“高站一步”，看问题的角度要高。三要注重调查研究。要勇于从实际出发，敢于求“是”。根据实际情况，敢于提出自己的观点和看法；服从现实，就是发现真实情况和真理，在任何情况下、任何人面前，都敢于坚持和反映。搞调查研究必须具备追求真理的品质。四要详细占有材料，实中求“是”。善于透过现象看本质，深中求“是”。五要善于分析综合。情况分析不透，就不能写出好的材料，只有周密系统地分析，才能认清事物的面貌，把握事物的内在联系，有针对性地提出解决问题的办法。分析情况要重点把握，全面、主流、动静结合，注重典型和事例的分析四个要点。六要有丰盈的储藏。“天才在于积累。”要做思想观点、数据、正反典型的积累。只有这样我们为领导服务，才能积极主动和超前。为机关和基层服务，才能尽职尽责。为人民群众服务，才能全心全意。才能设身处地为他人着想，把困难留给自己，把方便让给别人。

“秘书工作无小事。”在日常工作中，只要你悉心品味，精细过滤，就一定会从中汲取有益的营养，使自身更强壮、形象更完美、行为更文明。

（2010年冬夜于康定）

舍得之间

“鱼，我所欲也；熊掌，亦我所欲也。二者不可得兼，舍鱼而取熊掌者也。生，我所欲也；义，亦我所欲也。二者不可得兼，舍生而取义者也。”先哲阐释了只有先舍弃，才能够有所收获。舍弃是一种智慧，也是一种境界，懂得舍弃的人往往会有大收获。人在一生中最舍不得的就是这个“我”，这是最大的障碍，敢舍掉自我，才能真大得。大舍才能大得，敢死才敢活，敢大死才敢大活。

世上最不准的天平是称量自己得失的天平。社会学中有一个“归因理论”，是说一个人常常把自己的成功归为自己的努力，常常把自己的失败归咎于运气不好。这个理论和“鸵鸟理论”异曲同工。一个人在评价自己的能力和贡献的时候总觉得自己是鸵鸟，别人是鸡。若有一天他有幸看到真的鸵鸟，他会说：“噢，这只鸡比我大一点！”我们在和人相处时，在评判个人得失时，一定要在个人天平上的所得端要再加上一块砝码，而在所失端减去一块砝码。

祸兮福之所倚，福兮祸之所伏。很多先哲都明白得失之间的关系。他们看中的是人的德行修养和德才培养，而非一时一事的得与失。

战国时期的宓子贱是孔子的弟子、鲁国的大臣，他拒绝父老的劝谏，在强大的齐军入侵鲁国前不允许抢收麦子，失掉了有形的、有限的一点粮食，却让民众免去了存有侥幸得财得利的心理这个无形的、长久的损失。如何取舍，宓子贱做出了正确的选择。忍一时的失，才能有长久的得，能忍小失，才能有大的收获。

抗战时期，杨振宁、李政道、邓稼先等在西南联大读书，老老实实地甘于清贫，潜心读书，堪忍钱财之失，后来终成大业，成了世界著名科学家，为祖国增光，为人类做出了巨大的贡献。

这就是现实生活的得失之道：小处吃亏，大处受益，暂时吃亏，长远受益。得到了不一定就是好事，失去了也不见得就是件坏事。认识人事，要认识其根本，得应得到真东西，不要为虚幻的假象所迷惑。失去固然可惜，但也要看失去的是什么，如果是自身的缺点、虚幻不实的东西，这样的失又有什么值得惋惜的呢？能将个人的得失置之度外，便可宽心自如地对待周遭的人与事，时时从大局着眼，从长远利益考虑问题——这就是智者的选择。

“失之东隅，收之桑榆。”失去太阳，收获满天的星光；失去葱绿，收获丰硕的金秋；走出青春岁月，迈进成熟的人生。花开花谢，云卷云舒，忙碌在日常中，为自己和亲人，为工作和生活，为部门和社会。如何在得失之间品人生？仁者见仁，智者见智。人生的得失，在很大程度上取决于人的思考角度和人生价值观。该得的，珍惜把握；该失的，洒脱放手。都得，一定是他人为你放弃；都失，也不够善待自己。

走向了稳重成熟，就会失去无忧的童真；失去单身的相对自由，而得到了婚姻的幸福。从辩证的观点来看，得失相辅相成，又互为条件。贝多芬失去了听觉，造就了他非凡的毅力，创造出不朽的乐章，正所谓有所失必有所得。

“将欲取之，必先予之。”先失我欲，然后得我所欲，所得非所欲，则必无所失。什么事情都还是慢慢地得到才好，一步登天，一蹴而就，一举而得，未必是好事，也不可能成为常事。人还是要拥有一颗平常心，该进则进，该退则退，把得失看得淡一些，不要为争一些无用的东西，而去丢失一些更为宝贵的东西。

“不以物喜，不以己悲。”人生会有无数次选择，人生总有遗憾。人生是上天赋予每个人平等的一次旅行，就看我们如何去利用好这唯一的旅行机会。“不因虚度年华而悔恨，也不因碌碌无为而羞愧。”正确认识得失，得到的时候淡然视之，失去的时候泰然处之。

叶落知秋，落叶苍凉。生命犹如流星闪过星际，不会再有下一次的轮回，任凭其消失在茫茫的宇宙。“无边落木萧萧下，不尽长江滚滚来。”豪壮的诗句藏着多少悲凉？老去的英雄又逢末路，怎不让人神伤？菩提本无树，明镜亦非台。本来无一物，何处惹尘埃？生死之间，我们一无所有。我将于茫茫人海中访我唯一灵魂之伴侣，得之，我幸；不得，我命。徐志摩在《致梁启超》中回应老师梁启超来信中所提到的：天下岂有圆满之宇宙？他申明自己只为：求良心之安顿，求人格之确立，求灵魂之救度耳。决心坚定，意向明确。人生就如一次旅行，在旅途中我们可以拥有一些东西，可终究带不去它。

我们应该享受“得到”的喜悦，也该享受“失去”的乐趣。很喜欢汪国真的《生活》:“你接受了幸福 / 也就接受了痛苦 / 你选择了清醒 / 也就选择了糊涂 / 你征服了别人 / 也就被别人征服了 / 你赢得了一步 / 也就失去了一步 / 你拥抱了晨钟 / 怎么可能拒绝暮鼓?”

一个人的快乐人生,不是因为他拥有的多,而是因为他计较的少。在你“松手”舍弃自我的一瞬间,在你做到了一般人都不敢大舍的举动之后,你就会悟到生命的本质,悟到幻相与真相,从而获得心灵大自由、精神大解放、生活大机趣。珍惜生命,活好当下,快乐每一天,这才是我们的人生。

(2012年春于康定)

践行甘孜精神 成就美丽人生

——对甘孜精神的理解

精神是一个地区的文明素养和道德理想的综合反映，也是意志品格与文化特色的精确提炼，更是人民认同的精神价值与共同追求。一个地方没有精神，就没有了灵和魂。州委提出的“忠诚爱国、乐善互助、务实创新、坚韧奋进”的甘孜精神，聚沙成塔，厚积薄发，高度概括了当代甘孜精神的本质内涵，既是公民素质所应具备的根本要素，又蕴含了康巴高原丰厚的人文底蕴，还尽情展示了甘孜人民不屈不挠的“精气神”，彰显了这方土地上的人民的特有魅力，深刻阐述了精神力量对于实现伟大中国梦建设美丽生态和谐幸福新甘孜的重大意义，内涵丰富、寓意深远、催人奋进，是我州开展一切工作和实现伟大中国梦的精神动力。

步百里者半九十。离梦想越近，越需要我们不断增强团结一心的精神纽带，越需要持续激发自强不息的精神动力。当前，我州经济尚处于“底部”，全州上下，尤其是公职人员必须要以更大的智慧与勇气，大力弘扬“甘孜精神”，涉险滩、过难关、下深水、摸实情、出实招、啃骨头，让这凝心聚力的兴州之魂、强州之魂融入到个人的思想、工作和生活中去，不断开创中国特色社会主义下甘孜经济跨越式发展、社会长治久安的新局面。

忠诚爱国是公民素质的根本

家是最小国，国是最大家。没有国，哪有家。忠诚爱国是每一个公民所应具备的根本素质，也是所应自发展现的最朴素最真挚的情感，这是放之四海皆准的至理。从红军长征、十八军进藏、民主改革，到改革开放以来，甘孜人民忠于祖国、忠于党，谱写出了一曲曲感人的赞歌。尤其是开展群众工作全覆盖一年多来，全州上下众志成城，同仇敌忾，坚决反对分裂，维护祖国统一，深情抒写对祖国、对党和对人民的无限忠诚。群众工作全覆盖，尤其是“同心同向”活动取得的成效就是最好的佐证。中国梦的本质内涵是国家富强、民族振兴、人民幸福。历史和事实告诉我们，个人命运只有与民族命运紧密相连，滴水之微才能汇聚成无坚不摧的磅礴力量。大力弘扬忠诚爱国，能最大限度凝聚共识，团结一切可以团结的力量，汇聚每个人的梦想成就伟大的中国梦，形成推动甘孜经济社会发展进步的强大正能量。

乐善互助是国人美德的彰显

乐善互助是人类共同的价值追求，也是人类得以生生不息和蓬勃发展的一个重要条件，更是衡量一个国家和社会文明、和谐程度的重要标杆。乐善互助主要通过人与人之间，以及地区与地区之间来表现，进而促进人的和谐和地区间协调平衡发展。首先，乐善互助能让人心灵平和、安宁和幸福。人与人之间和谐的首要表现是一个人能通过与他人的交流活动达到一种心灵的平和与安宁，而弘扬乐善互助有助于人们保持内心的平和与安宁，实现“双赢”，甚至“多赢”，对受助者而言，既能从他人的帮助中得到一份物质支持，或多或少化解生活困难，又能感受到来自社会的关怀，多一份精神依托和期待，为他克服困难增添信心和勇气；对施助者而言，他会从别人的称赞和感恩中得到一种满足感、体会到付出的价值和幸福。对其他人来讲，也能接受教育，共享温暖。例如，作为公职人员，我们的工资来源于纳税人（人民），而提供服务（公共产品）是我们理所当然的职责所在，加之我们服务的对象是我们的衣食父母（父老乡亲），怀着一份感恩和乐善互助的心来工作，自然会收获“分内之事、尽心竭力，帮助别人、快乐自己”的幸福。通过高效、优质服务，办事的群众直接享受了公共服务，其他群众也感受到了党和政府、国家的温暖，继而达到心灵的平和安宁。其次，区域经济平衡发展是和谐发展的重要组成部分和基础性因素。由于历史和现实的原因，我州区域发展很不平衡，东部、南部、北部之间，以及城乡之间差距十分明显，互助有利于缩小城乡和区域差距，促进和引导生产要素跨区域合理流动，优势互补、互惠互利。相对发达地区可利用自己的优势，对落后地区进行资金、技术、人才和管理经验的扶持。例如，“六大活动”就是有效实践。落后地区应不等不靠、不怨天尤人，转变观念、转变经济发展方式，并通过向外输送资源、劳动力等做出贡献。

中国人历来有“不以善小而不为”的传统，向善修德、助人为乐是国人共识。甘孜各族群众皆好以“修善积德”为至理，乐善好施、团结互助为人心所归。我州处于“底部突围”，乐善互助更是我们共克时艰不可或缺的条件。只要人人都心系甘孜，把甘孜州的成败荣辱得失当成自己的成败荣辱得失，积极践行昌升书记提出的“三个必须”“三个捍卫”（必须维护干群和谐，夯实执政基础，捍卫甘孜荣誉；必须确保执行有力，提升奋进激情，捍卫甘孜未来；必须遵守党纪国法，树立浩然正气，捍卫甘孜形象），与甘孜州同呼吸、共命运，乐善互助，甘孜的未来定当更辉煌。

务实创新是事业发展的源泉

求真务实是共产党人的品格，是我党实事求是思想路线的具体反映。开拓创新，则是我们事业不断发展壮大的动力和保证。务实创新是我们做好工作、推进事业的两个基本支点，二者相辅相成。务实是创新的源泉，创新是发展的动力。如将务实比作源头，那么，创新就是奔腾不息的水流，无源则竭，无流则滞，只有二者结合，才能使事业长河源远流长。

创新聚焦于解决问题的思想方法，务实则体现在目标任务的落实。甘孜人民向来务实创新，在壮志豪情之下，蕴藏着的正是务实创新的精神内核。既有登高涉远、负重自强之志，又有一步一个脚印的务实之心，不夸夸其谈和好高骛远。务实创新就是要坚持实事求是，以科学理论为指导，在遵循客观规律的基础上，不满足于已有的成绩，不自缚于陈旧的框框，不拘泥于过去的经验，解放思想，大胆探索，以效率为原则、以结果为导向，在主、客观相统一上下功夫，在用真功、求实效上下功夫。努力地将工作提高到一个新的层次，把事业推向一个新的水平，使思想进入一个新的境界。邓小平说过：“世界上的事情都是干出来的，不干，半点马克思主义也没有。”这种不怨天尤人，宁愿苦干、不愿苦熬，立足现实、崇尚实干的务实精神，已经深入到州人的骨髓里面，即敏于行、重在实，把每项工作落到实处。用高标准、严要求，把每项工作落到细处。

坚韧奋进是高原品质的锤炼

“古之成大事者，不唯有超世之才，亦必有坚忍不拔之志。”甘孜人民正是靠着这“千锤百炼始出炉”的坚韧奋进，创造了璀璨的康巴文化，铸就了辉煌的甘孜精神。坚忍是高原厚实沉稳的精神，奋进是大江奔腾不息的气质。一方水土养一方人，雪山草原江河铸就了甘孜人民的坚韧和闯劲。建设美丽生态和谐幸福新甘孜，续写甘孜历史新篇章，需要大力弘扬这种精神。只有坚持不懈，锲而不舍，咬定青山不放松，才能成长自我；只有坚忍不拔，坚定信念毫不动摇，遇到挫折百折不挠，身处困境万难不屈，才能推进事业；只有坚强无畏，不惧任何阻力，勇敢前行，才能升华人生。

有了梦想，就有了前进的方向；有了精神，就拥有了让梦想变成现实的翅膀。"忠诚爱国、乐善互助、务实创新、坚韧奋进"的甘孜精神特质来自甘孜历史、扎根甘孜现实，必将创造甘孜未来。精神的统一是动态的发展的过程，是一项持续的、长期性的工作，不会一蹴而就，需要全州上下的共同努力。我们必须努力培育和弘扬这一极富高原特质、甘孜本色和时代气息的精神内涵，使之成为当代甘孜最为鲜明的形象和群众价值观，使其成为凝心聚力的兴州之魂、强州之魂，美丽生态和谐小康新甘孜一定能够早日实现！

1.《践行甘孜精神 成就美丽人生》2013年9月23日《甘孜日报》（头版）（张建国）

2.《四川政协报》2013年12月

又临春分

惊蛰才过两周，又临春分。

春分，昼夜平分之意，此时太阳直射赤道，春暖花开，莺飞草长。相较于康定来讲，这种变化虽不是那么明显，但春的脚步却是谁也阻挡不住的。

伴随着气温的回暖，河水也变得湍急起来，许是沾了河水的湿意的缘故吧，临河的垂柳益为绽放得早。

越是临近春分，康定的雨意就慢慢酝酿成一场场渴盼已久的甘霖，先是飘飘洒洒地轻舞曼扬，然后就是快意淋漓地击打着大地。在春雨的滋润下，万物开始复苏，封冻一个冬天的炉关终于在细雨中渐渐醒过来了。他揉揉眼，漫山仿佛都像变戏法一样换上了间杂这鹅黄、青翠的斑驳的新衣裳。河水与来往的人们一样，愈发变得欢畅起来。

高原的春天到了，一切又是那么的美好。

经过昨夜一场雨，沿河的垂柳的芽孢绽放出了嫩绿的细叶，鲜嫩、鹅黄的细叶犹如一张张小孩的小手，嫩嫩的、胖嘟嘟的。近山的山腰以上都还或浓或淡地笼罩着薄雪，些许的寒意让人精神为之一振。

春天来了，对康定城这可以说是个喜讯，透过那一枝枝随风飘舞的宛如一串串翠绿鞭子的杨柳枝，每个人的心情都在蛰伏一个寒冬后，欣然而快乐起来了。

漫步在河边，望着邻水的垂柳即将变成翠柳，心里不由得润润的，一句诗油然而生“邻水垂柳先惹绿”。是啊！大自然的规律对万物都是一样的，人也脱离不了这些自然规律。

春分古称“日中”“日夜分”“仲春之月”。《明史·历一》说：“分者，黄赤相交之点，太阳行至此，乃昼夜平分。”所以，春分的意义，一是指一天时间白天黑夜平分，各为12小时；二是古时以立春至立夏为春季，春分正当春季三个月之中，平分了春季。

“春分麦起身，一刻值千金。”此时，对农人来讲是春耕大忙的时节。一场春雨一场暖，春雨过后忙耕田。春季大忙季节就要开始了，春管、春耕、春种即将进入繁忙阶段。而对于高寒牧区的牧民来讲，此时还是寒意料峭、冰雪皑皑的封冻季节。正所谓“秋肥冬瘦春死亡”，牧区的牧业生产此时可以说是一年中最关键的时节。不过，我相信冬天已经过去了，无论农区还是牧区，春天的暖意迟早会来临的。

既然是平分春天，也就意味着春天已经过去了一半，在窃喜春色渐染炉关和忧心牧区生产之际，不由得感叹起时光飞逝。好在春分之后，阳光直射位置逐渐北移，北半球开始昼长夜短。对我等来讲可以说是个好事，有更多的白昼来做事，以此来弥补飞逝的光阴。

这正印证了得失相当的万物守恒定律，春分前半年的昼短夜长又可在后半年里得到补偿。

“雨水”之喜

走出州医院，拐上格萨尔酒店前的桥，几滴雨滴落在我的脸庞上。久违了一冬的雨，终于在雨水这天如约而至，几丝凉意让人精神为之一振，雨水之喜也减缓了刚才看望黄拥时的心中苦痛和担忧。

黄拥是康定县孔玉乡寸达村民，结识他是在州政府办公室与寸达村开展“挂包帮”活动之际，算来也有3年多了。因为黄拥长期患有“肺大泡”，导致其丧失了劳动能力，发病时连站立等行动都不能自理。此次发病，从腊月二十五就一直住院观察治疗。正月初八，我同他联系得知病情后，立即同州红十字会联系，帮助争取援助，红十字会的青松表示积极争取。

与其主治医师交谈了解，其病情加重，右肺多发性大泡，基本丧失了肺功能，要靠原本就同样患有“肺大泡”的左肺来进行功能代偿。想要到内地动手术，相关医院却说无法动手术，只好在州医院进行治疗。治疗之初，其一度十分不配合，思想很消极。他家在农村，全家4口人，2个儿子在读初中，全家人仅靠黄拥爱人青措打工维持生计，经济十分拮据。好在通过协调，“新农合”国家补贴部分可以先行支付，其只需支付自理部分便可。

我同黄拥和其爱人、妹妹等家人聊了很久，并同其商量寻求红十字会援助的问题。这个季节冷空气活动频繁，因风寒而易致病，对高血压、心脏病、哮喘患者更是不利。我规劝其不要再抽烟，要注意饮食起居等，采取积极的精神调摄养生锻炼，保持情绪稳定，增强抵抗力，积极配合治疗。

正如《月令七十二候集解》曰：“正月中，天一生水。春始属木，然生木者必水也，故立春后继之雨水。且东风既解冻，则散而为雨矣。”雨水之后，喜的是气温回升、冰雪融化、降水增多，万物开始萌动，春天就要到了。

其实像黄拥这样的农村重病人有很多，由于自身经济拮据，加之没有更多的渠道来治病，既往“小病拖、大病扛”的现象普遍存在。好在随着国家惠民政策的进一步实施，全省大病医疗救助、新农合药品零加价、12种大病纳入救助、二次补偿等工作的展开，让农牧民受益面、受益水平得到很大提高，利益得到保障，有病能够及时得到治疗，缓解了经济压力。对像黄拥这样的困难户和重病号来讲，以往靠亲友资助、社会募捐难以从根本上解决的困难，现在基本得到解决。

更喜的是，据了解，下一步，四川省将继续扩大包括慢性病在内的重大疾病门诊报销种数和报销比率，增加可报销的诊疗项目和药品种类等。同时，欣闻国家将试行“先看病后付费”的诊疗模式，此举无疑是病痛者之福音，尤其是弱势群体的福音。

“随风潜入夜，润物细无声。”在替黄拥等父老乡亲们高兴之际，我想起这句诗来。

春雨喜降，草木新绿、大地向荣，祝愿和相信像黄拥一样苦痛病情的病人在惠民政策和春天喜雨中得到好转。

充分发挥委员主体作用

党的十七大报告中指出，“解放思想是发展中国特色社会主义的一大法宝”，全党同志要“坚持解放思想、实事求是、与时俱进，勇于变革、勇于创新，永不僵化、永不停滞”。发挥政协委员主体作用，事关政协工作全局，事关政协事业长远发展，事关政协组织整体形象。我作为州政协委员，同时作为四川省检察机关人民监督员，如何围绕大局，把握民主与团结两大主题，履行政协“三大职能”，解放思想，发挥好作用尤为重要。要坚持讲政治、讲党性、讲品性，重点在学习、调研、建言、监督上有新建树。

一是加强学习，努力增强履职能力。政协委员要做到协商有高度、参政有深度、监督有力度，就要强化学习意识，提高自身素质。多掌握一些政治、经济、科技、法律、文史等方面的知识，多掌握一些履行政治协商、民主监督、参政议政职能的方法，做到勤学善学、爱想善思、学以致用、用有所成。通过不断学习，提高新时期政协委员履职能力，不断努力向高标准看齐，完善自身素质。

二是勤于调研，全力关注群众生活。政协委员要观国情、察党情、看民情，紧紧围绕群众最现实、最关心、最直接的利益问题，多形式地深入开展调研工作，形成一些对策，为党和国家分忧解难。了解群众的疾苦，倾听群众的呼声，体察群众的情绪。力求摸透情况、找准问题，形成针对性强、实用性高、操作性好的提案建议，为党委、政府决策提供科学依据。例如，我分别在2005年、2007年提交的“高寒牧区干部职工待遇”“高寒牧区包虫病防治”两篇调研报告均得到了中央、省上相关领导的高度重视；通过2年多时间广泛调研，撰写的近2万字的《石渠县等海拔4200米以上干部职工生存状况令人堪忧》的调研报告，得到中央、省上相关领导的高度关注，并将甘孜州作为重点调研区，2006年上半年中组部、人事部等部委赴甘孜州调研，解决了一些实际困难；2007年10月18日，温家宝总理在我撰写的《石渠县等牧区包虫病现状和对策思考》上批示：“请陈竺、高强并青林、巨峰同志阅。要重视和支持高寒牧区包虫病的防治工作。”不久后，中央、省级相关部门加大了对高寒牧区包虫病的防治工作力度;《浅析甘孜州牧区民间调解行为之利弊》被省委政法委内部资料收集。

三是敢于建言，倾力反映社情民意。政协委员有自己的渠道，要及时地把群众的意见和社情民意，以及提案等递交给政协。要积极为人民群众谋利益、办好事，为党委、政府决策出良策、想点子，要密切联系群众，把民意、民声反映出来。察人所未察、谋人所未谋、想人所未想。坚持说真话、讲实情、进诤言，真实反映社情民意，使各界人士的利益诉求得到充分表达，为保持稳定、加快发展减少阻力、增加助力、形成合力。例如，经过广泛调研，我提出的“呼吁国家将石渠等县纳入‘三江源自然保护区’”“加大对甘孜藏区新闻媒体建设”“加大甘孜州文物保护管理力度”“加大全州农技人才服务体系建设”等提案，均得到了党委、政府的高度重视。

四是善于监督，着力推动工作落实。政协委员要以高度的政治责任感，多动脑子、多想法子，充分发挥民主监督职能。积极担任职能部门的监督员、执法部门的检查员、纪检监察部门的行风评议员等，着力推动各项工作的落实。

（2012年于康定）

月色康定之遐思

——写在州政府与省环保厅签署《战略合作框架协议》之际

接访完一批讨薪的农民工兄弟，踏着夜色快步返家。一轮圆月如硕大银盘挂在溜溜城上，恍悟，已到腊月十五，年味愈来愈浓。

听闻亚拉与折多汇集成的瓦斯河轻快欢唱，沐浴如银月色，心神为之轻松许多，不由想起近期此伏彼起，让人闻之色变、处之心惊的“雾霾”。暗自庆幸，自身生活的这方山水相较于繁华都市，虽然少了几许现代气息、几多丰富物质，但不乏有明月清风为伴，享受着大自然最珍贵的馈赠，实乃人生之幸。

净土由来已久，还缘世人爱护。无论是新一届州委、州政府提出的建设美丽生态和谐幸福新甘孜的战略定位，还是举州上下达成的共识，都让州人为这方山水而眷恋、珍惜。“生态立州、产业强州、科教兴州、依法治州、和善安州”的经济社会发展总体战略可谓深入人心，“一优先、二有序、三加快”的产业发展思路让人振奋（优先发展旅游业，有序发展生态能源业和优势矿产业，加快发展高原特色现代农牧业、特色文化业和中藏医药业），“三化”联动、投资拉动和产业支撑、保障和改善民生的美好发展长卷渐次展开，甘孜州经济跨越发展和社会长治久安的美好未来日渐清晰。

据相关数据显示，近年来，我国癌症发病率急剧上升，每年新发肿瘤病例约为312万例，平均每天8550人，除了生活方式因素外，环境污染因素不可低估。“北京咳”一词虽尚存争议，但环境影响健康却是不争事实，这也为我们敲响了环境的警钟。

明月几时有，把酒问青天。面对日渐丰富的物质，清风明月已成为一种世人为之向往的稀缺资源。

从经济学的角度看，生态环境属于公共产品。洁净的空气和水，是维持人类健康的最基本因素。发展的目的是提高人的生活质量，保护好碧水蓝天，符合公众的根本利益。

让老百姓呼吸新鲜的空气、喝上干净的水、吃上放心的食物，是重要的民生工程，也是政府的基本职责。只有天更蓝、水更清、人更健康，中国才能更美丽。

欣闻1月29日，在继与省林业厅等省级部门签署战略合作框架协议之后，州政府又与省环保厅签署了战略合作框架协议。根据协议，省环保厅将从政策、资金、项目、人才等对我州生态保护和建设给予倾斜、支持。从生态保护、环评审批、污染防治、能力建设、总量减排、环保科研等六个方面助推我州生态建设。

甘孜州地处青藏高原东南缘，是长江上游生态屏障的核心区，全州境内生态环境类型多样复杂，生物多样性十分突出，为全国乃至全世界陆地生态系统所罕见。为把我州建设成为生态经济强州、全国全域旅游先行区、世界级旅游目的地和长江上游重要生态屏障，州委、州政府坚持生态立州，走可持续发展之路，为美丽生态和谐幸福新甘孜提供了有力的生态保障。

给农业留下更多良田，替子孙后代留下蓝天、白云、青山、绿水的美好家园，为自然留下更多修复空间，不仅是当今最时尚的尊重自然、顺应自然、保护自然的生态文明理念，更是绿色发展、循环发展、低碳发展的必由之路，唯有入脑入心入行，美丽生态和谐幸福新甘孜才会更加魅力四射、美丽永驻。

（2013年2月9日21时于炉关）

重温“谁知盘中餐”

“谁知盘中餐，粒粒皆辛苦”出自唐朝诗人李绅的《悯农》，可谓家喻户晓、妇孺皆知，也是国人历来教育子女爱惜粮食的格言，但在日常中，不珍惜粮食和菜蔬的现象可谓比比皆是，触目惊心。据相关调查结果显示，我国消费者每年仅餐饮浪费的食物蛋白和脂肪就分别达800万吨和300万吨，最少倒掉了约2亿人一年的口粮。

当前，围绕着一场革除“舌尖上的浪费”的浪潮从下到上、自上到下，铺天盖地，席卷而来。中共中央总书记习近平在《网民呼吁遏制餐饮环节“舌尖上的浪费”》上作出重要批示，要求厉行勤俭节约反对铺张浪费；各地纷纷出台相关贯彻落实措施，迅速抓好落实；民间，各行各业均开始行动起来，许多地方正在推行公益行动“光盘行动”。对此，国人为之欢欣，为之鼓舞。

欣喜之余，不由想起儿时读过的一篇文章，篇名难以忆起，文章强调的“扒净碗中饭粒”却始终伴随自己，并以此来要求小孩。当时倒不是知道浪费有多大，只知父辈种地不易。长大以后，作为农民子弟，也亲手种过粮食，深知粮食来之不易。工作关系，服务“三农”，不时到基层农牧区，对基层父老乡亲，尤其是高寒边远农牧民疾苦也算有所知晓。可对照自身还是有许多做得不足的地方，尤其是外出就餐时，剩饭剩菜的现象还是常有，并且缘于面子还很少打包。

即便是今天，就在我们的身边，尤其是偏远农牧区的群众，食物依旧单调，粮食依旧匮乏。

丰年不忘灾年，增产不忘节约，消费不能浪费。虽然每个人不必都去重新体验饥饿，但我们的确要找回一种对于粮食的温暖与敬意。这也让我经常想起在基层随处可见的一个镜头，基层父老乡亲们常有的“舔卡替”（藏语，舔食糌粑）往往都是把每一粒糌粑舔舐得干干净净，其实这就是对粮食的珍惜和敬意。每遇此景，脑海里定会浮现父辈常说的一句话“糟蹋粮食遭雷劈”。我们的父老乡亲用实际行动教育我们，拒绝“舌尖上的浪费”，事实上也是在储存下明天所需要的粮食。

历览前贤国与家，成由勤俭败由奢。人的一生，奢华并不会带来荣耀和满足，而俭朴则能净化道德与心灵，让自己的精神无所畏惧。即便在今日，尊重粮食、勤俭节约仍是需要被奉行的古老美德之一。

温故而知新。看到媒体报道和呼吁后，重温前人名言，体味总书记号召，心潮起伏，获益匪浅。

从我做起，今天不剩饭，倡导文明消费、绿色消费、低碳消费，倡导勤俭节约光荣、奢侈浪费可耻，让厉行勤俭节约、反对铺张浪费在全社会蔚然成风，美丽中国必将更加美丽！

（2013年1月夜于炉关）

群众工作要切实做到“愿、敢、善”

“衙斋卧听萧萧竹，疑是民间疾苦声。些小吾曹州县吏，一枝一叶总关情。”郑板桥心怀百姓疾苦的典故世人皆知，这启示我们，做群众工作，首先应突破情感关。新时期群众工作不仅要真情为民，更要敢于和善于做群众工作。

要愿做群众工作。一是要心怀群众。我们党来自群众，代表着群众。只要我们愿意倾听群众呼声，不脱离群众，主动接近群众，热情为群众服务，诚心及时化解矛盾纠纷，自然就会有积极主动的群众工作方法。反之，就可能会出现简单粗暴或消极被动的工作方法，导致“南辕北辙”的结果，积累问题、激化矛盾。二是要持之以恒。毛泽东同志说“做好事不难，难的是一辈子做好事”。一时愿做群众工作并不难，难的是愿意经常深入基层、深入群众，长期接“地气”，使干部同群众的联系制度化、常态化，难的是干部同群众利益相关、血肉相连、心愿相通。三是要深入群众。广大党员干部要带着深厚感情，自觉深入群众、与群众打成一片，体察民情民意，真心帮助群众，有效组织群众、发动群众、服务群众，切实解决群众最关心、最直接、最现实的利益问题。四是要沟通交流。党员干部应放低姿态，做到“朋友式交往接近、平等式相互交流、协商式化解矛盾、亲人式关心照顾”，避免自以为是、高高在上、摆官架子。在了解民情时多说家常话，在化解矛盾时多说体谅话，与群众良性互动和真诚沟通，多关注群众关心的事情，多说田间地头等与群众生活密切相关的问题，把话说到群众心坎上。

要敢做群众工作。一是敢于接受监督。群众工作是阳光工作，敢做群众工作首先要敢于接受群众监督、媒体监督、民主监督，实事求是，为群众利益说实话。二是敢于承认错误。实践表明，敢于维护绝大多数群众的利益，敢于承认错误和承担责任，最终会得到群众的谅解和掌声。三是敢于依法办事。群众工作要让群众信服，关键落脚在公平公正上，这就要求我们在工作中坚持做到依法办事、以理服人、以情感人，晓之以理、动之以情，把大道理讲清、小道理讲透，引导群众合理合法地表达利益诉求，维护群众合法权益，维护公平正义，维护良好的法治秩序。

要善做群众工作。一是要赢得群众信任。要以群众满意不满意作为工作评价标准，赢得群众的信任。要以诚待人，言而有信。答应群众的事情一定要办，不该办的要作出合理解释，暂时办不到的要积极创造条件。要把好事办好，实事办实。要在耐心听取群众的诉求后，想方设法顺民意、解民忧、惠民生，让群众真正受益。要以身作则，公道正派。党员干部的一言一行，群众都看在眼里、记在心里。为群众办事情，一定要秉公用权、不谋私利；与群众打交道，一定要改进作风、注意形象。只有做人正、能力强、为政廉、作风好，才能在人民群众中树立良好的形象，说的话群众才爱听，做的事群众才支持。二是要善于化解矛盾。及时有效化解矛盾，是做好群众工作的重要内容。化解群众工作生活中的矛盾，不仅要热情，而且要有智慧，注重策略、讲究方法。要认真学习和准确掌握党和国家的有关政策，坚持用政策教育群众，在政策范围内解决问题；坚持“一把钥匙开一把锁”，因地制宜、因人而异，抓住主要矛盾和矛盾的主要方面，有针对性地采取解决措施；坚持耐心说服、积极调解，对群众正当的诉求及时认真按规定程序处理落实，对一时难以解决的问题耐心向群众做好解释工作，让群众知道党和政府解决这些问题的态度和决心；妥善应对复杂情况，对一些群众不理解、不配合的问题不急于求成，耐心寻找合适时机。三是要创新工作方式。会做群众工作体现为不断创新群众工作的新形式，要根据不同情况，努力提高与基层农牧民沟通的能力，能说让对方认同的话，不断拉近彼此的距离。比如，开展领导干部大接访活动等，有效地把矛盾隐患化解在萌芽状态。

文章的温度

这里所说的文章是2014年1月12日《甘孜日报》三版刊载的《隆冬石渠走亲戚》，字里行间传递温度，言谈举止沁着温暖和温馨。

“石渠是距离州政府康定最远的县城，但在我心中，石渠并不遥远，因为降措、日呷、白玛拉姆、土登四郎4户人家是我的亲戚。”质朴的话语拉近了大家的距离，原来远隔千里是可以近在咫尺，面对面、手拉手和心连心的。

“新年就要到了，我必须看看我的亲戚。这是我的政治责任、这是我与亲戚结下缘分的自觉行为。”不需要更多的修饰，这就是我们甘孜州公职人员在群众工作全覆盖中的自觉行动和神圣使命。

“一对儿女都在城关小学读书，我最高兴，因为教育改变人的命运，我们对未来的梦想是一致的。”教育能让人拥有真正的财富，这也是“最好的虫草在课堂”的生动体现。

“每次走亲戚，每次都看到新变化。这种变化既是我的亲戚‘点’的变化，也是整个石渠‘面’的变化。去年‘新甘石’点亮扎溪卡草原，今年亲戚家家都用上电炉取暖；去年石马路还显得乱糟糟的，今年石渠境内大部分路段已经铺了沥青上面层；去年冬天的石渠取地表水都很困难，今年石渠县包虫病区地下水资源应急调查与安全供水示范打井工程解决了长期以来困扰牧民安全饮水的公共卫生问题。”“亲戚”的收获是我们的收获，“亲戚”的喜悦是我们的喜悦。每一点改变，不仅凝聚着党和政府惠民之举的功德，更是我们共同的期盼和欢喜。

“因为这里的条件最艰苦，因为这里还是州政府办公室的亲戚窝窝。”一滴水唯有汇入大海才能波澜壮阔，作者强烈的集体荣誉感告诉了我们这个颠扑不破的真理。

“深冬来石渠走亲戚，磨砺着我的意志和品格。我以为，石渠的亲戚，也是我人生历练的教育之窗。”如今，群众工作全覆盖早已深入人心，成为甘孜大地上一道美丽的风景。

读到这么真情流露的文章，我们都有一种冬日里沐浴暖阳的感觉，身上感受着温度，内心洋溢着温暖。自州委启动群众工作全覆盖以来，我们天天都被这些鲜活的人物、滚烫的话语、感人的故事和温暖的亲情所感动着。看着这些沁着人间真情厚爱的温暖文章，犹如迎面不寒杨柳风，让人不由自主醉了。《甘孜日报》刊登的这些文章告诉我们，过去的一年，我们没有蹉跎。相信每一个投身于群众工作全覆盖的人都有这样的经历：广阔的高原间，跋山涉水；偏远的牧场里，真情慰问；生产的地头上，挥汗如雨；寒冷的季节时，嘘寒问暖……

踏着冰雪泥泞的路径，传递人间大爱的暖意，一行行闪光的足迹温暖着基层群众的心灵，一件件看得见摸得着的事彰显着全州公职人员的心路历程。这些文章的温度，让我们浸润其中，乐此不疲，深深眷念。

真情一缕赛万金。这些记载着群众工作全覆盖的文章，是甘孜的肺腑、高原的心跳、雪山的祝福、江河的笑靥……每一篇文章，都浓墨飘香；每一个字迹，都温情绵绵。

温暖的文章是一段黄金岁月的深刻记忆，是一首时代交响中的特殊音符，更是历史长河中的不朽文明瑰宝。这些大美文章排列组合成的灿烂华章，都是我们甘孜州人在广阔无垠的甘孜大地上，在群众工作全覆盖中写就的。这些文章的温度不仅弥漫在雪域甘孜，更氤氲在基层农牧民的心灵，流淌在15.3万平方公里的甘孜大地和祖国广阔的怀抱里。这是一份凭亲情的连接来传递和用真善美的行动来绘就的感动，这是一个靠心灵的吐纳来奔走和靠胸怀的宽阔来铺就的年轮。这些文章的温度不仅温暖着“亲戚”和我们的心灵，更温暖着新时期的脉搏，温暖着世人的灵魂。

愿群众工作全覆盖传递的温暖、温馨在新的一年里更加灿烂；愿这些记载着温度、阳光、雨露、春风的文章借助《甘孜日报》在广阔大地上愈加绽放。

（《甘孜日报》2014年10月24日刊载）

雅康高速通车是一场“大考”

年前，雅康高速建设的场景伴随着路桥隧的延伸让人耳目一新，年底将通车到泸定见证了“四川速度”；月前，《甘孜日报》精心策划，借助微信开展雅康高速在建直播并连续刊发稿件，引发世人关注、思考和启示……面对雅康高速通车在即，一个课题箭在弦上。我们需要准备吗？准备了吗？准备好了吗？

我们需要准备吗？不谋万世者，不足以谋一时。不谋全局者，不足以谋一域。雅康高速一旦通车，甘孜的未来将指向更广阔的世界大平台和更深远的历史长河。站在新起点上，我们已没有时间徘徊。2020年，我们将同步全面实现小康，要完成上述任务，任重而时紧，这决定了雅康高速的通车，不只是甘孜交通的新起点，更是甘孜全面发展的新起点，甚至可以说经是甘孜经历了建州六十七周年辉煌成就之后，又一个新征程的起点。雅康高速通车，将“畅”字当头。旧有川藏线“山高路远冰雪阻道险如‘鬼门关’”之说，现在入州通道主要依赖于国道318线和省道217线，进入汛期、施工和旅游旺季，往往通而不畅。雅康高速建成后，将成为通往甘孜藏区的首条高速，这将有效提高成都到康定的通畅度。雅康高速通车，将“快”字提速。雅康高速全长约135公里，设计时速80公里，雅康高速通车后，成都3小时可到泸定，以及康定地区。雅康高速通车，将“融”字增效。首先，雅康高速将甘孜融入了成都三小时经济区。同时，雅康高速将与乐雅高速、乐宜高速、宜泸高速形成从康定到宜宾、泸州的高速通道，将甘孜乃至西藏与长江经济带连起来。雅康高速将与通往新疆喀什叶城的交通网相互连接，将带动甘孜融入“一带一路”。雅康高速加快了甘孜同祖国960万平方公里上任何一个地区相融的速度，拉近了距离，缩短了时空。

机会总是给有准备的人。站在新的起点上，面对雅康高速建成后带给我们的“通畅、提速、增效”，我们再不能守株待兔、墨守成规，更不能“靠着墙根晒太阳、等着别人送小康”，必须提前思谋、及早准备。

面对所处的时空，我们准备了吗？雅康高速建成后，对甘孜是一次历史性发展机遇。20世纪中期以前，茶马古道为连接祖国西南各民族发挥了交通枢纽线的作用，竖起了甘孜史上一个里程碑；1954年12月堪称“人类开创史之壮举”的“川藏公路”通车，铸就了甘孜史上重要的里程碑；雅康高速建成后，将锻造出甘孜史上新的里程碑。雅康高速建设传承“两路精神”，发挥“工匠精神”，创造了“四川速度”的奇迹，其建成后带来的绝不仅是道路交通的改变，更是对甘孜经济社会发展的大改变，乃至全省、全国都是全方位的改变。这将极大地缩短甘孜与内地的时空距离，成为青藏高原通往长江黄金航道的最快捷通道，已经通航的康定机场、亚丁机场，在建中的甘孜机场，以及规划建设中的川藏铁路，将进一步完善甘孜交通网络，形成空中、地上四通八达的交通格局，必将给甘孜发展民生稳定都产生巨大推动、跨越和腾飞，将使甘孜又一次让人瞩目，“东屏四川、南控云南、西摄西藏、北啸青海”的战略作用将进一步得到提升。

甘孜目前已形成了较为完备的公路网，川藏公路317线、318线是青藏高原大动脉和连接大西南、大西北的纽带，是内地陆路进藏的最重要通道，被中国国家地理誉为“中国的景观大道”。未来五年，甘孜将规划建设成为川西北重要的交通枢纽，成为沟通长江经济带和“一带一路”经济带的重要通道。

新起点带来新任务，新挑战促进新跨越。甘孜作为集“老、少、边、远、穷”的欠发达地区，要加快开放发展，同步进入小康，不仅需要国家、四川省重点关注与支持，更需要自身不懈努力，借力藏区发展战略，借助雅康高速通车，探索高原生态脆弱地区绿色发展的新路径，加快产业转型升级，推进新型城镇化，全面构建民族地区开放型经济新高地。这都要求我们要做引领者、参与者，抢抓机遇、主动融入、相互包容、集智聚力，促进互利共赢的美好未来。可喜的是，面对雅康高速通车在即，全州上下倍加关注，州县乡村、许多行业和干部群众已经在行动。例如，绿色生态产业方面，州上出台了《甘孜州脱贫奔康百公里绿色生态产业发展示范带建设方案》，着力建大建强夯实绿色生态产业基础；针对康定如何缓堵和避免西昌“节假日之痛”，康定市疏理出了可能会在雅康高速通车后的城区堵点，及早谋划缓堵优化措施。同时，康定还规划新建三条旧城区绕城过境线、城市道路、新老城区连接道路等以积极应对；许多商家，尤其是农旅结合经营户都在一边憧憬着，一边琢磨着怎样应对雅康高速带来的商机；新川藏运业也在积极酝酿雅康高速通车后跑成都的营运方案……时不我待，面对雅康高速通车在即，我们都需从心底自问，准备了吗？

我们准备好了吗？挑战同机遇并存。雅康高速通车后，我们要面对更多的挑战——竞争加剧的挑战，干部群众适应雅康高速的挑战，实现超常规跨越式发展的挑战，正确处理好发展民生稳定关系的挑战。虑之贵详，行之贵力。必须着眼雅康高速通车在即，积极面对、科学应对。

首先，要“学辩行”结合。如何从心理上应对，如何做好“雅康高速+”，如何解决知易行难，如何加速本地区本行业的发展，如何以创新的方式抓工作，如何抓好雅康高速的“建、管、用”……这些都需要我们进一步崇学尚实、开拓创新，处理好“学辩行”之间的关系。学上，结合“思想大解放、能力大提升、工作大见效”大讨论活动，学以致用，特别要借鉴雅西高速通车后对凉山、西昌带来的利弊经验。辩上，坚持“说了就算、定了就干、干就干好”，言行一致、用心想事、专心干事。行上，以振奋的精神和务实的作风，面对雅康高速通车后带给不同行业的机遇和挑战，增强干事创业的过硬本领，抢抓机遇促发展，善于把握重点、敢于突破难点、勇于打造亮点，不断开拓创新，争创一流业绩。

其次，要“面线点”拓展。面上，就是要强化大局意识。面对雅康高速这么一个历史背景，我们要跳出狭小的范围，牢固树立全州一盘棋的思维，无论地处何域、身在何业，都要围绕中心，服务全局，站在全州、全省乃至全国的高度审视甘孜发展大计。线上，就是要强化行业精神。发扬“工匠精神”，用足“绣花功夫”，围绕雅康高速通车搞好行业服务，提升行业水平。点上，就是要发挥自身作用，立足实际、结合本职、抓早抓小，从一言一行做起，发挥人人都是“甘孜名片”的最佳作用，彰显“积水成渊、垒土成山”的优良传统，体现“精益求精”的行业担当，干好本职工作，展现州人风采。

最后，要“源网域”并重。“源”上，抓好两个构建。构建绿色生态屏障。甘孜是长江上游生态屏障，进一步保护好生态环境对于保障长江流域，乃至国家生态安全具有重要意义。雅康高速建成后，怎样处理好生态平衡亟待大家共同去解决。构建安全和谐团结社会环境，“稳藏必先安康”。雅康高速建成后，将进一步加快全州经济发展、提高人民生活水平，有利于加强各民族、各地区间的交流沟通，促进国家安全和谐社会环境的建设。伴随车流、物流、人流的大量涌入，社会环境治理的能力必将面临新的考验。“网”上，建好便捷交通网络。雅康高速建成后，将对甘孜规划建设川西北交通枢纽，沟通长江经济带和“一带一路”经济带通道起决定性作用，怎样做好对接，进一步完善州内便捷交通网络迫在眉睫。“域”上，打造全域旅游。甘孜是茶马古道的主要通道，香格里拉大环线的腹心地带，自然风光绮丽，文化源远流长，旅游资源丰富，被视为四川乃至21世纪中国西部旅游发展的后劲所在，世界旅游组织将其定位为中国推向世界的自然生态旅游和康巴文化旅游目的地。雅康高速通车在即，急需进一步加大旅游走向全国的促销工作等；尚需提前思谋从吃、住、行、游、购、娱等每一个细节去考虑应对等。

君不见，茶马古道美景存，马帮驼铃云烟遁；君不见，川藏公路今营运，景观大道全球品；君不见，雅康高速山巅云，蓉康会首两辰轮。回首往昔，历史画卷中许多让人无限遐思的美好、繁荣都伴随着交通的兴衰而更替。川藏公路还在发挥着重要的作用，如今雅康高速又将建成，必将浓墨重彩绘就新一幅美丽画卷。

集结号已吹响，新征程正整装。从“同步奔康”出发，从“美丽生态和谐小康甘孜”出发，从雅康高速即将通车出发，一个关于“准备好了吗”的课题，已箭在弦上。

（2017年春于康定）

一个妈妈的女儿

看完潘玉莲的故事，一股暖流不由自主从心底升起。一首民歌和一首儿歌的旋律油然而生，那就是脍炙人口的《一个妈妈的女儿》和《五十六个民族五十六朵花》。

在新疆疏勒，年逾古稀的潘玉莲，不甘于享受安宁时光，却在三尺讲台忙碌传递爱心，免费为社区孩子教汉语、补功课；历经艰辛的潘玉莲，从不抱怨生活不公，却用善良热忱去点亮盏盏心灯。

其实，在甘孜藏区，也不乏这样大美的“团结族”。开展群众工作途中，不幸因公殉职的原甘孜州委常委、宣传部部长毕世祥用毕生去践行了“把自己的爱和所学所长，毫无保留地奉献给养育自己的党和人民，洒向这片广袤神奇的雪域高原”的座右铭。生前，他长年累月奔波在甘孜大地上，舍小家为大家，用对人民的绵长爱恋激荡成一条人民公仆的江河，在雪域高原蜿蜒盘旋，把有限的生命奉献给了无限地为人民服务中，用生命刻画了一位党员干部“为民、务实、清廉”的真实形象，赢得了广大干部群众和社会各界的高度评价；“感动甘孜最美好人”小热登，当年因为搬迁认识了汉族孤寡老人陈远达，因为仁爱义无反顾照顾起老人，十九年不离不弃，直至老人去世。老人生前常带着感动的泪水说：“我最庆幸的是这辈子遇到了小热登，一位藏族好儿子，我已经知足了！”在海拔3400米的甘孜州理塘县拉波乡，一个人的电站照亮两千藏族群众，2001年，电站机器故障，汉族技术员王安全从石棉县安顺场来到理塘检修，设备修好了，为了拉波山谷的600多户人家两千余名藏族群众，王安全选择留下。发电、供电，还有巡线维修、收缴电费都是分内事。10多年里，650多户村民把他当亲人，拉波山谷成了王安全的第二个家；最美乡村医生谭晓琴，从中国人民解放军第三军医大学临床医学专业毕业，回到家乡在斯木乡中心卫生院工作坚守13年，年仅27岁被确诊身患肺癌仍乐观上岗，守望着基层群众“小病不出乡大病不出县”的愿望在乡村卫生院……

他们矢志不渝像爱护自己的眼睛一样爱护民族团结，像珍视自己的生命一样珍视民族团结的动人事迹在雪域高原已传为佳话，谱写了各民族一家亲构建和谐家园的感人篇章，筑牢了各民族相亲相连的情感纽带，唱响了“我们的妈妈叫中国”和“五十六族兄弟姐妹是一家”的最美旋律，凝聚起了民族团结的强大正能量，共创着美丽生态和谐小康甘孜美好的未来。